Nuova Narrativa Newton
1502

Della stessa autrice:

La città dei labirinti senza fine
Guerra senza confini
La Nave Fantasma

Titolo originale: *The Map of Bones*

First published 2024 by Mantle an imprint of Pan Macmillan

Traduzione dalla lingua inglese di Valentina Legnani e Valentina Lombardi
Prima edizione: luglio 2025

ISBN 978-88-227-8882-5

www.newtoncompton.com

Realizzazione a cura di Pàgina
Stampato nel luglio 2025 da Puntoweb s.r.l., Ariccia (Roma)

Kate Mosse

La mappa delle ossa

Newton Compton editori

Come sempre, per i miei adorati
Greg, Felix, Martha, Ollie e Finn.

Per i primi ugonotti in Africa meridionale
e per ogni rifugiato, passato e presente,
in fuga da guerre e persecuzioni
nella speranza di una vita più sicura.

[…] Le parole si tendono,
s'incrinano e talora si spezzano, sotto il peso,
sotto la tensione, sfuggono, scivolano, periscono,
per imprecisione rovinano, non restano a posto,
non restano ferme.

T.S. Eliot, «Burnt Norton»,
Quattro Quartetti

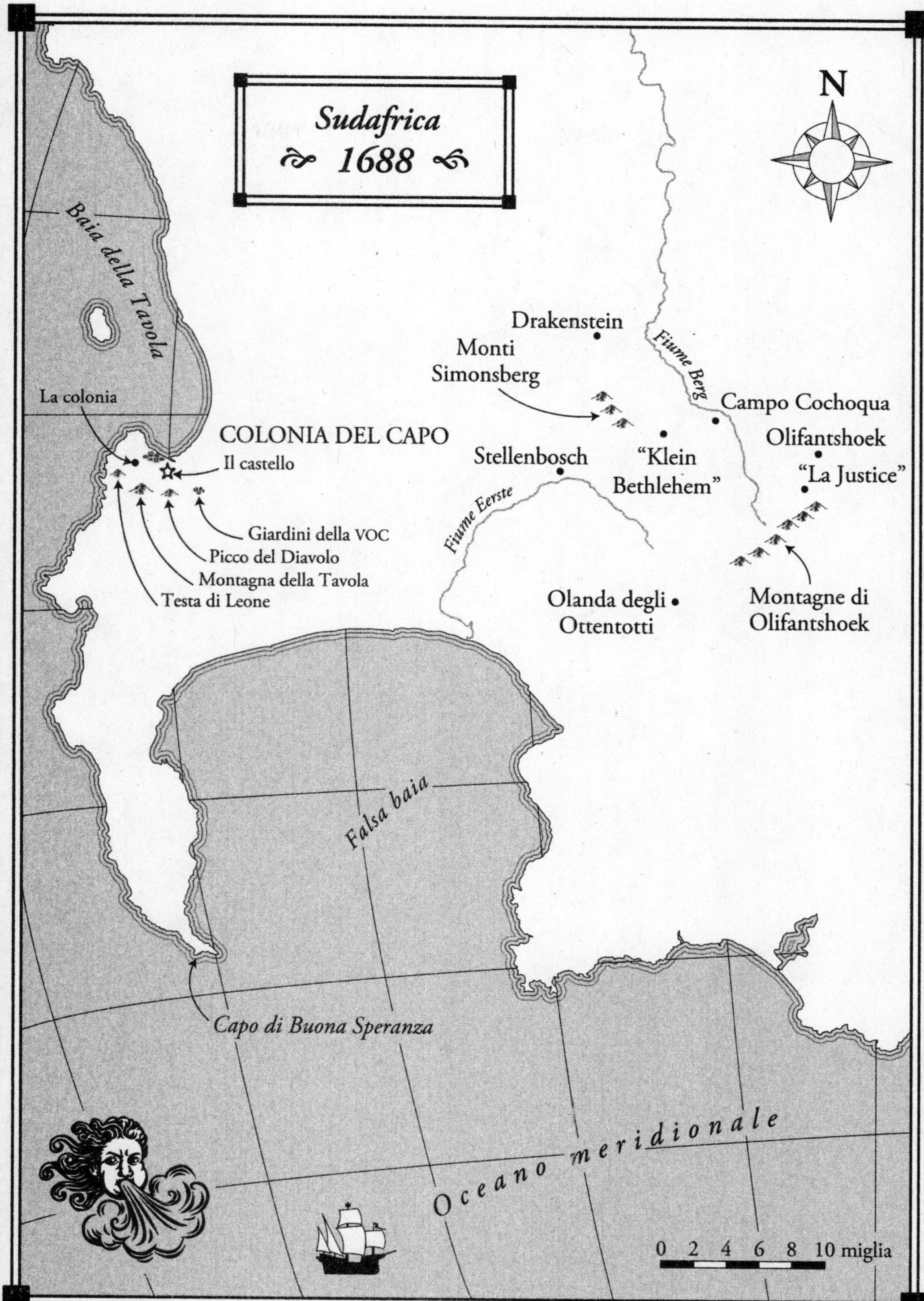
Sudafrica
1688
N
Baia della Tavola
La colonia
COLONIA DEL CAPO
Il castello
Giardini della VOC
Picco del Diavolo
Montagna della Tavola
Testa di Leone
Drakenstein
Monti
Simonsberg
Fiume Berg
Campo Cochoqua
Olifantshoek
"Klein
Bethlehem"
Stellenbosch
"La Justice"
Fiume Eerste
Olanda degli
Ottentotti
Montagne di
Olifantshoek
Falsa baia
Capo di Buona Speranza
Oceano meridionale
0 2 4 6 8 10 miglia

Nota dell'autrice

La mappa delle ossa è il quarto e ultimo libro di una serie di romanzi sulla diaspora degli ugonotti, un racconto che parte dalla Francia del XVI secolo e arriva fino al Capo di Buona Speranza nel XIX secolo, passando per Amsterdam e le Isole Canarie. Ogni romanzo è ispirato a uno dei quattro elementi: fuoco, acqua, aria e terra.

Le guerre civili di religione tra cattolici e ugonotti – durante le quali diversi milioni di persone furono perseguitati, massacrati o costretti a lasciare il Paese – scoppiarono in Francia il 1° marzo 1562 e si conclusero con la firma dell'Editto di Nantes il 13 aprile 1598 da parte del re, precedentemente protestante, Enrico IV di Navarra. Il 22 ottobre 1685, suo nipote Luigi XIV revocò l'editto, spingendo alla fuga i pochi ugonotti rimasti in Francia. Sebbene i primi rifugiati ugonotti avessero raggiunto il Capo di Buona Speranza già nel 1671, la maggior parte di loro giunse in Sudafrica a bordo di diciotto navi salpate dai porti delle Province Unite tra il giugno 1687 e il giugno 1688. La *Spiegelretourschip Berg China* – menzionata nei documenti olandesi semplicemente come *China* – arrivò alla baia della Tavola da Goeree, sotto l'egida della Camera di commercio di Rotterdam, il 4 agosto 1688. I cognomi di quelle prime famiglie – tra cui Jourdan, de Villiers, Roux, Joubert, du Toit, Retief, Malherbe, Meinard, Jacob, Grange – sono ancora presenti oggi in Sudafrica. La famiglia Joubert su cui verte questa storia è fittizia e non è imparentata con la vera famiglia Joubert residente in Sudafrica (originariamente Jaubert) e originaria di La Motte-d'Aigues in Provenza.

Il comandante della colonia, Simon van der Stel, inizialmente destinò un appezzamento di terra alla fondazione di un insediamento ugonotto nella valle di Drakenstein. La terra era povera, e i rifugiati chiesero dei terreni agricoli lungo le rive del fiume Berg a Olifantshoek. Il primo fu assegnato a Heinrich Müller di Basilea nel 1692. Lo chiamò *Keerweder*, ossia "tornare indietro". Molte aziende vinicole dell'odierna Franschhoek recano ancora i nomi dati loro dai primi proprietari ugonotti, tra cui La Motte, La Cotte, Cabrière, La Dauphiné, Bourgogne, La Terra de Luc, Champagne, La Bri e La Provence.

Dopo anni di conflitti, gli inglesi strapparono definitivamente il Capo agli olandesi dopo la battaglia di Blaauwberg del 1806 e, con il trattato anglo-olandese del 1814, Città del Capo fu ceduta al Regno Unito. Nel 1713, Olifantshoek fu ribattezzata *le coin Français*, "l'angolo francese", e divenne nota con il nome Franschen Hoek (e, brevemente, Roubaixdorp) prima che venisse adottata la versione olandese del suo nome, Franschhoek. Il nome "Città del Capo" fu utilizzato per la prima volta a partire dal 1733. Per motivi narrativi, mi sono presa alcune libertà nelle descrizioni, nella topografia e nella storia di Città del Capo, Stellenbosch, Drakenstein, Franschhoek e del ponte di Joubertsgat.

Per quanto riguarda la lingua, per trovare il giusto equilibrio tra veridicità storica e una sensibilità più moderna, ho utilizzato i termini "schiavo" e "schiavitù" quando era inevitabile e necessario ai fini del racconto. L'Olanda degli Ottentotti rimane un toponimo nella Repubblica del Sudafrica. Durante il XVII secolo, tra le popolazioni indigene del Capo esistevano molti gruppi diversi e in costante evoluzione, e la nomenclatura è oggetto di dibattito tra storici e studiosi. Personalmente, mi sono concentrata sui Khoi, e ho optato per le denominazioni Khoi e San anziché Khoikhoi o Boscimani. Per quanto riguarda la lingua, ho fatto riferimento al khoi anziché al khoe (o nama). Si discute anche se il termine "capo" sia preferibile a "capoclan" o "capotribù". Trattandosi di narrativa storica, ho preferito occasionalmente "capotribù" e "capoclan", ritenendoli più appropriati al periodo in cui è ambientato il romanzo.

L'influenza degli ugonotti è straordinaria, vittime di una diaspora che li ha portati in tutto il mondo in qualità di immigrati qualificati, come del resto è accaduto anche a un ramo della mia famiglia. Tutti i Paesi che accolsero i rifugiati – tra cui la Repubblica olandese, l'Inghilterra, l'Irlanda e il Sudafrica – furono arricchiti dalla loro presenza, nonostante spesso si trattasse di comunità relativamente esigue. La parola "rifugiato" deriva da *refugié*, un termine francese usato per la prima volta proprio per descrivere gli ugonotti. Ai lettori che desiderano maggiori informazioni, consiglio *The Huguenots of South Africa 1688-1988* di Pieter Coertzen, e *Huguenots at the Cape* di Philippa van Aardt e Elaine Ridge, entrambi pubblicati dalla Huguenot Society of South Africa.

Le vicende di questo romanzo si intrecciano alle attività della Compagnia olandese delle Indie orientali – la VOC (Verenigde Oostindische Compagnie) – fondata nel marzo del 1602, che garantì all'Olanda un monopolio di ventuno anni per i commerci nell'Estremo Oriente. Generalmente, la Compagnia non fondava colonie, bensì istituiva delle stazioni di ristoro per fornire alle sue navi cibo fresco e acqua durante i viaggi verso Batavia (Giacarta) e oltre, verso la Cina e il Giappone. L'unica eccezione fu il Capo di Buona Speranza, una colonia costruita grazie al lavoro degli schiavi provenienti da altre parti dell'Africa orientale e occidentale, nonché dal Madagascar, dall'India e dall'Indonesia.

La mappa delle ossa si fonda sul potere delle parole: se le storie e le testimonianze delle donne non vengono incluse nei documenti storici accanto a quelle degli uomini, non si può davvero parlare di storia.

A Londra non esistono un archivio e una sala lettura della famiglia Joubert, né è mai esistita una nave chiamata *Gouw*. L'azienda vinicola La Justice a Olifantshoek, di proprietà della famiglia fittizia dei Barenton, non esiste – e non è mai esistita – così come Klein Bethlehem. Tutti i personaggi de *La mappa delle ossa* sono fittizi, salvo diversa indicazione, sebbene si ispirino a persone che potrebbero essere vissute realmente: donne e uomini comuni che lottavano per sopravvivere e prosperare in un contesto di guerre religiose ed esilio forzato.

Allora come oggi.

Kate Mosse
Chichester, aprile 2024

Personaggi principali

NELLA COLONIA DEL CAPO (XVII SECOLO)

Suzanne Joubert
Florence Amiel (cognome da nubile Reydon-Joubert), nonna di Suzanne e cugina di Louise Reydon-Joubert
Driek Holsteen, marinaio
Lars Eltorp, mercenario
Adriaan van Dijk, ufficiale della VOC
Marie Lombard, rifugiata
Pieter Odendaal, *landdrost*
Anke Odendaal, sua sorella
Tia Nemen (Kroket), serva Khoi
Harrie Nemen (Khemy), interprete Khoi
Kmame, figlio del capoclan dei Cochoqua
Shansi, anziana della tribù
Fala, levatrice
Khasso, guida Khoi
Théodore Barenton, colono

A STELLENBOSCH E FRANSCHHOEK (XIX SECOLO)

Isabelle Joubert Lepard, scrittrice
Signora Müller, proprietaria di una pensione
John Turner, guida
Hans van Aarnhem, contadino
Griet van Aarnhem, sua moglie
Piet e Jan van Aarnhem, i loro figli
Andries Barenton, colono
Xavier Barenton, colono
Maya Barenton, moglie di Xavier
Magdalena Barenton, figlia di Xavier

PERSONAGGI STORICI

Pierre Jaubert (riportato Joubert nei registri della VOC), rifugiato
Isabeau Jaubert, sua moglie
Pierre Grange, rifugiato
Jean e Louise Meinard, rifugiati
Jean Prieur du Plessis, barbiere-chirurgo
Judith Verbeek, orfana (ma la relazione con Adriaan van Dijk è fittizia)
Catrina Janse van der Zee, orfana
Petronella van Capelle, orfana
Wilhelmina de Wit, orfana
Simon van der Stel, comandante/governatore della Colonia del Capo (1679-1699)
Johannes van Andel, pastore olandese della Colonia del Capo (1688-1689)
Johannes Neethling, pastore olandese a Stellenbosch (1858-1904)
Alexander Macmillan, cofondatore della Macmillan and Company (1818-1896)
Lily Watson, scrittrice (1849-1932)
Samuel Watson, avvocato (1839-1921)

Prologo

La Rochelle
Maggio 1687

Rue des Gentilshommes
18 maggio 1687

Suzanne li sentì scorrazzare per la casa. Più come animali che come uomini, a parte il fatto che gli animali non si mettevano a seminare distruzione secondo il loro capriccio. Quegli uomini, i *dragons*, erano prepotenti villani e violenti: soldati cattolici ospitati da famiglie protestanti e autorizzati dal re a intimidire, umiliare, abusare, rapinare. Gli ugonotti erano ormai stranieri nella loro patria.

Uccidere o essere uccisi.

Si immobilizzò all'udire un altro potente schianto al piano di sotto. Legno che si spezza, una cacofonia di metallo contro le piastrelle del salone principale, rintocchi dissonanti. Strinse i pugni, con il sospetto che quei soldati fuorilegge avessero staccato dal muro l'orologio a lanterna solo perché potevano.

Suzanne non aveva mai provato tanta rabbia, tanta paura, quanto in quell'ultima settimana. I *dragons* erano passati per rue des Gentilshommes svariate volte al giorno, con il pretesto di cercare "quei criminali degli ugonotti", come li definivano loro. Poi, cinque giorni prima, i soldati si erano trasferiti in casa sua, comportandosi come se fosse una zona di adunata sul campo di battaglia: sfasciando ritratti con le spade; mandando in frantumi calici veneziani appartenenti alla famiglia Joubert da generazioni; insozzando il giardino sul retro della casa, rendendo l'aria maleodorante. Bevendo, bevendo, bevendo. Sua nonna, Florence, aveva mandato via i domestici, poiché non voleva che corressero pericoli, quindi erano rimaste solo loro due. Il giorno prima, mentre Florence portava il cibo in tavola, uno di loro aveva teso una gamba e lei era caduta a terra.

«Che genere di uomo trae piacere dall'umiliare una donna anziana?», aveva protestato Suzanne. Il soldato era scoppiato a ridere, e poi l'aveva schiaffeggiata sul volto per la sua insolenza. Chi c'era che potesse fermarlo?

Florence ne era uscita incolume ma profondamente scossa, ed era rimasta in camera sua per il resto della giornata. Suzanne si riteneva una persona civile, ma ora sapeva che li avrebbe uccisi dal primo all'ultimo, non fosse stato per il fatto che, così facendo, avrebbe lasciato sua nonna priva di protezione.

Controllò che la porta della propria camera da letto fosse chiusa a chiave, dopo essersi assicurata che Florence fosse al sicuro nella sua. Le notti erano il momento peggiore: ascoltare le voci roche che si facevano più forti e più stridule, mentre gli uomini litigavano e lottavano, seguite da un silenzio inquietante quando i soldati crollavano in un ebbro torpore. Da bambina, era solita giacere in quella stessa stanza, ad ascoltare i rumori dei clienti che venivano buttati fuori dalle taverne al porto. Suoni orribili, voci aggressive, ma lei si sentiva al sicuro.

Adesso, la minaccia era dentro casa sua.

Dal piano di sotto, udì un improvviso grido di trionfo. «Ehi, guardate qua!».

Suzanne sentì un rumore nuovo e sgradito, l'inconfondibile strisciare del pesante tavolo in noce nel salone che veniva trascinato lontano dalla parete rivestita di pannelli. Il suo cuore sprofondò. Era stata lei ha spostarlo lì dopo la prima visita dei *dragons*, nella speranza di nascondere la porticina che conduceva giù nella cantina. Aveva pregato affinché, una volta svuotata la dispensa da cibo e bevande, i *dragons* se ne andassero a cercare un'altra famiglia da terrorizzare.

In preda alla disperazione, si inginocchiò sul suo *prie-dieu* e mormorò ripetutamente le stesse parole.

«*Post tenebras lux*». Dopo le tenebre, la luce. Forse, quella notte, Dio sarebbe stato dalla loro parte? Dopo un po', andò a sedersi sul letto. Di sotto, la bisboccia si fece ancora più rumorosa. Andò avanti tanto a lungo che, alla fine, cadde in un agitato dormiveglia.

Poco dopo, Suzanne si svegliò di soprassalto e vide che la sua candela si era consumata. Udì le campane della *grosse horloge* suonare le tre di notte e si rese conto che sulla casa era calato il silenzio: nessun grido, nessun canto. All'istante, Suzanne balzò in piedi. Andò in punta di piedi alla porta, girò con cautela la chiave nella serratura, e la socchiuse.

Nemmeno un suono. Forse sarebbero riuscite a sopravvivere un'altra notte? Poi, sul pianerottolo, vide che il vassoio che aveva lasciato fuori dalla porta di sua nonna era ancora lì. Avvertì un brivido d'inquietudine correrle lungo la schiena. Non voleva svegliare Florence, se riposava tra le rassicuranti braccia di Morfeo, ma se invece si fosse fatta male più di quanto entrambe si fossero rese conto? E se fosse immobilizzata a letto, bisognosa di aiuto?

Suzanne esitò, poi uscì sul pianerottolo.

A piedi scalzi, avanzò il più silenziosamente possibile verso la camera di sua nonna. Non poté trattenersi dal guardare giù, poi desiderò di non averlo fatto. Il salone pareva essere stato attraversato da soldati in marcia: vetri ovunque, un fiasco rovesciato sul fianco con gli ultimi residui di vino che sgocciolavano rossi dal collo, e si raccoglievano in una pozza simile a sangue sulle piastrelle del pavimento. Un soldato stava stravaccato sulla poltrona dallo schienale alto, la giacca dell'uniforme coperta di macchie; un altro era accasciato sul tavolo, con la testa sulle braccia; un terzo giaceva ai piedi delle scale, la camicia cosparsa di vomito.

Disgustata, Suzanne distolse lo sguardo e bussò alla porta di Florence.

«*Gran'mère?*», sussurrò. «*Ça va?*».

Non ottenne risposta, ma quando premette l'orecchio contro la porta, riuscì a sentire un leggero russare. Sollevata, si voltò. Poi le si mozzò il fiato in gola. In cima alle scale, tra la camera di Florence e la sua, c'era il quarto soldato. Aveva stupidamente dato per scontato che fosse in giardino.

I loro sguardi si incrociarono: il cacciatore e la sua preda.

Suzanne fece un balzo in avanti, ma lui fu più rapido. Le avvolse le braccia attorno alla vita e l'attirò a sé. Lei lo prese a pugni, colpendogli il petto nel frenetico tentativo di liberarsi.

«Su, su, voglio solo un bacio».

Suzanne si ritrasse, puntando i piedi scalzi. Il suo assalitore perse momentaneamente l'equilibrio. Lei colse l'occasione per liberarsi, attraversando di corsa il pianerottolo verso la sua stanza. Lui scoppiò a ridere, afferrandole le gonne e trascinandola indietro verso di sé.

«Non c'è nulla di male in un bacio», sibilò, e si rese conto che la sua resistenza non faceva che incendiargli ulteriormente il sangue.

«Lasciatemi andare», mormorò lei, attenta a non fare rumore nel timore di svegliare la nonna. O peggio, i compagni dell'uomo ancora privi di sensi.

Tutt'a un tratto, le tornò in mente una scena a cui aveva assistito al porto, da bambina. Una delle prostitute che frequentavano il lungomare quando le navi tornavano in patria dai loro viaggi in mare era stata maltrattata da un cliente. Il viso della donna era rosso e furioso. Suzanne ricordò quando la donna aveva sollevato di scatto il ginocchio colpendo l'uomo tra le gambe. Quello era caduto a terra, urlando e contorcendosi. Allora non aveva capito, sapeva solo che la donna aveva avuto la meglio su di lui.

Le labbra del soldato erano ora sul suo collo, le mani che le tastavano il corsetto, armeggiando con gancetti e asole.

Con tutta la forza che riuscì a mettere insieme, Suzanne alzò la gamba e fece scattare all'indietro il tallone. Sferrò un calcio. Non fu sufficiente. L'uomo boccheggiò, ma serrò la presa.

«Sei una gattina selvatica, eh?», sibilò in tono gelido.

In un ultimo disperato tentativo di liberarsi, Suzanne si voltò e gli artigliò il volto. Gli affondò le unghie nella guancia, spillando sangue. L'uomo si immobilizzò, poi la sua espressione cambiò, trasformando la cosa da un rude gioco a qualcosa di più oscuro. Prima che potesse avere l'occasione di chinare la testa, quello caricò il pugno e la colpì alla mandibola.

Il dolore le riverberò in tutta la testa, insieme all'incredulità, mentre si sentiva cadere. Poi avvertì un'altra esplosione di dolore, quando urtò con la tempia contro il pilastro in cima alla rampa.

Suzanne rimase priva di conoscenza per qualche istante al massimo, ma, quando rinvenne, l'uomo era sopra di lei. Aveva la camicetta strappata – avvertiva l'aria fredda della notte sulla pelle nuda – e le sue gonne erano sollevate attorno alla vita. Suzanne si lasciò prendere dal panico. Non riusciva a respirare, non riusciva a muoversi. Tentò invano di spingerlo via, ma quello pareva rendersi a stento conto della sua presenza. Aveva gli occhi chiusi, e sembrava in preda a una violenta agitazione.

Bloccata a terra, smise di lottare: più di ogni altra cosa, voleva che tutto finisse. E pregava che la nonna rimanesse nella sua stanza e non assistesse a ciò che stava accadendo. Avvertì un'ultima, lacerante fitta di dolore tra le gambe, poi il soldato crollò su di lei. Suzanne sentì le proprie costole scricchiolare, come se le si stesse spezzando tutto il corpo. Aveva qualcosa di umido sulle guance. Sporse la lingua, pensando fosse sangue uscito dalla ferita alla tempia, ma sentì il sale.

All'improvviso, l'uomo rotolò via da lei. Suzanne inspirò una boccata d'aria, girandosi sul fianco. Ora il soldato si stava riallacciando i calzoni e scrollò le braccia mentre indossava di nuovo la giacca dell'uniforme. Lei non si mosse: non voleva che l'aggredisse di nuovo.

Qualcosa di gelido le colpì la guancia. Voltò la testa e vide una moneta d'argento brillare sull'asse del pavimento accanto a lei.

«Per il disturbo», disse l'uomo.

Era la sua immaginazione o c'era vergogna nella sua voce? Poi si voltò e barcollò giù per le scale, lasciandola distesa sul pavimento.

Suzanne non si mosse. Era stordita. Intorpidita, come se quell'orrore fosse accaduto a qualcun altro. Poi, come sempre, i pensieri relativi a sua nonna ebbero il sopravvento. Non poteva rischiare che Florence si svegliasse e la trovasse in quello stato. Era una donna anziana e, per quante potesse averne passate nella sua lunga vita, Suzanne non le avrebbe inflitto un altro calvario.

Si alzò in piedi, con la testa che girava. Recuperò l'equilibrio, quindi barcollò verso la sua camera, si levò gli abiti sporchi che non erano serviti a proteggerla e li appallottolò in un mucchio sotto al letto. Prendendo un abito semplice dal suo baule, si vestì in fretta e si allacciò gli stivaletti. Si ripulì, rimosse il sangue dalla tempia, si lavò le mani con l'acqua sul comodino e si sistemò i capelli in modo tale che ricadessero nelle consuete ciocche ricciolute ai lati del viso.

Non avrebbe permesso a quell'uomo di portarle via altro. Non lo avrebbe lasciato vincere. Ma sapeva che se una cosa del genere era successa una volta, avrebbe potuto ripetersi.

Il trauma di ciò che le era stato fatto le bloccò improvvisamente la gola. Chiuse gli occhi, esortandosi a essere forte. Suzanne fece alcuni respiri profondi per ricomporsi, quindi bussò alla porta di sua nonna. Questa volta, fu più insistente.

«*Gran'mère*», sussurrò con tutta la voce che osava utilizzare, «fammi entrare. Devo parlarti».

Ancora confusa per il sonno, Florence aprì la porta. «Che cosa è successo?», domandò lanciando un'occhiata al viso di Suzanne.

«Uno dei...».

Immediatamente, dalla rigidità innaturale della nipote, dal suo pallore, dallo sforzo che le serviva per tenere a bada le sue emozioni, capì.

«Ti ha fatto del male?»

«Ho cercato di respingerlo, ma… non avrei dovuto aprire la porta».

Florence strinse il braccio della nipote. «No! Non è colpa tua, non pensarlo nemmeno. È quello che dicono gli uomini malvagi per far sentire le donne responsabili delle infide azioni che sono loro a commettere. Non è colpa tua, Suzanne, mi hai capito?».

Con espressione confusa e distante, Suzanne annuì. A Florence si strinse il cuore nel petto per la compassione.

Riflettendo furiosamente, prese a impartire istruzioni. «Va' nella tua stanza. Indossa abiti caldi, vestiti con le tasche, e nascondi tutti gli oggetti di valore abbastanza piccoli da poterli trasportare sotto al mantello. Porta il cofanetto di legno con i gioielli di tua madre, ma non esagerare».

«Ci lasceremo cacciare via da casa nostra?».

Florence posò la mano sulla spalla di Suzanne. «Questa non è più casa nostra. Conta solo la nostra vita. Veloce, ora».

Mentre Suzanne tornava in camera sua, Florence si guardò attorno nella stanza che era stata il suo rifugio per quasi sessant'anni. Era venuta lì, nella casa della cugina Louise, insieme a suo padre, tanti anni prima, e per la maggior parte del tempo era vissuta felice a La Rochelle.

Florence radunò alcuni preziosi ninnoli da cui non sopportava di separarsi, cimeli di famiglia, quindi indossò il mantello e la cuffia più semplici che possedeva al di sopra degli abiti stropicciati in cui aveva dormito. Le vecchie dita armeggiarono goffamente con i lacci degli stivaletti ma, al contempo, provò una rinnovata voglia di vivere. Venire intrappolata lì dentro dai *dragons*, incapace di opporsi a loro per timore di mettere ulteriormente in pericolo Suzanne, era stato insopportabile. Avrebbe preferito morire anziché continuare a vivere in quel modo.

Le due donne, una non ancora ventenne e l'altra al tramonto della sua vita, scesero silenziosamente le scale sul retro e si allontanarono dalla magnifica villa di pietra provvista di torrette che si affacciava su rue des Gentilshommes, quindi scivolarono tra le vie secondarie, lasciandosi alle spalle la loro vita, i loro ricordi. Florence strinse la mano di Suzanne, tirandola nell'ombra al suono degli stivali dei soldati sul selciato, per poi incitarla a correre quando il campo fu libero.

«Che cosa faremo?», sussurrò Suzanne. «I cancelli saranno sprangati per la notte, e ci sono pattuglie ovunque».

Florence si portò un dito alle labbra.

La Rochelle era avvolta in una nebbia bianca giunta dal mare, che illuminava ogni cosa di una strana luce ultraterrena. Mentre passavano sotto alla *grosse horloge*, la torre dell'orologio che separava la città dal porto, la campana iniziò a suonare le quattro in punto. Presto pescatori e stallieri avrebbero ripreso le loro attività.

«Dove stiamo andando?», domandò Suzanne. «Non ci è permesso partire».

Questa volta, Florence si sentì sollevata nell'udire un poco del suo vecchio spirito nella voce della nipote.

«Seguimi e basta».

La condusse lontano dalle due torri principali che sorvegliavano l'ingresso del porto di La Rochelle, in direzione della Torre della Lanterna, dove erano rinchiusi i prigionieri. Si diceva che molti di essi incidessero le loro iniziali nel muro, per lasciare un segno della loro prigionia.

La fortuna le assisteva. Non c'erano candele accese nelle case affacciate sulla diga, né persone che potessero notare la loro presenza in riva al mare. Fece segno a Suzanne di aspettare, quindi si avvicinò a una delle barche da pesca dipinte ormeggiate sull'acqua.

«*Monsieur?*». Florence esitò, quindi alzò appena la voce: «*Monsieur, c'est moi. Florence Amiel, la fille de Jean-Jacques Joubert*».

Questa volta, si udì un fruscio sotto alle reti, e la testa di un uomo comparve dalle profondità della barca a remi. Ebbe inizio una conversazione sussurrata, costellata di suppliche e gesti. Alla fine, alcune monete passarono di mano.

«Vieni, *petite*», disse dolcemente, conducendo Suzanne verso la piccola barca. «Ci nasconderemo qui per un po'. Presto farà giorno. Il capitano ci poterà all'Île de Ré non appena sarà sicuro farlo».

Suzanne sembrava ancora confusa. «Ma perché mai ci aiuterebbe?»

«Perché mio padre, Jean-Jacques, una volta ha aiutato lui», rispose Florence, mantenendo la voce il più possibile ferma. «Sdraiati qui. Cerca di riposare. Andrà tutto bene».

Ma quando Florence raggiunse Suzanne sotto alle reti, con l'odore del pesce e del mare nel naso, capì che stavano correndo un rischio enorme. Qualunque ugonotto sorpreso a cercare di lasciare la Francia sarebbe stato giustiziato, oppure gli uomini condannati alla schiavitù sulle galee e le donne confinate in convento per il resto della loro vita. E il debito contratto dal capitano in passato era la sua unica garanzia che l'uomo non le avrebbe tradite.

Tuttavia, nel buio e nella gelida aria mattutina, sorrise. Le donne della famiglia Joubert erano temprate. Se riuscivano a raggiungere l'Île de Ré senza farsi scoprire, da là avrebbero potuto cercare un passaggio su una nave olandese diretta a nord.

Sentì Suzanne tendere la mano e prendere la sua. «*Post tenebras lux*», sussurrò nell'oscurità. Dopo le tenebre, la luce.

PARTE UNO

Quindici mesi dopo

La Colonia del Capo

Agosto 1688 – Marzo 1689

Capitolo uno

Baia della Tavola
Mercoledì, 4 agosto 1688

Vele bianche contro un cielo grigio. Aria salmastra e vento, l'impatto dell'acqua contro lo scafo della nave. I canti tra il sartiame e lo sbattere della vela rossa, bianca e blu delle Province Unite agganciata ai tre alberi e sulla prua. Le due del pomeriggio del 4 di agosto, anno 1688. Inverno al sud, periodo di tempeste e mare grosso. I gabbiani che strillavano in alto, guidando la *China* nella baia della Tavola.

Suzanne Joubert stava in piedi con entrambe le mani sul parapetto di poppa, cercando di immaginare come sarebbe stato sentire di nuovo la terra sotto i piedi. Non più il rollio della nave, la mutevole vastità dell'oceano, ma il solido, immutabile terreno. Come sarebbe stato non essere più confinata a pochi metri di ponte o alle squallide cuccette sottocoperta. Gli esperti marinai, che avevano percorso quella rotta in passato, l'avevano avvertita che all'inizio avrebbe sofferto il mal di terra, e avrebbe avuto l'impressione che fosse il mondo a non stare fermo. Sperava che sarebbe stata bene, ma comunque strinse il parapetto ancora più forte.

Dopo le chiacchiere concitate scambiate quando la costa dell'Africa fu avvistata per la prima volta, i passeggeri rimasero perlopiù in silenzio. Su una nave che ospitava più di trecento anime, marinai e soldati, c'erano ventotto passeggeri, tra i quali Suzanne e sua nonna. Quello era il luogo che avrebbero imparato a chiamare casa, totalmente differente dai villaggi della Provenza o dai canali di Amsterdam. Una "terra selvaggia e desolata" l'aveva definita nei suoi scritti Jan van Riebeeck, il primo comandante del Capo.

Suzanne pensò che era maestosa: la vastità e l'ampiezza del panorama che si delineava all'orizzonte, il cielo infinito e le abitazioni che punteggiavano la pianura, minuscole come giocattoli nella cameretta di un bambino. Rocce da una parte, spiagge sabbiose dall'altra. E soprattutto, le montagne. Sebbene il cuoco della nave gliel'avesse descritta, Suzanne rimase comunque senza fiato quando giunsero in vista della montagna della Tavola, e vide la celebre coltre di nubi bianche fluttuanti, immacolata come una tovaglia, che la ricopriva. Al di là di essa, riuscì a intravedere la cima che si diceva assomigliasse a un leone addormentato, e il profilo frastagliato della formazione nota come il Picco del Diavolo.

«*Laat het anker vallen*». Calare l'ancora.

Suzanne sentì la nave sussultare quando la catena si mosse per poi iniziare a cigolare e a sferragliare quando cominciò a srotolarsi. Lentamente, all'inizio, poi sempre più veloce a mano a mano che acquisiva slancio sotto il suo stesso peso, fino a quando l'enorme gancio metallico incontrò il fondale marino. Sentì la scossa, poi una frenata mentre l'ancora urtava il fondo. Infine, un improvviso sobbalzo quando l'ancora si assestò.

La *China* oscillò sulla catena. Suzanne udì il fischio a conferma che la nave era ancorata, e gli ordini urlati e il rumore dell'equipaggio che si arrampicava sugli alberi per ammainare le vele. Tuttavia, ancora non si voltò. Tenne lo sguardo fisso sulla spiaggia, come se fosse potuta scomparire se solo avesse distolto lo sguardo.

La *China* esplose una salva di cannone, ricoprendo il ponte con una nube di fumo bianco. Le navi straniere erano obbligate a scaricare tutte le armi prima di entrare in porto ma, per una nave della VOC, la Compagnia olandese delle Indie orientali, che arrivava in un porto della VOC, un singolo colpo era sufficiente. Una salva di risposta giunse dalla spiaggia, e l'equipaggio applaudì. Persino il capitano van Groll sorrideva.

Il viaggio era terminato e, con esso, ogni sofferenza o dubbio, così come le amicizie e i momenti di gioia. Le storie di esilio e disperazione, di esperienza e speranza. A bordo aveva assistito a un matrimonio e a una nascita, e aveva visto il cielo nero costellato d'argento sotto all'equatore. La solitudine del turno di guardia notturno.

Ripensò alle onde, coronate di bianco come colline innevate in inverno, i colori mutevoli dal verde al blu; ai pesci spada argentati che saltavano tra le onde e ai delfini che correvano accanto a loro; ai pescecani, e alle meduse trasparenti che volteggiavano sotto la superficie dell'acqua; alle orribili creature dalle bocche spalancate. Suzanne non aveva mai visto spettacoli simili al di fuori delle pagine di un libro o della superficie dipinta del mappamondo di un marinaio.

Forse, lì al Capo, avrebbe imparato a provare di nuovo gioia?

La sua sensazione di sollievo svanì mentre le tornavano in mente gli eventi più tetri del viaggio. Suzanne batté le palpebre per scacciare il ricordo dei cadaveri avvolti in sporchi sudari, rifugiati, marinai, soldati, persino bambini: venti morti in tutto, ciascuno gettato fuoribordo in teli cerati appesantiti con delle pietre:

«*Een, twee, drie, in Godsnaam*...». Uno, due, tre, nel nome di Dio.

Ricordava il fetore sottocoperta, la mancanza di cibo fresco e le croste di sale sulla pelle. Le tempeste, con la nave che si impennava verso l'alto per poi piombare negli oscuri abissi fino a dare l'impressione che la *China* dovesse spaccarsi in due. Onde alte come una casa. In seguito, gli angoscianti momenti in cui erano stati bloccati o soffocati dalla rovente sabbia rossa trasportata dal vento dalla costa dell'Africa occidentale. Sentiva ancora il silenzioso pianto delle orfane olandesi, mandate a sposare coloni che non avevano mai incontrato prima, e vedeva ancora la disperazione sul viso dei giovani francesi, quando ricordavano i villaggi che non avrebbero mai più rivisto: La Motte d'Aigues, Saint-Martin-de-la-Brasque, Cabrières d'Aigues. Madri, padri, cugini, fratelli, mogli, sorelle, che pregavano tutti di poter trovare gentilezza e tolleranza in quel lontano angolo di mondo cristiano. Un luogo dove poter posare la testa senza timore di subire persecuzioni.

Amici, ora.

Suzanne non era come loro, nonostante la sua empatia per tutti coloro che avevano perduto. Lei provava euforia, non terrore. Sebbene anche lei e sua nonna, Florence, fossero state costrette a fuggire dalla loro casa a La Rochelle, erano gli ultimi membri rimasti di una delle più grandi famiglie ugonotte di Francia. Avevano comprato un passaggio su una nave in partenza dall'Île de Ré e diretta a Nantes, poi avevano viaggiato via terra fino a Chartres, evitando i soldati del re, impegnati a dare la caccia agli ugonotti per puro divertimento, avevano raggiunto Reims e i Paesi Bassi spagnoli, e avevano proseguito fino a quando non erano state al sicuro.

Una volta arrivate ad Amsterdam, le attendeva l'elegante casa van Raay in Warmoesstraat. Avevano trovato rifugio ed erano in salvo. Avrebbero potuto restare – e forse avrebbero dovuto farlo – ma Suzanne sapeva che non sarebbe mai riuscita a sentirsi a suo agio. Era una viaggiatrice, non una rifugiata. Era salita a bordo della *China* con il cuore pieno di rabbia e una missione.

Dopotutto, non aveva il mare nel sangue?

Suzanne era cresciuta ascoltando le storie su sua cugina, Louise Reydon-Joubert, una donna che era vissuta ed era morta molti anni prima che lei nascesse. Louise aveva lasciato la casa di La Rochelle a suo zio, il padre di Florence, insieme a un'attività vinicola nella quale aveva degli interessi, e la stessa Suzanne era nata nell'elegante palazzo in rue des Gentilshommes.

Durante l'inverno trascorso ad Amsterdam, nel tentativo di seppellire i ricordi di ciò che era accaduto a La Rochelle, Suzanne aveva trovato il diario di prigionia di Louise, e aveva letto il suo resoconto di come era stata processata per omicidio. Da allora in poi, le riflessioni di Louise erano diventate per Suzanne una compagnia costante nella sua vita spezzata. Aveva rovistato tra i registri degli uffici navali del vecchio van Raay, ora archiviati nella biblioteca in Warmoesstraat, e aveva trovato la prova del fatto che Louise possedeva un *fluyt*, un mercantile, battezzato *Old Moon*. Persino ai suoi tempi, una cosa simile aveva dello straordinario, ma a quell'epoca? Una donna che viveva con i propri mezzi in un mondo a misura di uomo, una donna di coraggio e di principio. Una donna che si era trasformata in una piratessa, una capitana, a caccia di navi negriere in mare aperto.

Una storia scritta con il sangue e il tradimento.

La *Old Moon* aveva lasciato Gran Canaria diretta al Capo di Buona Speranza a ottobre del 1621. Un amico di Louise, Gilles Barenton – che si dice fosse suo marito – era a bordo, così come il fratellastro di Louise, un uomo di nome Philippe Vidal. Sette mesi dopo avevano gettato l'ancora nella baia della Tavola. Questo era scritto sul registro. Ma nulla si era più saputo né di Louise né dei suoi due compagni.

Nessuna parola, nessuna storia, nessuna tomba.

La *Old Moon* era tornata ad Amsterdam comandata dal primo luogotenente di Louise, come da istruzioni da lei stessa fornite, ma l'inglese sostenne fino alla morte di non avere la minima idea di dove fosse andata la sua capitana, né del perché lei avesse abbandonato la nave che amava. Fu lui che consegnò il diario di prigionia nelle mani della vecchia zia di Louise, Alis, in Warmoesstraat, sessantacinque anni prima. Il diario che Suzanne ora portava con sé.

La sua mano scivolò nella borsa di pelle che conteneva non solo il diario, ma anche una carta dei tarocchi, avvolta in un pezzo di logoro lino bianco. Quello era un costante promemoria di ciò che l'aspettava. Era impegnata in una missione, così come lo erano stati Achille o Ercole.

«Il prossimo!».

Suzanne tornò con un sussulto al presente, mentre il primo ufficiale della nave chiamava i nomi dei passeggeri perché venissero portati a riva su barche a remi. Si sistemò la borsa sulla spalla, quindi andò ad affiancarsi alla nonna.

«Ricorda, *petite*», mormorò Florence, «adesso devi cercare di parlare olandese».

«Lo so».

Si mise pazientemente in fila, in attesa che sua nonna venisse aiutata a scendere sulla barca. Nonostante la giornata grigia, i capelli ramati di Suzanne splendevano luminosi. Di costituzione forte e robusta, i suoi colori la ricollegavano al ramo olandese della sua famiglia. Solo gli strani occhi, uno azzurro e uno marrone, rimandavano alle generazioni di donne della famiglia Joubert a cui assomigliava nello spirito: Minou, Marta, Louise, Florence. Avventuriere, tutte.

«Suzanne Joubert?»

«*Ik ben hier*», rispose con voce chiara. Sono qui.

Stringendo il baule da viaggio, Suzanne scese sulla barca e si sistemò sulla panca di legno accanto alla nonna. Respirò a fondo, sentendo i nervi cantare per l'eccitazione. Ma anche per l'apprensione. Il mare era mosso, ma era abituata al movimento delle onde.

Quando i marinai iniziarono a remare, Suzanne sorrise.

«*J'arrive*», mormorò sottovoce, mentre i gabbiani continuavano a stridere sopra le loro teste. «Sto arrivando. Sto venendo a cercarti».

Capitolo due

Nell'istante in cui la barca a remi si allontanò dal riparo della nave, Suzanne si rese conto che il mare era molto più agitato di quanto non sembrasse dal ponte. Strinse il braccio della nonna e guardò dritto davanti a sé. Florence, sebbene fosse sulla novantina, non dimostrava alcuna paura.

«Non dovremmo aspettare che il mare si calmi?», gridò Suzanne al timoniere.

L'uomo scosse la testa. «Sta per arrivare una tempesta. Le condizioni peggioreranno verso il pomeriggio. Dobbiamo far sbarcare tutti ora o aspettare che il tempo si aggiusti».

«Ma è sicuro?»

«Ho visto situazioni peggiori. Se vi sentite male, fissate la riva».

La piccola barca lottava per solcare il mare in tempesta, finché un'onda mostruosa non si infranse sulle murate, quasi capovolgendo l'imbarcazione. La più giovane delle orfane olandesi, Catrina, strillò. Sebbene fossero originari di un Paese che sorgeva su una rete di corsi d'acqua, canali e fiumi, pochi sapevano nuotare, e nessuno di loro aveva mai messo piede fuori Rotterdam prima di quel pellegrinaggio ai confini della terra. Un altro getto di acqua di mare si abbatté rumorosamente sulla barca, sommergendone le assi. I marinai iniziarono a gettarla fuoribordo mentre alcune delle ragazze, vestite tutte uguali con un grembiule grigio da orfanotrofio, iniziarono a piangere.

La terra sembrava molto lontana.

«Non c'è niente di cui preoccuparsi, sono solo i soliti inconvenienti del mare in inverno», urlò Suzanne per sovrastare l'onda lunga. «Capo di Buona Speranza, è così che chiamano questa lingua di terra – "buona speranza" – ed è proprio quello che diventerà. Ricordate le mie parole».

«*Beloof je?*», sussurrò Catrina. Dici davvero?

«Sono sicura», rispose Suzanne con tono risoluto, mentre un'altra onda si infrangeva sulla prua della barca. Accanto a loro, la ragazza più grande, Judith Verbeek, nonostante la brutta cera a causa della nausea, la ringraziò mormorando.

Mentre sbandavano violentemente a babordo, Catrina urlò di nuovo. Suzanne e Judith allontanarono le ragazze dalle panche a prua e le spinsero verso il fondo della barca, gridando loro di tenersi strette.

«E pregate che Dio abbia pietà di noi», bisbigliò Judith.

I rematori continuarono a lottare per avanzare controcorrente, mentre l'imbarcazione veniva sballottata e scossa dalle onde che si infrangevano, spingendola fuori rotta. Ma il timoniere, sebbene fradicio e accecato dagli spruzzi, rimase saldamente in posizione. A poco a poco, mentre la riva si avvicinava, il mare iniziò a calmarsi. Infine, protetto dalla curva della baia, il timoniere condusse la barca a remi in sicurezza al molo di legno, dove svariate paia di braccia si tesero immediatamente per issare sul molo i nuovi arrivati inzaccherati.

Balbettando in un misto di olandese e francese, i rifugiati – i quali li avevano preceduti a bordo delle dodici navi della VOC che avevano seguito la rotta delle carovane – erano pronti ad accogliere i loro fratelli e sorelle. Ma si ritrassero quando videro le orfane olandesi. Quelle persone non erano i loro parenti. Perciò, tirarono indietro le mani in attesa della barca successiva, che avrebbe portato a riva i loro correligionari.

«*Dank u*», disse Suzanne quando un funzionario si chinò per aiutarla, ricordando il consiglio di sua nonna. L'uomo annuì, la aiutò con il baule, ma non disse nulla.

Suzanne sentì un sussulto nelle viscere. Nonostante fossero anche loro ugonotti, avevano pagato di tasca propria come passeggeri. Era giovane e nubile, ed era noto che presso la colonia scarseggiassero donne adatte a diventare le mogli degli uomini della VOC. Questo significava che sarebbe stata accolta a braccia aperte. Tuttavia, Suzanne non era sbarcata al Capo per diventare la moglie di un contadino.

La Colonia del Capo

Fu detto loro di camminare fino alla fine del molo e di aspettare sulla riva.

Per un istante, Suzanne non riuscì a muoversi. Rimase in piedi, con le gambe ben salde a terra, in preda alla sensazione che il molo oscillasse sotto i suoi piedi, pregando affinché il malessere passasse. Rabbrividì, inzuppata dagli spruzzi. Sentiva la pelle tirare per effetto dell'acqua salata, e le girava la testa.

Sebbene la riva fosse rumorosa, il fragore era attutito dalla bassa nebbia grigia, accompagnata da una pioggerellina che le ricordava le piazze e le strade acciottolate di Amsterdam. L'aria sembrava di un bianco brillante, come lo scintillio sui canali in autunno. Per Suzanne, però, tutto era vivido e luminoso. Gli odori e i suoni le parevano piacevolmente familiari, eppure completamente estranei: il rotolio dei barili sulle assi di legno del molo, le voci maschili che gridavano per impartire comandi o esplodere di rabbia, i gabbiani, gli uccelli trampolieri neri come il carbone con zampe e becchi di colore rosso vivo, "beccacce di mare", pensò.

Suzanne era abituata a un miscuglio di lingue e a mescolarsi con viaggiatori provenienti da tutto il mondo – del resto, aveva sempre vissuto soltanto in città portuali – ma era rimasta colpita dai facchini che si occupavano di trasportare i loro bagagli. Uomini con la pelle nera come l'inchiostro, alti e imponenti. Altri, invece, avevano la pelle più chiara, indossavano abiti da lavoro, e, a giudicare dai lineamenti, provenivano con tutta probabilità da Madagascar, Bengala e Sri Lanka.

Girava voce che il comandante stesso della Colonia del Capo fosse il nipote di uno schiavo liberato, tuttavia il capitano della *China* si era vantato di come il numero di schiavi sul territorio fosse già il doppio rispetto a quello dei dipendenti della VOC stabilitisi al Capo. Suzanne aveva tenuto a freno la lingua, cercando di trattenere la repulsione. La schiavitù era illegale nelle Province Unite, ma non nei territori d'oltremare, e il pensiero che degli esseri umani venissero comprati e venduti come bestiame la disgustava.

Dagli archivi di van Raay ad Amsterdam, aveva appreso che Louise, la prozia di Louise, Alis, e l'amica di Alis, Cornelia van Raay, avevano preso posizione contro la schiavitù. Ma le voci di alcune donne non erano state sufficienti a convincere gli uomini che governavano l'Olanda, i Diciassette Signori. Il direttivo, infatti, aveva stabilito che il traffico di esseri umani avrebbe fruttato ricchezze e influenza. E il tempo aveva dato loro ragione. Perciò, Suzanne sapeva che la fiorente Colonia del Capo non sarebbe potuta esistere senza queste persone private della libertà.

All'improvviso, udì un applauso alle sue spalle. Suzanne si voltò e vide la seconda delle barche a remi che trasportava i primi rifugiati in avvicinamento al molo. Il gruppetto di persone si fece di nuovo avanti, sperando di rivedere i volti di familiari e vicini perduti da tempo. Osservò i loro sorrisi di sollievo, le braccia che si tendevano, udì le loro preghiere in francese che ringraziavano Dio per aver condotto amici e parenti a destinazione sani e salvi dall'altra parte del mare.

Non appena tutti i ventotto passeggeri furono sbarcati, un funzionario con i colori della Compagnia delle Indie si fece avanti e batté le mani.

«Da questa parte».

Suzanne avanzò, facendo cenno agli altri di seguirla verso un capannone ampio e profondo. Prima di essere autorizzati a salpare alla volta della colonia, tutti loro, persino i passeggeri paganti come Suzanne e Florence, avevano dovuto prestare giuramento di fedeltà alle Province Unite, promettendo di obbedire alle leggi olandesi, di comportarsi da sudditi buoni e leali, e di rimanere al Capo per un periodo minimo di cinque anni.

Alla luce degli oltre quattro mesi trascorsi in mare con i suoi correligionari, e con la consapevolezza che la loro conoscenza delle usanze olandesi era limitata, Suzanne dubitava che i suoi compagni di viaggio avessero idea degli impegni che si erano assunti. Erano muratori e braccianti, tessitori e bottai. Erano cresciuti nel caldo e nella semplicità della Provenza, tra boschetti di peschi, vigneti e olivi, dove piccoli borghi collegati tra loro erano incastonati in dolci colline verdi e valli fluviali, legati l'uno all'altro da secoli di matrimoni e vincoli di parentela. La maggior parte di loro non aveva mai visto il mare prima di salire a bordo della *China*, e pochi sapevano firmare con il proprio nome, per non parlare di leggere i documenti che venivano sottoposti loro.

«Qui dentro, prego», disse il funzionario.

Suzanne varcò ampie porte con chiavistelli di legno ed entrò in un capannone grande quanto quelli che aveva visto nei cantieri navali di Amsterdam. Una lunga e semplice struttura rettangolare, costituita da assi e sigillata con catrame, con alte finestre aperte in cima per la ventilazione, e lunghe panche disposte su entrambi i lati. All'estremità opposta c'era una serie di stretti tavoli sorretti da cavalletti con lampade a olio che ricordavano una corte di giustizia dove i funzionari, come una fila di corvi neri appollaiati su una staccionata, erano seduti nell'attesa di iniziare il processo di registrazione dei nuovi arrivati. Sulla parete alle loro spalle, era appesa la bandiera delle Province Unite tra due stendardi più grandi che inneggiavano all'autorità della Compagnia delle Indie. Suzanne sorrise cautamente. Le dimensioni e la posizione delle bandiere lasciavano intendere chiaramente dove risiedeva il vero potere, ossia nelle mani dei mercanti anziché in quelle dei ben più lontani Diciassette Signori.

«Sedetevi», disse il funzionario, indicando le panche alla loro sinistra. «Aspettate di essere chiamati per nome. Quando sarà il vostro turno, avvicinatevi alla scrivania e rispondete alle domande che vi saranno poste».

Le otto orfane si sedettero formando un macchia grigia tremante, poi si alzarono di nuovo, in preda al timore di fare la cosa sbagliata. Nessun altro si era mosso. Il funzionario era stato chiaro, ma Suzanne sapeva che la maggior parte dei suoi compagni di viaggio avrebbe fatto fatica a capire. Avevano avuto modo di imparare pochissime parole in olandese durante il viaggio in mare, erano rimasti per la maggior parte del tempo nei loro alloggi comunicando principalmente tra loro, anche quando Suzanne si era offerta di insegnare loro la lingua. In quel momento, erano stanchi e spaventati. Il sollievo per essere sopravvissuti alla traversata aveva già lasciato il posto a una paura più profonda: quella dell'ignoto.

«Presto», insistette il funzionario impaziente. «Dovete sedervi tutti».

Suzanne si fece avanti. «*Mijnheer*, forse potrei essere d'aiuto».

L'uomo fece scorrere gli occhi su e giù sui suoi vestiti sporchi e fradici. «Parlate olandese?»

«La famiglia del mio bisnonno era originaria di Amsterdam».

Il funzionario strizzò gli occhi. «Eppure siete una rifugiata».

Suzanne scosse la testa. «Una viaggiatrice, *mijnheer*. Abbiamo pagato il viaggio di tasca nostra».

«Abbiamo? Dov'è vostro marito?»

«Mia nonna e io», rispose lei con voce piatta. «È avanti con gli anni, ma desiderava dare il suo contributo alla costruzione di questo nuovo angolo dell'impero olandese».

Era ben consapevole del quadro che stava dipingendo: una giovane donna in abiti da viaggio trasandati, con il cappellino macchiato e la gonna inzuppata dall'acqua di mare. Ma il tessuto era costoso, il mantello ricamato, e gli stivaletti di morbida pelle spagnola, e sapeva che l'uomo avrebbe riconosciuto il loro valore. Nonostante gli atteggiamenti altezzosi, i membri della VOC erano soprattutto commercianti. Conoscevano il valore di mercato di ogni cosa.

«Che cosa volete?», chiese sospettoso.
«Solo aiutare».
Suzanne fece un gesto a Judith e alle altre sette ragazze. «Sono dell'orfanotrofio di Rotterdam, ma la maggior parte dei miei correligionari non parla la vostra lingua. Potrei fare da interprete per loro». Aspettò educatamente, sperando di non essere stata troppo diretta. Il periodo trascorso ad Amsterdam le aveva insegnato che la maggior parte dei funzionari minori della VOC era facile da adulare. Ma forse gli uomini del Capo, pionieri dopotutto, erano più difficili da compiacere? «Ritengo che sia mio dovere rendermi utile», aggiunse lei.
Dovere. Quello era un concetto che il funzionario riusciva a capire. Annuì. «Venite».

Capitolo tre

«Mi sono offerta di fare da interprete», sussurrò Suzanne alla nonna.

«Non essere impertinente», la mise in guardia Florence. «Gli uomini non apprezzano le donne dalla mente acuta. Credono che li faccia sembrare stupidi».

«Alla maggior parte di loro non serve il nostro aiuto, per quello!».

«Suzanne…».

Alzò le mani. «Non ti preoccupare, *gran'mère*, terrò a freno la lingua».

Suzanne baciò la nonna, quindi si affrettò a seguire il funzionario. I suoi stivaletti parevano fin troppo rumorosi nello spazio riecheggiante, nonostante il pavimento di terra battuta. Gli altri impiegati non le prestavano attenzione, ma sentiva gli occhi degli altri passeggeri che la seguivano interessati mentre risaliva il centro della sala. Sorrise a Judith, in piedi insieme alle altre orfane promesse spose come una mamma chioccia, nella speranza di rassicurarle. Diciannovenne dal fisico ossuto, la sua amica le restituì il sorriso.

Il funzionario si fermò davanti ai lunghi tavoli montati su cavalletti. Segnalando a Suzanne di restare dov'era, si avvicinò a un uomo seduto su una sedia dallo schienale alto. Il *régisseur*, immaginò. Il suo atteggiamento solenne le diede la sgradevole sensazione di essere giudicata, come se si trovasse in tribunale anziché davanti a un comitato di benvenuto. E, in un certo senso, era così, in effetti, suppose Suzanne. Agli occhi di quell'uomo e dei suoi funzionari, lei e i suoi compagni non erano individui, ma numeri su una lista da gestire e assegnare a un appezzamento di terreno: braccianti, contadini, vignaioli, allevatori.

Suzanne non pensava si trattasse di Simon van der Stel in persona – il comandante non si sarebbe occupato di un compito tanto banale – ma il *régisseur* emanava comunque un'aura d'importanza. Con un calamaio di ottone e una piuma in mano, sembrava perfettamente identico a qualunque funzionario della VOC avesse incontrato ad Amsterdam. Indossava un lungo *justaucorps* nero, calzoni e calze neri, un bianco colletto piatto, e i suoi capelli erano pettinati all'indietro sulla fronte. L'unico tocco appariscente consisteva in un enorme paio di baffi pendenti che gli incorniciavano le labbra sottili.

Il funzionario che l'aveva guidata fino al tavolo stava ancora sussurrando, lanciandosi occhiate dietro alle spalle. Il *régisseur* si piegò su un fianco: ora entrambi la stavano fissando. Suzanne non sorrise, ma rimase in piedi con le mani giunte davanti a lei, l'immagine del contegno e della pazienza, fino a quando non le fu segnalato di farsi avanti.

«Voi parlate olandese, *juffrouw*...?», esordì il *régisseur* lasciando in sospeso la domanda relativa al suo nome.

«Joubert», rispose. «Suzanne Joubert. Ho viaggiato insieme a mia nonna, Florence Reydon-Joubert».

«Ma voi siete francese?»

«La mia famiglia è di origini francesi e olandesi, e si è stabilita ad Amsterdam all'epoca dell'*Alteratie*». Fece una pausa. «In effetti, il mio bisnonno ha partecipato alla liberazione della città dall'oppressione cattolica».

Il *régisseur* inarcò le sopracciglia, ma Suzanne sapeva che il commento aveva colpito nel segno. Un consistente gruppo di rifugiati ugonotti era fuggito nei Paesi Bassi dopo il massacro di Parigi del 1572, per dare man forte alla resistenza protestante nei Paesi Bassi contro il governo spagnolo. Sei anni dopo, il municipio era stato preso d'assalto da calvinisti e ugonotti, che avevano assunto il controllo del consiglio, e quindi di Amsterdam, senza una sola vittima.

«Davvero? E come mai siete venuta qui, *juffrouw* Joubert?»

«La maggior parte dei nostri parenti è stata uccisa dai cattolici durante le più recenti persecuzioni in atto nella mia patria». Scrollò impercettibilmente le spalle. «Non restava niente per me in Francia, né mi rimaneva alcun familiare ad Amsterdam, e così...».

Il *régisseur* rimase a guardarla ancora un momento. Suzanne gli leggeva la ristrettezza mentale negli occhi. Perché mai una donna, presumibilmente appartenente a una famiglia nobile come quella, avrebbe dovuto affrontare il pericoloso viaggio fino al Capo senza un uomo ad accompagnarla? Ma il pragmatismo ebbe la meglio sulla sua curiosità.

«Molto bene. Potete assistermi».

Suzanne sorrise, consapevole che avrebbe dovuto essergliene grata, per quanto fosse lui a trarre il vantaggio maggiore dall'accordo.

«*Dank u, régisseur*».

Si avvicinò alla prima famiglia in attesa sulle panche: Jean Meinard e sua moglie Louise, che avevano perso due figli durante il viaggio. Provenivano da un paesino in Provenza, Saint-Martin-de-la-Brasque. Spiegò a Jean, un uomo gentile di ventisei anni, che cosa sarebbe successo di lì a poco, e si offrì di far loro da interprete. Sua moglie accettò per tutti e due, e gli assestò un'amorevole spintarella nella schiena per incoraggiarlo a incamminarsi. Meinard si sistemò il farsetto macchiato, strofinò gli stivali sul retro delle calze, e fece un passo avanti.

«Nome?»

«*Ton nom de famille*», sussurrò Suzanne.

Il francese annuì e rispose. Alto e con le spalle curve, stringeva in mano il consunto cappello di feltro. I capelli gli pendevano dritti, incorniciandogli un viso magro. Non mostrava alcun segno di impazienza. Suzanne sapeva che era questo che voleva dire essere un rifugiato, vedersi strappare via l'indipendenza e l'individualità. Chi aveva avuto posizioni di spicco nel proprio villaggio, era ora ridotto a un supplice, costretto a essere sempre grato, a non fare mai domande, ad aspettare di ricevere gli avanzi. Suzanne aveva il cuore in pezzi per loro, per questi uomini e donne della Provenza che si ritrovavano in questo Paese straniero. Era un rifugio, erano vivi, ma a quale costo?

Con il passare del tempo, tuttavia, Suzanne dovette ammettere che la procedura era scrupolosa e, a suo modo, equa. Nulla era lasciato al caso, non c'era spazio per favoritismi o pregiudizi: a ogni capofamiglia veniva concesso un prestito prelevato dal denaro raccolto dai coloni, venivano forniti utensili e veniva assegnato un appezzamento di terreno. Alla colonia servivano persone che coltivassero frutta e verdura fresche per rifornire le navi della VOC di passaggio, uomini che producessero vino e distillassero brandy e aceto, e famiglie che incrementassero la popolazione. Alla Compagnia delle Indie servivano i rifugiati tanto quanto ai rifugiati serviva un posto sicuro in cui mettere radici.

Dopo Jean Meinard, vennero i Jourdan e i Malan, i Courbon e i Goirand. Le domande erano ogni volta le stesse, poste sempre con lo stesso tono monocorde dal funzionario, il quale raramente sollevava lo sguardo dal registro.

Pierre Grange, un uomo di grande dignità e serietà, era uno dei più anziani tra i rifugiati. Le fatiche del viaggio, e l'incertezza della sua posizione, trasparivano dalle profonde rughe sul suo volto e dal modo in cui i suoi occhi offuscati guizzavano da Suzanne al *régisseur* e ritorno a ogni parola che veniva pronunciata. Due volte la ragazza dovette chiedergli di alzare un poco la voce.

Suzanne chiese che le ragazze di Rotterdam fossero considerate un unico gruppo, e che a Judith Verbeek fosse consentito di parlare a nome di tutte loro. La sua mozione fu accolta. Con suo immenso sollievo, almeno per le prime settimane, le otto ragazze sarebbero state ospitate insieme, prima di essere consegnate alle cure dei loro nuovi mariti.

«Verrò a trovarti non appena posso», mormorò alla sua amica. «Per assicurarmi che siate sistemate in alloggi adeguati».

«Per questa prima sera staremo bene, credo», rispose Judith. «È quello che accadrà dopo, quando verremo separate. Catrina, Petronella, sono così giovani...».

«*Ik begrijphet*», replicò Suzanne a bassa voce. Capisco.

Con l'avanzare del pomeriggio, la voce di Suzanne si fece roca a forza di parlare. Iniziavano a farle male le gambe, e si sentiva ancora lo stomaco sottosopra. Guardò con invidia le brocche di brandy e i dolci sui vassoi posizionati a intervalli regolari lungo il tavolo dei funzionari, ma nessuno pensò di offrirle un rinfresco.

Alla fine, restava una sola famiglia da registrare. Pierre Jaubert proveniva dal villaggio di La Motte d'Aigues. Dopo un pericoloso viaggio attraverso le montagne che separavano la Francia dalla Germania, era infine arrivato a Rotterdam nella primavera del 1688. Era salito a bordo della *China* con la sua novella sposa. Giovane e dolce, era morta di febbre appena una settimana dopo essersi imbarcata. Con sconveniente rapidità – o così pareva a Suzanne – Jaubert aveva sposato un'altra donna, anch'essa rimasta vedova a bordo.

Inizialmente, Suzanne li aveva evitati. Ma quando il tempo era cambiato, e la *China* era salpata dal Golfo di Biscaglia e aveva seguito la costa portoghese diretta alle Isole Fortunate, Suzanne si era ritrovata attratta dalla compagnia di Jaubert. Sebbene non sapesse né leggere né scrivere il proprio nome era un narratore eccezionale, e i racconti della sua fuga dalla casa di Ginevra, del suo viaggio lungo il Reno e la Mosa, attiravano tutti sul ponte, alla sera. La storia si concludeva sempre con un finale teatrale, durante il quale Jaubert estraeva dal farsetto il suo Nuovo Testamento, una Bibbia non più grande della mano di un uomo, e lo brandiva sopra la testa come un predicatore infervorato.

«Questo libro», diceva, «questo sacro libro ha viaggiato con me in lungo e in largo per la Francia. È questo libro» – a quel punto, Jaubert lo stringeva al petto – «è questo sacro libro che mi ha tenuto al sicuro, che ha tenuto gli sguardi dei soldati lontani da me».

Anche se i dettagli variavano a ogni racconto, il succo del discorso restava lo stesso: riluttante ad abbandonare il suo unico cimelio di famiglia, ma sapendo che il possesso di una Bibbia francese lo avrebbe marchiato come ugonotto assicurandogli, di conseguenza, una condanna a morte, Jaubert l'aveva avvolta in un telo cerato e l'aveva nascosta in una *boule* di pane.

«E così eccomi qui, su questa bella nave, la *China*, consapevole che la luce di Dio risplende ancora su di me. Amen».

Suzanne aveva anche imparato ad ammirare la sua nuova moglie, Isabeau. Non era solita parlare molto a meno che non avesse qualcosa di importante da dire, ma era calma e leale. Suzanne pensava che sarebbe stata la moglie perfetta per un colono stravagante e socievole come Jaubert.

«*Juffrouw* Joubert, *alstublieft*. Se non vi dispiace».

Il *régisseur* agitava la mano in un gesto impaziente. Suzanne si rese conto di essersi abbandonata alle distrazioni. Invitò l'amico a portarsi accanto a lei.

«Questo è Pierre Jaubert. Viaggia insieme a...».

«Non importa», sbottò il *régisseur*, senza dubbio anche lui con la mente rivolta alla cena.

Jaubert, come la maggior parte dei rifugiati, parlava il francese provenzale anziché quello parigino, quindi Suzanne si rivolse a lui con voce lenta e cauta. «Pierre, in quanto capofamiglia, ti verranno assegnati duecentodieci *real* da otto e un appezzamento di terra in un luogo che chiamano Drakenstein».

«Dove si trova?», domandò, ma fu zittito da una feroce occhiata del *régisseur*.

«Te lo dico già io», rispose Suzanne. «È dove verrò insediata la maggior parte di noi».

«È un buon terreno?»

«Me lo auguro».

Jaubert annuì.

«Ti daranno anche», proseguì poi, mentre il *régisseur* scorreva la sua lista, «un'ascia, una falce, sei sacchi di mais, una vanga, settecento grammi di piombo, una pietra focaia...».

«Bene, bene».
«...nonché mezza pentola, mezzo scalpello, un trapano a succhiello e un trapano a manubrio».
«Ma cosa dovrebbe farci mia moglie con solo mezza...».
«Pierre, ti prego», mormorò Suzanne, quindi proseguì. «Inoltre, mezzo moschetto con mezzo chilo di polvere da sparo, un terzo di una mandria da otto capi...».
Jaubert sbuffò con il naso.
«...e un terzo di aratro. Faresti meglio a ringraziarlo», terminò in tono severo.
«*Dank u*», rispose Jaubert ad alta voce, rivolto al *régisseur*, come se stesse parlando a un bambino idiota. Suzanne riuscì a malapena a trattenersi dal ridere.
«Firmate qui», ordinò il *régisseur*, spingendo il documento verso il bordo del tavolo.
Fu solo in quel momento che Suzanne vide che il cognome di Pierre era scritto sbagliato, senza dubbio perché era tutto il pomeriggio che lei pronunciava il proprio.
«È "Jaubert"», cercò di dire, «con la "a", non "Joubert" con la "o"».
L'amico le fece cenno di non darsi pena, e firmò con una croce in fondo al foglio.
«Non ha importanza, purché io riceva quello che mi hanno promesso».
A dispetto della fatica e della gola secca, Suzanne sorrise. Non aveva alcun dubbio che Pierre Jaubert, ora diventato Joubert, avrebbe prosperato in quella terra aspra.

Capitolo quattro

La notte era calata sulla colonia.

Era stato un lungo pomeriggio ma, alla fine, tutti erano stati registrati e assegnati a un alloggio per le prime settimane. In quanto nubile, a Suzanne era stata offerta una modesta diaria. Ma lei aveva rifiutato, sapendo che avrebbe fatto una figura migliore agli occhi delle autorità se non fosse stata considerata un peso per le loro risorse. Aveva affidato i suoi effetti personali di valore alla VOC (il suo piccolo portagioie e alcune monete d'oro e d'argento che era riuscita a far uscire di nascosto dalla Francia) affinché venissero depositati in una cassaforte nel castello di Buona Speranza. Quello era un tipo di servizio offerto a tutti i viaggiatori diretti al Capo.

La maggior parte dei nuovi arrivati fu sistemata in alloggi dietro gli edifici della Compagnia vicino al porto, all'interno di capanne fatte di argilla e paglia. Le famiglie provenzali erano felici di stare vicine, nonostante le loro abitazioni non fossero granché migliori rispetto alle condizioni miserabili a bordo della nave. Erano al sicuro, erano sulla terraferma. Le ragazze olandesi si trovavano a qualche strada di distanza dalla riva dell'oceano.

A Suzanne e Florence era stata assegnata una casa a un piano, situata tra la piazza principale e i giardini della Compagnia. Si trovava in un grazioso quartiere della città, vicino al nuovo ospedale. La casa apparteneva a un ricco mercante che era salpato per Batavia con la moglie l'aprile precedente e sarebbe tornato non prima di dodici mesi. Una veranda e una porta d'ingresso dipinta conducevano a un piccolo vestibolo arredato con una panca di legno, un tavolino e ruvide pareti imbiancate.

C'era un salotto con una finestra con persiane che si affacciava sulla strada, due poltrone di legno imbottite e un tavolo da pranzo quadrato con quattro sedie dallo schienale intrecciato, una cassettiera e una panca sormontata da cuscini. La casa offriva anche una piccola cucina con un focolare e un secchio d'acqua per lavare, e, più in là, una camera con un grande letto di fattura grossolana e un materasso di paglia. I pavimenti erano ricoperti da piastrelle in ogni stanza, quindi era pulito e asciutto. Suzanne si innamorò subito del suo nuovo alloggio, sebbene fosse rimasta delusa dal fatto che non c'erano libri.

Dopo essersi tolta gli abiti da viaggio e aver indossato una *robe de chamber,* si sedette con Florence al tavolo da pranzo su cui erano disposti gli avanzi del loro pasto: una pagnotta e un po' di carne essiccata, un piatto di cavolo salato e brandy diluito. Una singola candela sorretta da un portacandele di ottone proiettava ombre danzanti sul legno lucidato.

«*Gran'mère*, sii sincera, ti sei pentita di venire qui? Saresti voluta rimanere ad Amsterdam?».

Florence sorrise. «No».

Suzanne tracciò le spirali delle venature del legno con il dito. «Temo che mi sarei dovuta opporre quando ti sei offerta di venire con me. Ho sbagliato a pensare solo a me stessa».

«Ho riflettuto sulla questione e ho fatto la mia scelta».

«Ma il viaggio è stato molto faticoso, soprattutto per una donna della tua età».

«Non c'è nulla di giusto in questi giorni difficili», replicò Florence in un raro scatto d'ira. «Non potevamo restare a La Rochelle dopo quello che...». Si interruppe. «Inoltre, non ho mai amato particolarmente Amsterdam dopo la morte di mio padre e mia zia. Sarebbe stato più doloroso restare là senza di loro anziché venire in un posto nuovo, un posto senza ricordi».

Suzanne annuì. «Capisco».

«E poi, come potevo passare il tempo seduta da sola in Warmoesstraat chiedendomi a ogni ora del giorno se la tua nave fosse affondata, domandandomi se tu fossi ancora viva o morta? Non c'è niente di peggio che non sapere, me l'ha insegnato mia nonna. Quindi, ho deciso che sarebbe stato meglio affrontare il viaggio con te, per quanto arduo, piuttosto che trascorrere il resto dei giorni che Dio mi concederà ignorando la tua sorte. E, naturalmente», aggiunse, con gli occhi offuscati che brillavano, «tu ti ostini a vedere questa tua missione come qualcosa che riguarda te e solo te».

Suzanne arrossì. «Missione?»

«Pensi che non sappia il vero motivo per cui sei qui?»

«Che cosa intendi?»

«Louise».

Quel nome cadde come una pietra nel silenzio totale, turbando l'aria tutto attorno. Nonostante Suzanne pensasse spesso a Louise, rimase scioccata nel sentire il suo nome pronunciato ad alta voce.

«Ma come...».

Florence rise. «Il tuo viso è un libro aperto, *petite*. Ti ho visto nascere e crescere. Quando hai in mente qualcosa, hai la stessa espressione di quando eri bambina. Fai sporgere la punta della lingua e aggrotti la fronte, proprio come facevi quando cercavi un modo per farla franca senza recitare le preghiere prima di andare a dormire». Sorrise affettuosamente. «E mentre eravamo in Warmoesstraat questo inverno, quando trascorrevi ore e ore in biblioteca, pensavi davvero che ti credessi una filosofa? Dimentichi che conoscevo Louise. Non ho passato molto tempo con lei, ma ho dei vividi ricordi di lei a Parigi, e di quando le abbiamo fatto visita ad Amsterdam».

Suzanne rimase in silenzio per un istante, ansiosa di ascoltare i ricordi della nonna, i ricordi di qualcuno che l'aveva amata.

«Conoscevi anche la madre di Louise?»

«Marta? No. Sebbene mio padre fosse molto affezionato alla sua sorella maggiore, era piuttosto diffidente. Si sentiva sperduta a Parigi, quindi stavano poco insieme».

«E la sorella minore?».

Florence sospirò. «Bernarda era una donna difficile. Mio padre era rispettoso, avevano solo due anni di differenza ed erano cresciuti insieme ad Amsterdam, ma lei non si è mai sentita parte della famiglia a tutti gli effetti. Bernarda era intransigente, una calvinista molto rigida. Disapprovava Marta e, in seguito, disapprovava anche Louise, la figlia di Marta nata fuori dal matrimonio».

«Forse era solo gelosa».

«Forse, sì. Mio padre cercava sempre di fare da mediatore, ma Bernarda non voleva appartenere alla famiglia Joubert, il ramo francese della famiglia, volubile e immorale».

«Lei e suo marito non hanno avuto figli?».

Florence scosse la testa. «No, ecco perché la vecchia casa Joubert nella Zeedijk non è rimasta di proprietà della famiglia. Quando Bernarda è morta, essendo sopravvissuta a Frans di alcuni anni, ha lasciato la casa alla Chiesa riformata dei Paesi Bassi».

A Suzanne parve quasi di poter vedere i fantasmi dei membri della famiglia: Minou, Marta, Louise, Bernarda; alcuni buoni, altri no.

«Anche mia madre era una donna insoddisfatta», continuò Florence. «Trovava sempre qualcosa che non andava e desiderava una vita diversa. Il mio fratellino morì quando aveva appena un anno, e mio padre stava via da casa per lunghi periodi: era al servizio del grande re, Enrico IV, quindi lei si ritrovava spesso da sola. Mi spiace dirlo, ma non reggeva il confronto con Louise, che invece era determinata e sveglia. Louise era la madre che avrei voluto avere, e mi sentivo in colpa per questi pensieri». Florence fece un sospiro profondo. «E ora, eccoci qui, dall'altra parte del mondo. Proprio come te, *petite*, mi sono sempre chiesta che cosa fosse successo a Louise. Oggi avrebbe più di cento anni ormai, ti rendi conto che non può essere ancora viva, vero?»

«Lo so. Voglio solo scoprire dove si trova. Assicurarmi che venga ricordata, immagino».

Florence le prese la mano. «Tu la consideri la tua missione, scoprire che cos'è successo a Louise, ma neanch'io vorrei andare dal Creatore all'oscuro di cosa le è successo. Nel bene o nel male».

Suzanne si alzò e andò alla finestra che si affacciava sul castello di Buona Speranza. Attraverso le stecche delle persiane, riusciva a vedere i bracieri tremolare sui cinque bastioni.

«Perché non hai ammesso di conoscere le mie intenzioni?», chiese, consapevole di aver sottovalutato la nonna. «Dopo che la nave era salpata, almeno. Perché aspettare fino a questo momento?».

Florence si appoggiò allo schienale della sedia. «C'è poca privacy su una nave, e volevo che ti confidassi con me solo quando fossi stata pronta. Ma mi sono lasciata prendere dalla curiosità. Sei premurosa e attenta nei confronti dei miei anni, troppo attenta, e questo ti spinge a cercare di proteggermi. Ma tutto questo non ha senso. I miei capelli saranno anche grigi, ma la mia mente è più acuta che mai. Ho visto tante cose nella mia vita, sono sopravvissuta a molti eventi. Allora, non vuoi dirmi che cos'hai intenzione di fare?».

Suzanne sentì qualcosa cambiare dentro di lei. La sua risolutezza si acuì, come se fosse stato siglato qualche tipo di patto. Tornò al tavolo, sganciò la borsa di pelle dallo schienale della sedia, tirò fuori il diario di Louise e si sedette. Era la sua Bibbia, in un certo senso, un talismano, tanto quanto il Libro sacro di Pierre Jaubert.

«Non lo so ancora. Ma è da qui che iniziamo. Dalle parole di Louise».

Capitolo cinque

Il suono di voci maschili riverberava contro le pareti di legno della taverna, il volume sempre più alto a ogni bicchiere di brandy che veniva servito. Driek Holsteen riusciva a stento a sentire i propri pensieri.

Al termine di ogni viaggio, si riprometteva di non sbarcare per andare dritto in cerca di una locanda. Driek aveva già percorso la cosiddetta "rotta delle carovane" in passato. Dopo più di quattro mesi in mare, a bere bumbo e birra annacquata, sapeva di non poter reggere il vino aspro del Capo. "Rilassati", si disse. Re per un giorno, o sei, una settimana di congedo a terra prima che la *China* salpasse di nuovo verso Batavia, la sua destinazione finale. Quello sarebbe stato il suo ultimo viaggio. Erano dieci anni che prestava servizio nella flotta della VOC. Avrebbe ricevuto il denaro che gli spettava in un'unica soluzione, una cifra sufficiente per sistemarsi e trovarsi una moglie.

«Ma dove?», biascicò ad alta voce, rivolgendo un cenno al proprio riflesso nello specchio appeso sopra alla porta.

A Batavia faceva troppo caldo, e c'erano troppi moscerini. Non era tagliato per fare il contadino, e la figura del funzionario del Capo non gli si addiceva – troppo pii, troppo ossessionati da norme e regolamenti – non andava bene per un tipo spensierato come lui.

«Un brav'uomo, bada», disse Driek allo specchio, puntandosi il dito contro il petto. «Non un santo, ma…». Poteva confermare di aver commesso degli errori. «Ma con un cuor di leone», mormorò, ricordando le parole pronunciate da una bella prostituta mentre la stringeva tra le braccia in una stanza di Rotterdam.

Avrebbe potuto sposarla, se fosse stata ancora libera. Riusciva a ricordare il suo nome? Driek scolò il suo boccale e cercò di rammentare il suo aspetto.

«Non così in fretta», biascicò, sapendo che ormai il danno era fatto. Era ubriaco.

La taverna si fece ancor più rumorosa mentre un numero sempre maggiore di suoi compagni di bordo, soldati e marinai, si ammassava in quello spazio limitato. Sebbene fosse poco più grande di una capanna, era popolare perché era la locanda più lontana dagli edifici della Compagnia delle Indie, che costeggiavano gran parte del lungomare. Una sala lunga e stretta, con in fondo un bancone che occupava l'intera larghezza della struttura; non c'erano finestre, anche se le ampie doppie porte erano state aperte e bloccate per lasciar entrare la fresca aria serale. Driek scoppiò a ridere. Dopo quattro mesi per mare, qualunque cosa avesse da offrire la terraferma era dolce. I marinai portavano i propri boccali al bancone, e sebbene non vi fosse nulla da mangiare, nemmeno biscotti secchi, il vino aspro e il brandy continuavano a scorrere fino a quando c'era almeno un uomo con in tasca *real* da otto, o pezzi da otto.

Driek sospirò. Cosa avrebbe dato per un bel quarto di birra olandese, una sedia comoda e una pipa carica! Era un uomo dai bisogni semplici. Abbassò lo sguardo sul proprio boccale e vide che era vuoto. Lo rovesciò, restio a credere ai suoi occhi, quindi rovistò nella tasca in cerca di una moneta.

Nulla. Avrebbe giurato sulla vita di sua madre che ne aveva un'altra. Driek si guardò attorno nella speranza di vedere un viso familiare eppure, per qualche motivo, tutti gli uomini di Rotterdam erano scomparsi. Ma era troppo presto per ritirarsi.

«La notte è giovane», borbottò.

Si alzò in piedi, l'equilibrio un po' instabile. Forse aveva già speso tutte le sue monete? Driek scrutò la clientela, tutti uomini di fatica come lui in cerca di un po' di allegria dopo la giornata di lavoro. Non c'erano funzionari, quel locale non era abbastanza elegante, ma solo nerboruti operai che non volevano altro che sciacquarsi la gola e magari, più tardi, un po' di compagnia femminile che li aiutasse a far passare la notte.

I suoi occhi si fissarono su un tavolo che non aveva notato in precedenza, lontano dalla porta, attorno al quale stavano chini quattro avventori. Sembravano esploratori, non quei codardi aborti di uomo che passavano le loro giornate con penna e pergamena.

Driek si raddrizzò. Erano bassi come lui, con la pelle pallida. Strinse gli occhi. Olandesi, senza dubbio. Accettava chiunque senza riserve – non era tra quelli che odiavano chiunque non fosse della loro razza – ma preferiva i suoi conterranei. Non avrebbero aiutato un compatriota bisognoso? Non gli avrebbero prestato qualcosa per aiutarlo a concludere la nottata?

Avanzando un cauto passo alla volta, si diresse verso il tavolo. Quattro paia di occhi si alzarono per guardarlo: non erano esattamente amichevoli, ma nemmeno apertamente ostili.

«*Heren*», esordì, concentrandosi sulla pronuncia di ogni singola lettera. «Signori, amici, ho delle informazioni che potrebbe farvi piacere conoscere! Se mi offrite da bere».

Un uomo dalla folta barba nera sollevò lo sguardo verso di lui. «Ah, sì?».

Driek posò le mani sul tavolo per recuperare l'equilibrio. «Sono giunto qui a bordo della *China* e salperò tra pochi giorni diretto a Batavia». Abbassò la voce in un sussurro da cospiratore. «Ma sapete cosa abbiamo portato con noi?»

«La sifilide?», azzardò l'uomo barbuto, e i suoi amici scoppiarono a ridere.

«Un altro branco di ratti francesi», replicò un uomo dai capelli rossi e dal colorito cadaverico. «Non sanno nemmeno parlare la nostra lingua. Questa è la nostra terra, e loro arrivano dandosi arie a destra e a manca, e non ci dicono nemmeno grazie. Cafoni, dal primo all'ultimo».

Driek si batté un dito sul naso. «Ragazze», ribatté. «Giovani, sole, pure come il giorno in cui sono nate. Otto, mature al punto giusto». Si leccò le labbra secche. «E so dove alloggiano».

Vi fu una pausa, poi il capo del gruppetto tese la mano. «Lars Eltorp». Schioccò le dita, richiamando un cameriere dall'aria rassegnata. «Un quarto di birra per il nostro amico. Siediti».

Driek si lasciò cadere felice sulla sedia. «Accetto volentieri».

Capitolo sei

Suzanne appiattì la prima pagina del diario di Louise e lesse ad alta voce, anche se conosceva le parole a memoria.

«"Oggi verrò impiccata. Prima che sorga il sole, sarò condotta da qui a un luogo di esecuzione, e là sarò impiccata per il collo finché non morirò"».

Si fermò, lasciando che la voce di Louise echeggiasse nella stanza, poi continuò.

«Ha iniziato a scrivere questo diario quando è stata imprigionata a Las Palmas de Gran Canaria con l'accusa di un omicidio che sostiene di non aver commesso».

Florence inarcò le sopracciglia. «Sostiene?»

«Ho intenzione di mantenere la mente aperta e non fidarmi di nulla. Detto questo, sono propensa a crederle perché Louise confessa altri omicidi». Indicò le parole scritte più in basso nella pagina: «"Confesso di aver ucciso, ma solo per legittima difesa o per proteggere le persone che amo". Quindi, perché avrebbe dovuto mentire? Questa è la trascrizione privata delle sue speranze e paure».

«Non destinata a essere letta da altre persone».

Suzanne annuì. «Esatto. E scrive di come sia stata sua nonna, Minou, a farle capire quanto sia importante che le donne parlino di bocca propria».

Florence sorrise calorosamente. «Minou ha tenuto dei diari per tutta la vita. Non li ho mai letti, erano sotto la custodia di Alis ad Amsterdam, mentre noi eravamo a Parigi, poi a La Rochelle, ma so che Minou credeva nell'importanza di fornire una testimonianza, nel potere della parola scritta. Nel corso degli anni turbolenti che stavamo vivendo, aveva messo per iscritto non solo la sua storia, ma anche quella di tutta la nostra famiglia». Fece un gesto con la mano. «Ascoltami! Hai imparato queste cose quando eravamo in Warmoesstraat».

«È bello sentire i tuoi pensieri, *gran'mère*. Ma sì, ho letto tutto quello che ho potuto trovare negli archivi. È una fortuna che Alis abbia conservato tutto».

Florence annuì. «Alis era la più piccola della famiglia – di circa dodici anni più giovane di Minou – ed era sopravvissuta di qualche anno alla sorella maggiore. Si considerava la custode della fiamma».

«Ho avuto la stessa impressione».

Suzanne chiuse gli occhi e tornò immediatamente indietro ad Amsterdam, immaginando la casa mercantile in mattoni rossi a cinque piani in Warmoesstraat, con l'elegante timpano e i frontoni decorati. Una piastrella dipinta tra le finestre ad arco in pietra mostrava un uomo riccamente vestito di fronte a una nave mercantile con l'insegna della famiglia van Raay, con il grano che gli scivolava tra le dita all'interno di una cesta. Alcuni gradini salivano dalla strada fino a una stretta porta d'ingresso e all'atrio abbellito da un antico mappamondo lucido. Sulla sinistra, si apriva la biblioteca.

Suzanne inspirò, come se potesse percepire l'odore della cera delle candele che si consumavano e delle rilegature in pelle. Ricordava di aver letto ogni pagina, ogni foglio di corrispondenza, finché l'ultimo raggio di luce non si era spento in cielo e le sue mani non erano diventate rigide e blu per il freddo. Istintivamente, si strofinò le dita. Poi, aprì gli occhi e si ritrovò di nuovo nella notte umida dell'inverno al Capo.

«Persino nei diari di Minou che sono sopravvissuti, ci sono delle lacune», continuò. «Momenti in cui non voleva o non poteva scrivere. Ma ha descritto con dovizia di particolari il modo in cui Louise è entrata in possesso dell'eredità a Parigi quando aveva venticinque anni, e i timori di Minou per sua nipote». Suzanne tornò a guardare il diario sul tavolo. «Louise, invece, era meno disciplinata, quindi tutto ciò che abbiamo è questo diario. Ma è una fonte preziosa di informazioni. Racconta dell'annullamento della sua esecuzione all'ultimo minuto a Gran Canaria, di come il funzionario del tribunale sia arrivato di corsa con la sospensione dell'esecuzione in mano mentre lei era già in piedi sulla forca. Racconta del suo amato Gilles e del suo fratellastro, Philippe, che ha negoziato la sua liberazione…». Suzanne alzò lo sguardo. «Speravo di trovare la spiegazione di come Philippe fosse finito in precedenza sulle Isole Fortunate, ma Louise inizia il suo resoconto dal momento in cui si sono conosciuti…».

«Ma sappiamo qualcosa da Alis».

«Sì. Alis ha scritto di come Philippe sia arrivato ad Amsterdam alla ricerca di Louise e di come lei e la sua amica, Cornelia, gli abbiano detto che era salpata alla volta di Gran Canaria a bordo della *Old Moon*. Perdonami se ripeto quello che sai già, *gran'mère*, ma mi aiuta a mettere in ordine i pensieri». Suzanne bevve un sorso di brandy e fece una smorfia. «Buon Dio, è un bene che il comandante van der Stel stia incoraggiando i nostri connazionali a venire al Capo per produrre vino gradevole! Nessun francese sarebbe felice di riempirsi la pancia con questa robaccia!».

Florence rise. «Ma è pur sempre meglio di quel disgustoso bumbo che circolava sulla nave».

Suzanne rabbrividì al ricordo della nauseante miscela di rum, zucchero, acqua e noce moscata che l'equipaggio beveva dal tramonto all'alba.

«Alis e Cornelia hanno scoperto che Louise era ancora viva solo quando la *Old Moon* è tornata ad Amsterdam due anni dopo, portando con sé il suo diario».

«Ma si sa perché è rimasta indietro e ha fatto tornare la nave ad Amsterdam sotto il comando del suo luogotenente?»

«No, né si sa perché Louise gli abbia chiesto di riportare indietro il diario».

Florence aggrottò la fronte. «Immagino che Louise abbia voluto affidarlo alla custodia di Alis affinché la sua famiglia lo leggesse per scoprire che cosa le fosse successo. Anche se non capisco perché non abbia scritto una lettera».

«Nemmeno io. E la carta dei tarocchi?», domandò Suzanne, tirando fuori dalla borsa il logoro quadrato di stoffa bianca. «Ho sempre pensato che non fosse da Louise avere una cosa del genere». La dispiegò. La carta della Giustizia, sebbene usurata dai viaggi, rallegrò la stanza con i suoi colori vivaci: rosso, giallo, bianco e blu. «Niente di ciò che ho letto mi ha portato a pensare che Louise fosse superstiziosa. È possibile che la carta non fosse nemmeno sua. Ma significava chiaramente qualcosa, altrimenti non l'avrebbe nascosta nel diario e rispedita ad Amsterdam».

Florence si rigirò attentamente la carta tra le mani. «Non hai trovato nessun messaggio nascosto, nessuna alterazione?»

«Non riesco a capire se abbia subìto qualche manomissione».

Tacquero. Fuori, Suzanne riusciva a sentire i suoni della colonia.

In mare aperto, si udiva il debole e secco rombo di un tuono. Pensò che la tempesta si fosse spostata. Si sentiva stranamente a casa, ma si chiese se si sarebbe mai abituata al fatto che tutto là fosse capovolto: agosto cadeva a metà inverno, mentre dicembre coincideva con il picco dell'estate. Per non parlare del fatto che il sole a mezzogiorno si trovasse a nord.

Suzanne si appoggiò allo schienale. «Personalmente, ritengo che Philippe, avendola salvata dalla forca, credesse di poter rivendicare qualche diritto di proprietà su di lei. Louise riconosceva di essere in debito e non voleva offenderlo. Ma, sempre più spesso, scrive di come lei e Gilles fossero entrambi risentiti dalle pretese di Philippe. Evidentemente, non correva buon sangue tra i due uomini».

Florence rifletté. «Ma allora lui avrebbe dovuto rivolgere la sua rabbia contro Gilles, o viceversa, anziché contro Louise, o no?».

Il volto di Suzanne si oscurò. «Ci sono molti uomini che distruggono ciò che non possono avere piuttosto che lasciare che un altro possa goderne. È una questione di possesso, non di affetto». Fece una pausa per riprendersi. «Louise dice anche che, per convincerla a permettergli di salpare con loro, lui sosteneva di avere delle lettere interessanti da mostrarle…».

«Tra chi?»

«Immagino – anche se non lo spiega mai apertamente – tra sua madre, Marta, e il loro padre comune, Louis Vidal. Più ci penso, più mi chiedo se non fosse semplicemente un trucco. Di certo, Louise specifica che, a ogni sua richiesta di vedere quelle lettere, Philippe le chiedeva di essere paziente».

«Quindi pensi che non siano mai esistite?».

Suzanne scrollò le spalle. «Non lo so, forse? Qualunque sia la ragione, Louise passa dall'attribuire dei nobili motivi al fatto che Philippe li accompagnasse a mettere in dubbio le sue vere intenzioni. La *Old Moon* ha prosperato sotto il suo comando, mentre la presenza di Philippe sembrava aver aizzato tutti l'uno contro l'altro». Fece una pausa. «Ma è la sua ultima annotazione che mi dà maggiormente da pensare. Dopo averla letta, non ho potuto fare a meno di reinterpretare le note precedenti. Penso che la presenza di Philippe si fosse trasformata da semplice inconveniente a problema da risolvere. Per non dire proprio una minaccia».

Ruotò il diario affinché Florence potesse leggere con i suoi occhi.

"Penso che lui voglia farmi del male".

Capitolo sette

Judith Verbeek controllò la finestra e la porta ancora una volta. Aveva fatto tutto il possibile per proteggere il loro alloggio, ma ancora non si sentiva al sicuro. Era una bassa struttura di argilla con il tetto di paglia, una sola porta senza serratura o chiavistello, una stretta finestra con imposte di legno e nessun fermo per chiuderle.

Una volta certa che le altre ragazze dormivano, accoccolate insieme come gattini sulla piattaforma rialzata dal pavimento gelido, trascinò il pesante baule di legno davanti alla porta, come barricata, quindi si sedette a montare la guardia. Otto giovani donne senza nessuno ad accompagnarle o a proteggerle: sapeva che la voce si sarebbe diffusa come fumo per tutta la colonia. Le strizzatine d'occhio e gli sguardi lascivi degli uomini per strada, mentre il funzionario della VOC le accompagnava al loro alloggio, non facevano che darle ragione. Tutti sapevano che loro erano lì. Si sentiva come un beccaccino in trappola, in attesa che arrivasse la volpe.

Judith sperava di avere torto. Forse le cose erano diverse lì nella colonia? Eppure, le esperienze vissute all'orfanotrofio le avevano insegnato a non abbassare mai la guardia.

A bordo della *China*, nonostante la nausea e il fetore sottocoperta, si era sentita al sicuro. Aveva dormito, confidando nel fatto che c'era sempre un paio di occhi a vegliare su di loro. I marinai e i soldati, per quanto sboccati e volgari quando gli ufficiali non erano a portata di orecchio, non le infastidivano. Ed era stata in compagnia di altre donne, molte di loro madri, la cui tacita ma attenta vigilanza l'aveva fatta sentire al sicuro. Ora era da sola, e mancavano diverse ore all'alba.

Judith si tirò vicino la candela, e pregò che venisse la luce.

Driek Holsteen barcollò sulla scia dei suoi nuovi compagni di bevute. Aveva messo da parte quel vago senso di disagio. Aveva promesso di mostrare loro dove alloggiavano le ragazze olandesi – solo per dare una occhiata, solo per rallegrare la serata – ma non era più sicuro di dove si trovasse. Erano passati quattro anni dall'ultima volta che era sbarcato alla colonia, ed era cambiato tutto. Una luna bianca, la solita terra rossa, ma così tanti edifici, strade che portavano di qua e di là.

Batté le palpebre e tentò di orientarsi. Erano da qualche parte negli stretti vicoli tra il porto e il villaggio, diretti verso la piazza principale ma, al buio, tutte le strade sembravano uguali. Gli ricordavano stranamente le vie attorno alla Oude Kerk di Amsterdam e le abitazioni lungo il canale, al livello dell'acqua. Qui, nella colonia, l'atmosfera era la stessa: disperazione, ebbrezza, solitudine, minaccia. Desiderò di essere nel suo letto.

Poi si rese conto che erano vicino allo Slave Lodge, una struttura in mattoni priva di finestre. Poco più avanti, una porta si aprì e sul terreno comparve un rettangolo di luce. Una donna uscì, li guardò, si sollevò il foulard sul viso, e si allontanò in fretta in direzione del mare.

«*Hoi!*».

Uno dei suoi compagni, dalla carnagione giallastra e con un occhio lacrimante, si bloccò davanti a lui: Driek gli finì addosso. «Ehi, voi», gridò di nuovo l'uomo. «Signora». Un altro emise una risata sghignazzante, rapidamente messa a tacere da un pugno alle costole. «Non sto forse parlando con voi?».

La donna aveva raggiunto l'incrocio davanti a loro. Persino tra i fumi della birra, Driek capiva che si trattava di una persona rispettabile. Non una donna di cui si potessero comprare i servigi. Quella finse di non sentire.

«Perché non mi date retta, signora? Il mio denaro non è di vostro gradimento?»

«Non è il tuo denaro il problema», lo schernì uno degli altri uomini.

Driek emise una risata ansimante. «Questa è buona», biascicò, «davvero buona».

Il primo uomo oscillò in avanti. «Ho *real* a sufficienza. Guardate». Tese la mano, spargendo monete d'argento per terra. Inginocchiatosi, iniziò a raspare nel terreno.

«Alzati», sibilò Eltorp.

All'istante, l'atmosfera nel gruppo cambiò. Driek era in loro compagnia da un tempo sufficiente a capire che tutto ciò che diceva Eltorp era legge. Se lui rideva, loro ridevano. Se lui levava il pugno, loro indietreggiavano.

«*Hoer!*», gridò Eltorp, schioccando le dita. Puttana.

La donna si voltò quanto bastava perché Driek vedesse il bagliore terrorizzato nei suoi occhi, poi si mise a correre.

Eltorp accelerò il passo. «Dovresti ringraziare per aver attirato l'attenzione del mio amico. O un uomo bianco non è abbastanza per te?».

Driek si ritrovò a guardarsi i piedi. Non voleva problemi. Voleva solo divertirsi, sfogarsi un po' dopo quattro mesi in mare. Non sapeva nulla della posizione dei suoi compagni di bevute nella colonia; sapeva solo che non poteva permettersi di farsi arrestare e gettare in gattabuia.

«Non voltarmi la schiena», gridò di nuovo Eltorp, raccogliendo una delle monete cadute e lanciandola dietro alla donna.

«Amico mio, non credo che quella donna sia...», iniziò Driek, ma ciò che accadde gli impedì di continuare.

Eltorp afferrò la donna per il braccio. Lei emise uno strillo acuto, e cercò di liberarsi. I compagni dell'uomo si ammassarono alle sue spalle, nervosi e incerti. Lars fece voltare la donna e le strinse il mento tra le dita.

«Il mio amico voleva solo parlarti, ma tu l'hai offeso». La sua stretta si serrò. «Le puttane non conoscono le buone maniere, nella colonia?».

Driek udì il rumore della fibbia della cintura di Eltorp che si slacciava, e avvertì un improvviso senso di allarme. E anche di vergogna. Di certo non avrebbe tentato di aggredire quella donna lì, vero? All'improvviso si rese conto del fetore di vino stantio nel proprio alito, e si sentì disgustato. Sentì sé stesso parlare senza volerlo.

«Ce ne sono altre più ben disposte», balbettò, indicando inutilmente verso il porto. «Da questa parte. Vi faccio vedere».

Il braccio di Eltorp si mosse con rapidità tale che Driek non lo vide nemmeno arrivare. L'urto delle nocche sull'osso, l'esplosione di sangue in bocca.

«Stanne fuori, olandese».

Qualcuno emise una risatina nervosa mentre Eltorp afferrava la donna per i capelli e la spingeva con la schiena contro il muro.

«Bisogna che qualcuno ti dia una lezione».

A Driek fischiavano le orecchie. Non sapeva cosa fare. Un brav'uomo non se ne sarebbe andato. D'altro canto, lui non era un brav'uomo. Si voltò e corse via nella direzione da cui erano arrivati. Prese a pugni la porta della casa da cui era uscita la donna, sperando che qualcuno si accorgesse del misfatto, quindi si dileguò tra le ombre.

Una volta fuori vista, posò la mano contro il muro per riprendere fiato. Poi, sentì la donna gridare: un unico grido disperato che perforò la notte, seguito dal suono di imposte che si aprivano di scatto, come un colpo di pistola, quindi altre voci che urlavano. Voci di uomini, che strillavano nella lingua dell'isola delle spezie che chiamavano Madagascar, ormai diventata una roccaforte dei pirati. O almeno così pensava. Di sicuro non era olandese.

La strada dietro di lui si fece improvvisamente affollata. Sentì il raspare di una lama che veniva sguainata: Driek non avrebbe voluto altro che trovarsi il più lontano possibile dalla rissa. Inciampò in avanti, ignaro del rumore di piedi in corsa alle sue spalle, finché non si sentì afferrare un braccio.

«Mi fai vedere dove sono?», gli chiese Eltorp. «Non lascerò che la serata vada sprecata».

Driek cercò di fingere di non sapere di cosa stava parlando, ma adesso aveva la punta di un coltello puntata alla gola. «Non ricordo...».

«Menti», sogghignò Eltorp. «E poi, la carne bianca è più saporita».

La punta della lama premette più forte. Driek sentì una goccia di sangue scendergli lungo il collo fino al colletto del farsetto.

«Da questa parte», borbottò, barcollando in avanti e chiedendosi come fare per condurre Eltorp lontano dalle orfane e, allo stesso tempo, salvarsi la pelle.

Judith udì delle grida provenire dal quartiere malgascio, solo poche strade più in là.

Rapidamente, si avvicinò la candela e vi soffiò sopra, spegnendo la fiamma, per poi restare seduta nell'oscurità con il cuore che le martellava nel petto. Pregò che nessuna delle ragazze si svegliasse, e gridasse. Che quel guaio non le toccasse.

Si mise a pregare, anche se, in tutti i diciannove anni che aveva trascorso su questa terra, Dio non l'aveva mai ascoltata, né le aveva mai mostrato alcuna misericordia. La sua vita era stata dura, piena di sofferenza. Ma continuò a recitare le parole, pregando disperatamente che questa volta Lui vegliasse su di lei.

Capitolo otto

«L'hai sentito anche tu?», domandò Suzanne, drizzandosi di colpo sul letto, con il cuore che le martellava nel petto. Per un istante, dimenticò dove si trovava. Poi si voltò verso la nonna sdraiata accanto a lei e ricordò: erano nella casa del mercante nella piazza principale della colonia al Capo di Buona Speranza.

Era al sicuro.

Florence stava dormendo. Sembrava così indifesa nel sonno, così piccola e vulnerabile. La conversazione che avevano avuto quella sera era stata stimolante, ma il senso di colpa di Suzanne per aver trascinato la nonna all'altro capo del mondo conosciuto non si era affievolito.

Poi udì un altro suono all'esterno e trattenne il fiato: voci maschili, vicine. Sdraiata nella sua camera da letto a La Rochelle, restando in ascolto delle taverne vuote intorno al porto, spesso le era sembrato difficile distinguere tra un'allegra compagnia e qualcosa di più preoccupante. Alla fine, aveva concluso che la minaccia più grande poteva arrivare dall'interno della propria casa. Come sempre, ricacciò quel ricordo in un angolo remoto della mente. Non sarebbe riuscita a sopravvivere altrimenti.

Ormai del tutto sveglia, Suzanne posò i piedi a terra, si avvolse uno scialle intorno alle spalle e uscì in punta di piedi dalla camera da letto in direzione del salotto. Controllò che il chiavistello della porta d'ingresso fosse stato tirato, poi si avvicinò furtivamente alla finestra e aprì con cautela la persiana quanto bastava per vedere fuori. Fasci orizzontali di luce lunare inondarono la stanza.

Non scorse nulla di strano. Poi, più avanti lungo la strada, udì dei passi affrettati che procedevano verso di lei. Rapidamente, Suzanne rimise a posto la persiana lasciando appena una fessura, quindi vi premette l'occhio contro.

Vide due uomini che camminavano uno accanto all'altro: uno con la barba nera incolta, un tipo dall'aspetto rozzo che non riconobbe; l'altro era un marinaio che ricordava di aver visto sulla nave, piuttosto malconcio. Come si chiamava? Quando furono all'altezza della finestra, vide che l'uomo più corpulento teneva il braccio del marinaio bloccato dietro la schiena. Suzanne sussultò. Con l'altra mano, premeva un coltello all'altezza del collo di Driek. Sì, si chiamava Driek.

«Quanto manca?», sibilò l'uomo.

«A dire il vero, non-non lo so», balbettò Driek. «Erano solo voci, probabilmente ho-ho sentito male, forse ho...».

«Sei stato tu a scambiare informazioni sulle ragazze per il prezzo di una brocca di brandy. Ora terrai fede al nostro patto o... mi sono spiegato, olandese?».

Il lamento di Driek in tutta risposta suggerì che il coltello si stava rivelando piuttosto convincente.

Suzanne si ritrasse ancora di più nell'ombra, aspettando che i loro passi echeggiassero nella notte. Poi calò di nuovo il silenzio. Sollevata, si voltò per tornare a letto, ma si fermò di colpo.

«Le ragazze...».

La paura le scese lungo la schiena come un brivido gelido: quell'uomo non si stava riferendo a Judith e le orfane di Rotterdam, vero? Suzanne scosse la testa, come per scacciare quel pensiero. Stava esagerando. Ma poi si ricordò quando i marinai e i soldati si erano messi a parlottare tra loro in merito a dove sarebbero state alloggiate le ragazze e quanto tempo sarebbe passato prima che fossero assegnate ai futuri mariti. Il tutto accompagnato da gomitate, ammiccamenti e gesti volgari.

Suzanne si versò mezzo bicchiere del forte brandy del Capo, mandandolo giù in un sorso. Non c'era motivo per cui quelle ragazze dovessero essere proprio le orfane. Come in ogni altra città portuale, anche là non mancavano sicuramente bettole e prostitute. Non era più probabile che il compagno di Driek intendesse proprio questo? Ma Driek era appena sbarcato. Anche se fosse stato un viaggiatore esperto della colonia, quali informazioni avrebbe potuto avere che un uomo del posto già non sapesse? Le nuove arrivate, invece...

Più camminava avanti e indietro, più i pensieri le vorticavano nella mente. Se i suoi timori erano giustificati, Judith non avrebbe potuto competere con un uomo ubriaco e violento, come dimostrava il coltello premuto sul collo di Driek.

Si guardò intorno nella camera da letto. A giudicare dal leggero russare, la nonna stava ancora dormendo profondamente. Suzanne prese calamo e inchiostro dal baule da viaggio, scrisse un breve biglietto e lo appoggiò alla brocca sul tavolo dove Florence non avrebbe potuto non vederlo al risveglio. Poi, si vestì velocemente, strinse il corsetto, indossò il mantello e gli stivaletti e scivolò fuori nel corridoio. Sapeva che quello che stava facendo era poco saggio, ma non trovava alternative. Uscì in strada, chiuse la porta e infilò la chiave sotto la fessura.

«*C'est dans le besoin qu'on reconnaît ses vrais amis*», una frase che sua nonna ripeteva spesso. È nel momento del bisogno che si vedono i veri amici.

Lei sarebbe stata quell'amica per Judith, nel bene e nel male.

«*Onze Vader in de hemel*», mormorò Judith, ripetendo le parole del Padre Nostro più e più volte. «Sia santificato il Tuo nome…».

Qualcuno bussò alla porta. Colpi pesanti e singoli come i rintocchi di una campana funebre. Petronella, una bella ragazza con i riccioli biondi, sollevò la testa assonnata dal materasso sulla piattaforma e guardò in basso.

«Che cosa sta succedendo? La nave sta affondando?».

Judith si sporse e le diede una pacca sulla spalla. «È solo un brutto sogno, non siamo più in mare. Torna a dormire».

Il rumore martellante si fece più forte. Anche Catrina si svegliò e cominciò a piangere. A un certo punto, il chiavistello prese a vibrare. Wilhelmina avvolse la ragazza più piccola tra le braccia e cercò di calmarla.

«Devono aver sbagliato casa», cercò di convincerle Judith, sforzandosi di mantenere la voce ferma. «Il rumore cesserà tra poco, quando si renderanno conto dell'errore».

Ma poi guardò con orrore la barra che iniziava a sollevarsi. Il baule non avrebbe opposto resistenza a lungo a chiunque vi fosse dall'altra parte. Le sette ragazze erano tutte sedute e fissavano la porta con occhi sgranati. Sforzandosi di ostentare un coraggio che non aveva, Judith parlò con calma: «Spostatevi in fondo alla piattaforma, nascondete la testa sotto le coperte e non dite una parola. Qualunque cosa accada, non scendete finché non ve lo dico io. Nessuna di voi, avete capito? Presto. Non fate il minimo rumore».

Si mise un dito sulle labbra e cercò di sorridere, sperando di rassicurarle. Abituate a obbedire agli ordini della direttrice dell'orfanotrofio e poi agli ufficiali della nave, le ragazze fecero come era stato detto loro senza fare domande.

Judith si lisciò le gonne, si assicurò che la cuffietta le coprisse i capelli, poi si diresse verso la porta barricata. «*Wie is het?*». Chi è?

L'unica risposta che ottenne fu una risata fragorosa, poi, con suo orrore, la porta si schiuse mentre il baule cominciò a strisciare inesorabilmente sul pavimento.

«È tardi», gridò. «Non potete entrare».

Improvvisamente, udì un calcio brutale, e il baule strisciò ulteriormente verso il centro della stanza. Una delle ragazze urlò, subito zittita da un'altra.

«Non potete entrare!».

Una figura apparve sulla soglia della porta aperta. Judith riusciva a vedere poco a causa del buio, ma poteva sentire il respiro affannoso dell'uomo, e capì che era alto e robusto, e teneva in mano un coltello. Ne trascinò un altro all'interno della stanza accanto a lui, meno corpulento, che ondeggiava leggermente sui piedi. Riconobbe in lui un marinaio che aveva visto sulla nave.

«Signori, per favore andatevene».

Judith fece un passo indietro, ma l'uomo barbuto avanzò nella stanza. Judith riusciva a sentire il suo alito che puzzava di birra.

«Guardati, hai un colorito acceso. Sotto quel tuo aspetto scialbo, siete tutte uguali».

Mentre Judith era in preda al terrore, l'uomo allungò la mano e armeggiò con i bottoni del suo corpetto.

«Sappiamo tutti cosa combinate dietro le porte chiuse, voi troie olandesi».

Judith lo respinse, ma, anziché placarlo, non fece che istigarlo ancora di più tentando di resistergli.

«Sarai anche insignificante, e ancora intrisa del tanfo della nave come il qui presente Driek, ma la tua pelle è perfetta», borbottò, con gli occhi scuri illuminati dal brivido della caccia. «E lui dice che sei vergine».

Senza preavviso, le infilò una mano tra le gambe. Judith era combattuta tra l'istinto di reagire e il desiderio di non terrorizzare le ragazze urlando. Perciò, cercò di spingerlo via.

«Per favore, no», sussurrò. «Ci sono delle ragazze che dormono».

In preda alla lussuria, l'uomo lasciò cadere il coltello dal collo di Driek. Il marinaio vide un'opportunità di fuga e cercò di sgattaiolare via, ma inciampò nell'angolo del baule e cadde contro il suo compagno.

L'uomo imponente ruggì e si voltò di scatto, afferrando di nuovo il coltello. Judith vide la lama lampeggiare nell'oscurità.

Driek alzò le mani. «Lars, no! È stato un errore. Sono scivolato».

Ma l'uomo non era dell'umore giusto per ascoltarlo. Colpì. La lama mancò il bersaglio. Judith trattenne un grido, pregando che le ragazze avessero il buonsenso di rimanere nascoste. Driek indietreggiò, alzando le mani in segno di scuse. Ma Lars attaccò di nuovo. Questa volta, il colpo andò a segno. Per un momento, il marinaio rimase con un'espressione di smarrimento sul viso. Poi si portò le mani su una ferita frastagliata alla gola. Si rese conto dello schizzo di sangue sulla sua camicia macchiata, e poi, come al rallentatore, cadde in avanti sul petto.

Lars rimase immobile, come sorpreso da ciò che aveva appena fatto, improvvisamente sobrio. Fissò Judith, poi le sputò in faccia, spinse via il baule e scomparve nella notte.

Tremando, Judith sbatté la porta dietro di sé. Poi si sforzò di guardare Driek. Che cosa avrebbe fatto? Non era stato un uomo gentile, ma le aveva lasciate in pace sulla nave e, di tanto in tanto, interveniva quando gli altri marinai si comportavano in modo osceno. Nonostante avesse condotto Lars alla loro porta, Judith non riusciva a serbare rancore nei suoi confronti. Né poteva lasciarlo morire senza una preghiera.

«Perché Tuo è il regno, Tua la potenza e la gloria nei secoli. Amen».

Con le mani tremanti, Judith gli coprì il viso con un panno, poi si strinse tra le braccia per cercare di fermare il tremore. Udì uno scricchiolio sulla scala, poi sentì delle braccia esili avvolgerle la vita, e guardò in basso. Il dolce viso di Petronella la stava scrutando.

«Non temere», disse la ragazza, con una saggezza insolita per i suoi anni. «Non può più fare del male a nessuno, ormai».

Judith scoppiò in una risata selvaggia, poi si portò una mano sulla bocca. Se si fosse lasciata andare all'isteria in quel momento, non si sarebbe più fermata.

Capitolo nove

La determinazione aveva spinto Suzanne a lasciare il suo alloggio. Ma ora che attraversava la piazza principale, fiocamente illuminata da una sottile falce di luna, e con la fresca aria notturna sul volto, il suo coraggio stava svanendo. Non aveva nemmeno pensato di portarsi una lampada.

Stupida, stupida, stupida.

Quella parola le riecheggiò nella mente segnando il ritmo dei suoi passi. Una donna solitaria, che camminava da sola, di notte, in un paese sconosciuto. Cercò di evocare lo spirito di Louise perché le infondesse coraggio, ma Louise non rispose. E la derisoria voce nella sua testa non voleva lasciarla in pace.

Stupida.

Suzanne non sapeva nulla delle usanze della colonia. Non era nemmeno del tutto sicura di dove stesse andando, anche se la descrizione che il funzionario aveva fornito della casa in cui avrebbero alloggiato Judith e le ragazze era stata sufficientemente chiara: un vicolo cieco, le imposte non verniciate, in una delle tre vie dietro agli uffici amministrativi della VOC, al porto.

Cercò di calmarsi. A differenza delle città medievali come La Rochelle e Amsterdam, con il loro caotico intrico di stradine e canali, la colonia si presentava come un reticolo all'ombra della lontana montagna della Tavola. La pianta era efficiente e razionale: il castello in riva al mare, le vie e gli edifici principali a nord; i giardini della Compagnia delle Indie a sud. Più in là, un'area separata in cui vivevano i Khoi e i San che lavoravano per la VOC. Avrebbe dovuto essere semplice trovare la strada che cercava. Ma i suoi nervi non si calmavano e il suo cuore continuava a martellare come se volesse uscirle dal petto.

Suzanne accelerò comunque, lasciandosi guidare dalla luce della mezzaluna. Non aveva forse affrontato di peggio, ed era sopravvissuta? Non aveva imparato a evitare i soldati a caccia di ugonotti per divertimento? Non aveva viaggiato per metà del mondo conosciuto? Di certo sarebbe stata in grado di orientarsi nelle strade della colonia di notte, purché mantenesse la mente lucida.

E poi, se non lo faceva lei, allora chi?

Fu quel pensiero che la spinse a proseguire, oltre le imposte di legno scuro nella nebbia bianca, finché non trovò il posto giusto. Vedere che Judith stava bene e che le ragazze non correvano pericoli l'avrebbe rassicurata; dopodiché sarebbe tornata a casa, nel suo letto.

Suzanne levò una mano e bussò piano alla porta.

«È tornato!», piagnucolò Catrina, guardando giù dalla piattaforma.

Judith si voltò, cercando di coprire il corpo di Driek in modo tale che Catrina non vedesse la pozza di sangue sul pavimento di terra battuta. Poi, dall'altro lato della porta, giunse una voce familiare e benvenuta.

«Judith? Sono Suzanne, ci sei?».

Quasi piangendo per il sollievo, Judith aprì la porta e trascinò dentro l'amica.

«Ti sembrerà assurdo», esordì Suzanne, poi sbiancò quando vide il cadavere riverso sul baule. Deglutì a fatica. «Chi è?»

«Driek Holsteen. Della *China*».

«Tu hai…?».

Judith agitò le mani. «No, no. È venuto qui con un uomo, Lars, credo l'abbia chiamato. Erano entrambi brilli. Driek si reggeva a stento in piedi. C'è stata una discussione e Lars… be', lui…». Finalmente le lacrime presero a scorrerle sulle guance. «Non pensavo ad altro che a come tenerlo lontano dalle ragazze…». La frase rimase in sospeso.

Suzanne chiuse gli occhi mentre tentava di scacciare il ricordo di La Rochelle: il terrore, la vergogna. Il dolore. Contò fino a dieci, finché non si sentì sicura di riuscire a parlare con voce ferma, quindi riaprì gli occhi.

«Dovevi essere terrorizzata», commentò con voce sicura. «Ti ha… ti ha fatto del male?»

«No. Mi ha toccata dove non avrebbe dovuto, ma… no».

Suzanne tirò un sospiro di sollievo. «Dov'è Lars, ora? Dov'è andato?».

L'amica era ripiegata su sé stessa, le braccia avvolte attorno alla figura esile.

«Se n'è andato. Non so dove. Quando hai bussato, ho pensato che fosse tornato».

Suzanne abbassò lo sguardo sul cadavere. «Dobbiamo dirlo a qualcuno».

Judith scosse la testa. «Non voglio che le ragazze si agitino ancora di più».

«Qualcuno deve portare via il corpo di Driek, e dovrai riferire alle autorità quello che è successo. Lo vedi anche tu, Judith. Ci serve aiuto».

La ragazza olandese era ancora traumatizzata, ma alla fine annuì. «Che cosa vuoi che faccia?»

«Passami una coperta».

Petronella obbedì subito, risalendo in fretta la scala e tirando giù quella più a portata di mano. Suzanne distese il ruvido telo marrone sul corpo e sul baule: soltanto le suole degli stivali di Driek rimasero visibili. «Ecco fatto. Ora, hai qualcosa da dare da bere o da mangiare alle ragazze?»

«Sì».

«Bene. Questo le distrarrà». Suzanne abbassò la voce. «Hanno assistito all'omicidio?»

«Non saprei». Judith esitò. «Ho detto loro di nascondersi in fondo alla piattaforma e coprirsi gli occhi. Sicuramente avranno sentito tutto».

«È importante spiegare loro come stanno le cose prima dell'arrivo delle autorità. Di' loro che quegli uomini avevano sbagliato strada, non intendevano venire qui. Che si erano persi. È scoppiata una lite tra i due e uno di essi è rimasto ucciso. Si avvicina abbastanza alla verità».

Judith capì. «Scaccerà l'idea che Driek e Lars fossero in cerca di questa casa in particolare».

«Sì. Non bandirà l'angoscia per ciò che potrebbero aver o non aver visto e sentito, ma dovrebbe alleviare il loro terrore».

Quando Suzanne fece per andarsene, Judith la tirò per un braccio. «Ma che cosa puoi fare a quest'ora di notte? Non puoi restare con noi fino a quando farà giorno?».

Suzanne sentiva il panico nella voce dell'amica.

«Mi dispiace. Farò più in fretta che posso». Posò una mano sulla guancia di Judith. «Starai bene», le disse. «Tu sei forte, Judith. Devi continuare a essere forte. Il peggio è passato».

Nel quartiere malgascio era tornato il silenzio. C'erano macchie di sangue per terra, dopo la rissa, anche se i vicini avrebbero dichiarato di non avere sentito nulla. Niente di niente.

Due uomini erano morti: uno dei precedenti compagni di bevute di Eltorp e un malgascio che aveva cercato di proteggere la sorella dagli aggressori bianchi. Altri due erano rimasti feriti. L'abitante del villaggio era stato fatto sparire nella casa, dove la donna che Eltorp aveva aggredito gli stava curando le ferite. Così come il fratello della donna, rimasto ucciso. Avrebbero badato ai loro affari. Il marinaio morto e il suo amico dai capelli rossi ferito erano stati trascinati nel vicolo dietro la piccola chiesa riformata e abbandonati lì.

Il terzo marinaio si era di nuovo perso nell'anonimato della taverna al porto, pregando che Lars Eltorp non venisse a sapere come i suoi compagni di bevute erano stati attaccati da una banda di malgasci e avevano avuto la peggio.

Nessuno voleva che venissero coinvolte le autorità.

Capitolo dieci

Una volta da sola, in strada, Suzanne lasciò libero sfogo alle lacrime. Piangeva di sollievo per Judith, in preda a una rabbia impotente per un mondo in cui gli uomini malvagi brutalizzavano le donne. Piangeva per sé stessa e per tutto ciò che aveva perso.

Si concesse qualche momento di debolezza, poi si asciugò gli occhi. Basta così. Non era una ragazzina inesperta, spaventata dalla propria ombra; aveva un compito da portare a termine. Judith contava su di lei.

Ma se non avessero creduto a Judith? Una giovane donna senza soldi e senza influenza, condotta là per sposare un uomo che non aveva mai incontrato? E se avessero pensato che fosse stata Judith ad accoltellare Driek dopo averlo invitato nel suo alloggio?

Non importava. Doveva provare.

Suzanne prese una boccata d'aria fresca nella notte, tirò indietro le spalle e si incamminò, con i pensieri che le vorticavano nella mente allo stesso ritmo dei suoi passi. Dubitava che avrebbe trovato qualcuno presso gli edifici amministrativi della VOC al porto a quella tarda ora. Sarebbe stato più saggio dirigersi al castello, sebbene quell'idea non avesse comunque nulla di saggio. Avrebbe parlato alla guardia notturna e avrebbe sporto denuncia. Allora la questione non sarebbe più stata di sua competenza. Non aveva altra scelta che denunciare la morte di Driek, così come doveva credere che, in quella terra di frontiera, sarebbe stata fatta giustizia.

La campana cominciò a suonare a morto. "Sono le quattro e non c'è più niente al mondo che vada nel verso giusto", pensò Suzanne, ma non si voltò indietro.

Adriaan van Dijk sentì i rintocchi della campana svanire nel silenzio. Aveva freddo, e i suoi piedi erano umidi per aver camminato su e giù fuori dalle mura. Sebbene fosse un membro di alto rango e stimato dell'amministrazione, si era assunto l'incarico di coprire quel turno di guardia una volta al mese per non allontanarsi troppo dall'esperienza del soldato comune. Quella sera, si pentì della sua decisione. Alzò lo sguardo in direzione del campanile, desiderando che il tempo passasse più velocemente. Solo altre due ore, e il suo turno di guardia sarebbe finito.

Adriaan spostò il moschetto che reggeva, se lo sistemò sulla spalla, poi si voltò e tornò sui suoi passi lungo la sezione delle mura tra i bastioni di Leerdam e Oranje. Almeno a quell'ora del mattino, quando nelle taverne e nelle locande regnava il silenzio, e tutti i cittadini perbene erano a letto, Adriaan riusciva a sentire il suono delle onde che si infrangevano sulla riva e sul molo, e quel suono gli ricordava casa. Come a tanti uomini lontani dalle loro terre natali, quei pensieri nostalgici gli fecero tornare alla mente sua madre e l'infanzia a Rotterdam, in una stretta casa di città vicino alla diga. Suo padre aveva lavorato per la VOC alla Camera di commercio di Rotterdam; era un amministratore, non un combattente, e si aspettava che i suoi quattro figli seguissero le sue orme: il fratello maggiore di Adriaan era stato un soldato, ucciso durante il *Rampjaar*, l'anno disastroso del 1672, quando Gran Bretagna e Francia avevano quasi invaso i Paesi Bassi; il suo secondo fratello era scomparso in mare quando la nave su cui viaggiava era affondata appena un anno dopo; il terzo, che aveva appena qualche mese, era stato falcidiato dalla peste che aveva devastato Rotterdam nei primi freddi mesi dell'anno, due decenni prima. Nonostante avesse amato profondamente sua madre, Adriaan sapeva che lei lo aveva messo al mondo per sostituire il figlio che aveva perso. A volte, di notte, quando era stanca o aveva placato i nervi con il laudano, mormorava il nome del fratello morto anziché il suo mentre lo cullava.

Adriaan si voltò verso Leerdam. Era rimasto solo, l'ultimo membro vivente della famiglia van Dijk, e pensò che avrebbe potuto benissimo trovarsi là come a Rotterdam insieme ai suoi fantasmi. Ma gli mancava il suo paese natale, e aveva deciso che, quando il suo servizio fosse giunto al termine, sarebbe tornato a casa per costruirsi una vita diversa. Una vita meno solitaria.

Suzanne scorse il castello avvolto nella nebbia luccicante attraverso la pioggerellina.

«Scegli bene», mormorò.

Tutto dipendeva dalla persona a cui si fosse rivolta: un uomo sprezzante e impaziente avrebbe reagito in modo diverso rispetto a un altro più disposto ad ascoltare uno straniero, e una donna, per giunta. Nonostante il suo olandese fosse fluente, avrebbe notato l'accento francese e non si sarebbe fidato. Sebbene i primi rifugiati ugonotti fossero stati accolti di buon grado, negli ultimi anni, la Francia aveva tentato di entrare nelle Province Unite, e i Paesi Bassi stavano diventando sempre più protettivi nei confronti dei propri confini e provavano del risentimento verso coloro che vi cercavano rifugio: un dispendio di risorse, troppe alleanze contrastanti, troppe spie al soldo del re di Francia. Non bastava una religione a renderli olandesi.

Suzanne fissò le mura del castello. C'erano due sentinelle al cancello principale. Scartò l'idea di avvicinarsi a loro, pensando che avrebbe avuto maggiore fortuna se si fosse rivolta a una sola persona. Si diresse quindi verso la sezione delle mura più vicina a lei, dove era di guardia un solo uomo, i cui passi stanchi suggerivano che sarebbe stato più lento a portare il dito sul grilletto.

Suzanne si fece avanti dove la guardia avrebbe potuto vederla.

«*Mijnheer*, per favore», chiamò. «Posso parlarvi?». Lo vide fermarsi e girarsi, come se si aspettasse un trabocchetto. Le sue dita strinsero il moschetto, anche se l'arma rimase sulla sua spalla. «Sono venuta per denunciare un crimine».

La guardia puntò il moschetto nella sua direzione. «Mostratevi».

Suzanne fece un passo con cautela verso la luce.

«Chi altro c'è con voi?»

«Nessuno», sussurrò lei, e lo sentì trattenere il respiro.

«Siete venuta qui da sola attraverso un terreno aperto senza una lampada? Siete forse impazzita?». Tenne l'arma puntata su di lei. «Chi siete?»

«Mi chiamo Suzanne Joubert, sono arrivata a bordo della *China* ieri pomeriggio con mia nonna».

«Una rifugiata?»

«No, abbiamo pagato il viaggio di tasca nostra». Sollevò le mani. «Non sono armata».

Il soldato esitò, poi abbassò il moschetto. «Che cosa volete, *juffrouw* Joubert?»

«Sono venuta a denunciare un omicidio».

«Che cosa? Mi state prendendo in giro?»

«Niente affatto. Circa due ore fa, due uomini – uno il marinaio della *China* di nome Driek Holsteen, l'altro a me sconosciuto – si sono introdotti con la forza negli alloggi dove risiedono otto orfane che hanno viaggiato a bordo della stessa nave. Entrambi gli uomini erano ubriachi. Quando lo sconosciuto ha cercato di approfittarsi di una delle ragazze, Judith Verbeek, Holsteen è intervenuto. Nella colluttazione, è stato pugnalato a morte».

«Questa è un'accusa molto grave».

Suzanne incontrò lo sguardo della sentinella. L'uomo aveva un viso pallido ma risoluto, e occhi gentili. Di un blu sorprendente, il colore dei fiordalisi. Indossava la tipica giacca lunga blu con i risvolti e la fodera rossi dei reggimenti della VOC, con calzoni e calze bianche; doveva avere pressappoco trent'anni, anche se aveva l'aria di chi aveva trascorso gran parte della vita dietro una scrivania anziché sul campo di battaglia.

«Ma è tutto vero», insistette lei. «Abbiamo bisogno di aiuto».

«Qual è il vostro ruolo in tutto questo?».

Suzanne si era chiesta come avrebbe potuto giustificare la sua presenza. Se avesse ammesso che era stata condotta là per effetto di qualche parola origliata per caso e guidata dall'intuito femminile, lui non l'avrebbe presa sul serio.

«Ho sentito degli uomini parlare fuori dalla mia finestra. Le loro parole mi hanno fatto preoccupare. Judith e io siamo diventate amiche durante la traversata. Volevo essere certa che lei e le altre ragazze fossero al sicuro. Nessuna di loro aveva mai lasciato Rotterdam prima d'ora. È stata dura per loro».

Il soldato spalancò gli occhi. «Rotterdam, avete detto?»

«Sì. Vengono dall'orfanotrofio della città e sono state portate qui per diventare membri della colonia come mogli. Judith è la più grande e fa loro da tutrice».

«Vestiti grigi», disse la guardia dolcemente, con un tono nuovo nella voce, quasi malinconico. «Mi ricordo...».

Si voltò verso il campanile come se volesse controllare l'ora. Poi, con grande stupore di Suzanne, la prese per il gomito e la riportò verso la città.

«Fatemi vedere».

Capitolo undici

Senza riuscire a spiegarsi l'improvvisa fretta del soldato, Suzanne faticò a tenere il passo con la sua lunga falcata.

«In quanti sanno dove alloggiano le ragazze?», domandò l'uomo.

«Sicuramente tutti coloro che erano sulla nave, equipaggio e passeggeri, sapevano che avrebbero alloggiato insieme fino a quando non fosse venuto il momento di venire separate per essere portate nelle rispettive abitazioni definitive».

«Ossia?»

«Non lo sanno ancora», rispose Suzanne, il respiro un po' affannato. «Devono andare in sposa a dei coloni, ma non sanno altro. Quanto a dove alloggiano al momento, tutti i presenti al momento della registrazione potrebbero aver udito l'indirizzo. O meglio, lo avrebbero udito tutti coloro che capiscono l'olandese. La maggior parte dei miei correligionari non lo comprende».

«Ah», commentò. «Siete voi».

Suzanne si fermò. «Come dite?»

«Girava voce che una donna francese della *China* si fosse offerta volontaria per fare da interprete. Eravate voi, vero?»

«Sì», rispose lei, incapace di capire se l'uomo disapprovasse o meno.

«Di certo sarà stato messo qualcuno di guardia, no? Otto giovani donne senza nessuno ad accompagnarle?»

«Non è stata fornita loro alcuna protezione».

«Ridicolo…».

«Sono d'accordo». Suzanne fece una pausa. «Io vi ho detto il mio nome, *mijnheer*. Sono originaria di La Rochelle, ma più di recente sono stata cittadina ad Amsterdam. Posso chiedervi la cortesia di rivelarmi il vostro?».

L'uomo si voltò a guardarla. «Perdonatemi. Io sono Adriaan van Dijk, originario di Rotterdam».

«Ah». Suzanne sorrise, comprendendo finalmente il suo interesse. Per un istante, i due nuovi alleati si guardarono a vicenda. Poi percorsero il resto della strada in silenzio, fino a quando raggiunsero il malfamato vicolo cieco.

Judith aspettava appena dietro la porta. Suzanne notò che, nell'ultima ora, il trauma di ciò che era accaduto – e di ciò che sarebbe potuto accadere – aveva colto nel segno. Ricordava di aver avuto anche lei la stessa reazione ritardata. Gli occhi dell'amica erano vitrei per lo shock, una patina di sudore le ricopriva la pelle, e continuava a giocherellare con un filo pendente della manica grigia. Le altre ragazze erano sedute sui loro materassi, in cima alla piattaforma, lontane dal cadavere di Driek per quanto possibile in uno spazio tanto ristretto.

«Judith», esordì Suzanne con gentilezza, «questo è Adriaan van Dijk, della guarnigione. Anche lui è originario di Rotterdam. Si è offerto di aiutarci. *Mijnheer*, lasciate che vi presenti Judith Verbeek».

All'inizio, parve che la ragazza non avesse sentito. Poi, Judith rammentò le buone maniere, e accennò una riverenza. «È molto gentile».

Van Dijk s'inchinò, quindi rivolse un cenno verso il baule. «Posso?».

Judith arretrò mentre l'uomo sollevava la coperta. Suzanne vide che la pelle di Driek era ora del colore della cera, e che la ferita sul collo era enorme.

«Volete raccontarmi che cosa è successo, *juffrouw* Verbeek?».

Judith arrossì alla cortesia con cui l'uomo le si era rivolto, quindi iniziò a riferire gli eventi della notte. La sua voce era chiara e priva di emozioni eccessive: Suzanne ammirò il suo autocontrollo.

Quando ebbe finito, van Dijk chiese: «Avete riconosciuto Holsteen dopo averlo visto sulla nave, giusto?»

«Esatto».

«Ma l'altro uomo vi era sconosciuto».

«Non lo conoscevo. Era alto, molto più robusto di Driek, con una folta barba nera e un mantello blu. Si chiamava Lars, o almeno, credo che così l'abbia chiamato Driek. Urlavano così tanto, e...».

«Ah! Lars Eltorp, sarei pronto a scommetterci. Lo conosco». Van Dijk si rivolse a Suzanne. «Assomiglia all'uomo che avete visto prima?»

«Era buio, ma credo di sì».

«Eltorp è sbarcato di recente da una nave pirata, viene dalla Zelanda. È stato ospite del castello in diverse occasioni».

Judith si voltò verso van Dijk. «Voi mi credete, *mijnheer*?», disse. «Quando dico che non ho fatto niente per causare tutto questo, che non li ho invitati io a entrare, o…».

Suzanne toccò il braccio dell'amica per calmarla. «Sshh».

«Sono sicuro che siate del tutto innocente», rispose van Dijk. «Mi dispiace soltanto che la vostra prima impressione della colonia sia stata così negativa. Vorrei che ci aveste visti sotto una luce migliore».

«Per quanto peccatore, ho pregato per lui», disse piano Judith, abbassando lo sguardo sul corpo di Driek.

Van Dijk annuì. «È nelle mani di Dio, ora». Mentre parlava, Suzanne notò con vago divertimento che la punta delle orecchie del soldato era arrossita.

Si riprese in fretta. «Andrò a chiamare alcuni colleghi perché portino via il cadavere», disse secco van Dijk. «Dopodiché, dobbiamo trovarvi un alloggio migliore. Questo quartiere del villaggio non è adatto alle giovani donne. C'è la possibilità che Eltorp ritorni».

Judith si fece ancora più pallida. «Voi credete?».

Van Dijk alzò le mani. «È soltanto una precauzione, *juffrouw* Verbeek. Quella canaglia si starà nascondendo in uno dei bordelli al porto, senza dubbio, ma lo troveremo. Non temete».

Si rivolse a Suzanne. «Potete restare qui finché non ritorno?». Rivolse un gesto in direzione del cadavere. «Non vorrei, ma…».

«Naturalmente, ce la caveremo».

Accennò un inchino. «Molto bene. Signore, prendo congedo».

Per un momento, dopo che fu uscito, le due donne rimasero in silenzio. Poi, Suzanne esalò un sospiro.

«Ha una cotta per te», sussurrò Judith.

Suzanne sorrise e prese la mano dell'amica. «Non sono io ad aver attirato il suo sguardo, mia innocente Judith».

Capitolo dodici

Giovedì, 5 agosto

Adriaan van Dijk mantenne la parola data.

Quando la campana suonò alle sei segnando il cambio della guardia, tornò con due soldati per rimuovere il cadavere e portare Judith e le ragazze al nuovo alloggio.

Suzanne era incuriosita. Van Dijk sembrava avere più influenza di quanto ci si potesse aspettare da un soldato qualunque: nel giro di qualche ora, non solo aveva predisposto una sistemazione alternativa per le ragazze, ma aveva anche fatto in modo che Judith non dovesse comparire davanti a un magistrato.

«È tutto a posto», fu l'unica cosa che Adriaan disse.

Un pallido sole invernale che sorgeva dietro le nuvole grigie rimodellava le strade mentre loro attraversavano la colonia che si stava svegliando.

«Il nuovo alloggio è più vicino a casa vostra», spiegò lui, voltandosi verso Suzanne. «Forse vostra nonna potrebbe aiutare *juffrouw* Verbeek con le ragazze, che cosa ne pensate?»

«Ne sarebbe felice. Ci sono notizie dell'aggressore?».

Van Dijk abbassò la voce. «Pare, anche se nessuno nel quartiere malgascio apre bocca al riguardo, che ieri sera ci sia stata una sorta di rissa che ha coinvolto tre noti soci di Eltorp. I corpi di due – uno morto, l'altro in gravi condizioni – sono stati trovati insieme a un malgascio, anche lui deceduto, dietro lo Slave Lodge. Sono stati tutti accoltellati».

«Da Eltorp?»

«Più probabilmente in una rissa generale tra i due gruppi. È stato emesso un ordine di arresto per Eltorp e un quarto uomo che è stato visto bere con lui in una taverna nel corso della serata. Anche se nessuno parla, li troveremo».

«Perché nessuno parla?»

«In quel quartiere vivono perlopiù schiavi liberati, uomini e donne portati qui dal Madagascar o dal Bengala. Non si fidano di noi».

«E fanno bene a non farlo?».

Van Dijk ci pensò un attimo, poi annuì. «Purtroppo, alcuni dei miei compatrioti credono che la pelle bianca indichi una natura sincera e rispettabile, mentre la pelle scura o nera il contrario». Si schiarì la gola. «Sulla base della mia esperienza, posso dire che ovunque c'è del buono e del cattivo, come dimostra il comportamento ripugnante di Eltorp e Holsteen ieri sera».

Sebbene mantenesse la sua solita cautela, Suzanne stava iniziando ad apprezzare quell'uomo di Rotterdam che si era prodigato per aiutarle. Van Dijk era evidentemente in contatto con qualcuno di rango più alto nella VOC, quindi sarebbe riuscito a scoprire quali fossero i piani per le otto future spose. «Sapete dove verranno mandate le orfane alla fine?»

«I dettagli di ogni caso, no. Non accadrà nulla nell'immediato. Queste cose richiedono tempo».

«Sarà di grande conforto per Judith. Si dice che presso la colonia ci siano più uomini e meno donne. È vero?»

«Sì».

«Voi stesso non siete sposato, vero?», chiese Suzanne alla fine.

Fu van Dijk quella volta a esitare. «Lo ero. È stato un matrimonio di convenienza tra le nostre due famiglie. Eravamo giovani, avevamo entrambi sedici anni, ma andavamo abbastanza d'accordo. Quando mia moglie è morta di parto insieme al bambino, ho lasciato Rotterdam e sono venuto qui».

«Mi dispiace».

Van Dijk scrollò le spalle. «Sono passati più di dieci anni. Mi sono abituato a stare da solo». Accelerò il passo, poi si voltò indietro, verso Judith e le ragazze. «Vestiti grigi», mormorò, e Suzanne non era sicura se lui stesse ancora pensando a Rotterdam o alla giovane donna in carne e ossa che camminava dietro di loro.

I nuovi e confortevoli alloggi si trovavano a pochi minuti a piedi dal lato opposto della piazza rispetto alla casa di Suzanne e Florence.

«Così va molto meglio», commentò Suzanne con approvazione.

Judith sorrise timidamente. «Siete stato ben più che caritatevole, *mijnheer*. Non so come esprimere adeguatamente la mia gratitudine nei vostri confronti, ma ci tengo a ringraziarvi. Se c'è qualcosa che posso fare per sdebitarmi, per favore, non esitate a chiedere».

Van Dijk incontrò il suo sorriso e lo ricambiò. «Se mi fosse concesso di venire a trovarvi di tanto in tanto per vedere se ve la passate bene, sarebbe una ricompensa sufficiente».

Suzanne si compiacque molto nel vedere che entrambi erano arrossiti, e si meravigliò di come stessero andando le cose. Sperava che quella sensazione non si sarebbe trasformata in tristezza per nessuno dei due.

Quando uscì di nuovo in strada, Suzanne rabbrividì all'improvviso ricordo degli orrori della notte. Non desiderava altro che dormire.

«Devo aggiungere i miei ringraziamenti a quelli di Judith, *mijnheer* van Dijk, non da ultimo per avermi creduto».

«Siete stata molto convincente, *juffrouw* Joubert. E coraggiosa».

«Temeraria, direbbe mia nonna». Rabbrividì di nuovo. «Ora devo tornare a casa. Casa! Che parola presuntuosa da usare dopo appena diciotto ore al Capo».

Van Dijk sembrava a disagio. «Temo di dovervi dire che mi hanno chiesto di portarvi dal comandante van der Stel».

Suzanne avvertì una fitta allo stomaco. «A causa dell'omicidio?»

«Immagino per ringraziarvi per i vostri servigi di ieri. Non avete nulla di cui preoccuparvi». Riprese a camminare. «Vi dispiace?»

«Con tutto il rispetto, *mijnheer*», protestò, abbassando lo sguardo sui suoi vestiti, «non posso presentarmi al comandante in questo modo. E non vorrei che mia nonna si svegliasse e mi trovasse ancora fuori casa».

Van Dijk rifletté sulle sue parole, poi annuì.

«Molto bene. Allora vi aspetto al cancello principale del castello alle dieci. Non fate tardi».

Capitolo tredici

Alle nove e mezza, le nubi erano scomparse e il cielo era azzurro sulla montagna della Tavola.

Suzanne aveva dovuto sorbirsi una lavata di capo da parte di Florence, che si era svegliata prima dell'alba ed era fuori di sé per la preoccupazione, ma l'atmosfera gloriosa di quella mattina d'inverno le rallegrava l'animo. Si era acconciata i capelli, arricciando le ciocche con l'aiuto di batuffoli di cotone bagnati, e ora le ricadevano in riccioli eburnei al di sotto del suo migliore cappellino a tesa stretta. Indossava il mantello, il corpino e la gonna più eleganti, e i suoi stivaletti erano puliti. Se doveva incontrare il comandante van der Stel, voleva presentarsi al meglio.

Suzanne s'incamminò per le vie, ora affollate di persone di ogni razza ed età. Raggiunse il cantiere dov'era in costruzione una nuova chiesa, che sarebbe sorta sulle fondamenta della cappella di legno originale. Un supervisore bianco gridava qualcosa a una fila di schiavi neri, intenti a trasportare pietre sulle spalle nude, e urlava improperi rivolto a operai liberi che portavano granito, lastre e arenaria. Le espressioni rassegnate sui volti dei lavoratori e la frusta nella mano del supervisore la facevano infuriare, e si affrettò a superarli.

Van Dijk l'aspettava al cancello del castello.

«Guardate laggiù», disse indicando verso la montagna della Tavola. «La macchia che ricopre le pendici più basse viene chiamata *fynbos*. Oltre i confini del villaggio, trovereste cespugli di protea con fiori dai petali appuntiti grossi come la mia mano: rossi, rosa, color crema, gialli». Rivolse lo sguardo verso il Picco del Diavolo. «E nelle valli tra le montagne vivono i leopardi – enormi creature simili a gatti dalle macchie nere – e leoni, caracal, nototraghi e cefalofi, tutti appartenenti al magnifico creato di Dio».

«Vi piace qui?», gli chiese lei, spinta dall'entusiasmo nella sua voce.

«C'è molto da ammirare e di cui stupirsi nel paesaggio naturale, ma...».

«Ma?»

«C'è del buono e del cattivo in ogni situazione. Venite». Si volse bruscamente ed entrò nel complesso. «Non è buona cosa far attendere il comandante van der Stel».

«Da quanto siete di stanza qui?», gli domandò Suzanne, mentre si affrettavano oltre la porta sotto al campanile.

«Quasi dieci anni», rispose. «Sarei dovuto andare a Batavia. Mio padre era un amministratore della VOC, e io stavo seguendo le sue orme. Ma ho navigato con il comandante van der Stel, e lui mi ha chiesto di restare qui».

«E siete diventato un soldato, invece».

L'uomo sorrise. «No, non è mai stata quella la mia vocazione. Sono assegnato agli uffici amministrativi».

Suzanne si accigliò. «Allora perché portate l'uniforme?»

«Una volta al mese svolgo un turno insieme alla guardia».

«Per restare in contatto con i soldati comuni?»

«Qualcosa del genere, sì», rispose lui vagamente imbarazzato. «Ogni uomo, qui, dovrebbe essere pronto a difendere la colonia, se dovesse essercene bisogno, e in grado di usare tanto la penna quanto il moschetto».

«Esiste il pericolo imminente di guerre tribali?»

«Sì, ma anche contro un eventuale attacco da parte degli inglesi, o dei francesi. Persino i portoghesi rappresentano una potenziale minaccia, sebbene la loro influenza in quest'area sia ora sensibilmente diminuita».

Suzanne aveva vissuto tutta la sua vita all'ombra di violenza e morte. Era nata durante gli anni della peste, mentre il re francese accelerava la sua persecuzione contro gli ugonotti, ed era cresciuta nella consapevolezza che, in qualunque momento, avrebbero potuto dover fare i bagagli e fuggire per salvarsi la vita. Un trauma che passava di generazione in generazione, con il terrore insito in ogni singola cellula del loro corpo.

Quando lei e Florence avevano raggiunto Amsterdam, l'autunno precedente – finalmente al sicuro dai *dragons* e dagli uomini del re – aveva dormito per la prima volta in molti mesi un sonno profondo. Suzanne aveva sperato che la colonia potesse offrire loro una sicurezza in qualche modo maggiore. Che sarebbe riuscita a sfuggire al ricordo di ciò che le era stato fatto. Ma ascoltando Adriaan van Dijk, udendo tanto le parole che l'uomo pronunciava quanto quelle che restavano inespresse, si rese conto di essere stata una ingenua.

Di tanto in tanto decideva di voler imparare a maneggiare una pistola, pensando che non si sarebbe mai più lasciata cogliere priva di mezzi per difendersi.

Mentre attraversavano il cortile centrale, van Dijk le spiegò come il castello di Buona Speranza fosse stato costruito sulle fondamenta di un forte molto più antico. Ampliato, fortificato e modernizzato negli ultimi anni, la sua facciata di pietra aveva la forma di un pentagono. Gli edifici erano dipinti di giallo, all'interno, per mitigare i violenti raggi del sole. Nel complesso c'erano un forno, officine, quartieri residenziali per i membri della guarnigione, e celle di detenzione per i prigionieri. Il castello era un villaggio nel villaggio.

«C'è anche una cappella», aggiunse poi, «che funge attualmente da principale luogo di culto della colonia, mentre la nuova chiesa è in costruzione».

Mentre superavano le colonnate e le vie ombreggiate, Suzanne ebbe l'impressione di essere tornata nei Paesi Bassi. Era un'area completamente olandese posizionata in modo del tutto irrazionale nel vasto paesaggio africano. Solo gli uccelli tradivano la realtà dei fatti. Tutt'attorno a loro, tonde creature a macchie becchettavano il terreno: macchie bianche su sfondo nero, teste blu e cresta rossa. Li trovava stranamente attraenti.

«È una faraona», spiegò van Dijk. «Bei colori, ma sono uccelli estremamente stupidi».

Salirono una scalinata di pietra ed entrarono in una sala rivestita da pannelli, con un pavimento di lucide assi e un orologio a pendolo. Alle pareti erano appesi arazzi raffiguranti battaglie navali vinte e perse. Sotto di essi, a intervalli regolari, erano disposte svariate poltrone di legno decorato con incisioni.

«*Ocotea bullata*», le sussurrò all'orecchio van Dijk, «un legno molto pregiato proveniente dai boschi montani. Non c'è mai abbastanza legna al Capo».

In fondo alla sala, sopra a una pedana rialzata, un uomo in carne, abbigliato in una veste nera con uno jabot bianco, sedeva intento a scrivere su di un lungo tavolo da refettorio in quercia. I suoi capelli erano lunghi e ricci, talmente folti che Suzanne si chiese se non si trattasse di una parrucca.

«Rispondete alle sue domande con sincerità», le mormorò van Dijk quando si fermarono. «Non è uomo da tollerare i buffoni». Quindi alzò la voce: «Comandante, permettetemi di presentarvi Suzanne Joubert».

Per svariati minuti, o così parve, calò il silenzio. Suzanne si costrinse a non agitarsi. Alla fine, Simon van der Stel posò la piuma.

«Nutrite interesse per la natura, *juffrouw* Joubert? Questo paesaggio è straordinario: i colori, la flora e la fauna sono diversi da qualsiasi altro luogo sulla terra. Il sogno di ogni botanico».

Qualunque cosa si fosse aspettata, non era questo.

«Dal poco che ho visto, è magnifico», rispose cauta. «Spero davvero di poter viaggiare verso l'entroterra e vederlo con i miei occhi».

«Voi siete francese».

«Ho radici olandesi e francesi».

«I vostri colori propendono per il ramo olandese. Vi intendete di vini?».

Suzanne batté le palpebre al brusco cambio di argomento. «La mia famiglia possedeva un'attività vinicola nella nostra città natale, La Rochelle. Ma ormai è andata perduta».

«Nessun fratello?».

Suzanne non vacillò. «Nessun fratello, né altri membri della famiglia sopravvissuti a parte me e mia nonna».

«Io ho piantato delle viti nella mia tenuta a Constantia. L'Europa è un continente in fin di vita. Guerra dopo guerra dopo guerra. Qui, nell'emisfero meridionale: il futuro è qui». Il comandante batté l'indice sul tavolo, e Suzanne notò che i suoi polpastrelli erano macchiati di inchiostro nero. «Hanno battezzato un villaggio in mio onore: Stellenbosch. Eppure, preferirei essere ricordato come l'uomo che ha prodotto la migliore qualità di vino del Capo. Il mio vigneto è stato piantato da poco, ma già produce uva di una qualità che susciterebbe l'invidia dei vostri viticoltori francesi. Vorrei poter fare di più, ma questo», mosse la mano a indicare la sala, «occupa troppo del mio tempo».

Incerta su quale fosse la risposta migliore, Suzanne rimase in silenzio.

«I vostri correligionari sono abili nel coltivare le viti?», proseguì. «Il nostro vino locale è imbevibile, il brandy è appena passabile, e il nostro aceto sembra quasi veleno».

Suzanne annuì. A questo sapeva rispondere. «Le famiglie che hanno navigato a bordo della *China* provengono da una piccola regione della Provenza. È un luogo di valli, frutteti, vigneti a perdita d'occhio. Se vengono forniti loro gli strumenti, una terra fertile, e acqua naturalmente, ci riusciranno».

«Bene. Questo è positivo».

Apparentemente soddisfatto dalla sua risposta, il comandante si appoggiò allo schienale della sedia e chiuse gli occhi. Suzanne divenne consapevole del ticchettio dell'orologio mentre il pendolo oscillava avanti e indietro nella sua teca.

All'improvviso, gli occhi di van der Stel si aprirono completamente, lo sguardo limpido e diretto. Per la prima volta, Suzanne vide un accenno dell'uomo ammirato ma anche temuto. Dal lato opposto del tavolo, il comandante puntò un dito verso di lei.

«Ditemi, Suzanne Joubert, che cosa vi ha portato qui, in realtà?».

Capitolo quattordici

Per un istante, sotto lo sguardo penetrante di van der Stel, Suzanne fu quasi tentata di dire la verità. Di ammettere di essere andata là in cerca della sua antenata, Louise Reydon-Joubert, e per onorare – o vendicare – la sua morte.

Ma, alla fine, prevalse la cautela.

«Come dite voi stesso, comandante, l'Europa sta morendo», rispose fermamente. «I cattolici hanno massacrato ogni singolo membro della mia famiglia, tranne mia nonna e me. La Francia non è vivibile per noi, e Amsterdam, sebbene sia stato il luogo di nascita del mio trisavolo, Piet Reydon, nonché la città che ha dato rifugio alle generazioni precedenti della mia famiglia, non è casa mia. Gli ugonotti sono meno benvenuti là di quanto lo fossimo noi un tempo. Io voglio vivere guardando al futuro, non piangere il passato».

Van der Stel continuò a fissarla con quel suo sguardo, come se cercasse un segno di inganno. «Non approvo che le donne adottino le abitudini e si assumano le responsabilità degli uomini», replicò lui, agitando il dito macchiato d'inchiostro nell'aria. «E non approvo che viaggiate senza accompagnatori. Il ruolo delle donne è sposarsi e avere figli, questa è la loro vocazione più alta. Tuttavia, credo che siamo in debito con voi, *juffrouw* Joubert, per il vostro aiuto ieri».

«È stato un onore per me rendermi utile», rispose Suzanne con voce tesa. «Durante la traversata, mi sono affezionata alle mie compagne di viaggio. Voglio che stiano bene qui».

Il comandante si accigliò. «Eppure non hanno nemmeno provato a imparare la nostra lingua».

«Lo faranno col tempo».

«Sono brave persone? Sono morigerate, rispettose della legge e laboriose? Persone che faranno onore alla nostra colonia?»

«Sono *donne* oneste e laboriose tanto quanto gli uomini», ribatté lei con entusiasmo. «Se trattate con giustizia, serviranno fedelmente la colonia. Sono grate di avere questa possibilità di costruirsi una nuova vita, come lo sono io».

«Avete motivo di credere che non saranno trattate con giustizia?».

Suzanne sussultò per la sua aggressività, ma rispose con sincerità. «Al contrario, comandante. Tutto, al nostro arrivo, si è svolto in modo equo e calcolato».

Van der Stel fece un verso e iniziò a sistemare le sue carte. «Finché non ci sarà un uomo in grado di svolgere questo lavoro, vorrei che voi prestaste lo stesso servizio per gli altri arrivati, se ci saranno altri rifugiati che non si disturberanno a parlare olandese. Come temo che accadrà. La *Zuid-Beveland*, salpata da Middleburg ad aprile, dovrebbe attraccare tra quindici giorni. E altre due navi arriveranno a ottobre».

Suzanne era euforica per la richiesta di van der Stel, anche se non lasciò trasparire la sua soddisfazione. «Ne sarei onorata».

«Farò in modo che veniate ricompensata per il vostro tempo. Un salario equo per una giornata di lavoro onesto. Vi ringrazio, *juffrouw* Joubert, anche per aver portato alla nostra attenzione la sfortunata vicenda di ieri sera. Quando il malfattore verrà trovato, sarà punito, insieme a chiunque lo abbia protetto». Guardò i suoi documenti e fece un cenno di congedo con la mano. «Se non c'è altro, van Dijk vi accompagnerà fuori».

Suzanne colse l'occasione: «Se non vi dispiace, c'è un'altra cosa».

«Ah, sì?»

«Parlando delle ragazze di Rotterdam, so che si sposeranno».

«E allora?».

Il suo tono non era incoraggiante, ma lei insistette. «La più giovane ha solo quindici anni».

«Sono tutte in età da marito».

Suzanne rimase ferma sulle sue convinzioni. «È vero, ma sono innocenti per l'età che hanno, e sono lontane da casa. Sarebbe di grande conforto per Judith Verbeek, la loro accompagnatrice, una persona molto pacata, avere voce in capitolo in merito al luogo in cui verranno mandate. Così da poter continuare a vegliare su di loro».

Van der Stel aggrottò la fronte. «La responsabilità sarà dei loro mariti».

«Ma finché non saranno sposate, sarebbe possibile consultare Judith?

Così potrà assicurarsi che si sentano a loro agio qui. Questa misura tornerà a vantaggio della colonia a lungo termine».

Sentì van Dijk accanto a lei irrigidirsi. Aveva oltrepassato il limite? Suzanne trattenne il respiro e aspettò.

«Non vedo obiezioni alla vostra richiesta», sentenziò alla fine van der Stel. «Van Dijk, assicuratevi che *juffrouw* Verbeek sia tenuta opportunamente informata». Indicò Suzanne. «Le mogli soddisfatte rendono i mariti equilibrati. Rifletteteci su, signorina».

Mentre Suzanne e van Dijk ritornavano sui loro passi attraverso il cortile, vide il suo compagno sorridere ampiamente. Quell'espressione allegra aveva l'effetto di farlo sembrare più giovane, meno austero. Lei, tuttavia, era furiosa.

«Mi congratulo con voi, *juffrouw* Joubert. Avete fatto una buona impressione al comandante. È un uomo difficile da accontentare».

«Soprattutto quando si tratta di donne», rispose lei irritata. «Ma, lo ammetto, mi è sembrato corretto».

Van Dijk rise. «Lo è e non lo è. È irascibile, incline a scatti di malumore: gli uomini da Amsterdam a Batavia ne hanno subito le conseguenze. Ha lasciato sua moglie ad Amsterdam quando è stato trasferito qui – si vociferava di maltrattamenti – e, al suo posto, ha portato la sorella della moglie a prendersi cura dei suoi sei figli. I suoi figli più grandi sono destinati a subentrare alla gestione della colonia, col tempo. E, quando ha stabilito che i lavori al *drostdij*, il tribunale, a Stellenbosch, stessero procedendo troppo lentamente, ha fatto mettere il capo carpentiere agli arresti domiciliari e incatenare gli uomini incaricati di fabbricare i mattoni».

Suzanne scosse la testa sconvolta e sospirò. «È vero che la città porta il suo nome?»

«Verissimo, anche se, in realtà, è stato il comandante stesso a chiamarla così. Quando ha accettato l'incarico nove anni fa, si è assunto la responsabilità di visitare tutte le fattorie dei liberi cittadini oltre agli estremi degli avamposti della colonia. Nel corso di una spedizione successiva, si è imbattuto in una valle incontaminata e fertile, con boschi rigogliosi. Si è accampato su una piccola isola in mezzo al fiume Eerste e ha chiamato quella terra Stellenbosch. È diventata una città tre anni fa, quando a un *landdrost*, Pieter Odendaal, è stato affidato il controllo della comunità in rapida crescita».

«Ma che cosa ne è stato di quelle persone che ci vivevano prima?».

L'espressione di van Dijk si indurì. Suzanne capì subito di aver fatto la domanda sbagliata.

«Ci sono due popolazioni locali: i Khoi e i San, con vari gruppi all'interno di ciascuna comunità. I Khoi sono pastori che spostano il bestiame da un posto all'altro. I San, invece, sono gli abitanti più antichi della regione, e potremmo definirli cacciatori-raccoglitori. Nessuna delle due popolazioni costruisce insediamenti fissi, quindi...». Fece una pausa. «Vi assicuro che i negoziati con i loro capi sono stati equi. Molti dei Khoi oggi lavorano per noi».

Suzanne si chiese che cosa avessero veramente provato i proprietari originari della terra nel vedere i loro beni sottratti dai coloni bianchi, ma sapeva che non spettava a lei dirlo. Memore del consiglio di sua nonna di ascoltare anziché parlare, sapeva di essere ancora ignorante riguardo ai costumi e alle tradizioni della colonia. Avrebbe imparato, a tempo debito.

Ma si mise a riflettere. A ogni famiglia ugonotta sarebbe stata concessa della terra da coltivare a Groot Drakenstein, la valle che doveva il suo nome, o almeno così le avevano detto, a un altro commissario olandese del Capo che era stato là tre anni prima. Era semplice. Con il mero atto di rinominare un posto, gli olandesi assumevano il controllo della terra come se avessero usato armi e forza.

Uscirono dal cancello, lungo il tragitto che, si rese conto, avevano percorso la notte prima. Il terreno aperto, capì Suzanne, era una piazza d'armi, dove si stava esercitando un battaglione di soldati.

«Il comandante parlava sul serio quando ha detto che voleva il mio aiuto in vista dell'arrivo della prossima nave? Cioè, finché non si troverà un uomo...».

Van Dijk rise di nuovo e sembrò aver ritrovato il buonumore. «Non dovete offendervi. Le sue idee sono tradizionaliste, ma non siamo tutti così retrogradi».

Suzanne si rifiutò di lasciarsi distrarre. «Quindi diceva sul serio?»

«Certamente. Vi farò sapere quando attraccherà la *Zuid-Beveland*. A bordo c'è un pastore francese. Se Dio vuole, sarà sopravvissuto al viaggio: il suo arrivo è molto atteso dai rifugiati».

«Sarà di grande conforto per loro».

«Sì, anche se ci si aspetta che imparino l'olandese per poter partecipare alle nostre funzioni».

«E il comandante manterrà la parola sulle ragazze di Rotterdam?»

«Non fa promesse alla leggera. Se dice che sarà così, allora la sua parola è legge. Inoltre, nonostante sia vero che qui le persone si sposano prima che a casa, questi non sono matrimoni dinastici, ma dalla finalità pratica. Una sposa bambina non sarebbe di alcuna utilità per un contadino. Loro hanno bisogno di aiutanti, donne capaci di lavorare la terra. Se *juffrouw* Verbeek può preparare le orfane, allora sarà un vantaggio per tutti noi. È improbabile che accada qualcosa prima del nuovo anno».

Suzanne sorrise. «Questo è rassicurante. Lo dirò a Judith».

«Non serve», rispose van Dijk. «Sarò felice di informarla della decisione del comandante. Devo recarmi all'ospedale. Non è fuori mano».

«Ma...», fece per replicare Suzanne, ma poi si fermò. Dopotutto, chi era lei per sabotare la sua scusa per farle visita? «Sono sicura che Judith vi sarà molto grata».

Lui sembrò soddisfatto. «Che cos'avete in programma di fare stamattina?».

Suzanne guardò davanti a sé le strade scintillanti e invitanti sotto il lattiginoso sole invernale e sorrise. «Esplorerò i dintorni».

«Vi piacerà la città, ma non vi avventurate oltre i confini. Qui è diverso. Ci sono zone non adatte a una gentildonna, a nessuno di noi, in realtà».

«Farò attenzione», disse lei con leggerezza, e sorrise.

Lui inarcò le sopracciglia. «Dico sul serio. E ci sono i serpenti». Suzanne spalancò gli occhi. «Oh, sì. Bisogna stare attenti. Molte specie di serpenti velenosi arrivano persino in città: cobra, boomslang – possono essere più lunghi di me – e il morso di una vipera soffiante può essere fatale».

«Farò attenzione», ripeté lei, questa volta sul serio.

Lui sostenne il suo sguardo. «Come ho detto, qui è diverso».

Capitolo quindici

Diverse ore dopo, Suzanne uscì di casa, lasciando la nonna a riposare. La promessa del mattino era ormai scomparsa, e il sole era ora coperto da nubi scure. Un'acquerugiola persistente ammantava ogni cosa di una grigia foschia. Suzanne si sentiva nauseata. Se non altro, il suo mal di terra era peggiorato rispetto al giorno precedente. Ma era decisa a orientarsi ed esplorare la città alla luce del giorno.

Cercò, invano, di immaginare che aspetto potesse avere quella terra quando Louise aveva messo piede per la prima volta su quelle stesse sponde, sessantasei anni prima. In realtà, trovava impossibile immaginare Louise lì. Pressoché ogni volta che pensava a Louise, la vedeva in piedi, fiera, sul ponte della *Old Moon*, lo sguardo rivolto al mare. Oppure, a volte, nella prigione di Las Palmas, nella sua descrizione del tavolaccio e del vaso da notte, una coperta infestata dalle pulci, e le sue iniziali, LRJ, incise sui mattoni. Non qui, in questa terra di frontiera.

Durante le sue esplorazioni, Suzanne notò una o due abitazioni più eleganti costruite fianco a fianco con i più essenziali edifici di argilla e paglia. Case bianche con l'occasionale timpano e le finestre di legno, a ricordarle Amsterdam e i grandi canali Herengracht, Keizersgracht e Prinsengracht.

Minou aveva scritto nei suoi diari delle sue escursioni per Amsterdam, dopo che la famiglia Joubert era fuggita nella città in seguito al massacro della notte di San Bartolomeo. Aveva trovato difficile integrarsi nella società olandese. La sua ammirazione nei confronti delle strette case a quattro piani sulla Zeedijk era offuscata dal dolore per aver perso la sorella maggiore, Marta, nel caos di Parigi.

Scriveva di come sentisse la mancanza delle montagne, e dovesse invece adattarsi a un mondo definito dall'acqua, a una città delimitata da ampi canali e dalla palizzata galleggiante delle alte navi ormeggiate nel porto. La differenza risiedeva nel fatto che Minou rimpiangeva la perdita della sua vita precedente a Puivert, e poi a Parigi, e desiderava tornare a casa. Suzanne invece non aveva una casa. Ciò che era accaduto a La Rochelle quella notte gliel'aveva portata via.

Il suo vagare la riportò alla piazza principale. Lì, nella colonia, ogni cosa era una novità. Era sconcertante per lei trovarsi in un luogo nuovo, senza più radici, oppure era una liberazione? Lì Louise si era sentita libera di essere qualcun altro, non più vincolata al suo passato? Era per questo che era venuta al Capo anziché tornare a casa? Ma soprattutto, rifletté Suzanne mentre tornava a guardare la piazza principale, perché era rimasta?

Poi giunse un altro pensiero, gelido e impietoso. E se Louise non fosse rimasta? E se fosse salpata verso Batavia, dove era già stata fondata una colonia olandese, e si fosse stabilita laggiù, tra le palme e i mercanti dell'est? E se Suzanne stesse cercando Louise nel posto sbagliato?

Tornò al suo alloggio di malumore. Era stata Louise a portarla lì, ma se non l'avesse mai trovata? Se non avesse mai ritrovato le sue tracce? Era ancora presto, ma il pensiero la riempì di disperazione.

Lars Eltorp era appostato vicino al lungomare, nascosto tra le ombre dietro agli edifici della VOC.

Non aveva dubbi che fosse stato emesso un mandato per il suo arresto. Il comandante van der Stel era noto per amministrare la giustizia in modo rapido e brutale contro chiunque infrangesse le regole della colonia. Considerò l'idea di dichiarare che si era trattata di legittima difesa – la vittima era un marinaio, ubriaco, appena sbarcato, in cerca di guai – ma sapeva che la sua fedina penale lo avrebbe smentito. L'ultima volta che era stato incriminato per disturbo della quiete pubblica aveva ricevuto dieci frustate e una settimana di prigione.

Eltorp si passò la mano callosa sulla barba impastata. Tuttavia, dichiarare che si era trattato di legittima difesa poteva ancora funzionare, se avesse dipinto Driek come l'aggressore. L'unica testimone era la ragazza. Tutto quel casino era colpa sua. Se lei non avesse fatto la timida, fingendosi una donna virtuosa, nessuno si sarebbe fatto male. Strinse gli occhi. Avrebbe dovuto uccidere anche lei, non lasciare la sua lingua lunga libera di condannarlo.

Era stato un lavoro incompleto.

Eltorp cambiò posizione. Vi erano abbastanza uomini, nella colonia, che gli dovevano fedeltà, o che avevano troppa paura per abbandonarlo. C'era una fattoria dove un colono di sua conoscenza avrebbe chiuso un occhio davanti a qualche viavai, in cambio di una somma di denaro adeguata. Se riusciva a raggiungere la campagna, i soldati della VOC non lo avrebbero trovato. Ma per superare le dune di sabbia, avrebbe avuto bisogno di una pistola. Tre uomini che conosceva erano stati uccisi dai leoni, il mese prima. Il coltello non gli sarebbe stato di alcuna utilità.

Eltorp continuò a soppesare le opzioni a sua disposizione, ma si rese conto che la propria mente amareggiata continuava a tornare alla ragazza. Sapeva che sarebbe stata una follia tornare indietro, ma l'idea si impossessò di lui.

Era colpa sua. Non avrebbe dovuto fare tutte quelle storie.

Le donne causavano guai, punto e basta. La sua rabbia prese a crescere e, con essa, un desiderio di vendetta che superava il suo istinto di autoconservazione. Sarebbe stato più saggio lasciare il paese, ma prima doveva assicurarsi che quella donna tacesse, in un modo o nell'altro. Dopodiché, si sarebbe procurato un moschetto e se ne sarebbe andato. Si sarebbe diretto a Gallow's Hill. Nessuno andava laggiù, di notte. Era un luogo antico, e si diceva fosse infestato dalle anime di tutti gli schiavi sepolti sotto la sabbia senza aver ricevuto l'assoluzione, e dei miscredenti tirati giù dalla forca. Di certo sarebbe stato al sicuro laggiù…

Capitolo sedici

Alle sei in punto, al suono della campana del castello, Suzanne e Florence uscirono di casa e camminarono a braccetto verso la sala del culto. Si sarebbe tenuto un incontro per dare il benvenuto ai nuovi arrivati, organizzato dai rifugiati francesi più affermati. Le donne si riunivano quasi tutti i giorni in un piccolo edificio di legno un tempo annesso alla vecchia chiesa, dove potevano parlare nella loro lingua senza il timore di essere rimproverate. Gli uomini, così aveva sentito dire Suzanne, tendevano a radunarsi nella taverna vicino ai magazzini della VOC, frequentati dai contadini e dai coloni che venivano in città per fare provviste.

Suzanne non vedeva l'ora. La sua malinconia si era attenuata, ed era entusiasta all'idea di iniziare a chiedere informazioni su Louise. Sebbene nessuna delle donne si trovasse nella colonia da così tanto tempo, dovevano aver sicuramente sentito dei pettegolezzi. Era sicura che qualsiasi anziana intenta a lavorare a maglia vicino al fuoco fosse più informata di una spia del governo. Quelle donne ascoltavano, osservavano e vedevano tutto.

«*Bienvenue, entrez*».

Una donna esile e minuta, con occhi neri sorridenti e mani gesticolanti, si fece avanti per accoglierle.

Suzanne cedette il passo a Florence. Le donne francesi più anziane si presentarono identificandosi con il rispettivo cognome, la città d'origine (la loro ospite, Madame Niel, era originaria del Delfinato) e la nave che le aveva condotte al Capo. Suzanne e Florence furono invitate a riempire i piatti di salumi, formaggi e mele tritate, poi si diressero verso un tavolo.

«Dovete conoscere Madame Lombard. È una delle residenti più anziane e longeve della nostra comunità, la vera memoria storica». Madame Neil tenne le mani rispettosamente unite. «Madame, ecco altre due passeggere della *China*».

C'erano già tre donne sedute al tavolo: madre e figlia, anche loro del Delfinato – il marito della donna era a Groot Drakenstein – e Madame Lombard, una donna di sessant'anni. Senza dubbio era la matriarca, tozza, con la pelle rugosa e gli occhi dalle palpebre cascanti. La donna tirò un colpetto sulla sedia vuota accanto a lei. Suzanne fece accomodare Florence, poi chiese a Madame Lombard di raccontarle la sua storia. Con sua sorpresa (la maggior parte dei rifugiati era ansiosa di parlare delle proprie esperienze), lei liquidò la domanda con un gesto.

«Io sto meglio qui», rispose bruscamente. «Mio marito era un ladro e un bruto, un ugonotto solo per il vantaggio che pensava di ricavarne: il signore locale era un cristiano invasato di fede protestante, capite? Con la morale di un donnaiolo». Tacque per un istante, poi, con grande gioia di Suzanne, fece l'occhiolino. «Mio marito, cioè, non il signore. Lui era un mascalzone di un altro genere, ma questa è un'altra storia».

Suzanne rise, ammaliata dalla franchezza dell'anziana donna.

«Il mio cosiddetto "caro" si profondeva sempre in salamelecchi, cercando di ingraziarselo», fece una risatina. «E pensare che, in tutto ciò, quel signore non aveva il sangue più blu del mio. Ha vinto un alloggio a Puivert a carte, ci credete? Io sto meglio senza. Almeno qui uno sa dove si trova. Un giorno di lavoro onesto per una paga equa, niente inchini e lodi sperticate».

Suzanne raddrizzò la schiena. «Avete detto Puivert?»

«Sì». Madame Lombard la scrutò. «Perché, come fate a conoscerlo? Mi hanno detto che venite da La Rochelle».

«Sì», rispose lei, «è così. È solo...».

«Spiegatevi bene, mia cara».

Suzanne prese fiato. «La mia famiglia è originaria della Linguadoca e ha vissuto a Puivert alcune generazioni fa. Non ci sono mai stata, ma la mia trisavola è sepolta là».

«Davvero? Qual era il cognome di famiglia?»

«Joubert», rispose Suzanne. «La mia trisavola si chiamava Minou Reydon-Joubert. Ha ereditato il castello di Puivert dalla madre biologica, anche se la tenuta è andata perduta durante le guerre di religione dopo il massacro di Parigi del 1572».

Madame Lombard si sedette sulla sedia con le mani incrociate sul ventre prominente.

«Bene, bene, bene! Pensavo che non avrei mai visto arrivare questo giorno».

«Madame?».

La donna anziana batté la mano sul tavolo. «Il mio cognome da nubile era Noubel. Mia nonna e mio nonno hanno prestato servizio presso la famiglia Joubert. Parlavano spesso della *châtelaine* di Puivert, di come la famiglia fosse partita per Parigi per partecipare alle nozze reali con i figli piccoli, e non fosse mai tornata».

Suzanne aveva letto quell'episodio nei diari di Minou. Si sporse in avanti, con gli occhi che luccicavano per l'eccitazione. «Esatto. Solo sua sorella, Alis, è rimasta a Puivert. È stata una dei pochi a sopravvivere al saccheggio del castello».

Il volto di Madame Lombard si adombrò. «Sono state assassinate quasi tutte dai cattolici, molte delle vecchie famiglie del villaggio. Uccise sul posto dai loro vicini, uomini con cui erano cresciuti, ragazzi che avevano cullato in grembo».

Suzanne scosse la testa. «La mia trisavola ne ha parlato nel suo diario. L'unica cosa che ci resta di quei giorni è un arazzo di famiglia dei miei trisavoli e dei loro due figli più grandi, Marta e il mio bisnonno, Jean-Jacques. Alis l'ha trafugato quando, alla fine, è riuscita a scappare. Ce l'abbiamo ancora. È appeso nella casa di Amsterdam dove lei ha vissuto per il resto della vita».

«Chi avrebbe mai pensato una cosa del genere», commentò l'anziana, scuotendo la testa mentre pensava alle vie del destino. «Minou Joubert era una gran signora. Nessuno aveva da ridire nei suoi confronti. Trattava tutti allo stesso modo, poveri o prìncipi. E ora noi siamo qui insieme dall'altra parte del mondo». Indicò il cielo. «Forse lassù c'è qualcuno, dopotutto».

Suzanne decise di cogliere l'attimo prima che qualcuno interrompesse la conversazione. «A dire la verità, io non sono la prima della nostra famiglia ad aver viaggiato fin qui», disse, scrutando attentamente il viso di Madame Lombard.

«Avete dei parenti qui che sono arrivati prima di voi? Su quale nave?»

«No. Almeno, non proprio. La nipote di Minou si chiamava Louise Reydon-Joubert. È arrivata al Capo nel maggio del 1622».

Madame Lombard fece una risatina. «Come è possibile? Vorrebbe dire trent'anni prima della fondazione della colonia».

«Be', le navi della VOC, e non solo, si fermavano qui per rifornirsi già prima», cominciò a spiegare Suzanne.

«Lo so», sbottò l'anziana. «Vivo qui da circa venticinque anni, signorina. C'è ben poco che io non sappia. So più di tutti questi funzionari della VOC che non vedono oltre la punta del loro naso».

Suzanne alzò la mano per scusarsi mentre Madame Lombard procedeva con la sua lezione di storia. «Prima sono arrivate le navi portoghesi, poi quelle britanniche, francesi, olandesi e persino danesi. Andavano e venivano, ma nessuna si fermava. Poi, nel 1647, la *Nieuwe Haerlem* si è arenata al Capo di Buona Speranza. I marinai sono rimasti bloccati qui per un anno, ed è stato proprio quell'incidente a spingere la VOC a orientare i suoi spregevoli obiettivi verso un insediamento permanente. Cinque anni dopo, Jan van Riebeeck è stato incaricato di allestire qui una stazione di ristoro». Fece un gesto con le braccia a indicare la stanza. «E così, eccoci qui».

«Dovete aver assistito a molti cambiamenti, madame», commentò Suzanne, sperando di lisciare le piume arruffate della francese.

«Alcuni in meglio, altri in peggio», brontolò Madame Lombard. «Allora, raccontatemi di questa vostra antenata. Come è arrivata qui, volete dirmelo?»

«Louise è salpata con la sua nave, la *Old Moon*».

«Sciocchezze! Nessun marinaio che si rispetti navigherebbe sotto il comando di una donna. Non si è mai sentita una cosa del genere».

«Eppure, è andata così», insistette Suzanne. «Lo dimostrano il diario di Louise e la testimonianza registrata del suo luogotenente. Ha fatto tornare la nave ad Amsterdam su sua indicazione».

«In tal caso, che cosa le è successo?».

Suzanne abbassò la voce a un sussurro cospiratorio, sperando di attirare l'irascibile anziana. «Questo è ciò che sono venuta a scoprire qui».

Per un istante, Madame Lombard rimase in silenzio. Poi, con gioia di Suzanne, fischiò come una pescivendola.

«Bene, bene, un'altra avventuriera. Come me, come la vostra Louise. Mi hanno detto che non potevo viaggiare da sola, che queste terre selvagge non erano adatte a una donna». Si batté le mani in grembo. «Eppure, eccomi qui. Ho seppellito due mariti in questa terra rossa, e sono ancora qui. Ho la mia casa, dormo quando voglio, mangio quando voglio e non dovrò più rendere conto a un uomo».

Suzanne rise. «Louise la pensava allo stesso modo. Nemmeno lei voleva sentirsi in debito nei confronti di un marito. Era coraggiosa e leale al suo equipaggio, e inseguiva le navi negriere. Ma dopo essere sbarcata alla baia della Tavola, è scomparsa. Nessuno ha più sentito parlare di lei, né ha più ricevuto sue notizie».

«Perché vi importa così tanto? Dopotutto, non l'avete mai conosciuta».

La franchezza dell'anziana lasciò Suzanne interdetta. Si era posta quella domanda molte volte da quando aveva letto il diario di Louise.

«Darebbe uno scopo alla mia vita», sentì sé stessa rispondere, e fu sorpresa da quelle parole. «Dopo tutto quello che è successo alla mia famiglia, e a me, scoprire che cosa è successo a Louise mi darebbe una ragione per andare avanti».

Per un istante, le due donne si guardarono negli occhi, legate da una comune sofferenza, dagli orrori a cui entrambe avevano assistito e dalla loro determinazione.

«Siete sincera, almeno», replicò Madame Lombard.

Rimase di nuovo in silenzio, ma, questa volta, Suzanne si rese conto che la donna stava rovistando nei suoi ricordi sbiaditi alla ricerca di frammenti di storie origliate qua e là. «Be'», disse alla fine, «in quei primi mesi, quando la colonia era poco più di qualche tenda sparsa nella baia della Tavola, credo di aver sentito parlare di una donna bianca, con un foulard rosso e un pugnale alla vita. Forse era proprio la vostra Louise?»

«Oh, sì! Molte descrizioni fanno riferimento al suo foulard e da come portasse un'arma dalla lama d'argento con un singolo smeraldo verde. Un regalo del mio bisnonno in occasione del suo venticinquesimo compleanno». Suzanne esitò. «Anche se è impossibile che si trattasse della stessa arma. Quella le è stata confiscata dal tribunale di Las Palmas quando è stata processata per omicidio».

Madame Lombard inarcò le folte sopracciglia. «Un omicidio, eh? Be', i Khoi la chiamavano diavolessa, altre volte capitana o comandante pirata. Più coraggiosa di qualsiasi guerriero. Sì, ora mi ricordo. Una donna bianca che viveva in una valle vicino a Olifantshoek, dicevano alcuni». Scosse la testa. «Almeno, così mi pare di ricordare, è stato molto tempo fa».

Suzanne si sporse di nuovo in avanti. «Quanto tempo fa avete sentito parlare di lei?»

«Oh, venticinque anni fa, o forse più».

«Si sapeva se viveva da sola? O se c'era qualcuno con lei?».

Madame Lombard aggrottò la fronte. «Si parlava di un uomo bianco, un marito o un figlio, forse».

«Solo un compagno?», domandò Suzanne, rendendosi conto che poteva trattarsi di Gilles Barenton o Philippe Vidal.

«Da quello che ricordo. Ma vi dico una cosa. Se quella era davvero la vostra Louise, doveva trovarsi sotto la protezione dei Khoi per essere sopravvissuta da sola nell'entroterra, anche se, all'inizio, i rapporti tra bianchi e neri erano più cordiali. Prima che si rendessero conto delle intenzioni della VOC». I suoi occhi dalle palpebre cascanti ammiccarono. «A dire il vero, ho prestato poca attenzione alle dicerie. Pensavo fossero solo storie inventate per convincere i bambini vivaci ad andare a letto e per tenere i cacciatori lontani dalla valle».

«Ma se...».

Madame Lombard alzò la mano. «Tutto questo ricordare mi ha sfinita. Ci penserò e, se dovesse venirmi in mente qualcos'altro, vi manderò a chiamare».

Suzanne sospirò. «Grazie, madame. Alloggiamo...».

L'anziana donna agitò un dito tozzo. «So dove abitate. Abbiate pazienza, mia cara. Noi avventuriere dobbiamo restare unite», disse con un luccichio negli occhi. «Ora, vorrei fare la conoscenza di vostra nonna. Florence, avete detto?»

«Sì, è stata chiamata così in onore della madre adottiva di Minou». Si alzò e raggiunse la nonna all'altro capo del tavolo. «*Gran'mère*, c'è una persona che si ricorda della nostra famiglia da Puivert. Posso presentartela?».

Capitolo diciassette

Giovedì, 19 agosto

Suzanne si adattò rapidamente allo stile di vita della colonia.

Giornate umide e notti illuminate dalla luna trascorsero in fretta mentre visitava i magazzini della VOC per acquistare provviste, faceva brevi passeggiate per le strade con Florence a braccetto, e passeggiate solitarie più lunghe fino alle dune di sabbia e ritorno, e giù fino al mare. Rimpiangeva la mancanza di libri, ma andava a trovare le altre famiglie conosciute sulla *China* e faceva visita a Judith e alle ragazze. Suzanne fu lieta di sapere che Adriaan van Dijk era passato più volte a trovarla, e che si era persino offerto di accompagnare Judith alla funzione della Chiesa riformata presso la cappella del castello, il Sabato successivo.

Da parte sua, Florence era diventata una frequentatrice abituale dei *rendez-vous* pomeridiani organizzati dalle donne, e questa nuova compagnia servì ad alleviare il senso di colpa di Suzanne. Florence sembrava in ottima salute, finalmente libera dal fardello della loro vita recente a La Rochelle. Le profughe chiacchieravano di quanto fosse difficile la vita per i coloni, di come il terreno di Groot Drakenstein non fosse adatto a piantare viti, e di come le risorse accantonate per i rifugiati fossero inadeguate. A quanto pareva, lì erano poveri tanto quanto lo erano stati in Francia, e altrettanto poco considerati. Avevano presentato una mozione al comandante van der Stel affinché richiedesse al Batavia Fund nuovi fondi da distribuire, ma le donne nutrivano poca speranza. Ed erano in arrivo al Capo altre navi, con a bordo donne e uomini francesi bisognosi. Chi avrebbe pagato?

Suzanne sfruttava quelle visite per proseguire con le sue ricerche. Ma nessun altro a parte Madame Lombard aveva mai sentito parlare della capitana dal foulard rosso. Giunse alla conclusione che avrebbe potuto avere maggiore fortuna nelle taverne. Se era vero che Louise si era stabilita vicino a Olifantshoek, gli uomini che viaggiavano per il *veld* erboso e attraverso i valichi montani, i coloni e i contadini avevano maggiori probabilità di aver udito circolare qualche voce. Tuttavia, un piano del genere era impossibile da attuare. In quanto donna rispettabile, non poteva entrare in una taverna, e gli editti del comandante van der Stel non consentivano di conversare liberamente con i residenti neri o malgasci del villaggio.

«È ancora presto», si disse, ma aveva l'impressione che la sua missione avesse subìto una battuta d'arresto prima ancora di iniziare.

La mattina di buon'ora di giovedì 19 agosto, quindici giorni dopo che la *China* aveva gettato l'ancora nella baia della Tavola, si udì bussare alla porta.

Non avevano domestici, quindi Suzanne puliva personalmente la casa. Inoltre, la sua coscienza rigettava l'idea di lasciare che una persona in schiavitù lavorasse per loro.

«Aspetti visite, *gran'mère*?».

Florence alzò lo sguardo dal suo cucito. «*Pas si tôt*». Non così presto.

Suzanne si tolse il grembiule e si raddrizzò la cuffietta, mise gli stracci per pulire in un secchio e spinse quest'ultimo sotto al tavolo, quindi uscì in corridoio. Aprì la porta e si trovò davanti Adriaan van Dijk, non più in uniforme da soldato, bensì abbigliato con il *justaucorps* nero, i calzoni stretti, le calze bianche e le lucide scarpe nere dei funzionari anziani della VOC. Quella tenuta gli donava di più, e Suzanne comprese perché Judith lo ammirasse.

«*Dag, mijnheer*». Buongiorno.

Si levò il cappello. «Perdonatemi per essermi presentato qui senza preavviso, e a quest'ora. Posso entrare?»

«Ma certo». Lo accompagnò in salotto. «Posso offrirvi qualcosa da bere?».

Adriaan alzò la mano. «No, grazie. Sono qui in veste ufficiale».

Il cuore di Suzanne mancò un battito. I loro documenti erano in ordine, ma le conseguenze delle numerose visite di prima mattina da parte dei *dragons* alla loro casa di La Rochelle avevano lasciato il segno.

«Quei tempi sono finiti», mormorò.

«Vi sentite bene, *juffrouw* Joubert? Siete diventata un po' pallida».

«Non è niente», replicò, seccata di essersi tradita.

Van Dijk si levò il cappello davanti a Florence, seduta nella sua poltrona, quindi indicò una sedia vicino al tavolo. «Posso?»

«Vi prego».

Attese che Suzanne si sedesse, quindi fece lo stesso.

«In effetti, sono qui per due ragioni. Una ufficiale, l'altra un po' meno. Questo pomeriggio, salvo imprevisti, la *Zuid-Beveland* dovrebbe gettare l'ancora nella baia della Tavola. Abbiamo passato gli ultimi giorni a osservare la sua avanzata dalla spiaggia. Sono qui per conto del comandante van der Stel per richiedere i vostri servigi di interprete per quei rifugiati che non sanno parlare la nostra lingua...». Si interruppe. «Ovvero l'olandese».

Suzanne sorrise. «Non mi avete offesa, *mijnheer*. E ovviamente accetto. Ho dato la mia parola».

«Vi saremmo debitori, soprattutto perché a bordo della nave c'è anche Pierre Simond, il pastore ugonotto che i profughi stanno aspettando. Manderò qualcuno per accompagnarvi al porto».

«Non ce n'è bisogno. Conosco il villaggio, ora. Sono in grado di trovare la strada che porta al molo».

«Il porto non è un luogo adatto a una signora. Preferirei sapervi al sicuro».

Suzanne alzò la mano in segno di resa. «Va bene».

«In secondo luogo, c'è una informazione riservata che vorrei condividere con voi». Abbassò la voce. «Qualche notte fa, c'è stata una effrazione all'alloggio dove risiedeva *juffrouw* Verbeek con le sue protette. C'è stato qualche danno. Abbiamo ragione di credere che sia opera di Lars Eltorp. È stato avvistato in vari punti del villaggio, ma mi dispiace dire che è ancora in libertà».

Suzanne si sentì il sangue gelare nelle vene. «Credete che stesse cercando Judith?»

«Abbiamo ricostruito gli avvenimenti della notte dell'omicidio. Eltorp è stato visto bere con tre compagni in una taverna sul mare. L'oste lo ha identificato e ha confermato che Driek Holsteen si è unito a loro».

«In altre parole, avete dimostrato che Driek e Lars Eltorp erano insieme».

«Precisamente. Ma *juffrouw* Verbeek è l'unica testimone dell'omicidio, lui non sa che anche voi l'avete visto. Temo sia andato a cercarla».

«Lo avete detto a lei?».

Van Dijk incontrò il suo sguardo. «Non c'era motivo di metterla in allarme fino a quando non ne fossimo stati sicuri».

Suzanne annuì. «Che cosa volete che faccia?»

«Restatele vicino», rispose. «Eltorp non ci metterà molto a scoprire dove si trova il suo nuovo alloggio, se è questo il suo piano». Aggrottò la fronte. «È una giovane donna di natura dolce e gentile. Non vorrei che le capitasse alcun male».

Lars Eltorp guardò l'uomo della VOC lasciare la casa mercantile affacciata sulla piazza.

Negli ultimi quindici giorni, aveva persuaso furfanti e opportunisti del villaggio, puntando loro il coltello alla gola, a fornirgli riparo e assistenza. In questo modo, aveva acquistato un moschetto, pagato un ragazzo perché recuperasse i suoi effetti personali rimasti nel bordello al porto, e riempito lo stomaco.

Più a lungo riusciva a sfuggire alla cattura, più cresceva la sicurezza di Eltorp. Di giorno, prevaleva la lucidità: non aveva senso attirare l'attenzione su di sé. Ma al calar della notte, dopo che si era bagnato la gola con un paio di quartini, la sua testa calda tornava ai pensieri di vendetta, a come mettere a tacere l'unica testimone che avrebbe potuto identificarlo come l'assassino del marinaio.

Eltorp era tornato all'alloggio delle ragazze, ma aveva trovato il nido vuoto. In preda alla rabbia, lo aveva reso inabitabile e poi lo aveva tenuto d'occhio, nel caso fossero tornate.

Dopodiché, aveva avuto un colpo di fortuna. Aveva osservato quel bastardo della VOC aggirarsi nei dintorni e si era reso conto che avrebbe potuto condurlo dalla ragazza. Quella mattina, Eltorp lo aveva seguito in questa più sana parte del villaggio. Sebbene la casa mercantile sembrasse troppo elegante per ospitare una nidiata di orfane promesse spose, lui era pronto ad aspettare. Le ragazze avrebbero potuto essere lì. Nonostante il pessimo carattere e la mancanza di moderazione quando era ubriaco, Eltorp sapeva essere paziente.

Capitolo diciotto

Dopo che van Dijk se ne fu andato, Suzanne lasciò Florence con del latte caldo e brandy e andò a trovare Judith.

Si rese conto che la sua amica era esausta, anche se non si lamentava, come sempre: Catrina aveva la febbre, e Petronella si svegliava più volte durante la notte, ma, perlopiù, le ragazze non sembravano mostrare conseguenze negative dopo aver assistito a quella scena terribile due settimane prima. Almeno, nessuna conseguenza visibile.

«A essere sincera, sono più preoccupata per quello che succederà, nonostante *mijnheer* van Dijk dica che posso stare tranquilla». Judith si morse il labbro. «Ora che siamo in questa casa, la città mi sta piacendo. Non è Rotterdam, ma lo stile di vita mi si addice. Non voglio andarmene. Non ho mai vissuto in campagna e, be'... sono abituata alla compagnia». Si interruppe, poi guardò fuori dalla finestra. «Il tempo, ovviamente, aiuta. La pioggia e la pioggerellina sono presenze familiari. Mi aspettavo il caldo dei tropici, il sole che brucia la pelle e rende ogni attività un'impresa ardua».

«Arriverà. Adesso siamo ancora in inverno». Suzanne rise. «Quindi *mijnheer* van Dijk è passato spesso a farti visita?».

Gli occhi di Judith si illuminarono, alterando i lineamenti del suo viso aquilino. «Una o due volte. Ma non c'è niente di sconveniente, ti do la mia parola».

«Non ho mai pensato una cosa del genere. Sono solo contenta che tu abbia un amico, e che le sue attenzioni siano ben accette». Fece una pausa. «Perché lo sono, vero?»

«Non c'è niente che mi dia più piacere».

«Allora sono felice», sentenziò e posò una mano sul braccio dell'amica. «Allora, sono venuta a chiederti se vuoi accompagnarmi al porto questo pomeriggio. Un'altra nave deve attraccare, e il comandante vuole che io mi occupi ancora dei rifugiati che non parlano olandese. Mi chiedevo se ti andasse di venire con me. E allontanarti dai tuoi doveri di tutrice per un po'».

Gli occhi di Judith si illuminarono, poi si offuscarono di nuovo. «Non desidero altro che spingermi oltre queste quattro strade, ma non posso lasciare le ragazze da sole».

«Mia nonna sarebbe felice di stare in loro compagnia nel pomeriggio. Se sei d'accordo, potremmo portarle là adesso».

Judith batté le mani in un raro momento di gioia fanciullesca, poi si affrettò verso il retro della camera dove le sue protette erano sedute a un tavolo a cucire vestiti più adatti al clima del sud. Evidentemente, Adriaan van Dijk aveva suggerito loro di abbandonare i grembiuli grigi e aveva persino fornito la stoffa per confezionare degli abiti nuovi.

«Ragazze», esclamò Judith, «andiamo all'avventura. Spazzolatevi i capelli, raccogliete scialli e copricapi. Rendetevi presentabili. Trascorrerete il pomeriggio con la nonna di Suzanne. Presto, ora. Prima che si scateni il finimondo».

Mentre due soldati stavano arrivando per scortare Suzanne al porto ad accogliere la *Zuid-Beveland*, Florence faceva sedere le sette ragazze in cerchio sulle sedie a cucire e a fare un gioco con i numeri. Era un passatempo troppo infantile per le ragazze più grandi, ma servì a tenere occupate le menti e le mani. Suzanne e Judith se ne andarono accompagnate da un coro di risate.

«È bello sentirle felici», disse Judith, mentre usciva nell'aria tempestosa alle spalle di Suzanne. Si era alzato il vento, e dovette urlare per farsi sentire. «Mi fanno domande di continuo: dove andranno a vivere, quando conosceranno i loro mariti, e mi addolora non poter rispondere».

«Quali che siano i piani previsti per loro, sono certa che siano stati formulati attentamente», rispose lei, sperando che quella sicurezza fosse giustificata. «Il comandante van der Stel sembra un uomo rispettabile e giusto. E *mijnheer* van Dijk, ne sono sicura, ti dirà tutto ciò che sa, se può».

«È un buon cristiano», rispose Judith, poi aggiunse: «Ha detto che ci accompagnerà alla cappella domenica prossima. Gli sono molto grata perché prima non mi sentivo in grado di andarci».

Suzanne annuì mentre un piano prendeva forma nella sua mente. Era sempre più convinta che l'uomo della VOC avrebbe potuto aiutarla a scoprire informazioni su Louise. Dopotutto, che male avrebbe fatto a chiedere?

Nonostante il maltempo e il vento da nord-ovest che si abbatteva sulla baia, c'era un'atmosfera vivace al porto, un trambusto di commercio e scambi: bancarelle che vendevano carne cotta, pane e brandy, venditori ambulanti con vistose piume di pavone e collane di perline di legno. I rifugiati sbarcati erano poveri, ma gli ufficiali e i marinai non lo erano affatto. Lavoratori portuali neri, soldati della VOC in blu, bianco e rosso, facchini malgasci e donne dagli occhi scuri con vivaci foulard di stoffa e cesti di frutta e pane. Un coro di lingue, schiocchi, fischi e urla degli uomini che avevano trovato un modo per comunicare, barattare e commerciare. Nonostante il tempo cupo, c'era così tanta vita, così tanto colore. Anche tra gli ugonotti, regnava un'atmosfera quasi carnevalesca. Suzanne la attribuì al fatto che il pastore francese era a bordo della nave.

Pierre Simond era originario del Delfinato, come molti dei rifugiati, tra cui Madame Niel, che li aveva accolti nelle sale per incontri la prima sera. Gli esuli erano stati privati di funzioni regolari nonché di una guida spirituale, nonostante avessero sacrificato molto per la loro fede, quindi il suo arrivo era atteso con ansia. Un uomo di Dio, uno di loro, che portava conforto e speranza al suo gregge in quella terra straniera.

Mentre lei e Judith si facevano strada tra la folla verso l'edificio di registrazione della VOC, Suzanne si meravigliò di quanto la colonia le sembrasse già familiare e di quanto rapidamente si fosse abituata a vivere là. Solo due settimane prima, si reggeva al parapetto della nave e vedeva per la prima volta la montagna della Tavola e il castello di Buona Speranza. E ora, eccola là, a dare il benvenuto ai nuovi amici e riallacciare i rapporti con i compagni di viaggio: salutò Pierre Jaubert e Pierre Grange, e trascorse un po' di tempo con la famiglia Malan. Le sembrava di abitare al Capo da mesi, anziché appena da una manciata di giorni.

Suzanne si presentò all'interno dell'edificio di registrazione e fu sollevata nello scoprire che era attesa. Questa volta, fu accolta con cortesia dal *régisseur* che, in precedenza, l'aveva guardata dall'alto in basso. Provò un moto di orgoglio e appartenenza. Là, almeno per le successive ore, aveva uno scopo e un valore. E, ricordando la brusca accoglienza ricevuta solo due settimane prima, la freddezza negli occhi e nella voce del funzionario che li aveva condotti a registrarsi, decise che avrebbe fatto di meglio per coloro che stavano per mettere piede per la prima volta sul suolo africano.

Capitolo diciannove

Lars Eltorp non riusciva a credere alla sua fortuna. Invisibile tra la folla, mentre tutti gli occhi della VOC erano puntati sulla nave che stava calando l'ancora, aveva spiato la ragazza. Era in compagnia di un'altra giovane donna con i capelli rossi e un mantello verde, fisicamente più prosperosa. Aveva osservato le due entrare nell'edificio adibito alla registrazione e poi, circa un quarto d'ora dopo, uscirne e dirigersi verso il molo.

Eltorp le seguì. Si era tagliato la barba nera e indossava un cappello da candelaio abbassato sulla fronte. Aveva rubato un paio di calzoni marrone chiaro da un filo per stendere i panni, e aveva sostituito la propria giacca con una dal taglio diverso. Portava il coltello nascosto nella cintura e pronto all'uso. Chiunque conoscesse il suo aspetto lo avrebbe riconosciuto, ma pensava di aver fatto abbastanza per sfuggire ai soldati della VOC.

Senza perdere di vista la ragazza più alta con i capelli rossi, si fece strada a rozzi spintoni tra la massa di persone. Poi la sua preda si voltò, e lui sorrise. Sebbene avesse visto l'orfana soltanto una volta, di notte, il suo profilo era inconfondibile.

In mare, la *Zuid-Beveland* esplose una singola salva di cannone, e la nave venne avvolta dal fumo bianco. Eltorp si avvicinò abbastanza da toccare lo scialle della sua preda. Mentre dal castello risuonava la salva di risposta e tutti applaudivano, estrasse la lama dal fodero. All'ultimo momento, la ragazza si volse a parlare con l'amica, voltandogli le spalle. Ma il coltello tornò nel fodero, nascosto, prima che la nube di fumo si fosse dissolta.

Si voltò, e venne inghiottito dalla folla. Tutti gli occhi erano fissi sulla nave nella baia della Tavola, non certo su di un solitario uomo al lavoro che si trascinava lungo il molo. La sua mira era stata men che precisa, ma era certo di aver fatto abbastanza. Avrebbe recuperato i suoi effetti personali e il moschetto, e sarebbe stato già a metà strada verso Gallow's Hill prima ancora che la ragazza si rendesse conto di essere stata colpita.

Senza preavviso, Judith inciampò. Suzanne l'afferrò per il braccio per impedirle di cadere.

«Cosa c'è? Ti senti svenire?».

Judith cercò di raddrizzarsi. «Qualcuno mi ha spinta, tutto qui. Un gomito, o il bordo di una cesta». Indicò il mare. «Guarda, stanno calando in acqua la prima delle barche a remi».

Una folata di vento minacciò di strappare la cuffia dalla testa di Suzanne, e dovette gridare per farsi sentire. «Spero che abbiano avuto una traversata più facile della nostra».

Se non altro, le parve che le onde fossero addirittura peggiori rispetto a due settimane prima. La barchetta era a poca distanza dalla spiaggia ma, una volta allontanatasi dalla scia della nave, Suzanne la vide oscillare selvaggiamente, sballottata da una parte all'altra. Le ondate sollevate dal forte vento sembravano diventare sempre più alte. La minuscola imbarcazione lottò audacemente per avanzare, sbandando da un lato all'altro, finché un'onda verde scuro parve inghiottirla tutta intera. Un grido si levò dalla folla, mentre la barca scompariva alla vista, per poi tornare visibile pochi istanti più tardi.

Ma il vento era implacabile. Una massiccia ondata d'acqua si abbatté sulle murate, e alla fine la barca si ribaltò.

«Affogheranno», gridò una donna. «Affogheranno tutti».

«Qualcuno deve fare qualcosa! Non possiamo abbandonarli!».

Altre voci si unirono al coro che invocava l'invio di una barca dalla spiaggia, anche se, in effetti, il mare era troppo mosso, e loro erano troppo lontani. Tutti lo sapevano. Non potevano far altro che restare a guardare impotenti mentre lo scafo della nave rovesciata riemergeva in superficie; restare a guardare speranzosi mentre la *Zuid-Beveland* tentava di calare una scialuppa di salvataggio per poi ritirarla su; restare a guardare angosciati gli uomini in acqua agitarsi disperatamente fino a quando, uno dopo l'altro, sprofondarono sotto la superficie. Calò un momento di silenzio, seguito dalle voci delle donne che piangevano e pregavano, portate via dal vento.

Suzanne sentì la mano di Judith pesarle sul braccio.

«Su, su», le disse, passando le braccia attorno alle spalle dell'amica.

Judith mormorò: «Poveri uomini. Poveri, poveri uomini. Possa Dio avere pietà delle loro anime».

«Vieni, hai bisogno di sederti».

Suzanne si voltò e guidò l'amica di nuovo attraverso la folla stupefatta, sapendo che le immagini degli uomini che affogavano le sarebbero rimaste impresse nella mente per sempre.

«Non preoccuparti per me», disse Judith, sebbene Suzanne sentisse che lottava per prendere fiato. «Non puoi andartene. Hai un compito da svolgere».

Suzanne scosse la testa. «Non caleranno una seconda barca, adesso. Aspetteranno fino a quando il vento non si sarà placato e le onde non si saranno calmate. Ti riaccompagnerò al tuo alloggio, e poi tornerò qui. C'è tempo. E tu sei sconvolta. Hai bisogno di riposare».

«Ammetto di sentirmi svenire», ansimò. «Mi dispiace di creare tanto disturbo».

«Sciocchezze. Nessun disturbo. Tornerai in perfetta forma dopo aver mangiato qualcosa e bevuto un sorso di brandy. Chiunque si sentirebbe sconvolto dopo aver visto una cosa del genere».

Ma mentre risalivano il molo e tornavano verso il villaggio, la preoccupazione di Suzanne per l'amica crebbe. Judith diventava più pallida a ogni passo. Il suo cuore galoppava, e sembrava far fatica a respirare. Più avanzavano, e più Suzanne la sentiva pesante tra le sue braccia.

Petronella aprì la porta. «Che cosa è successo?», domandò con la sua voce musicale. «Judith non sta bene?»

«È solo sconvolta, tutto qui», rispose Suzanne entrando nell'ingresso. Poi portò un braccio alla vita di Judith, in modo da sostenerla meglio, e sentì qualcosa di appiccicoso. Abbassò lo sguardo sulla propria mano e si bloccò. Sangue. Non era stato un gomito appuntito.

«Petronella», disse in tono calmo. «Dov'è mia nonna?»

«Madame Joubert è in salotto, ma ha visite».

«Valla a chiamare, per favore. Veloce, ora».

Nell'istante in cui Petronella scomparve, Suzanne calò con cautela Judith sulla panca e sentì un nuovo fiotto di sangue caldo sulle dita.

Florence comparve sulla soglia con Madame Lombard al suo fianco. «Petronella ha detto...», esordì.

«*Gran'mère*», la interruppe Suzanne, «dobbiamo portare Judith in camera da letto. Trattieni le ragazze più giovani nel salotto, e manda una delle più grandi a chiamare un medico… La prima delle barche della *Zuid-Beveland* si è rovesciata, riversando in mare tutti coloro che erano a bordo. Li abbiamo visti annegare. Pensavo fosse per questo che si sentiva svenire, ma poi…». Suzanne tacque, rendendosi conto che stava parlando a vanvera. «C'è… qualcuno nella colonia, un medico? Ci serve…».

«Suzanne, non capisco quello che dici», replicò Florence. «Calmati e ricomincia dall'inizio».

Ma Madame Lombard si fece avanti e posò una mano sul collo di Judith, il volto rugoso contratto in una espressione preoccupata.

«Che cosa è successo, mia cara?».

Suzanne deglutì a fatica. «Io… Io credo che sia stata pugnalata. Non me n'ero accorta».

Florence si portò la mano alla bocca. «Che cosa vuoi dire?».

Madame Lombard assunse il controllo della situazione. «Mio padre, suo padre e il padre di suo padre prima di lui erano farmacisti a Puivert. Posso rendermi utile». Si chinò, prese la mano di Suzanne, e la premette contro il fianco di Judith. «Tenete premuto qui. Dobbiamo impedire che la ragazza perda altro sangue».

Si rivolse all'amica. «Florence, se possiamo confidare in una delle ragazze più grandi affinché tenga la bocca chiusa, mandatela a prendere dell'acqua calda, un secchio e delle strisce di tessuto. Dobbiamo pulire e fasciare la ferita».

«Ma stava parlando con me», intervenne Suzanne, confusa, incapace di credere a cosa stava accadendo. «Stava camminando. Com'è potuto succedere?».

Madame Lombard non le diede retta: un nuovo fiotto di sangue fuoriusciva dalla ferita. «Premete più forte, la sua vita potrebbe dipendere da questo. Avete della valeriana o del brandy?».

Florence annuì. «Brandy, sì».

«Non dovremmo metterla a letto?», chiese Suzanne, lottando per mantenere ferma la voce.

«Spostarla potrebbe aprire ulteriormente la ferita. Mettetele il vostro mantello dietro la testa, in modo da farla stare più comoda».

«Non può morire, non può».

Madame Lombard arricciò le labbra. «Non succederà se posso impedirlo. C'è qualcuno che dovremmo informare?»

«C'è una persona», si udì rispondere Suzanne. «Un funzionario della VOC che si è dimostrato particolarmente gentile».

«Mandate una delle ragazze a chiamarlo», fu la brusca replica. «Ce ne sono abbastanza qui sedute a girarsi i pollici. Ora, dobbiamo rimuoverle l'abito. Con delicatezza».

Dopo che Florence fu tornata con bende, acqua e brandy, e una delle ragazze più grandi, Wilhelmina, era stata mandata in cerca di Adriaan van Dijk, Suzanne si inginocchiò accanto all'amica.

«Come ti senti, Judith?», le chiese, quasi piangendo per il sollievo quando gli occhi della ragazza si aprirono faticosamente al suono della sua voce.

«Perdonami per aver causato tanto disturbo. È stato solo il pensiero di quei poveri uomini».

«La tua compassione ti rende onore», rispose Suzanne lanciando un'occhiata a Madame Lombard, che annuì accordandole il permesso di parlare. «Ma non sei svenuta. Sei stata ferita. Un coltello, pensiamo».

«Oh».

«Ora vi toglieremo gli indumenti esterni e la sottoveste, in modo tale che io possa medicare la ferita», disse Madame Lombard. «Potrebbe essere doloroso».

Judith richiuse gli occhi. «Mi dispiace così tanto per il disturbo».

Suzanne avvertì un urlo isterico crescerle in fondo alla gola davanti all'umiltà della ragazza. «Non parlare più. Presto ti sentirai meglio».

«Cos'è questo?». Madame Lombard scostò delicatamente il tessuto inzuppato di sangue ed estrasse un sottile volumetto, che consegnò a Suzanne.

«Una raccolta di salmi», rispose Suzanne, ripulendo con la manica le macchie di sangue dalla copertina.

Judith cercò di mettersi a sedere. «Quando ho sentito *mijnheer* Jaubert, sulla nave, parlare di come aveva nascosto la sua Bibbia, ho pensato di fare lo stesso. È l'unica cosa in mio possesso che apparteneva a mia madre. Lo ha lasciato insieme a me davanti alla porta dell'orfanotrofio. Non volevo perderlo».

Madame Lombard proruppe in una risata vuota. «Tante vite sono andate perdute in nome della fede. Troppe. In questo caso, però, è più probabile che la vostra devozione vi abbia salvata».

Capitolo venti

«Dov'è?», gridò Adriaan van Dijk, precipitandosi in casa, seguito da Wilhelmina. «Dov'è Judith?»

«*Mijnheer*, abbassate la voce», rispose Suzanne. «Le ragazze sono in salotto. Stiamo cercando di non spaventarle. Wilhelmina, ti dispiacerebbe unirti a loro, per favore? Non dire nulla di quello che è successo».

«Lo ucciderò. Lo scoverò e...».

«Adriaan!», lo interruppe lei bruscamente, chiamandolo per nome per attirare la sua attenzione. «Questo non serve a niente. Judith sta riposando a letto. Sta bene. Madame Lombard ha medicato la ferita ed è fiduciosa».

«Chi è Madame Lombard? Perché non avete mandato a chiamare un medico?»

«Io l'avrei...».

Avendo sentito quel trambusto, Madame Lombard uscì nel corridoio. «Sono io, e non c'era tempo da perdere, giovanotto», disse, fornendo spiegazioni in olandese con grande stupore da parte di Suzanne. «E questa mancanza di controllo non vi fa onore».

Espirò. «Perdonatemi, madame. È solo che la ragazza non ha detto quanto fosse grave la situazione e, be', temevo il peggio».

«È abbastanza grave, ma io me ne intendo abbastanza. Non so chi sia per voi *juffrouw* Verbeek ma, se non subentrano infezioni, non c'è motivo per cui non debba riprendersi completamente».

Van Dijk si portò una mano sul petto. «Sono in debito con voi».

Madame Lombard sostenne il suo sguardo, poi annuì. «Voi avete degli occhi straordinariamente azzurri, giovanotto», commentò, poi puntò un dito verso Suzanne. «A proposito, è per questo che sono venuta oggi. Mi sono ricordata un'altra cosa sulla vostra Louise. Si diceva che avesse gli occhi di due colori diversi, uno marrone e uno azzurro. Come i vostri. Dovreste chiedere in giro se qualcuno se lo ricorda». Poi, prima che Suzanne potesse reagire, tornò nel salotto senza dire un'altra parola e si chiuse la porta alle spalle con un sonoro *clic*.

«È vero che Judith starà bene?», domandò van Dijk, lasciando da parte le buone maniere.

Suzanne sprofondò esausta sulla panca, sopraffatta dagli eventi del pomeriggio. «Così dice Madame Lombard. Discende da una lunga stirpe di medici». Sospirò. «Quando avete detto che l'avreste ucciso, stavate dando per scontato che il suo aggressore fosse Lars Eltorp?»

«Chi altri?». Poi la sua espressione si addolcì. «Posso vederla?».

Suzanne alzò lo sguardo verso di lui. «Meglio di no. La gente metterebbe in giro certe voci. E poi, sta dormendo». Notando la delusione sul suo viso, provò pietà. «Appena si sveglierà, le dirò che siete venuto a farle visita. So che le farà piacere».

«Davvero?».

Suzanne sorrise: «*C'est dans le besoin qu'on reconnaît ses vrais amis…*».

Van Dijk fece una smorfia. «Perdonatemi, ma il mio francese è piuttosto elementare. So negoziare il prezzo del bestiame, poco più».

«È nel momento del bisogno che si vedono i veri amici», tradusse. «È un detto molto amato da mia nonna. Voi siete stato quell'amico per Judith, *mijnheer*. Vi sarà grata per la vostra gentilezza».

I suoi occhi azzurri brillarono di speranza. «Grata? Niente di più?».

Suzanne esitò, poi gli porse la domanda che le frullava per la testa da quando il giovane aveva visto Judith per la prima volta. «Perché vi interessa così tanto?».

Van Dijk arrossì. «Non avete letto le opere del vostro connazionale? Cinquecento anni fa, Chrétien de Troyes scrisse dell'amore, di come potesse trafiggere immediatamente il cuore».

Suzanne lo fissò. «Mi state dicendo che Judith è la vostra Ginevra? Suvvia, *mijnheer*, i tormenti dell'amore descritti a penna e inchiostro sono molto lontani dalla realtà del nostro duro mondo».

«È vero, però. Almeno in parte». Si sedette sulla panca accanto a lei, cogliendola di sorpresa: di solito van Dijk era così formale. «Quando ero piccolo, a Rotterdam, mi capitava sempre di passare davanti al cancello dell'orfanotrofio, il "cancello della carità", come veniva soprannominato. A volte, mi fermavo a guardare i bambini che giocavano dall'altra parte. I maschi con pantaloncini e berretto, le femmine con un semplice grembiule grigio e copricapo. Sebbene sapessi che erano da compatire, ero geloso. Io ero solo, un tipo solitario, mentre loro almeno avevano compagnia». Sospirò. «C'era una bambina, in particolare, che sorrideva sempre quando mi vedeva».

«Come si chiamava?»

«Non l'ho mai saputo. Poi, un giorno, non c'era più. Io ero solo un bambino, non c'era nessuno a cui potessi chiedere notizie, né avevo il *diritto* di farlo, ma sentivo che il mio mondo era finito». Proruppe in una risata leggera. «È successo vent'anni fa, ma sembra ieri. È strano che me ne ricordi proprio ora».

«Niente affatto. I ricordi dell'infanzia sono così vividi perché sono i più puri e meno contaminati dal tempo e dall'esperienza».

Lui annuì. «Non è stata Judith – perdonate la presunzione nel riferirmi a lei con tanta familiarità – a farmi tornare in mente il mio primo amore. Lei era bionda, mentre Judith ha i capelli del colore...», si fermò a riflettere per un istante «...del colore delle foglie in autunno. E Judith ha un profilo e un portamento nobili, non credete?, mentre la bambina di Rotterdam aveva le guance rosa come una contadina e un viso altrettanto rotondo. Ma, quando l'ho vista per la prima volta, qualcosa mi ha toccato nel profondo. Non sono un poeta, non sono bravo con le parole, non so dirlo altrimenti». Si posò le mani sulle ginocchia. «Non mi aspetto che voi capiate. Non riesco nemmeno a spiegarlo a me stesso».

«Ma lei è promessa a qualcun altro», ribatté Suzanne piano. «Quella era la condizione del passaggio, lo sapete».

Van Dijk si voltò a guardarla. «Non è detto», replicò lui rapidamente. «Ci ho pensato. Se pensate anche voi che Judith possa col tempo affezionarsi a me come io mi sono affezionato a lei – non come un fratello o un amico nei casi di necessità, ma come un marito – si potrebbe fare». Fece un profondo respiro. «Se voi mi diceste che esiste anche una minima possibilità, parlerei con il comandante van der Stel è chiederei la sua benedizione. Non è ancora stata emessa alcuna licenza di matrimonio per le ragazze di Rotterdam».

Suzanne rifletté sulle sue parole. «E il comandante accetterebbe una cosa del genere? Non mi è sembrato il tipo che antepone i sentimenti alle questioni pratiche».

Van Dijk si appoggiò al muro. «Non credo che rifiuterebbe. Il mio mandato qui è di quindici anni. Ne ho prestati dieci e avevo espresso la mia intenzione di tornare a Rotterdam alla fine dell'incarico. Se Judith mi facesse l'onore di diventare mia moglie, ritirerei le mie dimissioni. E resterei qui».

«E lo farebbe per lei?»

«Se, così facendo, potessimo stare insieme, andrei a piedi fino ai confini della terra e tornerei indietro».

Suzanne chiuse gli occhi. Era provata dalle vicende del pomeriggio, e le emozioni che esse avevano suscitato in lei: paura, disperazione, sollievo. Non voleva dire la cosa sbagliata, e le emozioni appena nate erano talmente delicate da rischiare di essere facilmente calpestate. Non credeva nell'amore a prima vista, come avrebbe potuto dopo quello che le era successo? Ma poi pensò a come le guance di Judith si tingevano di rosso quando parlava degli occhi azzurro fiordaliso dell'olandese, ricordò la sua timida felicità quando le aveva confidato che lui sarebbe passato a prenderla domenica per accompagnarla in chiesa. E, da quello che sapeva di Adriaan van Dijk, con la sua sobrietà e la sua fede incrollabile, sapeva che lui e Judith erano fatti l'uno per l'altra. Sarebbe stato un buon partito per la sua amica.

«Non posso parlare per Judith, voi capite...», esordì.

«Sì?», la incalzò lui, incapace di nascondere la speranza che traspariva dalla sua voce.

«Tuttavia, non vi mentirei se vi dicessi che Judith apprezza la vostra compagnia. Moltissimo. Non so se si può parlare di amore, ma di sicuro c'è un affetto crescente». Sostenne lo sguardo dell'uomo. «Credo che accetterebbe volentieri la vostra corte, a patto che sappia con certezza che non c'è niente di sconveniente. E che ci sia una finalità».

«Mi avete reso più felice di quanto possiate immaginare». Van Dijk balzò in piedi, sorridendo. L'espressione gioiosa lo fece sembrare più giovane. «Devo fissare un appuntamento con il comandante. Anche lui sarà contento, perché so che non voleva che tornassi in patria». Aprì la porta, poi si tirò una pacca sulla fronte con il palmo della mano. «Non posso credere che me ne stessi dimenticando! Mi è stato detto di chiedervi di tornare al porto alle quattro di questo pomeriggio. Allora sbarcheranno i passeggeri della *Zuid-Beveland*, quando il vento sarà calato e il mare sarà più calmo».

«Quante persone sono annegate?», chiese Suzanne a bassa voce.

«Otto in tutto, tre ufficiali e cinque marinai».

Suzanne scosse la testa. «Ma il pastore Simond no, vero?»

«Lui no. È ancora sano e salvo a bordo, per quanto ne sappiamo».

«Questa, almeno, è una buona notizia». Suzanne si alzò. «Sarò là alle quattro. Affiderò Judith alle cure di Madame Lombard e di mia nonna. Me la caverò da sola», aggiunse rapidamente prima che lui le offrisse ancora una scorta.

Van Dijk aprì la porta e fece per uscire in strada quando Suzanne lo richiamò. «Forse c'è una cosa che potreste fare per me».

Lui si voltò, stringendo ancora il cappello. «Qualsiasi cosa».

«C'è una persona imparentata con me che è arrivata al Capo anni fa, e vorrei tanto rintracciarla».

Van Dijk agitò la mano, come se fosse la cosa più facile del mondo. «Datemi il nome dell'uomo, e farò quello che posso. Ci saranno dei verbali».

Suzanne sorrise. «In realtà, si tratta di una donna», spiegò. «Louise Reydon-Joubert, capitana e comandante della *Old Moon*».

E, pronunciando il suo nome, Suzanne avvertì un tremolio nell'aria.

Capitolo ventuno

Mercoledì, 15 settembre

Le piogge di agosto lasciarono il posto a un mite settembre, che portava con sé la promessa della primavera: dolce aria mattutina, un sole caldo, cieli color albicocca al tramonto. La colonia tornava alla vita dopo il lungo inverno umido e gelido.

I passeggeri e l'equipaggio della *Zuid-Beveland* vennero anch'essi rapidamente assorbiti nella vita quotidiana della comunità di profughi in espansione. Pierre Simond celebrò una funzione all'aperto, con cui resero grazie di essersi salvati dal mare e aver trovato quel Paese che tutti loro avrebbero imparato a chiamare casa. Il santuario, la fede, il duro lavoro, la gratitudine: questi erano i pilastri sui quali sarebbe stata costruita la comunità ugonotta al Capo. Poiché non si attendevano altre navi fino a ottobre, un senso di stabilità permeava la cittadina: un momento di tranquillità, di assestamento. Di pace.

Accudita da Madame Lombard e da Florence, Judith, gradualmente, si riprese. Adriaan van Dijk era ormai diventato un visitatore abituale di casa Joubert. Dopo essersi assicurato la benedizione del comandante van der Stel per il suo matrimonio, aveva fatto la sua proposta, che era stata accettata senza alcuna esitazione. Vennero pubblicati gli annunci di matrimonio, e le nozze furono fissate tre settimane dopo.

Judith non aveva nulla da portare in dote, e Suzanne sapeva che la cosa la preoccupava. Ma diverse donne che aveva conosciuto nelle sale per gli incontri le avevano fornito un telo di lino non sbiancato e del filo di cotone colorato, e Judith stava segretamente ricamando un imparaticcio da presentare al suo promesso sposo il giorno delle nozze. Il bordo era decorato da un'edera, simbolo di amore leale, fedeltà e fertilità, e da una rigogliosa vite stretta attorno a un albero, simbolo di amore coniugale e fiducia, nonché riferimento al Paese in cui avrebbero costruito la loro famiglia. Ricamò inoltre due pavoni, in alto e in basso, come accenno alla futura prosperità. Al centro, campeggiava una iscrizione di squisita fattura, composta personalmente da Judith:

LA FEDE, SALDA E INCROLLABILE,
RAFFORZERÀ CORPO E SPIRITO

Da parte sua, van Dijk offrì, come pegno del loro fidanzamento secondo la tradizione olandese, un paio di guanti da indossare il giorno del loro matrimonio. Fabbricati con la pelle di capretto più morbida, i polsini erano adornati con perle di mare e violette ricamate. Un motivo centrale di mani intrecciate e un cesto di frutta simboleggiavano la loro unione e la speranza di avere dei figli. Erano i guanti più eleganti che Suzanne avesse mai visto, e rimase stupefatta dal fatto che van Dijk avesse potuto comprarne un paio del genere. Per quanto ne sapeva, non c'erano guantai residenti nella colonia, e poche ricamatrici in grado di realizzare un lavoro così raffinato. Quando glielo chiese, l'uomo ammise di aver acquistato i guanti da un mercante di ritorno dall'Est, pagando una somma considerevole per aggiudicarseli.

Madame Lombard sorprese tutti assumendosi la responsabilità delle orfane, trasferendosi nel loro alloggio mentre Judith era convalescente, insieme a Florence e Suzanne. Era una donna brusca, dalla lingua tagliente, sarcastica, e le ragazze fiorirono sotto la sua salda, e a volte irriverente, guida. Il comandante van der Stel era stato fedele alla parola data. Le ragazze ora sapevano che nessuna di loro si sarebbe sposata almeno fino all'anno successivo, in modo tale che fossero libere di godersi le loro giornate.

In quella colonia di frontiera, Suzanne si rese conto che anche lei stava guarendo. Ora non aveva più paura di rispondere alla domanda che Madame Lombard le aveva posto in occasione del loro primo incontro: come mai Louise fosse tanto importante per lei. Non poteva riscrivere la propria traumatica storia, ma poteva fare tutto il possibile per riportare alla luce la storia di Louise, e ciò le dava uno scopo.

Eppure Suzanne non poteva far altro che attendere che Adriaan van Dijk le fornisse qualche informazione, ma lui era impegnato con i preparativi per il suo matrimonio, e la cosa le logorava lo spirito. Lo convinse a portarle qualche libro dalla biblioteca del castello, sebbene si trattasse perlopiù di noiosi trattati sul commercio o volumi di predicazione volti a innalzare lo spirito del cristiano. Nel frattempo, rimaneva convinta che Louise fosse sbarcata al Capo e là si fosse insediata. La sua determinazione a trovarla restava incrollabile.

Avventurandosi all'esterno ogni volta che poteva, Suzanne trovava sempre nuovi motivi per provare meraviglia, e si chiedeva se Louise avesse provato lo stesso senso di stupore. Il *fynbos* mostrava un'esplosione di vita, e il terreno era tappezzato di fiori: rossi, bianchi, gialli, viola, rosa e blu. Il mondo era ravvivato dal frinire delle cicale, e gheppi roccia e nibbi bianchi volteggiavano e piroettavano nell'aria che andava scaldandosi. Stava attenta a non allontanarsi mai troppo dai sentieri conosciuti, e a non inoltrarsi in luoghi in cui erano stati avvistati leoni o babbuini. Ma portava con sé il suo taccuino e annotava tutto ciò che vedeva. Come generazioni di donne della famiglia Joubert prima di lei, trovò crescente gioia e motivazione nel mettere per iscritto i propri pensieri.

Testimone di un nuovo mondo.

Sei settimane dopo che la *China* era approdata nella baia della Tavola, una piccola congregazione di celebranti si riunì nella cappella del castello di Buona Speranza per il matrimonio tra Judith Verbeek, nubile e orfana, e Adriaan van Dijk, figlio di Johanna Evets e Jakob van Dijk di Rotterdam.

Il pastore olandese della colonia, Johannes van Andel, celebrò la funzione alla presenza del comandante van der Stel, dei funzionari della VOC colleghi dello sposo, e delle compagne di viaggio giunte con la sposa da Rotterdam. Wilhelmina, Petronella e Catrina erano le damigelle d'onore. Suzanne, Florence e Madame Lombard erano le uniche invitate francesi.

Davanti ai loro testimoni, Adriaan e Judith si scambiarono i rispettivi voti, giurando fedeltà sul volume dei salmi che aveva salvato la vita a Judith. Suzanne pensava che Adriaan non avesse mai avuto un aspetto più elegante, con i capelli castani che risplendevano e gli abiti neri puliti, i polsini e il colletto sbiancati. La sposa indossava un abito verde pallido, con le maniche aperte e un corpino con passamanerie di squisita fattura. Era radiosa nella cappella, con la corona di fiori sul capo. Suzanne sorrise, ricordando la descrizione che Adriaan aveva fatto dei capelli di Judith, "del colore delle foglie in autunno", e desiderò di essere in grado di immortalare quel momento con pennelli e colori.

Seguì un semplice banchetto nuziale. Il vino speziato chiamato "lacrime di sposa" venne servito in coppe di peltro, e Adriaan aveva trovato qualcuno nelle cucine del castello che preparasse lo "zucchero della sposa", dei dolcetti che non mancavano mai in nessun banchetto nuziale in Olanda. Era stata, pensò Suzanne mentre scivolava nel suo letto, qualche ora più tardi, una giornata assolutamente perfetta.

Capitolo ventidue

Lunedì, 18 ottobre

Adriaan e Judith van Dijk iniziarono la loro vita coniugale nel piccolo ma confortevole alloggio di lui presso il castello. Sebbene ci si aspettasse che fosse il maggiore dei quattro figli di van der Stel a subentrare al padre, il comandante si affidava sempre di più ai consigli ponderati e alla competenza di van Dijk.

Per quanto riguardava Judith, invece, il ruolo di moglie sembrava calzarle a pennello. Continuò a occuparsi delle orfane di Rotterdam come se fossero figlie sue, sebbene Madame Lombard ne fosse l'unica responsabile. Il suo viso divenne più paffuto e la sua pelle meno giallognola, e, nonostante avesse conservato la sua natura tranquilla e dolce, sembrava addirittura crescere di statura. Judith aveva finalmente trovato il suo posto nel mondo.

Suzanne, invece, no.

La primavera mite stava cedendo il passo a un'estate torrida. Il sole splendeva ardente nel cielo per più di dodici ore al giorno, costringendo tutti a stare al chiuso. La città era invasa dalle mosche che volteggiavano come nuvole nere sulle strade sterrate, mentre, di notte, il ronzio senza tregua delle zanzare costringeva ogni donna, uomo e bambino a dormire con un ventaglio in tessuto per scacciarle. Suzanne era irrequieta e le mancava quell'intimità con Judith che aveva in precedenza, perciò si sentiva sopraffatta dalla noia. Il caldo e l'inattività la rendevano irascibile, e qualunque cosa sua nonna suggerisse per far passare il tempo non era di alcun aiuto. Che senso aveva stare lì se non poteva fare altro che rimanere seduta a casa a scarabocchiare su un taccuino? Voleva fare qualcosa, *ottenere* qualcosa.

L'opportunità arrivò un mese dopo il matrimonio dei van Dijk, quando Adriaan si presentò inaspettatamente alla sua porta.

«Buongiorno alla mia sorella preferita», disse, sollevando il cappello. «Presto arriveranno le ultime due navi della stagione: la *Prinseland* tra qualche giorno, e la *Castricum* prima della fine di ottobre. Aiuterai i rifugiati anche stavolta? La richiesta viene dal comandante in persona».

«Non c'è bisogno che tu me lo chieda», rispose lei, «sto impazzendo dalla noia. Vuoi entrare per fare due chiacchiere? Ti ho visto così poco in queste ultime settimane».

Una volta in casa, Adriaan si tolse il cappello e si slacciò il mantello e i bottoni della giacca, accettò un bicchiere di vino e rispose di buonumore alle domande su Judith, la sua salute e la loro vita quotidiana. Dopo aver concluso i convenevoli e aver preso accordi per l'arrivo degli ultimi rifugiati, Suzanne colse l'occasione.

«So che hai avuto molto da fare, fratello, quindi non ho insistito. Ma mi stavo chiedendo se avessi scoperto qualcosa sul caso della mia parente».

Adriaan si portò una mano alla testa. «Perdonami, temo di essere stato negligente. Volevo trovare il tempo per parlare con te, ma...».

«Hai trovato qualcosa?».

Adriaan estrasse un taccuino dalla tasca. «Ho esaminato i nostri primi documenti; alcuni, come puoi immaginare, sono precedenti alla fondazione della colonia e risalgono ai giorni in cui le nostre navi si fermavano semplicemente per una settimana o due per fare rifornimento, prima di salpare. Quei documenti non sono molto dettagliati, e molti dei fascicoli risalenti a prima della costruzione del castello, quando non c'era altro che un forte di legno sull'attuale sito, sono andati perduti».

«Ma ci sono dei documenti?»

«Ci sono. Sebbene non abbia trovato alcun riferimento al nome di Louise, ho notato tre riferimenti a una persona che corrisponde alla sua descrizione».

Suzanne si sporse avanti seduta, con i gomiti sul tavolo come un avventore affamato in attesa della cena. «Dimmi».

«Il primo era in una lettera di un capitano della VOC al governatore generale di Batavia datata 16 giugno 1622».

«Circa cinque settimane dopo che Louise aveva gettato l'ancora».

«E circa tre anni dopo che avevamo respinto l'attacco inglese e stavamo iniziando a costruire una città sulle rovine di Jayakarta. Di conseguenza, molte altre navi della VOC navigavano verso est e si fermavano per rifornirsi al Capo. Il capitano in questione si era fermato alla baia della Tavola per fare provviste e negoziare con i Khoi, che erano disposti a barattare il bestiame in cambio di ferro, rame, perline e brandy. La sua partenza è stata ritardata a causa di una serie di tempeste che si sono abbattute sul Capo. È stato costretto a prendere alloggio presso il forte finché non ha potuto riprendere il mare in sicurezza. Immagino che la lettera servisse a spiegare l'interruzione del viaggio, anche se non so perché non sia mai stata inviata. Il punto è che, facendo il resoconto degli scambi con i Khoi, ha appreso che la sua non era l'unica nave olandese a essere arrivata al Capo quell'autunno».

Suzanne si accorse di trattenere il fiato. «Continua».

«La nave che l'ha preceduto ha attirato l'attenzione di tutti per diversi motivi: primo, non aveva nulla da commerciare o barattare. Si è limitata a fare rifornimento di scorte per poi ripartire quasi immediatamente con la marea successiva per tornare in Europa. Il che era piuttosto insolito».

«Stando al luogotenente di Louise, lei gli ha dato l'ordine di tornare con la sua nave ad Amsterdam senza di lei», intervenne Suzanne.

Adriaan annuì. «Secondo, a quanto pare, il capitano era una donna».

«A quanto pare?»

«Le descrizioni sono vaghe. Era alta e robusta, portava sempre un foulard rosso avvolto intorno alla testa».

«Louise indossava spesso un foulard del genere».

«E i Khoi menzionavano spesso un pugnale con un occhio malvagio. Potrebbe significare qualsiasi cosa».

Gli occhi di Suzanne brillavano di eccitazione. Finalmente, si stava muovendo nella direzione giusta. «Louise aveva un pugnale con un singolo smeraldo sull'impugnatura. O, almeno, lo aveva a Gran Canaria».

Adriaan fece una pausa teatrale. «Terzo, si dice che avesse due compagni maschi. Pare che uno degli uomini avesse il marchio del diavolo, vale a dire, per quanto ne so, una ciocca di capelli bianchi».

Suzanne fece un respiro profondo. Per la prima volta, quella era una conferma indipendente del fatto che tutti e tre fossero sopravvissuti al viaggio e fossero sbarcati. «Philippe Vidal. Era il suo fratellastro. Dove sono andati?», chiese con insistenza. «Il capitano ha scritto qualcosa in proposito? Sono rimasti alla baia della Tavola?».

Adriaan alzò la mano. «Rallenta. I Khoi sostenevano che si fossero addentrati nell'entroterra. Verso la Valle degli elefanti».

«E dov'è?»

«Noi la chiamiamo Olifantshoek, dove gli elefanti vanno a partorire. Si trova oltre Stellenbosch, a una distanza di circa quindici leghe da qui in linea d'aria. Vale a dire, il doppio della distanza da qui a Stellenbosch. Ma i maestosi passi di montagna sono pericolosi, le valli sono avvolte nell'ombra e lì ci si può imbattere in ogni tipo di animale selvatico. Pochi coloni bianchi si sono avventurati fin là».

Suzanne ci pensò per un momento. Olifantshoek. Questa informazione combaciava con ciò che le aveva detto Madame Lombard. «Hanno viaggiato insieme? Il capitano ha annotato qualcosa al riguardo?»

«Dice che i resoconti divergevano. A volte si parlava di due uomini, a volte di una donna e un uomo, a volte di tre uomini. È lì che finisce la lettera. Le tempeste si sono placate, e presumo che il buon vecchio capitano sia salpato per Batavia».

Suzanne riempì di nuovo il bicchiere di Adriaan e, questa volta, anche il suo.

«Hai detto che c'erano altri due riferimenti».

«Sì. È una fortuna che, anche allora, tenessimo registri meticolosi dei nostri affari con la gente del posto. È di estrema importanza per...».

«Adriaan, per favore», lo interruppe, vedendo l'entusiasmo nei suoi occhi. «Non mi interessano gli accordi della VOC con i Khoi». Suzanne si trattenne. «Perdonami, in realtà mi interessano. Ma non in questo momento».

Adriaan accettò di buon grado il rimprovero. «Il secondo riferimento è più vago. Nei magazzini del quartiermastro, c'era un registro del novembre di tre anni dopo, il 1625. Lì si dice che un uomo bianco, il cui nome non è stato annotato, è giunto al porto per scambiare piume di pavone con carta e inchiostro. È annotato perché è arrivato dall'entroterra. In altre parole, non si trattava né di un marinaio né di un mercante, ma di un residente dell'entroterra».

«Viene indicato il luogo, precisamente?»

«No».

Suzanne aggrottò la fronte. Si trattava di Philippe? Di Gilles? O magari di Louise stessa? Avendo letto il suo diario, sapeva che Louise a volte indossava i calzoni.

Adriaan continuò. «Ma l'ultimo riferimento è decisamente il più intrigante. Ci ho messo un po' a trovarlo, credimi».

Suzanne sorrise. «Sai che ti sono grata, fratello».

«Lo so». I suoi occhi azzurri luccicavano. «E mia moglie è felice che io ti aiuti, quindi...». Lisciò le pagine del suo taccuino. «Nell'autunno del 1630, il capo Khoi Autshumao, che appare anche nei registri della VOC come Harry degli Strandloper, è stato condotto a Batavia. Là, ha imparato l'inglese e l'olandese per poter fare da interprete tra i coloni e la sua gente. Era, a detta di tutti, ricco e influente. Anche sua nipote, Krotoa, era un'interprete, una donna straordinaria e di talento. Infatti, era una pupilla del primo comandante del Capo, Jan van Riebeeck».

«Adriaan...», lo rimproverò Suzanne.

Ma lui la zittì. «Queste informazioni sono rilevanti, sorella. Autshumao è tornato due anni dopo, di stanza a Robben Island, dove ha lavorato come ufficiale di collegamento e di posta per le navi europee, prima di tornare sulla terraferma. Forse è stato prigioniero sull'isola, non è chiaro. Non abbiamo annotazioni di suo pugno, non è certo se sapesse leggere o scrivere, ma il suo operato è ampiamente documentato». Batté un dito sul taccuino. «Ed eccoci arrivati al dunque. Nel maggio dell'anno 1644, Autshumao racconta di aver incontrato due uomini bianchi vicino a Olifantshoek. Uno è descritto come di mezza età, l'altro come un giovane con una ciocca di capelli bianchi».

«Gilles doveva essere di mezza età», calcolò Suzanne. «Ma Philippe doveva avere cinquant'anni a quel tempo, quindi non era affatto giovane».

Adriaan scrollò le spalle. «Mi limito a riferirti quello che c'è scritto».

Suzanne finì di bere e si appoggiò allo schienale. Cosa significava davvero? Che Louise era morta nel frattempo, o che semplicemente non era con loro quel giorno? Che Gilles e Philippe erano insieme, magari alleati? Era possibile che avesse letto qualcosa nel diario di Louise che, in realtà, non c'era? Che si fosse lasciata fuorviare dall'ultima annotazione: *Penso che lui voglia farmi del male*? Aveva sempre pensato che quel "lui" fosse Philippe, ma se si fosse sbagliata?

«Entrambi gli uomini erano bianchi», ribadì lei. «Non *mestiço*?». Era il termine portoghese ancora usato nella colonia per indicare una persona di sangue misto.

«Secondo la testimonianza di Autshumao, sì».

Suzanne ricadde nella contemplazione. In quell'atmosfera sonnolenta, si rese conto che Adriaan stava diventando irrequieto. Tuttavia, non parlò per non interrompere il flusso dei pensieri. Dopo aver perso la pazienza, Adriaan chiuse il taccuino, se lo rimise in tasca e si alzò.

«Perdonami, Adriaan, ho così tante cose a cui pensare», disse, «non so da dove cominciare. Ma grazie di tutto. La ricerca ti sarà costata tempo e impegno».

Spinse la sedia sotto il tavolo. «È stato un piacere. Ora, se non c'è altro, ti farò sapere quando la *Prinseland* getterà l'ancora».

Allora, anche Suzanne si alzò. «C'è un'altra cosa».

«No, no». Adriaan alzò le mani in segno di resa. «Non posso trascorrere un altro pomeriggio negli archivi, non con questo caldo».

Lei rise. «No, non si tratta di questo. È un'altra cosa. Devo imparare a maneggiare un'arma. Me lo insegneresti?».

Capitolo ventitré

Olanda degli Ottentotti

La luce stava svanendo sulla pianura.

Lars Eltorp si portò il moschetto alla spalla. Era un'arma vecchia, ottenuta da una sua conoscenza, e il peso rendeva i tiri a lunga distanza poco precisi. Ma ben si prestava ai suoi scopi.

Per due settimane aveva vissuto in un'area a mezza giornata a cavallo in direzione sud-est da Stellenbosch, presso la fattoria di un colono. La moglie del contadino si era tenuta alla larga, e aveva tenuto lontane le figlie, ma Lars aveva navigato con il marito, anni prima, su una nave corsara berbera, e quelli erano legami difficili da spezzare. Per il momento, Eltorp si sentiva abbastanza a suo agio, aveva brandy in quantità e, se ora centrava il suo bersaglio, avrebbe avuto carne fresca, quella sera.

Nel crepuscolo, a poco più di settanta metri davanti a lui, sulla bassa distesa pianeggiante, si trovava una mandria di nototragi, la razza più piccola delle antilopi che popolavano quella regione. Il manto rosso del maschio pareva catturare gli ultimi raggi del sole, facendo risplendere le corna sottili. Erano creature schive, che uscivano soltanto sul calar della sera per brucare. Ma la loro carne sarebbe stata apprezzata, e la carcassa poteva essere trasportata in spalla da un solo uomo senza doverla macellare.

Eltorp mirò e fece fuoco.

La mandria si disperse, fuggendo di nuovo nella fitta macchia compatta. Gridò una imprecazione, armeggiando per prepararsi a sparare di nuovo, ma la radura in cui poco prima si trovavano i nototragi era vuota. Sferrò un calcio al terreno e maledisse la canaglia che gli aveva venduto un'arma non adatta allo scopo. La sua mano andò al coltello che portava alla cintura. Preferiva tagliare. Gli piaceva vedere il bianco degli occhi della sua vittima, uomo o bestia che fosse.

Aveva mantenuto un basso profilo nelle ultime settimane, rizzando le orecchie, ma non aveva sentito niente. Nessun tirapiedi della VOC era stato avvistato nelle vicinanze, nessuno che se ne andasse in giro per l'entroterra a fare domande. La cosa non lo sorprendeva. Sebbene entrambe le sue vittime fossero state bianche, Driek era solo l'ennesimo marinaio che non reggeva l'alcol, e la ragazza? Una sconosciuta arrivata in nave dall'altra parte del mondo? Contava poco di più dei demoni neri sotto la frusta del supervisore, o che ogni notte venivano incarcerati nello Slave Lodge.

Scoppiò a ridere, emettendo un suono rude e sgradevole nella quiete della pianura. Era stato più furbo di tutti loro. Con tutte le loro arie e buone maniere, quelli non erano veri uomini, quei mercanti e segretari. Non sapevano combattere, o cacciare, o usare un coltello. Passò il dito lungo la lama, quindi infilò di nuovo l'arma nella cintura.

Eltorp attese ancora qualche tempo prima di accettare il fatto che i nototragi non sarebbero tornati. Nessun problema, aveva catturato una coppia di procavie mentre veniva lì. Erano piccoli animali coriacei, tutt'ossa, ma poca carne era meglio di niente. Ai suoi piedi, il sangue delle sue prede filtrava attraverso il sacco di iuta, macchiando l'erba verde di rosso.

Capitolo ventiquattro

Gallow's Hill
Mercoledì, 20 ottobre

Due giorni dopo, Adriaan van Dijk si presentò a casa Joubert indossando un mantello nero insolitamente pesante per la stagione.

«Se al comandante giungessero voci di tutto questo», disse lui, «rischierei la testa».

Suzanne lo accompagnò nell'ingresso, che era appena più fresco della strada fuori. Un fitto sciame di mosche si stava muovendo a spirale nell'aria immobile, attorcigliandosi e rigirandosi su sé stesso. Suzanne aveva rinunciato a cercare di liberarsene. Era più facile fingere di non sentire il loro incessante ronzio.

«Ufficialmente, sono qui per dirti che la *Prinseland* dovrebbe gettare l'ancora domani. Con questo tempo e le acque calme, sarà facile far sbarcare i passeggeri».

«E ufficiosamente?».

Aprì il mantello per mostrarle un moschetto e una borsa di munizioni.

«Per insegnarti a maneggiare una pistola. Ho seri dubbi al riguardo, ma mia moglie dice che non me lo avresti chiesto se non avessi avuto una valida ragione». Fece una pausa. «C'è una valida ragione?».

Lei affrontò il suo sguardo con audacia. «Una donna sola dovrebbe essere in grado di difendersi. È una questione di buonsenso, in effetti».

Adriaan non sembrò convinto. «Tutto qui?»

«Cos'altro potrebbe esserci?». Consapevole di non aver dissipato i suoi sospetti, gli rivolse il sorriso più innocente di cui era capace e aprì la porta. Louise sarebbe stata orgogliosa di lei. «Fammi strada».

Circa mezz'ora dopo, raggiunsero il confine nord-orientale della città, una zona conosciuta come Gallow's Hill.

Adriaan le spiegò che la distesa sabbiosa di dune ed erba era un antico luogo di sepoltura, da cui riemergevano in superficie le ossa di donne e uomini rimaste a lungo sottoterra. In passato, i Khoi usavano le pianure costiere come pascoli, ma, così facendo, attiravano i leoni sulla sabbia. In futuro sarebbe diventato un cimitero cittadino, sia per gli uomini liberi sia per gli schiavi.

«Si dice che gli spiriti dei morti malvagi infestino le pianure, perciò la maggior parte delle persone, sia i Khoi sia i coloni, evita di venire qui».

«Il luogo perfetto per i nostri scopi».

«Abbastanza».

La condusse verso una serie di dune di sabbia dove sarebbero stati protetti dagli occhi della città. Dalla borsa, Adriaan tirò fuori vari vasi di terracotta incrinati. «Per esercitarti a sparare», spiegò. Li posò nella sabbia, poi tornò dove Suzanne lo stava aspettando. «Hai mai sparato con un'arma prima? Una rivoltella, un moschetto, qualsiasi cosa?».

Suzanne scosse la testa.

«Molto bene». Adriaan scaricò la borsa e ne posò il contenuto sulla sabbia perché lei potesse vederlo. «Questa», disse, sollevando una fascia di cuoio, «è una bandoliera. Contiene le munizioni, le palline da sparare». Prese un pezzo di legno lungo e sottile. «Questa è quella che chiamiamo "bacchetta", la usiamo per compattare la polvere nera, cioè la polvere da sparo, nella bocca». Indicò alcuni piccoli riccioli di carta. «La polvere da sparo si trova all'interno delle singole cartucce...».

«Così sai quanta metterne?».

Adriaan annuì. «Esattamente».

Suzanne si stava concentrando così tanto che le ci volle un po' prima che si rendesse conto che le bruciava il viso. Era ancora presto, ma il sole era già caldo, e non voleva essere costretta a mentire alla nonna quando lei le avesse chiesto perché le sue guance erano così rosse. Si calò il copricapo sulla fronte.

«Ora ti spiegherò ogni sezione del moschetto. È un meccanismo a pietra focaia, usato nella maggior parte delle pistole e dei moschetti. Osserva attentamente, poi ti mostrerò come caricarlo».

«E poi mi insegnerai a sparare?».

Lui sorrise divertito. «Tutto a suo tempo, mia impaziente sorella. Non puoi sparare con un'arma se non l'hai preparata correttamente. I moschetti, così come qualsiasi arma da fuoco a pietra focaia, vengono generalmente caricati dalla bocca, come i cannoni. Devi spingere la polvere da sparo nella bocca, usando la bacchetta, fino in fondo alla canna dove si deposita sulla culatta, sopra il grilletto e sotto lo scodellino. Un soldato esperto è in grado di stabilire a occhio quanta ne serve per sparare e andare a segno, ma, con una cartuccia come questa, la quantità è già stabilita».

«Capisco».

«Quindi metti un batuffolo di stoffa sopra la bocca e inserisci la palla di piombo. Il batuffolo fa sì che la palla si incastri all'interno della canna evitando che rotoli fuori. Una camera ermetica è molto più efficace».

Suzanne annuì.

«Poi devi caricare l'arma prima di sparare. Per farlo, devi sollevare la martellina. Così». Diede un colpetto alla parte superiore dell'arma. «Così facendo, mandi il polverino nello scodellino. Il polverino genera meno fumo rispetto alla polvere da sparo, quindi riduci il rischio di avere la visuale ostacolata. Fatto questo, blocchi la martellina in questo modo, per proteggere l'innesco dall'esterno, il che è fondamentale quando piove, quindi non ti resta altro da fare che tirare indietro il cane. Vedi?». Indicò il meccanismo a forma di martello attaccato al grilletto che conteneva la pietra focaia.

«Sì».

«Quando il moschetto è carico, sei pronta a sparare. Devi solo mirare e premere il grilletto. Facile». Si voltò e le porse il moschetto. «Ora, vuoi provare?».

Suzanne sentì un sussulto allo stomaco misto a euforia, mentre prendeva il moschetto. Era più pesante di quanto si aspettasse, e la lunghezza stessa fece affossare la bocca.

«Devi sollevarlo, proprio così», spiegò Adriaan, aiutandola a portare l'arma in posizione. «La forza spingerà il moschetto contro la tua spalla, quindi devi sistemarlo correttamente, altrimenti potresti romperti qualcosa». Suzanne fece come le aveva detto.

«Ora, piega le ginocchia e distanzia i piedi», continuò lui. «Non più larghi delle spalle. La prima regola per sparare è che la posizione e la presa devono essere abbastanza salde da sostenere l'arma». Fece una pausa. «Ti senti comoda?»

«Credo di sì».

«Allora alza il braccio destro, dritto davanti a te. Naturalmente, l'arma deve puntare al bersaglio. Altrimenti il rinculo ti farà perdere l'equilibrio».

«Sembra tutto a posto».

«Bene. Ora, chiudi l'occhio sinistro e concentrati sul destro. Guarda lungo la canna. Respira lentamente, inspira ed espira, abituati alla posizione».

«Posso sparare?».

Adriaan rise. «Non affrettare mai il tiro, a meno che tu non abbia scelta. Il moschetto è preciso fino a circa quarantacinque metri, dopodiché è solo questione di sparare al bersaglio e pregare di centrarlo. Ora, lentamente, molto lentamente, tira il dito verso di te; devi premere il grilletto delicatamente, senza strattonarlo. Premi. Tieni sempre d'occhio il bersaglio, non distogliere lo sguardo. Allora, e solo allora, quando sei pronta, spara».

Suzanne si sentì pervadere dalla calma. Espirò, poi premette lentamente. Ma, all'ultimo momento, la bocca sobbalzò e il colpo andò alto.

«Ahi!», gridò, avvertendo il contraccolpo alla spalla. «Che cosa ho sbagliato?»

«Succede sempre così all'inizio. Finché la palla non è stata lanciata e uscita del tutto, non devi mai cambiare la posizione di tiro. Hai anticipato lo sparo, perciò, all'ultimo secondo, hai perso la mira».

«Non è così», protestò Suzanne.

«È un errore comune. Sbatti le palpebre, il tuo braccio si muove di una frazione, la bocca scivola da un lato e manchi il bersaglio». Le porse una seconda cartuccia e la bacchetta. «Carica tu questa volta».

Suzanne eseguì tutti i passaggi, incoraggiata da Adriaan, finché l'arma non fu di nuovo pronta a sparare.

«Adesso riprova. Prova a colpire il centro del bersaglio, uno qualunque andrà bene».

Suzanne prese la mira. Determinata a fare bene, contò alla rovescia nella sua testa, lentamente e costantemente, inspirando ed espirando. Stavolta, premette il grilletto e immaginò la palla che percorreva la bocca e usciva. Un vaso di terracotta al centro della fila si ruppe.

«Ce l'ho fatta!», esclamò trionfante, voltandosi verso Adriaan.

«Sebbene continui a non considerarlo un passatempo adatto a una signora, niente male», Adriaan sorrise. «Affatto».

Suzanne ci provò ancora e ancora, finché tutti i vasi di terracotta non si frantumarono tranne uno, spargendo i frammenti sulla sabbia.

«Un'ultima volta?».

Adriaan si guardò intorno. Il suono della campana del castello si udiva appena in lontananza. «Meglio di no».

«Ma non c'è nessuno in giro».

Scosse la testa. «C'è sempre qualcuno che osserva nella colonia, in cerca di pettegolezzi da raccontare. La mia assenza verrà notata se sarò via troppo a lungo».

Suzanne abbassò la bocca del moschetto, ma sapeva che avrebbe sognato di sparare nel sonno. Sentì la spalla già dolorante e non aveva dubbi che avrebbe avvertito la tensione dei muscoli il giorno dopo. Ma, mentre impugnava l'arma, si era sentita invincibile.

Capitolo venticinque

Colonia del Capo
Sabato, 6 novembre

In realtà, Suzanne non avrebbe tenuto di nuovo in mano un'arma da fuoco per altre due settimane. Nel frattempo, lesse i libri che Adriaan le aveva portato, e riuscì a impossessarsi di una mappa della regione. Era tracciata in modo rozzo, non era in scala, ma almeno le mostrava la posizione della colonia rispetto alle montagne, delle montagne rispetto a Stellenbosch e Drakenstein, e dei valichi al di là che conducevano a est, verso Olifantshoek. Studiò la mappa di notte, mentre Florence dormiva, imprimendosi nella mente la geografia del territorio.

Adriaan riuscì a far entrare Suzanne nell'Ufficio dei registri della colonia, per esaminare i certificati di nascita, matrimonio e morte della VOC, dopo averle fatto ottenere l'autorizzazione ad aprire la sua cassetta di sicurezza conservata nelle casseforti del castello. Per formalità, confermò che l'oro, l'argento e i gioielli che aveva depositato erano tutti presenti e registrati. Tuttavia, apprese ben poco dai registri, a parte il fatto che non esistevano certificati relativi a Louise Joubert, Gilles Barenton o Philippe Vidal. Chiese di poter visitare gli archivi, in modo tale da poter vedere di persona i documenti che Adriaan aveva trovato.

La richiesta fu respinta.

L'arrivo degli ultimi profughi a bordo della *Prinseland* e della *Castricum*, le ultime due navi della stagione, aveva fatto salire la popolazione della colonia di altre quattrocento persone circa.

Gli sbarchi si erano svolti senza intoppi, sebbene avessero richiesto parecchio tempo, come del resto trovare un alloggio nel villaggio per tutti coloro che ne avevano bisogno. Con quel caldo opprimente, la pazienza era scarsa e le limitate risorse a dir poco sotto pressione.

Quando il clima lo consentiva, Suzanne assisteva Adriaan con il suo francese. L'uomo aveva finalmente compreso quanto fosse utile essere in grado di comunicare più liberamente con i profughi sempre più numerosi. Era un allievo entusiasta, e a Suzanne piaceva recarsi al loro appartamento armata di carta e penna.

Florence continuava a prosperare. Ora era lei che, insieme a Madame Niel e a Madame Lombard, organizzava regolarmente eventi serali per dare il benvenuto alle nuove arrivate di fede ugonotta. A Suzanne faceva piacere che la nonna, nell'autunno della sua vita, avesse trovato un nuovo ruolo. In Francia, quelle donne non sarebbero diventate amiche. Non avrebbero avuto nulla in comune. Le loro vite non si sarebbero mai incrociate. Ma lì, dove tutte loro erano rifugiate, venivano a crearsi diverse alleanze. Solo loro sapevano cosa si provava a non sentirsi mai al sicuro, a capire che casa propria non sempre era un santuario inviolabile. Suzanne era felice per Florence – e questo alleviava il suo senso di colpa per averla portata al Capo – ma si sentiva anche un po' malinconica. Lei non aveva trovato nessuna comunità di quel genere. E dopo quella prima sera in cui avevano parlato della sua missione di trovare Louise, nessuna di loro aveva più toccato l'argomento. Florence riempiva le sue giornate con il presente, senza pensare al passato.

Il fatto era che Suzanne era sola. La sua unica amica, Judith, in quanto moglie di un alto funzionario della VOC, era occupata a organizzare cene per il capitano e i suoi ufficiali, a compiere opere di bene per la chiesa, e a trovare buoni partiti per le ragazze di Rotterdam. E per quanto Suzanne apprezzasse la compagnia di Judith e Adriaan quando si riunivano per cene informali presso il loro alloggio, ben poco era rimasto dell'intimità tra le due giovani donne che aveva caratterizzato la lunga traversata in mare e il loro primo mese al Capo.

La sera di sabato 6 novembre, Suzanne fu lieta di scoprire che era stata invitata al castello per partecipare a una cena in onore dei capitani della *Prinseland* e della *Castricum*. Non aveva alcun dubbio che Judith avrebbe aggiunto un altro membro alla fila di ufficiali della VOC che voleva farle conoscere. Suzanne non le aveva mai rivelato il motivo della sua violenta antipatia per l'idea del vincolo matrimoniale, ma svariate volte le aveva detto che non era in cerca di un pretendente, e l'amica si rifiutava di accettarlo.

«Esistono altre vie verso la felicità», protestava Suzanne, ma Judith si limitava a sorridere e le diceva: «Aspetta e vedrai».

Poco prima delle otto, Suzanne lasciò il suo alloggio e attraversò le strade ormai familiari, oltre la piazza d'armi e il ponte, fino al castello. I suoi capelli erano acconciati in lunghi boccoli che le incorniciavano il viso. Indossava il suo abito preferito, di un azzurro pallido con un corpino impreziosito da gemme, le maniche ampie e una finitura di pizzo attorno al collo, insieme alle sue più eleganti scarpe ricamate. Temeva che si sporcassero di polvere – erano settimane che non pioveva – ma l'occasione lo imponeva. Per quanto non fosse interessata ad alcun uomo Judith potesse proporle, desiderava comunque essere ammirata.

Dopo aver fornito il proprio nome alle guardie al cancello, Suzanne venne scortata oltre il campanile nel cortile principale. Lungo il sentiero che conduceva al salone erano state disposte delle lanterne, le fiamme palpitanti alla dolce brezza serale che proiettavano ombre danzanti lungo i muri gialli degli edifici. Ogni cosa sembrava avvolta in una dolce atmosfera incantata nel crepuscolo color albicocca. Le faraone erano scomparse, sostituite da quattro magnifici pavoni, le stupende code che strusciavano sull'acciottolato.

All'interno dell'edificio, udì un'eco di musica raffinata proveniente dalla cima delle scale. Viola e liuto, il pizzicato percussivo delle corde di un virginale. Per un istante, fu di nuovo a La Rochelle, ai tempi delle *dragonnades*, quando i musicisti da camera viaggiavano da una villa all'altra riempiendo il paese della loro armonia.

Dopo aver reso omaggio al comandante e a sua cognata, Suzanne fu lieta di sentire la mano di Judith sul gomito.

«Tu sei seduta accanto a Jean Prieur du Plessis», mormorò Judith. «Sua moglie è a casa a prendersi cura di loro figlio. Era un barbiere-chirurgo sulla *Oosterland*, arrivata lo scorso aprile. Grazie a lui, non c'è stata una singola vittima a bordo. Credo che gradirai la sua compagnia».

Il nome ricordava qualcosa a Suzanne, ma non riusciva a collocarlo. Du Plessis non era menzionato nel diario di prigionia di Louise, eppure era sicura di aver visto quel nome scritto da qualche parte.

«Grazie. Chi altri c'è?»

«Quello è il capitano della *Prinseland*», le spiegò Judith, inclinando la testa verso un uomo alto in piedi vicino a una delle finestre aperte. «E quell'uomo con i baffi è il capitano della *Castricum*. Hanno perso un buon numero di anime nel corso del viaggio, cosa che per lui è motivo di profondo rimpianto».

Suzanne si guardò attorno per la sala, riconoscendo altri volti. Fu sorpresa di vedere Wilhelmina, una delle ragazze di Rotterdam. Abbigliata con un semplice abito rosso e con i capelli acconciati in maniera elegante, sembrava più grande e più sicura di sé.

«Wilhelmina?».

Il viso gentile di Judith si fece triste. «Ha conosciuto il caporale Biebouw al nostro matrimonio ed egli ha chiesto che venisse invitata anche lei stasera. Mio marito dice che ha intenzione di chiedere al comandante van der Stel il permesso di sposarla».

«E tu non sei favorevole alla sua causa?».

Il contegno di Judith vacillò. «A quanto pare, per qualche tempo, ha avuto una relazione con una schiava malgascia di sua proprietà. Alcuni dicono che l'avesse sposata – il che l'avrebbe resa una donna libera – ma anche in quel caso… C'è una bambina che lui ha fatto battezzare come sua figlia».

Suzanne si accigliò. «Ma se così fosse, come potrebbe risposarsi?».

Judith abbassò la voce. «Molte delle prime donne ridotte in schiavitù hanno sposato coloni olandesi – anche se il caporale Biebouw, in realtà, è tedesco – ma ora è proibito».

«Quindi il matrimonio non viene considerato legittimo».

«Esattamente. Non vedo come un uomo del genere potrebbe essere un buon marito per Wilhelmina, ma ormai lei gli ha dato il suo cuore, e Adriaan dice che il comandante darà la sua benedizione. Forse lei riuscirà a redimerlo».

«Solo Dio può redimere la più meschina natura dell'uomo», ribatté Suzanne in tono ironico.

Judith annuì. «È anche vero che non ho ancora visto il caporale Biebouw nella cappella la domenica».

Suzanne stava per chiedere qualcos'altro, ma ora Adriaan era in piedi davanti a loro. Rivolse un sorriso affettuoso alla moglie. «Mia cara, vorrei presentarti il capitano della *Prinseland*». Quindi si volse verso Suzanne e abbassò la voce. «Vediamoci al cancello principale alle dieci in punto domani mattina, sorella. Indossa abiti da viaggio».

«Torniamo a Gallow's Hill?».

Si guardò attorno, come temendo orecchie indiscrete. «No, cavalcheremo fino a Stellenbosch. Ti spiegherò tutto domani». Quindi rialzò la voce, a beneficio di chiunque fosse in ascolto. «Volete essere così gentile da perdonarci, *juffrouw* Joubert?».

Suzanne rimase a guardare mentre Judith veniva trascinata via, lo sguardo traboccante di curiosità ed entusiasmo. Finalmente, si sarebbe inoltrata nell'entroterra. Non aveva idea di come o perché Adriaan avesse fatto in modo di farsi accompagnare da lei, né di quale potesse essere lo scopo del suo viaggio, ma non aveva importanza. Finalmente, avrebbe visto qualcosa della vita al di fuori della colonia, e avrebbe cavalcato lungo la "rotta delle carovane" fino a Stellenbosch.

E al di là, Olifantshoek.

Incapace di trattenere un sorriso, Suzanne agitò il ventaglio, muovendo l'aria calda, e si mescolò agli altri ospiti. Colse mormorati stralci di notizie provenienti dalla sua patria: che Guglielmo d'Orange guidava una Grande Alleanza dei paesi protestanti, allarmati dalle ambizioni espansionistiche del re di Francia; che, secondo alcune voci, Guglielmo avrebbe potuto persino conquistare il trono d'Inghilterra per salvare la nazione protestante dal dominio del re cattolico convertito Giacomo II; che a Londra stava spopolando un compositore inglese di nome Henry Purcell.

Suzanne lasciò che le chiacchiere le scivolassero addosso, storie di un altro mondo. Il suo sguardo si posò su Wilhelmina, intenta ad ascoltare con evidente interesse la moglie di uno degli ufficiali della VOC, guardandosi costantemente alle spalle per vedere se gli occhi del caporale Biebouw erano su di lei.

Voleva bene a Wilhelmina, e le augurava il meglio, ma si chiedeva se qualcuno avesse preso in considerazione i sentimenti della compagna di Biebouw a riguardo. Pensò alle donne nere e malgasce che aveva visto nel villaggio, con i figli dalla pelle più chiara che giocavano accanto a loro, e si rese conto di quante di loro dovevano intrattenere relazioni di quel tipo. Si basavano sull'affetto reciproco, o su qualcosa di più oscuro? Era quella la domanda, perché quale potere potevano avere quelle donne, schiave o libere, di rifiutare approcci simili?

Il fragore di un grande gong di ottone mise fine alle sue elucubrazioni. Un servitore nero abbigliato con l'uniforme della VOC batté le mani e invitò gli ospiti a prendere posto a tavola per la cena. Suzanne rivolse un cenno di saluto al gentiluomo alla sua sinistra, un ufficiale della *Castricum*, e scambiò qualche parola in francese con Monsieur du Plessis. Sulla cinquantina, aveva il viso grinzoso, ma i suoi occhi brillavano di determinazione e resilienza. Ancora non riusciva a ricordare come mai quel nome le suonasse familiare.

Poi, il pastore ordinò alle persone riunite di rendere grazie. Suzanne chinò la testa e cercò di contenere l'eccitazione.

«Domani», mormorò tra sé, mentre metteva in bocca un pezzetto di pane.

Capitolo ventisei

Pianure del Capo
Domenica, 7 novembre

La cavalla baia giunse sulla cima della collinetta. Con la criniera e la coda svolazzanti, i tonfi degli zoccoli che risuonavano sulla sabbia indurita dal sole.

Suzanne si sentì libera, euforica, proprio come quando stava in piedi sul ponte della *China* a guardare il vasto oceano. Lo spazio illimitato, la gloriosa unione di terra e cielo, la traversata fino ai confini della terra. Là fuori, sulle pianure del Capo, provava qualcosa di simile. Alle sue spalle, sentì Adriaan urlarle di fermarsi, e sapeva che avrebbe dovuto obbedire. Invece, puntò i talloni più forte, desiderando provare quel senso di libertà ancora per un po'.

Quando Suzanne era arrivata al castello all'ora stabilita, indossando gli stivali di pelle alti fino al ginocchio e i guanti da equitazione, van Dijk la stava aspettando con due soldati e quattro cavalli, di cui uno dotato di una sella per monta all'amazzone. Aveva chiamato uno stalliere perché portasse i gradini affinché lei potesse salire in groppa. «Ho pensato che avresti preferito il cavallo a un carro. Cavalcheremo verso est, attraverso le pianure del Capo, e dovremmo arrivare a Stellenbosch entro sera, se tutto va bene».

«E hai ottenuto il permesso di portarmi con te. Non so proprio come ringraziarti, fratello». Lo guardò con aria interrogativa. «Come hai fatto? Anzi, *perché* l'hai fatto?».

Adriaan inarcò le sopracciglia. «La mia cara mogliettina dice che vuoi tenerti occupata».

«È vero, ma anche in tal caso...».

Lui gettò la gamba sulla sella. «Ho bisogno del tuo aiuto».

«C'entra Louise? Hai scoperto qualcos'altro?»

«Forse», rispose lui. «Te lo spiegherò mentre cavalchiamo».

All'inizio, avevano mantenuto un passo costante, spingendosi oltre il castello e seguendo la valle del fiume Salt che scorreva verso est attraverso le pianure. Poi, Suzanne non riuscì a resistere alla tentazione di allentare le briglie. Il sole era alto nel cielo, e le praterie erano tavolozze di colori. Era magnifico vedere il *fynbos* da vicino: fiori gialli e bianchi, pelargoni viola con petali morbidi a forma di cuore, e protee di un rosa acceso con alcuni gruccioni appollaiati in cima, le cui lunghe piume della coda pendevano fino ai gambi verdi del fiore.

Alla fine, Adriaan la raggiunse. Portò su il suo stallone grigio accanto al cavallo di Suzanne e afferrò le redini.

«Sei impazzita? Come hai potuto mettere te stessa e tutti noi a rischio, lanciandoti al galoppo?».

Immediatamente mortificata, Suzanne chinò la testa. «Perdonami. Sono rimasta confinata per così tanto tempo».

L'espressione di Adriaan si addolcì. «Non è successo niente. Ma questa non è la Francia, dove si cavalca per sport o piacere in boschi facilmente praticabili. Qui ci sono pericoli ovunque».

Suzanne non vedeva nulla tranne una mandria di antilopi in lontananza.

«Qui ci sono leoni e sciacalli», continuò lui, «e, anche se non riescono a superare un cavallo, questi animali sono assassini. E poi ci sono anche gli elefanti nelle valli, e nonostante siano perlopiù indifferenti nei nostri confronti a meno che non invadiamo il loro territorio, possono essere pericolosi se vengono provocati».

«Può succedere qui?»

«Be', no», ammise. «Tuttavia, man mano che realizziamo insediamenti più all'interno, gli animali si spostano più nell'entroterra, ed è più probabile che si sentano provocati. Dobbiamo anche stare attenti ai coloni. A Drakenstein, nella valle di Liesbeeck e lungo il fiume Eerste che attraversa Stellenbosch, cresce il numero di fattorie, gestite da ex dipendenti della VOC o dai coloni, quindi alcuni animali si stanno abituando alla presenza umana. Questi cittadini liberi hanno l'opportunità di coltivare un appezzamento di terra, sul quale poi devono far crescere colture da rivendere a noi. Ma solo la VOC è autorizzata a barattare bovini e pecore direttamente con i Khoi, e questo può essere motivo di tensione. Dobbiamo stare attenti». Si fermò per bere dalla sua fiaschetta, poi la offrì a Suzanne. «I Khoi, come sai, sono un popolo nomade che sposta le mandrie tra la baia della Tavola, Swartland e la baia di Saldanha. Sono stati stretti accordi per limitare la caccia e proteggere il loro bestiame».

Suzanne percepì l'orgoglio nella sua voce, anche se questo non le impedì di porgli una domanda che sapeva lo avrebbe infastidito. «Questi accordi commerciali con i Khoi vengono rispettati?»

«Nella maggior parte dei casi», rispose bruscamente Adriaan. «Devi capire che molti dei capi locali scelgono di barattare con noi e lavorare con noi come interpreti e commercianti».

«Ma che scelta hanno...», fece per ribattere Suzanne, ma poi, vedendo che la loro scorta li aveva quasi raggiunti, abbassò la voce: «Perché stiamo andando a Stellenbosch? Avevi promesso che me l'avresti detto».

Adriaan la fissò con uno sguardo severo. «Solo se prometti di non fare più scherzi del genere».

«Ti do la mia parola».

«Circa due settimane fa, abbiamo ricevuto notizia che un uomo bianco che corrispondeva alla descrizione di Lars Eltorp è stato arrestato a Stellenbosch. A quanto pare, lui e un contadino che vive a est della città si sono ubriacati in una taverna di fortuna vicino al fiume. È scoppiata una rissa che ha coinvolto loro e i lavoratori del posto. Sono stati fatti molti danni, e sono stati sguainati persino dei coltelli. È stato solo grazie ai riflessi rapidi del barista e di un paio di soldati fuori servizio se nessuno è stato ucciso».

Suzanne lo guardò sorpresa. «Non sapevo che lo stessi ancora cercando».

«Eltorp ha tentato di rovinare mia moglie e ucciderla», rispose lui. «Perché mai dovrei smettere di dargli la caccia?»

«Se è lo stesso uomo», Suzanne si sentì in dovere di sottolineare. «Non sarà l'unico a chiamarsi Lars nella colonia».

«Ed è per questo che sei qui. Tu puoi identificarlo».

Lo stomaco di Suzanne si contorse. «E se fosse davvero lui?»

«Allora mi aspetto di vederlo impiccato».

Nonostante il caldo della giornata, Suzanne rabbrividì. «Prima hai lasciato intendere che ci fosse dell'altro. Qualcosa che riguarda Louise».

«Nel tentativo di sfuggire al cappio, Eltorp ha messo in giro delle voci».

«Ha menzionato Louise?».

Alla fine, l'espressione di Adriaan si rilassò. «Come sempre, cara sorella, dovrai essere paziente. Non voglio influenzarti. Sentiremo di persona che cos'ha da dire quel delinquente».

Capitolo ventisette

Stellenbosch

Giunsero a Stellenbosch al crepuscolo. L'aria era ancora calda e, a eccezione del costante ronzio delle zanzare, tutto era silenzioso.

Annidato in una fertile valle alle pendici dei monti circostanti, sulle rive del fiume Eerste, il clima temperato e le risorse impegnate nella costruzione dell'insediamento assicuravano prosperità al secondo villaggio del Capo. Già operava in maniera indipendente dalla colonia. Adriaan le aveva spiegato che possedeva un proprio magistrato, nonché una chiesa, una scuola e un seminario teologico di nuova costruzione. Lungo la via principale facevano bella mostra di sé alcune eleganti case con verande ricoperte di buganvillea e file di querce piantate su ordine di van der Stel, affinché fornissero ombra.

«Andremo dritti al *drostdij*», disse Adriaan. «Le celle di detenzione sono laggiù, e il *landdrost* ci sta aspettando. Una volta terminate le nostre indagini, passeremo la notte qui, e poi torneremo alla colonia domattina».

Suzanne avvertì un guizzo di nervosismo.

Smontarono e condussero i cavalli lungo lo stretto ponte pedonale che collegava la strada all'isoletta in mezzo al fiume dove van der Stel aveva stabilito il primo accampamento, e i soldati che li scortavano li affidarono alle cure di uno stalliere. Adriaan e Suzanne si scrollarono polvere e sabbia dagli abiti prima di entrare nel maestoso edificio per presentarsi al magistrato, Pieter Odendaal. Un uomo florido sui trentacinque anni che Adriaan già conosceva, sembrava gonfio di orgoglio per la propria posizione.

Un quarto d'ora dopo il loro arrivo, Adriaan e Suzanne attraversarono il cortile diretti alle celle di detenzione. Suzanne si sentiva dolorante dopo la cavalcata e sporca per il viaggio.

«In realtà, le celle non ci servono a molto», spiegò Odendaal con un tono vagamente compiaciuto. «Non abbiamo problemi, qui. È una comunità di uomini olandesi, grandi lavoratori, non ci sono marinai a disturbare la quiete, e gli scontri con gli indigeni sono rari».

«Un villaggio modello», osservò Suzanne, meravigliandosi dell'assenza delle donne nella sua descrizione.

Odendaal le rivolse uno sguardo penetrante, come se sospettasse una critica da parte sua.

«Se posso», riprese con tutta l'umiltà di cui fu capace, «con quali accuse è stato arrestato quell'uomo?»

«Rissa, innanzitutto. Ha partecipato a una zuffa in una taverna, con danni a persone e proprietà. Quando lo abbiamo portato dentro, abbiamo rinvenuto alcuni oggetti che possono essere stati acquistati soltanto da un Khoi».

Ricordando quando Adriaan le aveva spiegato che solo la VOC stessa era autorizzata a commerciare direttamente con la popolazione locale, Suzanne annuì.

«Credo che forse...», esordì Odendaal rivolto a Adriaan, «questa giovane dovrebbe tornare a casa. La prigione non è un luogo adatto alla sensibilità femminile».

«Sono perfettamente...».

Adriaan la interruppe. «*Juffrouw* Joubert è l'unica persona in grado di identificare il criminale. Dobbiamo essere sicuri che sia lui, affinché giustizia sia fatta».

Odendaal parve scettico, ma levò la mano. «Come desiderate».

Li condusse giù per tre scalini in un piccolo cortile interno, circondato su tutti i lati da un alto muro di mattoni, con frammenti di ceramica disposti in cima. Sul lato opposto, c'era una bassa struttura di mattoni e paglia priva di finestre. Due torce fiammeggiavano accanto alla porta, proiettando ombre distorte lungo i muri.

Prendendo una delle torce, Odendaal fece scattare il chiavistello e li guidò all'interno.

Subito, Suzanne si coprì naso e bocca con il fazzoletto. L'aria era calda e fetida. Davanti a loro c'era una grande grata di ferro, fissata al pavimento e al soffitto, che conduceva all'area in cui erano tenuti i prigionieri. Vide gabbie metalliche su entrambi i lati di un corridoio, e catene fissate al muro, ceppi per polsi e caviglie.

Odendaal prese un grande anello portachiavi dalla cintura, sbloccò la grata, li guidò oltre il passaggio, e infine la richiuse dietro di sé. Levò la torcia a rivelare un disordinato mucchio di stracci luridi nell'angolo di una cella. Suzanne guardò nella penombra tremolante. Era quello l'uomo che aveva minacciato Judith, che le aveva piantato un coltello nel fianco? Non sembrava affatto una minaccia.

Odendaal batté sulle sbarre di ferro. «In piedi, Eltorp. Hai visite».

L'uomo non si mosse. Poi, con pigra insolenza, si levò su un gomito e rivolse lo sguardo verso di loro. Istintivamente, Suzanne si ritrasse. Il volto era ammaccato, e aveva un occhio talmente gonfio da non riuscire ad aprirlo; una criniera di capelli neri gli pendeva lungo entrambi i lati del viso barbuto. Un criminale, senza dubbio, ma poteva essere sicura che quello fosse l'uomo che era passato accanto alla sua finestra quella prima notte, tenendo un coltello puntato al collo di Driek?

Adriaan la guardò, un guizzo interrogativo negli occhi.

Suzanne scosse la testa. «Non riesco a vederlo chiaramente».

«In piedi, uomo!», gridò Odendaal.

Questa volta, il prigioniero obbedì. Sebbene i suoi abiti pendessero come stracci, macchiati e puzzolenti di cella, c'era qualcosa di minaccioso nelle sue movenze. Da lui sembravano emanare ondate di odio, di violenza.

Si esibì nell'imitazione di un inchino. «A cosa devo il piacere?».

Suzanne sussultò. Era la stessa voce che aveva udito nell'oscurità, poteva giurarlo.

«Ne ho abbastanza della tua impertinenza», disse il *landdrost*. «Parla quando vieni interpellato, altrimenti tieni a freno quella lingua».

«No, lasciatelo parlare», interloquì lei.

Eltorp sogghignò. «Guarda un po', mi avete portato una dama per allietare le mie giornate».

«Basta così!».

Odendaal batté di nuovo contro le sbarre, ma Suzanne aveva sentito abbastanza. «È lui», mormorò a Adriaan.

«Ne sei sicura?».

Suzanne annuì. «Sì».

Eltorp puntò un dito contro il *landdrost*. «Non avete il diritto di trattenermi tanto a lungo. Nessun diritto».

Odendaal scoppiò a ridere. «Ne ho tutti i diritti, invece. Hai intrattenuto scambi illegali, non serve a niente negarlo».

«Proprio come mezza dozzina di altre persone qui in giro. Perché non mi fate frustare e la finiamo qui? Sprecate l'ospitalità della VOC offrendomi vitto e alloggio per tanti giorni».

«Sarà meglio per te se collabori, Eltorp», lo avvertì Odendaal, mentre il suo colorito si faceva più intenso.

Eltorp si avvicinò. Istintivamente, Suzanne fece un altro passo indietro. Sapeva che le sbarre erano solide, ma non voleva trovarsi a distanza di sputo.

Il prigioniero guardò il magistrato, lanciò una occhiata lasciva a Suzanne, squadrandola come se fosse una prostituta in vendita, e infine si rivolse a van Dijk.

«Non vedo come i miei insignificanti affari possano suscitare l'interesse di un gentiluomo raffinato come voi, ma per accontentare il mio caro amico...».

«Va' avanti!».

Adriaan posò la mano sul braccio di Odendaal. «Ti ascolto, Eltorp».

Eltorp si schiarì la voce. «Il *landdrost*, qui, si è convinto che mi sono comportato male. Ovvero, che ho acquistato pelli direttamente dal Khoi in cambio di... be', non ha ritenuto opportuno fornirmi quell'informazione».

«Quattro pelli di quagga, Eltorp. Le avevi con te quando sei stato arrestato».

Suzanne vide gli occhi di Eltorp guizzare da uno all'altro dei due uomini e viceversa, valutando gli effetti della sua esibizione.

«Io sono un uomo semplice», lo blandì. «Forse non possiederò tutta la cultura di voi gentiluomini, ma conosco i miei diritti in quanto libero cittadino della colonia». Fece scattare la testa in direzione di Odendaal. «Gli ho ripetuto fino allo sfinimento che tutte le mie transazioni, chiamiamole così, sono avvenute con un uomo bianco, non con un selvaggio. Veniva da un posto ancor più nell'entroterra, da Olifantshoek, diceva». Fissò il magistrato con aria insolente e si batté la mano sul lato della testa. «Quando si ha la segatura nel cervello...».

«Ti avverto...», sbottò Odendaal. «Entrerò lì dentro e ti prenderò personalmente a frustate».

Eltorp si tracciò una croce sul cuore. «È la pura verità, lo giuro».

Intervenne Adriaan. «Non ci sono fattorie tanto a est».

«Non so se il commerciante dicesse la verità», ribatté Eltorp, «ma questo è ciò che mi ha detto. Ed era qui a Stellenbosch, com'è vero che ora sono qui davanti a voi. Casualmente avevo con me una pistola di cui non avevo più bisogno – ho un moschetto in eccellenti condizioni, acquistato alla luce del sole, prima che lo chiediate – e lui aveva quattro belle pelli di quagga che pensavo avrebbero fatto al caso mio. Quindi, abbiamo trovato un accordo. Uno scambio perfettamente onesto tra due gentiluomini bianchi, nulla di proibito dalla venerabile VOC».

«Qual era il suo nome?», domandò Odendaal. «Come si chiamava questo illusorio commerciante comparso dal nulla?»

«In affari, la parola d'onore di un uomo è sacra». Eltorp scoppiò a ridere, una risata crudele che diede i brividi a Suzanne. «Mi bastava una stretta di mano, non mi serviva un nome. Non ho intenzione di andare a trovarlo a casa».

«Io non credo sia mai esistito», commentò Odendaal, rivolgendosi a Adriaan. Ma Suzanne vide che prendeva la sua storia seriamente.

«Descrivi quell'uomo», gli ordinò Adriaan.

«Be', era alto più o meno come voi, *mijnheer*, e di corporatura simile alla vostra. Aveva all'incirca il doppio dell'età del mio amico magistrato, qui. Sui sessant'anni».

«Ne siete sicuro?», domandò Suzanne, incapace di trattenersi.

Per la prima volta, Eltorp parve fermarsi a riflettere. «Sì, anche se non si muoveva come un uomo giunto all'autunno della sua vita. Solo le rughe sul suo viso rivelavano la sua età».

Odendaal alzò le mani in un gesto frustrato. «Potrebbe trattarsi di chiunque. Almeno metà degli uomini della colonia corrispondono alla tua descrizione».

Sul volto di Eltorp comparve uno sguardo scaltro. «Ah, ma c'era qualcosa di speciale. Qualcosa che meriterebbe un sorso d'acqua fresca, magari?».

Adriaan si guardò attorno e vide un barile contro il muro, con una coppa di legno posato sopra. La riempì per metà e la passò attraverso le sbarre a Eltorp, che l'assaporò come se si trattasse di vino d'annata.

«Continua, Eltorp», ringhiò Odendaal.

Eltorp si asciugò le labbra sul dorso della manica sudicia. «I suoi capelli erano grigi, ma con un ciuffo bianco al centro». Incrociò le braccia con aria trionfante. «Non ho mai visto niente del genere, e nemmeno voi, scommetto».

«Philippe Vidal», mormorò Suzanne sottovoce, comprendendo all'improvviso l'altro motivo per cui Adriaan l'aveva portata lì. Ma come poteva essere? Philippe sarebbe stato molto più vecchio.

«C'è altro che puoi dirci?», chiese Adriaan in tono calmo. «Nello specifico, da dove veniva quell'uomo? Il timbro di voce?»

«Parlava olandese, ma forse aveva uno strano accento».

«Che altro?»

«Non vi basta?», sbottò Eltorp, poi il suo volto si oscurò. «È ora di finirla con questa pantomima. Non avete nulla contro di me».

Per un istante, nessuno parlò. Poi Adriaan fece un passo avanti.

«Lars Eltorp, sei accusato dell'omicidio di Driek Holsteen, la notte del 4 agosto dell'anno di Nostro Signore 1688».

Ora Suzanne vide il terrore invadere gli occhi di Eltorp. «Non avete prove contro di me».

«Inoltre», proseguì Adriaan con la stessa voce controllata, «sei accusato di tentata violenza su una giovane donna, nella stessa notte, e dell'aggressione della medesima innocente sul molo, nel pomeriggio del 19 agosto».

Il pessimo carattere di Eltorp esplose. Prese a calci le sbarre, imprecando e sbraitando. «Non ci sono testimoni», inveì. «Come ha fatto la ragazza a parlare se io...».

Van Dijk gli puntò un dito contro. «La tua lingua ti tradisce, Eltorp. Sappi questo. Il tuo coltello non le ha tolto la vita».

Eltorp iniziò a infuriarsi. Era uno spettacolo pietoso. Supplicava, tentava di convincerli, si tradiva parlando della ressa al porto, di come lui non fosse là, di come non si fosse mai avvicinato alla ragazza con l'abito grigio.

«Non mi pare di aver accennato al suo abbigliamento», commentò Adriaan con calma devastante.

«Non era nessuno!», gridò Eltorp.

Suzanne vide un lampo di disprezzo attraversare il viso di Adriaan. «Tutti i figli di Dio sono importanti, soprattutto in questo caso. La donna che hai tentato di stuprare, e poi di assassinare, è mia moglie».

Suzanne sussultò a quella parola come se fosse stata colpita da un fulmine. Stupro. Per un istante, vide il volto crudele di un altro uomo guardarla dall'alto.

Eltorp rise incredulo, finché non vide lo sguardo di ghiaccio negli occhi di Adriaan. Quindi arretrò, le mani tese in un gesto di supplica. «*Mijnheer*, io non avevo...».

Adriaan lo interruppe. «Pertanto, in nome dell'autorità conferitami dal comandante van de Stel, ti condanno a venire appeso per il collo finché morte non sopraggiunga. Il tuo cadavere verrà lasciato sulla forca come monito per chiunque desideri violare le regole della colonia, affinché venga spolpato da corvi e avvoltoi».

«No!», ululò Eltorp, iniziando a battere freneticamente contro le sbarre della sua cella. «No, no, no».

Suzanne era paralizzata, nauseata tanto dal terrore nella voce di Eltorp quanto dalla fredda determinazione di Adriaan.

«Resterò per assistere all'esecuzione della sentenza, domani, poi lascerò la questione nelle vostre mani, *landdrost*».

Suzanne sentì la mano di Adrian sul braccio. Non sapeva se si trattasse di un gesto di conforto o di sostegno. Si sentiva le gambe deboli e i nervi a pezzi. Chiuse gli occhi per cercare di cancellare la repulsione nei confronti della cella puzzolente, l'orrore di tutta quella situazione.

Senza un'altra parola, Adriaan si voltò e la condusse via, con Odendaal sulla loro scia. Suzanne lanciò un'ultima occhiata al condannato, quindi se ne andò, con le disperate grida di rabbia e terrore di Eltorp che le risuonavano nelle orecchie.

Capitolo ventotto

Quando tornarono al *drostdij*, capirono che avrebbero cenato con quattro stimati membri della comunità i quali, con Odendaal, componevano l'*heemrade*, il consiglio cittadino.

«Mi dispiace di averti trascinato in tutto questo», disse Adriaan, «ma dovevamo essere sicuri. Spero che tu capisca».

Suzanne sentì una fitta allo stomaco. Non aveva appetito, come avrebbe potuto? Non desiderava altro che restare da sola con i suoi pensieri.

«Entriamo?»

«Adriaan, non posso», protestò.

«Ci sarà anche la sorella di Odendaal. Non ti avrei portato in una casa senza una compagnia femminile. Non rovinerei mai la tua reputazione».

«Non è questo. Non ho niente da mettermi, mi fa male la testa e poi…». Fece un cenno in direzione delle celle.

«Credi che la sentenza non sia giusta?»

«No, niente affatto. Ma non sarei di compagnia, Adriaan. Eltorp mi ha fatto pietà. Era come guardare un animale intrappolato. Quel suono terribile…». Le sue parole si affievolirono. «L'uomo che ha descritto sembra proprio la persona di cui hai trovato traccia negli archivi vent'anni fa. Per quanto Eltorp sia un bugiardo, e sicuramente un delinquente, non riesco a pensare che si sia inventato la descrizione dei suoi capelli».

Adrian annuì. «Sono d'accordo. Ecco perché volevo che la sentissi di persona».

Suzanne tacque, poi fece un respiro profondo. «Eltorp sarà impiccato?».

Adriaan la fissò. «Questa è la pena prevista per l'omicidio».
«Ma se sapesse altro?»
«Ci avrebbe raccontato tutto. Stava contrattando per avere salva la vita». Adriaan guardò verso la porta dove il suono delle voci suggeriva che la cena fosse già iniziata. «Devo unirmi agli altri. Mi scuserò per la tua assenza e chiederò se è possibile mandarti un vassoio».
Suzanne annuì in segno di ringraziamento. «L'ultima cosa che vorrei fare è compromettere la tua posizione in qualche modo, Adriaan, ma quando torneremo alla colonia, potresti per favore, per favore, trovare un modo per permettermi di consultare gli archivi di persona? Ora che abbiamo questa informazione aggiuntiva, forse potremo trovare qualcosa che ti è sfuggito. So di pretendere molto dalla nostra amicizia...».
Lui la guardò e poi sorrise. «Dal momento che è tutto merito del tuo coraggio e dell'affetto che provi per la tua amica se Judith è entrata a far parte della mia vita, farò del mio meglio».
«Grazie. E poi...».
Alzò le mani. «Lo so, "un'ultima cosa"! Lo dici sempre!».
«Sono così prevedibile?».
Adrian rise. «Preferisco non rispondere altrimenti potrei offendere qualcuno».
Alla fine, anche Suzanne sorrise. «Considerato ciò che Eltorp ha detto a proposito di quest'uomo proveniente da Olifantshoek, e dato che sappiamo, da ciò che hai trovato negli archivi, che Louise e i suoi compagni si sono recati nell'entroterra subito dopo il loro arrivo, sarebbe possibile parlare con la gente del posto?»
«I Khoi, vuoi dire?»
«Be', sì. Mi hai detto che molti parlano olandese, e immagino che alcuni dei tuoi uomini parlino la loro lingua. È logico pensare che, se ci fosse un solo colono bianco che vive nelle valli oltre Stellenbosch, i Khoi lo saprebbero. Inoltre», aggiunse, ricordando la sua prima conversazione con Madame Lombard, «se Louise si è stabilita nell'entroterra nel 1622, deve averlo fatto con la loro benedizione. Altrimenti, come avrebbe fatto, come avrebbero fatto, a sopravvivere?».
Adriaan ci pensò un attimo. «Non sarà facile trovare qualcuno disposto a parlare con noi».
«Ma ci proverai?», insistette lei. «E troverai qualcuno disposto a portarmici? Olifantshoek è stata menzionata più volte. Se solo potessi vedere con i miei occhi...».

In quel momento, una cameriera apparve nel corridoio, ponendo fine alla loro conversazione. Indossava un vestito blu, un grembiule con pettorina e un berretto, di un bianco abbagliante che spiccava a contrasto con la sua pelle nera.

«Il padrone mi ha ordinato di dirvi che la cena è servita», annunciò lei in un olandese perfetto nonostante un forte accento.

«*Juffrouw* Joubert non si unirà a noi. Per favore, accompagnala nella sua camera e portale qualcosa di leggero per cena».

«Molto bene, *mijnheer*». La cameriera fece un inchino. «Volete venire con me, signorina?».

Suzanne si rivolse a Adriaan. «Lo farai?»

«Ci penserò. Buonanotte, sorella. Dormi bene».

Nella sua camera, Suzanne bevve un sorso di vino e sentì le braccia e le spalle doloranti rilassarsi un po'. Un nuovo piano cominciava a prendere forma. Forse avrebbe dovuto stabilirsi a Stellenbosch per un po'? Le sarebbe tornato utile per le ricerche e avrebbe facilitato l'organizzazione di una spedizione a Olifantshoek. Sebbene dubitasse che la nonna sarebbe stata disposta ad accompagnarla, non la spaventava l'idea di lasciarla nella colonia per una settimana o due. L'amicizia con Madame Lombard aiutava sua nonna e rappresentava per lei un valido supporto sociale nella crescente comunità ugonotta.

Forse Adriaan avrebbe predisposto per lei uno soggiorno nel *drostdij* per una settimana o due? La sorella di Odendaal era presente e avrebbe potuto farle da accompagnatrice, se si fosse resa disponibile. Una cosa era certa: Suzanne non poteva lasciar perdere quella pista.

Aveva quasi raggiunto Louise. Riusciva quasi a vederla, a sentire la sua presenza accanto a sé. Una sorta di guida.

Suzanne espirò, ammirando le stelle nel cielo dell'altro emisfero e il dolce canto degli uccelli notturni. Un succiacapre, pensò, e un gufo che chiamava la compagna. Quel giorno, aveva imparato qualcosa che riguardava il presente e non un lontano passato. Erano passate appena due settimane da quando Eltorp aveva dichiarato di aver visto l'uomo con una ciocca di capelli bianchi.

Più i pensieri le turbinavano nella mente, più l'identità di quell'uomo la turbava. Louise, Gilles, Philippe: una donna e due uomini erano sbarcati dalla *Old Moon*. Ma Philippe Vidal avrebbe potuto avere ottant'anni, un'età fuori dal comune. Di sicuro, neanche Eltorp avrebbe scambiato un uomo così avanti negli anni per uno di vent'anni più giovane.

Ma c'era un'altra spiegazione: Philippe aveva avuto un figlio, e l'uomo con cui Eltorp aveva commerciato era il figlio di Vidal. Ma, in quel caso, chi era la madre? Si trattava di un uomo bianco, Eltorp ne era certo. Suzanne scacciò quell'idea. Ma, da qualche parte nel profondo, quel pensiero si radicò, come una scheggia, sottopelle.

Capitolo ventinove

Suzanne si svegliò rinfrancata. Fuori, sentiva cantare nei campi. Persone in schiavitù, lo sapeva, ma per qualche motivo quelle melodie sembravano più dolci, lì, che non per le vie affollate della colonia.

Poi, con una stretta allo stomaco, ricordò il motivo per cui si trovavano a Stellenbosch. Quella mattina, Lars Eltorp sarebbe stato impiccato. Durante la notte, si era riappacificata con l'idea che non avesse più nulla da dire. Non provava pietà per lui, era un uomo violento e pericoloso, ma non vedeva l'ora che fosse tutto finito.

Si udì bussare alla porta.

Suzanne si alzò a sedere e si raddrizzò la cuffietta da notte. «Avanti».

In piedi sulla soglia c'era la cameriera della sera prima. «Il padrone e l'altro gentiluomo gradirebbero sapere se li accompagnerete all'impiccagione».

Non avendo il fegato di assistere al giudizio finale di Eltorp, Suzanne scosse la testa. «No, resterò qui».

La ragazza la guardava con immobili occhi scuri che non lasciavano trasparire nulla.

Suzanne sorrise. «Come ti chiami?»

«Tia, signorina».

«È il tuo nome di nascita?».

Credette di vedere una scintilla d'interesse negli occhi della cameriera, ma scomparve rapidamente. «Sì».

Suzanne era riluttante a lasciarla andare via. A casa, a La Rochelle, avevano avuto un piccolo ma fedele stuolo di domestici. E lo stesso ad Amsterdam. Qui, la infastidiva non comprendere come funzionavano le cose. E di certo Tia non poteva essere il nome che le era stato dato alla nascita, vero? Aveva appreso che alle donne e agli uomini Khoi che lavoravano per la VOC venivano assegnati nomi olandesi.

Tia era una schiava o una domestica? Poi, ricordò che non era consentito ridurre in schiavitù i Khoi. Le donne e gli uomini con la pelle nera che aveva visto nella colonia erano stati prelevati da altri Paesi in Africa e deportati al Capo in nave. Nel caso degli uomini nei cantieri, la distinzione era evidente: dagli abiti, dall'atteggiamento. Suzanne odiava vedere le file di schiavi al lavoro, nudi fino alla cintola, che faticavano nella torrida calura diurna. All'interno di una ricca residenza era più difficile cogliere la differenza.

«Desiderate la colazione, signorina?»

«Volentieri».

Osservò la ragazza estrarre il vaso da notte da sotto il letto, coprirlo con un panno, prendere la brocca da riempire d'acqua, e infine ritirarsi senza dire un'altra parola. Si domandò quanti anni potesse avere Tia, forse diciotto o diciannove, e da quanto tempo lavorasse per il *landdrost*.

Suzanne si era vestita e sedeva accanto al tavolino, quando la ragazza tornò con un vassoio di frittelle e una teiera colma di tè con il latte. Un vero pasto olandese. Desiderava porle altre domande, per cercare di stringere un qualche rapporto di amicizia, come avrebbe fatto con i domestici a casa sua, ma c'era qualcosa, nel portamento della ragazza, che non incoraggiava le confidenze.

«C'è altro, signorina?»

«No, grazie», rispose, e poi lo ripeté nella lingua dei Khoi. Era una parola che aveva sentito pronunciare a Adriaan. «*Gangans*».

Ancora una volta, notò una reazione negli occhi di Tia, ma la ragazza non disse nulla. Si limitò a chinare il capo e lasciare la stanza, chiudendo silenziosamente la porta alle sue spalle.

Nonostante tutto, Suzanne scoprì di avere appetito.

Dopo aver mangiato tutto ciò che c'era nel vassoio, si avvicinò alla lunga finestra rivolta a est. Solo allora si rese conto che si affacciava sul cortile tra il *drostdij* e le celle.

Pieter Odendaal e Adriaan stavano in piedi, in silenzio, nell'obliqua luce del sole, ad appena una trentina di passi di distanza. Accanto a loro c'era un uomo in abiti neri, con il bastone bianco da pastore. La porta della prigione si aprì e ne uscirono due soldati che trascinavano Eltorp tra loro. Ora Suzanne vide che, al ramo più alto di un albero nell'angolo del cortile, era stata appesa una spessa fune. Il nodo scorsoio ondeggiava lievemente dal giro di fune, nella calda aria mattutina, proiettando una lunga ombra contro i muri imbiancati.

Socchiuse appena la finestra, e udì la voce di Adriaan ripetere l'accusa a carico di Eltorp. Faceva già caldo, e l'aria sembrava pesante, persino di prima mattina. Improvvisamente, le balenò nella mente quanto fosse strano che Eltorp venisse giustiziato lì. La sentenza pronunciata da Adriaan il giorno prima aveva messo in chiaro che il corpo del colpevole sarebbe stato lasciato sul patibolo, come monito per gli altri. In tal caso, perché l'esecuzione non si svolgeva altrove, in un luogo pubblico, dove la gente potesse vederla?

Suzanne posò la mano sul davanzale, incapace di distogliere lo sguardo, mentre Eltorp veniva trascinato in avanti e gettato su un carretto. Quando il boia avanzò con in mano il cappuccio, il prigioniero prese improvvisamente a imprecare, a maledire le loro anime, a lottare selvaggiamente. Ma i soldati lo stringevano saldamente e, con le mani legate dietro alla schiena, Eltorp non poté impedire che gli venisse abbassato il cappuccio sul viso, e che il nodo scorsoio gli venisse sistemato e stretto attorno al collo.

Odendaal annuì, e i soldati allontanarono il carretto. Eltorp gridò mentre cadeva, ma soltanto per un istante, finché la fune non gli mozzò la voce. Suzanne osservò orripilata mentre le sue gambe si agitavano, in cerca di un sostegno, mentre il peso del suo stesso corpo stringeva il nodo. Il pastore levò la voce in una preghiera, non per l'anima dell'uomo impiccato, ma per gli ufficiali della VOC che lo avevano condannato. Dopo quello che parve un secolo, anche se non passò più di qualche minuto, Eltorp cessò di lottare. La fune gemette sul patibolo mentre il corpo oscillava fino a fermarsi del tutto. Vide Adriaan farsi il segno della croce, e udì le parole che mormorò.

«Possa Dio avere pietà della sua anima».

Voltò le spalle alla scena, e Suzanne vide gli occhi azzurri dell'uomo offuscati dalla crudeltà del momento. Ma sapeva che Adriaan non nutriva alcun dubbio sul fatto di aver inflitto la giusta punizione per la violenza perpetrata ai danni della sua amata moglie. Lo capiva: «Vita per vita, occhio per occhio».

Non era questo che predicava la Bibbia?

Capitolo trenta

Colonia del Capo
Lunedì, 22 novembre

Le due settimane successive al ritorno da Stellenbosch trascorsero velocemente, mentre Suzanne metteva in atto il suo piano per organizzare una spedizione a Olifantshoek. Il primo passo fu convincere Adriaan a parlare con Pieter Odendaal.

Adriaan era riluttante. Suzanne era consapevole di aver fatto una brutta impressione sul *landdrost*. Di conseguenza, il magistrato non era propenso a invitarla a soggiornare come ospite. Come il comandante, infatti, non approvava che le donne avessero opinioni proprie.

Suzanne decise di chiedere aiuto a Judith.

La sua amica soffriva di un malessere causato dal caldo opprimente, perciò non usciva dagli alloggi all'interno del castello. Suzanne si chiese se si sentisse sola. Judith aveva trascorso tutta la vita nell'orfanotrofio, circondata da persone. Là, invece, rimaneva da sola per gran parte della giornata. Ma, quel lunedì in particolare, Suzanne era stata invitata con la nonna a prendere il tè, quindi sperava di avere l'opportunità di esporre il suo piano all'amica.

«Mi perdonerete se non mi alzo», disse Judith, mentre le donne venivano condotte in una gradevole stanza al primo piano del castello. «Mi sento piuttosto intontita la maggior parte del tempo e ho la nausea come se fossimo di nuovo in mare». Sorrise debolmente. «Ma è un piacere vedervi entrambe. Grazie per esservi prese il disturbo di venire a trovarmi».

«È stato gentile da parte tua invitarci, mia cara», rispose Florence, accomodandosi su una poltrona. «Sono certa che tu abbia molte incombenze a cui far fronte».

Suzanne si chinò e baciò Judith sulla guancia. «Hai un bell'aspetto», disse con un tono tutt'altro che sincero. «La vita coniugale ti dona».

«Sto bene, a eccezione di questa malattia e una stanchezza terribile. E poi con questo caldo. E siccome Adriaan è molto apprezzato dal comandante, viene chiamato spesso e raramente è a casa... Ma ho molto da fare per tenermi occupata: sto aiutando a formulare un programma scolastico per i figli dei funzionari della VOC, il nuovo ospedale richiede fondi, e la costruzione della nostra nuova chiesa non sta procedendo con la rapidità auspicata dal comandante. Naturalmente, le signore più anziane sono esperte e mi guidano, ma mi piace pensare di fare una piccola differenza».

Judith suonò il campanello e una cameriera nera apparve poco dopo con un vassoio di tè e biscotti. «Sentirete che aroma delicato», disse Judith. «È una miscela cinese».

Suzanne si meravigliò di come quella timida e umile ragazza dell'orfanotrofio fosse diventata una giovane donna determinata. Ma le occhiaie scure sotto gli occhi di Judith la preoccupavano, e sperava che la sua amica fosse davvero felice. Non doveva essere facile essere circondata dalle mogli degli altri uomini della VOC, sempre pronte a ricordarle le sue umili origini.

«Come state, Madame Joubert?», domandò Judith.

«Florence, per favore. Siamo entrambe donne sposate, anche se, nel mio caso, gli anni di vedovanza hanno superato quelli di matrimonio».

Judith sorrise. «Vi ho vista a malapena in queste ultime settimane, confinata come sono in queste stanze».

Suzanne rise. «Anch'io vedo a malapena *gran'mère*! Come te, trova sempre delle attività con cui riempire le sue giornate».

«Come stanno le nostre amiche della *China*?».

Florence posò la tazza di tè sul tavolo. «A essere sincera, mia cara, molte di loro sono in difficoltà. Sono arrivate prive di qualsiasi cosa, e le risorse disponibili per il loro sostentamento bastano appena. Io faccio quello che posso, e Madame Lombard è di grande aiuto. Lavora instancabilmente per assicurarsi che le ragazze non patiscano la fame, e si prende cura di loro come una madre. Ma molti dei rifugiati non possiedono nemmeno un paio di scarpe. Ora non è un grande problema, ma quando arriverà l'inverno...». Florence si fermò, non volendo far sprofondare quella riunione conviviale nell'inquietudine. «Il consiglio dei rifugiati ha presentato una petizione al comandante, e lui, mi è stato detto, ha richiesto altro denaro al Batavia Fund, ma la faccenda è complicata».

«Sono certa che farà del suo meglio», rispose Judith con cautela.

«L'altro problema è assicurarsi che ogni famiglia abbia ciò di cui ha bisogno in vista del viaggio a Groot Drakenstein. I Malan, i Jourdan, Pierre Grange e Pierre Jaubert (perdonatemi, Joubert) e la sua famiglia sono già partiti. Gli altri attenderanno l'anno nuovo. Ma si teme che gli strumenti promessi siano di fattura scadente, e vi sono dubbi ancora più grandi in merito alla qualità del terreno. Dicono che non sia adatto per piantare viti o grano». Una zanzara si posò sulla mano di Florence, e lei la allontanò con uno schiaffo.

«Deve essere dura», commentò Judith, rifiutandosi ancora di sbilanciarsi eccessivamente.

Suzanne non fu affatto sorpresa. Judith non avrebbe detto nulla che potesse essere interpretato come una critica alla VOC e, per estensione, una critica al marito, ma Florence di certo aveva fatto intendere la sua opinione.

«Parlatemi delle mie ragazze», disse Judith, illuminandosi in viso. «Come stanno Petronella e la cara Catrina? Immagino che abbiate sentito che la richiesta di Biebouw di sposare Wilhelmina è stata accettata».

«Sì, certo», rispose Florence, inarcando le sopracciglia. «Madame Lombard mi tiene informata su tutto».

Suzanne si appoggiò allo schienale e lasciò che la conversazione fluisse. Fuori, sentiva i rumori delle attività al castello: le grida incessanti degli storni in fila sul tetto, gli ordini impartiti dalle guardie a gran voce, i servi che correvano su e giù per le scale. Il pomeriggio trascorreva dolcemente.

«E tu?», chiese Judith, rivolgendo improvvisamente la sua attenzione a Suzanne. «È stato gentile da parte tua andare a Stellenbosch con Adriaan. Ha detto che non sarebbe stato in grado di risolvere la questione senza il tuo aiuto».

Suzanne esitò. Non aveva senso cercare di spiegare a Judith l'orrore che aveva provato quando si era trovata faccia a faccia con Lars Eltorp, né le emozioni che aveva provato quando aveva assistito alla sua impiccagione. Adriaan proteggeva sua moglie da ogni fatto sgradevole. Chi era lei per fare altrimenti?

«Se sono stata in grado di permettere che fosse fatta giustizia, allora sono contenta».

«I miei sonni sono più tranquilli per questo», commentò Judith. «È piuttosto sciocco da parte mia, oserei dire. Adriaan non permetterebbe mai che mi accadesse alcun male. Ma sapere che quel delinquente non può più infliggere sofferenze a nessun altro mi ha donato un po' di tranquillità».

Per un istante, Suzanne provò un lampo di rabbia, seppur ingiusto. Raramente aveva conosciuto un momento della sua vita adulta in cui aveva dormito profondamente senza alcuna paura di ciò che la notte avrebbe portato. Judith, invece, nonostante tutte le privazioni subite all'orfanotrofio, non era cresciuta temendo che ogni notte potesse essere l'ultima.

«Adriaan dice che desideri tornare a Stellenbosch», continuò Judith.

Suzanne accantonò i suoi pensieri spiacevoli, grata che l'amica avesse sollevato l'argomento di sua spontanea volontà. «Ricordi che ho menzionato la mia antenata, Louise?»

«Certo».

«È venuta qui trent'anni prima che la colonia fosse fondata. Ma, con l'aiuto di tuo marito, siamo riusciti a mettere insieme alcuni frammenti di informazioni. Anche Madame Lombard, che come sai, è la residente più longeva della comunità, ha contribuito con qualche ricordo. Poi, a Stellenbosch, Lars Eltorp ci ha dato una nuova pista da seguire».

Judith annuì. «Adriaan mi ha raccontato tutto. Ma non puoi pensare davvero di andare nell'entroterra. Una donna, da sola».

Suzanne intravide un barlume di speranza. Se Adriaan aveva parlato a Judith della sua richiesta, allora forse la stava prendendo in considerazione.

«Non posso lasciarmi sfuggire questa occasione, Judith. L'incontro è avvenuto solo due settimane fa. L'unico modo che ho per scoprire qualcosa di più è andare a Olifantshoek e cercare l'uomo in cui Eltorp afferma di essersi imbattuto».

«Ma è un'area così vasta da setacciare».

«Già, e non potrei andarci senza una guida». Guardò negli occhi l'amica. «Ma, se Adriaan mi dà il permesso e mi aiuta, si può fare».

«Che cosa si può fare?», domandò Adriaan, entrando nella stanza a grandi passi, con gli stivali lucidi che risuonavano sulle assi di legno. Baciò la testa della moglie, fece un mezzo inchino a Florence, baciò Suzanne sulla guancia, quindi si fermò proprio sotto la ventola e si allentò il colletto. «Se volete scusarmi, nella sala del consiglio sembra di stare in una fornace. Sono venuto qui alla ricerca di una compagnia edificante».

«Suzanne spera di andare a Olifantshoek», spiegò Judith, rispondendo alla sua domanda. «Avrà bisogno di una guida e di cavalli, e di documenti che le diano il permesso di viaggiare». Scrollò delicatamente le spalle. «Non so che cosa serva, marito, ma sono certa che tu sì». Gli sorrise. «Puoi aiutarla? Non vorrei perdere la mia unica amica nelle terre selvagge di Olifantshoek».

Adriaan sospirò. «Ancora con questa storia?»

«Ti do la mia parola, fratello», disse rapidamente Suzanne, «se mi aiuti questa volta, non ti chiederò più niente. Parola mia».

Lui rise. «Anche se ci credessi – cosa che non faccio, perché sei la persona più tenace che abbia mai incontrato – è troppo pericoloso». La sua espressione si fece seria. «Sono morte delle persone nella valle, uomini abbattuti da leoni, sciacalli, elefanti che proteggevano i loro cuccioli, babbuini. E tu vorresti sconfinare nelle terre dei Khoi».

Suzanne incontrò il suo sguardo. «Ecco perché avrò bisogno di una guida locale e dell'autorità della tua carica. Se tu potessi convincere il *landdrost* Odendaal a permettermi di rimanere nel *drostdij* per un giorno o due all'inizio, e poi forse di nuovo alla fine della mia spedizione, e aiutarmi a trovare una guida, un cavallo e delle provviste, sarebbe abbastanza. Ho dei soldi, lo sai. E non voglio fare del male a nessuno».

«Tranne a te stessa e a coloro che ti vogliono bene».

Judith allungò la mano verso quella del marito. «Sai che non lascerà mai perdere questa storia, Adriaan. Forse, per il tuo stesso bene, sarebbe meglio se accettassi».

Suzanne vide i due scambiarsi uno sguardo colmo d'amore, e, per la prima volta, provò qualcosa di simile all'invidia.

«E tu mi dai la tua parola che, qualunque cosa troverai, chiuderai qui la faccenda?». Adriaan sospirò.

«Per quanto possa promettere, sì, hai la mia parola». Suzanne si voltò verso la nonna. «Non lo faccio solo per me. *Gran'mère* conosceva Louise. Anche lei troverebbe un po' di pace se sapesse quale sorte è toccata alla sua cugina più grande».

Florence sorrise malinconica. «La fine della storia deve dare un senso al suo inizio».

«E voi dareste a Suzanne la vostra benedizione per intraprendere una simile spedizione?».

Florence scrollò le sue spalle sottili. «Io sono vecchia, *mijnheer*. Nella mia lunga vita, ho imparato che ognuno di noi deve seguire il proprio percorso. Le calamità possono capitarci sia restando a casa sia attraversando le pianure dell'Africa. Le nostre brevi vite sono tutte irte di rischi. Sta a noi decidere come affrontare queste sfide. Siamo nelle mani di Dio». Sorrise alla nipote. «Confido che Suzanne abbia le idee chiare. È convinta di avere un obbligo nei confronti di Louise ed è determinata a adempiervi. Ha attraversato mezzo mondo per farlo. Quindi, sì, le do la mia benedizione, anche se non mi darò pace dal momento in cui se ne andrà fino al momento in cui non rivedrò il suo amato viso».

Fu il discorso più lungo che tutti loro avessero mai sentito da parte di Florence. Suzanne sentì gli occhi riempirsi di lacrime e, quando guardò Judith, vide che anche la sua amica era commossa.

«Perdonatemi», esclamò Judith con un cenno della mano. «Ogni cosa mi fa venire gli occhi lucidi in questo periodo».

«Grazie, *gran'mère*», disse Suzanne. «Ma non hai motivo di preoccuparti. Ho tutte le intenzioni di tornare».

Judith guardò Adriaan, il quale stava camminando su e giù per la stanza. «Ebbene, marito?».

Suzanne lo vide guardare i presenti uno per uno. Alla fine, sospirò. «Va bene. Vedrò che cosa posso fare».

Suzanne corse ad abbracciarlo.

«Basta così, basta così», protestò, divincolandosi. «Vorrei che fosse sempre così facile risolvere un problema. Ahimè, le mie incombenze mi attendono. Se voi signore volete perdonarmi, vi lascio finire il vostro tè».

«Quando...», fece per domandare Suzanne.

Adriaan alzò una mano per interromperla. «Mi metterò all'opera. Non appena avrò preso gli accordi necessari, te lo farò sapere».

Lei giunse le mani. «Grazie».

Adriaan baciò la moglie e si inchinò a Florence. «Buona giornata, Madame Joubert. Spero che non mi giudichiate sfacciato se mi permetto di dire che siete una donna straordinaria».

Non appena se ne fu andato, le tre donne rimasero sedute in silenzio. Poi Florence si sporse in avanti sulla sedia e prese la mano di Judith.

«Per citare Suzanne, c'è "un'ultima cosa". Scoprirai che un po' di zenzero aggiunto al brandy all'inizio della giornata allevierà il malessere. Passerà».

Il viso di Judith prese immediatamente colore. «Come lo sapete?».

Florence sorrise. «Mia cara, è chiaro come il sole che sei incinta».

Judith sorrise. «Non volevo dire niente a Adriaan finché non ne fossi stata sicura. Ho pregato Dio affinché ciò accadesse, e lui mi ha ascoltato».

Suzanne sorprese tutti, compresa sé stessa, quando scoppiò a piangere.

Capitolo trentuno

Lunedì, 29 novembre

Una settimana dopo il tè, Suzanne incontrò Adriaan, al quale aveva dato appuntamento al castello per svuotare la propria cassetta di sicurezza. Non solo doveva prelevare fondi sufficienti a finanziare la spedizione, ma doveva fare in modo che Florence avesse accesso alla cassaforte in sua assenza. Suzanne sperava di non restare via per più di un mese, ma voleva assicurarsi che sua nonna disponesse di denaro sufficiente, nel frattempo.

Erano le dieci del mattino, eppure la calura era già sfiancante. Persino gli uccelli tacevano, e gli operai restavano all'ombra attorno agli angoli dell'edificio. Il fetore di alghe in putrefazione sulla spiaggia permeava ogni recesso e anfratto, e nubi di zanzare volteggiavano nei vicoli percorsi da rigagnoli dietro agli edifici della VOC al porto. Sia di giorno che di notte, era impossibile sfuggire al puzzo. Suzanne sarebbe stata lieta di trovarsi nell'entroterra, dove l'aria era più dolce.

Adriaan era di buonumore. «Il rimedio di Madame Joubert funziona», la informò mentre attraversavano il cortile assolato. «Le sono estremamente grato. Mia moglie non soffre più di nausea alla mattina, e la sensazione di affaticamento sta passando. Giorno per giorno, sta tornando in perfetta salute».

«Ne sono lieta», rispose Suzanne. «E quando dovrebbe nascere il bambino?».

Adriaan le rivolse un sorriso impacciato. «Judith crede che sarà a metà giugno. Jean Prieur du Plessis l'assisterà durante il parto».

«Ci sono diverse *sage-femmes*, curatrici e levatrici, tra i profughi», replicò Suzanne con gentilezza, «non ultima Madame Lombard, se

Judith dovesse preferire essere seguita da una donna. Da un viso familiare».

Lui rifletté per un momento. «Glielo suggerirò. Qualunque cosa Judith desideri, l'avrà».

Superarono gli alloggi degli schiavi ed entrarono nel cortile interno, raggiungendo quindi l'edificio amministrativo, dov'erano situate le casseforti. Ogni libero cittadino del Capo aveva diritto a usufruire del deposito di sicurezza messo a disposizione dalla VOC. Scoraggiava le effrazioni nel villaggio, poiché i residenti potevano conservare oro e preziosi nelle camere di sicurezza, anziché in casa propria. Suzanne sospettava che la cosa tornasse comoda anche alla VOC, che in questo modo aveva la possibilità di tenere sotto controllo la crescente ricchezza degli abitanti.

Percorsero un lungo e oscuro corridoio, illuminato soltanto da alti lucernari, e giunsero a una pesante porta di legno sorvegliata da due soldati. Quelli si misero sull'attenti quando riconobbero Adriaan, ma Suzanne mostrò comunque i suoi documenti.

«Non c'è bisogno che mi aspetti», disse. «Me la caverò benissimo da sola».

Adriaan annuì. «Vieni a trovare Judith, domani. Io sarò occupato per gran parte della giornata, e a lei farebbe piacere vederti». Si toccò il cappello, quindi se ne andò ripercorrendo la strada dalla quale erano venuti.

Suzanne venne condotta in un piccolo ufficio contabile, con un impiegato dal colorito cadaverico seduto dietro a un alto scrittoio.

«Cassetta di sicurezza 702», dichiarò. «Suzanne Joubert».

L'impiegato le timbrò i documenti, quindi le consegnò una pesante chiave d'argento e rivolse un cenno verso un tavolo lì accanto. «Accomodatevi, *juffrouw* Joubert, vi porterò subito la cassetta».

Suzanne aveva appena preso posto sulla panca quando un ragazzo comparve con in mano una scatola di ferro rettangolare. Chiusa da intrecci rivettati, con elaborate maniglie per agevolarne il trasporto, i lati anteriore e posteriore erano lisci, così da permettere di impilare la cassetta insieme alle altre. Sul bordo inferiore del coperchio era situata una complessa serratura di acciaio da cui partivano quattro chiavistelli. Il meccanismo non impediva che qualcuno potesse rubare la cassetta, naturalmente, qualora fosse prima riuscito a infiltrarsi nell'edificio, ma rendeva impossibile aprirla senza la chiave.

Suzanne girò la chiave e udì il rumore del meccanismo che si attivava, seguito da un *pop* quando il coperchio si sbloccò. Era venuta a prendere una borsa di fiorini, con l'intenzione di cambiarli in *real* da otto, la valuta più diffusa nella colonia. Aveva calcolato la somma che serviva: il denaro necessario per un cavallo, fondi per pagare una guida, soldi per acquistare un dono per il *landdrost* Odendaal e anche qualcosa per la sorella, per esprimere loro la sua gratitudine per l'ospitalità. Avrebbe inoltre avuto bisogno di denaro sufficiente ad acquistare provviste per la spedizione. Aveva supplicato Adriaan e, alla fine, egli aveva acconsentito a comprarle un moschetto e una bandoliera per trasportare munizioni e polvere da sparo, tutti oggetti costosi.

Era buio nella stanza, quindi Suzanne tastò con le dita nella cassetta fino a quando non toccò il sacchetto di feltro nero. Quando lo sollevò, vide due oggetti preziosi sul fondo della cassetta di sicurezza.

Il primo era un cannocchiale. Lo aveva trovato in casa di Alis e Cornelia, in Warmoesstraat, che giaceva impolverato su un ripiano della biblioteca. Non sapeva a chi fosse appartenuto – non poteva essere di Louise, perché sicuramente l'avrebbe portato con sé quando era salpata – ma Suzanne si rese conto che sarebbe potuto tornare utile. Il secondo era un piccolo scrigno, l'unico oggetto di valore che avesse portato con sé da La Rochelle. Una scatola di legno inciso, foderata di seta, contenente i gioielli ereditati dalla madre che non aveva mai conosciuto. Mathilde era morta dandola alla luce, ma condividevano il mese di nascita: sua madre era nata l'ultimo giorno di gennaio, mentre Suzanne il primo.

Con delicatezza, estrasse il minuscolo scrigno e aprì il coperchio, liberando un profumo di legno di sandalo. La pallida seta sembrava sbiadita, come se avesse perso lucentezza nel buio della cassaforte, ma le gemme al suo interno splendevano come sempre. Una collana d'argento con un granato, la sua pietra natale, rossa come una goccia di sangue fresco sul dito, e un anello coordinato. Il solo fatto che fossero appartenuti a Mathilde li rendeva preziosi, ma Suzanne non aveva ancora trovato il coraggio di indossarli. Per lei erano simbolo di perdita, del silenzio di sua madre.

S'infilò l'anello al dito e lo sollevò. Poi, le venne un'altra idea. Il bisnonno di Suzanne aveva donato a Louise un pugnale con la sua pietra natale, uno smeraldo, poiché era nata a maggio, incastonato nell'elsa. Molto più pratico, più utile, di un oggetto dal valore puramente decorativo. Suzanne mosse la mano, osservando come la pietra brillava anche nella fioca luce della cassaforte, quindi si fece scivolare l'anello sul palmo. Se fosse riuscita a trovare un orafo nella colonia, avrebbe potuto chiedergli di rimuovere il granato dalla corona dell'anello e incastonarlo nell'impugnatura di un coltello. Proprio come in quello di Louise.

Compiaciuta della propria idea, Suzanne aggiunse il costo di un pugnale alla sua lista di acquisti da fare, quindi richiuse la cassetta e la lasciò sul tavolo.

«Sto partendo per l'entroterra», comunicò all'impiegato mentre restituiva la chiave. «In mia assenza, mia nonna, *mevrouw* Florence Joubert, dovrà avere accesso alla cassetta. Ecco l'autorizzazione».

L'impiegato lesse la lettera fornitale da Adriaan, quindi la timbrò senza fare commenti e gliela restituì.

«Grazie per la vostra assistenza».

Poi, incapace di trattenere un sorriso, rifece di corsa il corridoio uscendo nell'abbagliante luce del sole, con il suo sacchetto, il cannocchiale, e l'anello di Mathilde nella borsa.

Finalmente, la spedizione poteva iniziare.

Capitolo trentadue

Giovedì, 16 dicembre

Tre settimane dopo, il terzo giovedì di dicembre, Suzanne Joubert era pronta a partire per Stellenbosch. Era passato un mese dall'ultima volta che aveva lasciato la colonia, e così tante cose erano cambiate. Quella volta, tuttavia, era lei a decidere del suo destino.

Indossava abiti da viaggio più leggeri e un cappello a tesa larga, aveva un fodero di cuoio attaccato alla cintura con un coltello a lama corta, e un granato incastonato nell'impugnatura da un *couteleur* ugonotto della colonia. Sperava di non doverlo usare per altri motivi che non fossero la caccia. Nella sua borsa, un cannocchiale, una vecchia mappa dell'entroterra e le provviste per il viaggio giornaliero si contendevano lo spazio con il diario di Louise e la carta dei tarocchi avvolta nel panno di lino bianco. All'inizio, Suzanne aveva pensato di lasciarli alla nonna per sicurezza, ma, all'ultimo momento, aveva cambiato idea. Voleva qualcosa di tangibile che appartenesse a Louise da portare con sé e, sebbene non sapesse ancora che cosa avrebbe potuto scoprire, la carta della Giustizia le sembrava un potente talismano.

Florence, Judith e Madame Lombard le erano andate incontro, insieme alle due orfane più giovani di Rotterdam. Vestite con abiti estivi del Capo e con la carnagione dorata dal sole, sembravano nate e cresciute nella colonia.

Come prima, stava aspettando al cancello che Adriaan arrivasse con i cavalli. Aveva deciso di andare con lei a Stellenbosch con due soldati, con il pretesto di compiere un giro di ispezione. Sarebbe rimasto per la notte per accertarsi che Suzanne si sistemasse al *drostdij* e richiedere i servizi di una guida locale Khoi, quindi sarebbe tornato alla colonia il giorno seguente. Da quel momento in poi, Suzanne sarebbe rimasta da sola.

«Mi mancherà la tua compagnia», disse Suzanne a Judith, tendendole le mani.

Fu felice di vedere che le guance della sua amica avevano ritrovato colore, e, sebbene non ci fossero ancora segni evidenti della gravidanza, le sue forme sembravano più morbide.

«E a me mancherà la tua», rispose Judith. «Queste settimane in cui ci siamo viste regolarmente mi hanno fatto tornare alla mente le nostre prime settimane qui. Ti ricordi? Tutto sembrava così strano. Impossibile».

Suzanne sorrise. «E ora guardaci. Tu sei una donna sposata, e io una pioniera. Spero che mi perdonerai se ti porto via di nuovo tuo marito».

«Non vorrei che le cose andassero diversamente, per nulla al mondo. Che Dio ti guidi nel tuo viaggio, cara Suzanne».

Si abbracciarono, poi Suzanne si rivolse a Madame Lombard. «Con voi la nonna è in buone mani», disse. «Catrina verrà a stare a casa nostra, così mia nonna avrà un paio di mani in più su cui poter contare mentre sono via».

Madame Lombard le puntò un dito contro. «Fate in modo di tornare da noi, avete capito?»

«Lo farò».

La vecchia borbottò. «Abbiate cura di voi, ragazza, e fate attenzione». Si sporse in avanti e le sussurrò qualcosa all'orecchio. «Avete un'arma, non abbiate paura di usarla. Uomo o bestia che sia, prima sparate, poi fate tutte le domande del caso».

Suzanne rise. «Davvero un ottimo consiglio. Vi ringrazio per questo e per molte altre gentilezze».

Alla fine, Suzanne si voltò verso la nonna. «Non so come salutarti. Non trovo parole adeguate, eppure sembra non esserci nulla da dire».

Florence sorrise. «Sei il dono più grande che ho avuto nella vita, Suzanne. Sono orgogliosa di te, orgogliosa di ciò che stai facendo. Ma ricorda: la storia di Louise non è la tua storia. Hai subìto una grande ingiustizia, un'ingiustizia che nessuna donna dovrebbe sopportare, e tuttavia il tuo carattere non è cambiato. Non sacrificarti in nome di un sogno».

Suzanne aggrottò la fronte. «Pensi che stia commettendo un errore?».

Florence posò la mano segnata dalle vene sulla guancia di Suzanne. «Nemmeno per sogno. Ma, qualsiasi cosa tu scopra, se scoprirai qualcosa, conta solo per quello che significa per te ora. Il passato è passato. Vendetta, perdita e dolore nei confronti di una persona che non hai mai conosciuto: queste sono cose che possono farci dimenticare che siamo qui oggi. Tu non sei Louise, *ma petite*. Scopri la sua storia, riportala in vita per darle pace. Ma poi torna qui e permetti a te stessa di tornare a vivere». Non sapendo come rispondere, Suzanne baciò la nonna sulla guancia. «Ti voglio bene, *gran'mère*. Per tutto quello che mi hai dato, per la fiducia che riponi in me. Per avermi mostrato che cosa significa "coraggio"».

Capitolo trentatré

Stellenbosch
Venerdì, 17 dicembre

Per quanto cortese fosse Pieter Odendaal, la freddezza con cui accolse Suzanne le tolse ogni dubbio: era soltanto il supporto di Adriaan che le aveva assicurato ancora una volta un alloggio presso il *drostdij*. La sorella Anke, una donna nervosa e logorata, non riuscì nemmeno a guardare Suzanne negli occhi: si limitò a pronunciare poche inefficaci parole di benvenuto, quindi corse immediatamente a ritirarsi nella sala del cucito. Fu lasciato alla stessa cameriera della volta precedente, Tia, il compito di mostrarle la camera che già aveva occupato in passato.

In seguito, i quattro consumarono la cena in un'atmosfera ingessata, con Adriaan che tentava coraggiosamente di mantenere viva la conversazione. Al di là della sua evidente antipatia, Odendaal sembrava preoccupato. Sua sorella continuava a scoccargli occhiate ansiose, poi lasciò cadere il cucchiaio da minestra quando lui le gridò che la sua agitazione gli stava dando sui nervi. L'uomo non faceva che ignorare Suzanne, fornendo risposte estremamente superficiali a qualunque domanda diretta gli ponesse Adriaan. Mangiò poco e bevve una grande quantità di vino.

«Grazie, Odendaal, *mevrouw* Odendaal», disse Adriaan quando il loro ospite si alzò da tavola, al termine del pasto. «È stato gentile da parte vostra organizzare un tale banchetto».

«Purché lei non se ne aspetti uno ogni sera», replicò il *landdrost* sgarbatamente, agitando la mano in direzione di Suzanne, ubriaco.

«Non oserei mai approfittare oltre della vostra ospitalità, *landdrost*», ribatté lei.

Adriaan lasciò cadere il tovagliolo sul tavolo. «Che ne dici di uscire a prendere un po' d'aria prima di ritirarci, sorella? Ci sono un paio di questioni, a proposito della tua spedizione, di cui vorrei discutere prima che io ritorni alla colonia».

Grata di poter cogliere l'occasione per sfuggire a quell'atmosfera tossica, Suzanne porse educatamente le sue scuse ad Anke Odendaal, quindi prese cuffia e mantello.

Una volta superato il ponte, fuori vista, lei lo prese a braccetto.

«Be', non avrebbe potuto rendere più evidente la sua disapprovazione».

«Mi rincresce. Mi spiace dire che è uno di quegli uomini che diventano scontrosi quando bevono qualche bicchiere di troppo».

«Più che scontroso. Povera donna, sua sorella. Dipendere da un uomo simile: riusciva a stento a tenere in mano il tovagliolo senza tremare».

«Ci stai ripensando?»

«Neanche un po'. Non fa che aumentare il mio desiderio di lasciare Stellenbosch il prima possibile».

L'aria serale era dolce, dopo la calura del giorno. Il vento era calato riducendosi a una lieve brezza, e non si vedeva nessuno mentre passeggiavano lungo la via principale. Accanto a loro, il fiume Eerste cantava la sua canzone, scorrendo su rocce e sassi, e attorno all'isola sulla quale sorgeva il *drostdij*.

«Mi chiedevo se il *landdrost* avesse qualcosa in mente, per essere così... distratto», riprese Suzanne.

«Ho saputo che due schiavi sono scomparsi».

«Sono fuggiti, vuoi dire?»

«Così pare». Adriaan sospirò. «Accade di rado, in realtà, perché dove potrebbero andare? E le punizioni sono severe. Odendaal sembra considerarlo un oltraggio alla sua carica, un affronto personale. E ha deciso...».

«...che dev'essere stato un altro membro della servitù ad aiutarli».

«Acuto da parte tua».

Suzanne scoccò un'occhiata all'amico. «È possibile che abbia ragione?».

Adriaan tenne lo sguardo fisso davanti a sé. Sapeva che lei aborriva la pratica della schiavitù e quanto a lui, sebbene il suo cuore cristiano si ribellasse all'idea, la sua mente razionale la pensava diversamente.

«Non saprei dirlo senza conoscere i particolari. È possibile, suppongo, ma sembra improbabile. Tutti gli schiavi che lavorano nel villaggio sono alloggiati nella *slavenhuis*. Non hanno alcuna libertà di movimento: vengono liberati ogni mattina per svolgere il loro lavoro e riportati dentro alla sera, al termine della giornata lavorativa. È difficile immaginare come due uomini potrebbero dileguarsi senza essere visti».

«Oppure qualcuno ha chiuso un occhio».

«È questo il problema».

Raggiunsero il confine del villaggio, quindi tornarono sui propri passi.

«Ma chi li aiuterebbe?», domandò Suzanne. «Chiunque lo facesse, metterebbe a rischio la propria vita».

«Per non parlare della propria posizione agli occhi della VOC. È per questo che mi sembra men che probabile».

«E lo hai detto al *landdrost*?»

«Ho cercato di insistere sul fatto che la strategia migliore da adottare è aspettare. È alquanto probabile che i fuggitivi verranno individuati da un colono. O che verranno restituiti dai cacciatori Khoi».

«Perché dovrebbero farlo?»

«C'è una ricompensa».

«Ah».

Suzanne rimase in silenzio, provando odio per un mondo in cui un essere umano poteva essere considerato proprietà di un altro essere umano, e la sua vita veniva misurata solo ed esclusivamente in questi termini.

«Che cosa farà Odendaal?».

Una espressione di disgusto comparve sul viso di Adriaan. «Ha già mandato dei soldati a cercarli. Non lascerà cadere la cosa. Sua sorella lo sa, e lo sa anche la servitù. Hanno tutti paura di fare un passo falso. Be', lo hai visto con i tuoi occhi». Lo udì inspirare a fondo. «Ti confesso, sorella, che non sono affatto felice di lasciarti qui quando la situazione è tanto precaria».

«Resterò qui solo finché devo. Starò alla larga da lui. Non desidero affatto la sua compagnia, né quella della sua povera sorella. Non ti preoccupare. Tollera a malapena di guardarmi».

«Tuttavia...».

Suzanne interruppe le sue proteste: non voleva che cambiasse idea e smettesse di appoggiare la sua spedizione.

«Prima di partire dalla colonia, hai detto che ti saresti assicurato i servigi di una guida. Sei riuscito a farlo?».

Per quanto evidentemente ansioso, Adriaan annuì. «Sì. Un brav'uomo, un interprete Khoi che conosce bene il territorio. Verrà a incontrarti dopodomani».

«Grazie. Presumo parli olandese, vero?».

Finalmente, Adriaan rise. «Olandese, francese, inglese, un po' di tedesco e portoghese, oltre alla lingua Khoi e, sicuramente, altre lingue locali. È uno dei linguisti più dotati che io abbia mai conosciuto».

«Come si chiama?»

«Si fa chiamare Harrie Nemen».

«E qual è il suo nome Khoi?».

Adriaan le rivolse un sorriso sarcastico. «Khemy, credo».

Erano tornati al *drostdij*. Suzanne esitò un momento, riluttante a rientrare in un'abitazione tanto infelice. «E Harrie, o Khemy, sarà qui domenica?»

«Esatto. Quindi, se ti tieni fuori dai guai ancora per un giorno e una notte, tutto andrà bene».

Non per le due povere anime che avevano scelto di fuggire nell'entroterra anziché affrontare un altro giorno in quella casa schiavista, pensò Suzanne, ma non lo disse ad alta voce. Che i due venissero catturati dagli uomini di Odendaal, attaccati dalle bestie selvagge, o riportati indietro da chi ambiva a intascare qualche moneta in più, temeva per loro un triste futuro.

Capitolo trentaquattro

Domenica, 19 dicembre

Adriaan lasciò Stellenbosch all'alba.

Sebbene Suzanne avesse sminuito la situazione, si sentiva a disagio nel *drostdij* senza di lui e le dispiaceva vederlo partire. Aveva intenzione di stare lontana da Odendaal il più possibile. La sua antipatia per lei sembrava aleggiare in tutta la casa come un cattivo odore. Non sapeva proprio che cosa avesse fatto per meritarsi un tale odio, ma non aveva alcun interesse a scoprirlo. Con l'intento di provare a creare un ponte, si offrì comunque di fare compagnia alla sorella, ma fu respinta senza mezzi termini.

«Oh, no», rispose Anke frettolosamente, «mio fratello non sarebbe d'accordo. Per niente». Lanciò un'occhiata carica di timore a Suzanne. «Non volevo offendervi».

«Nessuna offesa», mentì Suzanne. «Posso chiedervi, però, che cosa ho fatto per infastidire così vostro fratello? Mi scuserei, se potessi».

Anke Odendaal sembrò ancora più terrorizzata di prima, se possibile. «Non posso dirlo, non oso farlo», balbettò lei. Poi, con grande stupore di Suzanne, corse fuori dalla stanza lasciando il suo cucito sulla sedia.

Suzanne trascorse il resto del lungo pomeriggio caldo nella sua camera a preparare l'equipaggiamento per la spedizione, anche se lo aveva già controllato un centinaio di volte. Di tanto in tanto, giungevano fino alla sua stanza delle istruzioni impartite a gran voce, insieme al rumore di porte che sbattevano. Due volte, sentì la grata della prigione che veniva aperta ma, quando guardò, non scorse nessuno nel cortile.

Al tramonto, quando l'infestazione di zanzare raggiungeva l'apice,

Tia entrò per portarle un vassoio con la cena. Se non fosse stata così accaldata e frustrata per essere rimasta chiusa dentro quelle quattro mura tutto il giorno, Suzanne sarebbe scoppiata a ridere nel constatare quanto fosse scarso il pasto che le avevano servito dopo che Adriaan se n'era andato: un po' di pane e carne salata, una manciata di noci e un bicchierino di brandy.

Prima avesse lasciato Stellenbosch, meglio sarebbe stato.

Suzanne sentì le urla nei campi e l'abbaiare dei cani. «Gli uomini sono stati trovati?», domandò, mentre Tia ribatteva le lenzuola e chiudeva le persiane.

Tia abbassò gli occhi. «No, signorina», rispose, poi se ne andò prima che Suzanne potesse porgerle altre domande.

Suzanne si sedette al tavolo con quella cena frugale davanti a sé. Pensò alle razioni servite sulla nave, e a Louise che arrivava al Capo e doveva barattare il cibo, quindi mangiò fino all'ultimo boccone come se si trattasse di un banchetto degno di una regina. L'indomani sarebbe arrivata la guida, e lei si sarebbe liberata di Odendaal, o meglio, lui si sarebbe liberato di lei.

Suzanne fu svegliata dal rumore di martellate accompagnate dai rintocchi della campana per la funzione domenicale. Scivolò giù dal letto, andò alla finestra e guardò giù nel cortile dove, alcune settimane prima, Lars Eltorp era stato giustiziato. Due malgasci stavano fissando un palo di legno al centro del cortile, uno lo teneva dritto mentre l'altro lo conficcava nella terra bruciata a colpi di maglio. Quando Tia entrò con il vassoio della colazione, Suzanne le chiese che cosa stessero facendo.

«Il padrone dice che qualcuno deve esserne al corrente».

«Qualcuno?»

«I servi che lavorano qui, gli schiavi».

Suzanne aspettò. «E?», la incalzò dal momento che Tia non aveva aggiunto altro.

«Ha intenzione di cavarci fuori le informazioni con la forza», spiegò, incrociando per la prima volta lo sguardo di Suzanne.

«Ma è spaventoso. E perché qualcuno dovrebbe sapere?»

«È ciò che sostiene lui», ripeté Tia con voce tesa, lasciando intendere quanto tenesse in poco conto il suo padrone. «C'è altro, signorina?».

Suzanne scosse la testa, distratta. «No. No, grazie, Tia».

In lontananza, sentì i rintocchi della campana della chiesa rallentare fino a ridursi a una sola nota per chiamare a raccolta gli ultimi fedeli per la preghiera. Guardando fuori dall'altra finestra che si affacciava sulla strada, vide Odendaal precipitarsi giù per i gradini d'ingresso, seguito di corsa da Anke, e attraversare a grandi passi il ponte in direzione della cappella. Fu grata che non avessero insistito perché lei si unisse a loro. Suzanne si voltò con disgusto, desiderando che Madame Lombard fosse là. Avrebbe rivolto parole dure a un uomo che abusava della servitù dietro la facciata di uomo pio.

Poi, Suzanne si rese conto che avrebbe potuto avventurarsi fuori dalla stanza mentre Odendaal e sua sorella erano inginocchiati davanti al pastore.

Si vestì in fretta e scese le scale. La percepì subito. L'atmosfera all'interno della casa era diversa. Come quando si sospira o si espira, l'atmosfera pareva meno carica di tensione. Si aggirò per la casa, facendo un cenno alla cameriera che spolverava in salotto e alla cuoca in cucina, poi uscì. Trovò Tia alla pompa.

«Vi serve qualcosa, signorina?».

Suzanne scosse la testa. «Sto solo prendendo una boccata d'aria finché posso», rispose, e fu lieta di vedere un debole sorriso illuminare le labbra di Tia.

«L'aria è più fresca stamattina, signorina», commentò lei, poi tornò al suo compito.

Successivamente, Suzanne si recò alla stalla per parlare con lo stalliere, Jan, che si stava prendendo cura della sua cavalla baia. I cavalli erano preziosi e ancora relativamente rari nella colonia, quindi Adriaan le aveva spiegato che Harrie – o Khemy, come Suzanne si ostinava a chiamarlo – l'avrebbe seguita a piedi anziché a cavallo. Aveva anche aggiunto che, sebbene alcuni Khoi possedessero delle armi da fuoco, la maggior parte preferiva comunque usare una lancia con la punta rinforzata.

«Con il ferro che abbiamo cortesemente fornito noi», aveva aggiunto con un certo sarcasmo. «Letale».

Il sole era già troppo caldo per consentirle di restare fuori a lungo. Quindi, dopo che aveva ottenuto da Jan la promessa che qualcuno l'avrebbe informata non appena fosse arrivata la sua guida, il suono della campana della chiesa che segnalava la fine della funzione spinse Suzanne a tornare di corsa nella sua camera. Non aveva alcun desiderio di vedere né Odendaal né sua sorella. Tuttavia, scoprì che non avrebbe potuto evitare di sentirlo.

Mezz'ora dopo il loro ritorno al *drostdij*, Odendaal si recò nel cortile sotto la sua finestra e iniziò a gridare e impartire ordini. Suzanne restò a guardare sbigottita mentre servi neri e uomini malgasci venivano fatti sfilare e costretti a stare sotto il sole. Due soldati stavano là con le armi in mano, pronti a sparare a chiunque osasse muoversi. Il volto di Odendaal era paonazzo, e Suzanne vedeva nitidamente gli aloni di sudore sulla sua camicia bianca.

«Siete tutti ciechi?», urlò mentre camminava avanti e indietro di fronte alla fila di uomini. «Siete sordi? Siete muti?».

Senza alcun preavviso, colpì uno degli uomini in faccia con il bastone. L'uomo gridò, ma rimase in posizione. Suzanne notò come tutti tenessero gli occhi fissi a terra per non incrociare lo sguardo del *landdrost*. Tutti tranne un uomo, alla fine della fila, che guardava dritto davanti a sé.

«Finché i miei beni non mi saranno restituiti, tutti ne pagheranno le conseguenze», urlò Odendaal, sputando le parole come se fossero chiodi. «Tutti voi. Non avrete né cibo né acqua, finché non mi direte dove sono andati e chi li ha aiutati».

Fece scorrere il bastone lungo i torsi nudi degli uomini, come se li sfidasse a sussultare, finché non arrivò all'ultimo di loro, dall'espressione orgogliosa, alla fine della fila. Era alto, più corpulento della maggior parte degli uomini Khoi che Suzanne aveva visto, e indossava abiti olandesi.

«Ebbene?», chiese Odendaal, urlando in faccia all'uomo. «Il gatto ti ha mangiato la lingua?»

«Nessuno sa niente», rispose l'uomo in un olandese fluente. «Ho chiesto a tutti e ti do la mia parola».

Odendaal gettò indietro la testa e scoppiò a ridere. «La tua parola? Come può la parola di un selvaggio valere qualcosa?».

Il *landdrost* sollevò un braccio. «Ti darò una lezione che non dimenticherai». Schioccò le dita. «Tu e tu. Spogliatelo».

Due malgasci si fecero avanti dopo essere stati chiamati, riluttanti a obbedire ma impossibilitati a fare altrimenti. La vittima di Odendaal fece un lieve cenno con la testa, come per esimerli da quel compito, poi si tolse la camicia anziché farsela strappare dalla schiena.

«E il resto», urlò Odendaal.

Con calma e cura, l'uomo si sfilò i pantaloni e le calze, finché non rimase solo con la biancheria intima. Suzanne temeva che il suo autocontrollo avrebbe fatto infuriare Odendaal ancora di più. Il *landdrost* stava tentando di esercitare la sua autorità, ma la silenziosa dignità dell'altro uomo lo sminuiva, e lui lo sapeva.

Il malcapitato camminò con calma verso il palo di legno e lasciò che gli legassero le mani attorno a esso. Suzanne si rese conto che stava acconsentendo al pestaggio. Voleva risparmiare ai malgasci il compito di trascinarlo tra calci e urla come, Suzanne pensò, Odendaal avrebbe invece preferito.

Suzanne distolse lo sguardo mentre il *landdrost* assestava dieci colpi sulla schiena nuda dell'uomo, ciascuno con più ferocia del precedente. Ma riusciva comunque a sentire il suono della frusta che fendeva l'aria, lo schianto del colpo andato a segno, e il respiro affannoso di Odendaal. La vittima sussultava a ogni sferzata, ma non gridava.

Finalmente, calò il silenzio: quello dei nullatenenti che non hanno il potere di impedire l'ingiustizia che si consuma davanti ai loro occhi; quello della vergogna per essere stati costretti ad assistere a una punizione immeritata; il silenzio dell'istinto di autoconservazione di chi non vuole attirare l'attenzione su di sé; e, infine, della gratitudine che non fosse la loro pelle a ritrovarsi abrasa e sanguinante.

Con lo stomaco sottosopra, Suzanne si voltò di nuovo verso la finestra. Quando le sue mani furono slegate, l'uomo barcollò come se fosse sul punto di cadere, ma riuscì a restare in piedi.

«Ora che cos'hai da dire?». Odendaal ansimava per lo sforzo sadico.

Con voce limpida, che risuonò nella stanza di Suzanne come se si fosse trovato proprio di fronte a lei, l'uomo alzò la testa e guardò Odendaal dritto negli occhi: «La mia risposta rimane la stessa, padrone. Nessuno sa niente».

Il *landdrost* ruggì e lo colpì sulla guancia.

«Lasciatelo qui», urlò ai soldati. «Vediamo se un po' di sole africano gli insegnerà a rispettare chi è superiore». Poi si voltò e si precipitò nel *drostdij*.

Immediatamente, gli altri uomini iniziarono a disperdersi, alcuni fermandosi a parlare con il compagno ferito, altri correndo via per la paura di essere visti parlare con lui. Anche i soldati si allontanarono. Uno lo ignorò, l'altro gli sputò in faccia prima di seguire Odendaal in casa.

Quando il cortile si fu svuotato, Suzanne vide il Khoi accasciarsi al palo di legno per sostenersi. Poi, vide Tia uscire di corsa dalla cucina con una tazza. Gliela avvicinò alle labbra, gli posò una mano sulla guancia e si precipitò di nuovo nel *drostdij*.

Suzanne chiuse gli occhi. Aveva assistito a molta crudeltà e sapeva cosa si provava a essere colpiti da un pugno. Aveva visto uomini braccati per divertimento lungo le strade a La Rochelle e nei boschi della Francia settentrionale. Ma, riflettendo a freddo sulle azioni di Odendaal, le trovò ancora più brutali. Fece un respiro profondo, infuriata contro l'ingiustizia del mondo che aveva concesso a un bullo come lui un grande potere su così tante persone.

Eppure che cosa poteva fare lei? Non aveva alcuna autorità, nessuna influenza per impedire a Odendaal di fare esattamente ciò che voleva in casa sua. Senza Adriaan, la sua posizione era precaria. E, a pensarci meglio, se avesse cercato di intervenire, avrebbe migliorato o peggiorato la situazione?

Poi le venne in mente qualcosa. Tia era stata disposta a rischiare l'ira di Odendaal per portare da bere a quell'uomo. Forse lo conosceva? Suzanne non l'aveva mai visto prima, quindi non pensava che fosse un servitore del *landdrost*. Magari, se fosse riuscita a scoprire per chi lavorava, avrebbe potuto rintracciare il suo datore di lavoro e farlo rilasciare. In cuor suo, sapeva che quel piano era sciagurato: Odendaal era l'uomo più potente di Stellenbosch, quindi chi gli avrebbe opposto resistenza? Ma non le veniva in mente niente di meglio.

Suzanne uscì di corsa dalla sua stanza e scese le scale. Trovò Tia in cucina, china su una pentola nera appesa sopra il fuoco. Quella piccola stanza sembrava una fornace, con il pollo che bolliva nell'acqua e il fuoco che divampava. A causa dell'odore, Suzanne si sentì soffocare.

«Tia?».

La ragazza sussultò, poi si ricompose prima di voltarsi. Suzanne capì subito che stava piangendo.

«Ho visto che cos'è successo», disse, senza fare alcun gesto per consolarla. Sospettava che la ragazza si sarebbe risentita della sua compassione. «Mi chiedevo se…».

«È colpa vostra!», gridò improvvisamente Tia, poi si tappò la bocca con una mano come per trattenersi dal dire altro.

Suzanne arrossì. «Che cosa intendi?».

Tia iniziò a torcersi il grembiule tra le mani. «Niente, signorina. Perdonatemi, signorina».

Scossa dallo sfogo della ragazza, Suzanne fece un passo verso di lei. «Per favore, Tia. Non sono arrabbiata. Dimmi cosa intendevi. Voglio aiutarti, ma ho bisogno di saperne di più».

La ragazza alzò gli occhi con aria di sfida. «Lui era qui solo per voi».

Suzanne capì all'improvviso. «Quell'uomo è la mia guida? È questo che stai dicendo?».

Tia annuì. «Il padrone l'ha visto entrare in cucina e l'ha accusato di aver riferito un messaggio sugli uomini scomparsi. Siccome non voleva mettermi nei guai facendo il mio nome, non ha detto nulla. E ora guardate…».

«Chi è quell'uomo per te?», domandò Suzanne gentilmente.

«Harrie è mio fratello», rispose Tia e poi scoppiò a piangere.

Capitolo trentacinque

Suzanne non aveva mai conosciuto un'epoca in cui non fosse pericoloso essere ugonotti. Crescendo, aveva imparato come ogni aspetto della loro vita fosse fragile, come in qualunque momento una nuova legge avrebbe potuto limitare la loro libertà di culto, di movimento, di esistenza. E quanto fosse importante tenere nascoste le proprie emozioni.

Ora, questa capacità di mascherare i propri sentimenti reali le tornava utile. Le sarebbe piaciuto sentire nel palmo della mano la fredda elsa del suo nuovo pugnale gemmato. Ma sapeva che qualunque tentativo di far vergognare Odendaal o di chiedergli conto delle sue azioni sarebbe stato vano. Era un prepotente e, come tutti i prepotenti, era un debole, e un codardo. Suzanne avrebbe dovuto sfruttare i suoi vizi contro di lui, se voleva avere una speranza di far rilasciare il fratello di Tia.

Entrò con passo sicuro nel salone, diretta verso lo studio di Odendaal. Sapeva che era solito trascorrere l'ora prima di pranzo là dentro con le sue carte, sebbene Suzanne sospettasse che facesse ben poco. Aggiunse anche la pigrizia alla lista delle sue mancanze.

Anke Odendaal indugiava nel salone, bloccandole il passaggio.

«Oh, non dovreste disturbarlo», intervenne, e l'esile voce si fece tremante quando si rese conto di dove stesse andando Suzanne. «È molto turbato. C'è stato un incidente, stamattina. Un atto di infedeltà che l'ha fatto molto arrabbiare. Nemmeno io ho il permesso di disturbarlo fino a quando non verrà suonato il gong per…».

«Un incidente?», ripeté Suzanne, nel tentativo di tenere a bada la collera. «È questo che vi ha detto?».

Gli occhi nervosi di Anke lampeggiarono. «Non entrate. Non farete che peggiorare le cose».

Suzanne provò un fugace guizzo di pietà per la donna, che viveva palesemente nel terrore di suo fratello. «Temo di non avere scelta», replicò, allontanandola delicatamente dalla porta.

«Cosa diavolo...?», balbettò Odendaal quando Suzanne entrò, togliendo i piedi dalla scrivania e mandando una pila di documenti a spargersi sul pavimento di legno. Come Suzanne aveva previsto, c'era un bicchiere accanto al suo gomito, e nessuna prova che stesse lavorando.

«Se potete concedermi un momento del vostro tempo, *landdrost*», esordì lei, attenta a mantenere un tono di voce civile.

«No. Non posso. Sono occupato».

Suzanne lasciò che il suo sguardo si posasse sul bicchiere prima di tornare su Odendaal, e fu lieta di vedere il volto chiazzato dell'uomo diventare di un rosso più intenso.

«È questione di pochi istanti». Suzanne sorrise.

Odendaal ancora non le fece la cortesia di alzarsi. «Non ho tempo per le frivolezze femminili. Qualunque cosa vogliate, parlate con mia sorella. C'è sempre la possibilità che sia in grado di fare qualcosa, per quanto stupida sia». Puntò un dito contro lo spazio vuoto che li separava. «Fuori di qui».

Le sue parole incespicavano l'una nell'altra. Era più ubriaco di quanto avesse pensato, e Suzanne sapeva che questo lo rendeva meno prevedibile.

«Non c'è nulla che desideri di più che andarmene», replicò lei, senza cedere di un millimetro. «Siete voi che me lo impedite, *landdrost*». Per quanto l'amareggiasse rendergli il rispetto dovuto alla sua carica, giudicò più saggio rispondere alla sua maleducazione con la cortesia. «Adriaan van Dijk, al quale presumo rispondiate, ha assunto una guida perché mi accompagni. Quell'individuo, scopro ora, si trova al momento nel vostro cortile. Su vostra richiesta».

«Non ho idea di che cosa stiate parlando. Se non ve ne andate subito, sarò costretto a chiamare i rinforzi».

Suzanne quasi scoppiò a ridere all'idea che il *landdrost* avesse bisogno di qualcuno che la scortasse fuori dalla stanza, ma si morse la lingua. Il suo obiettivo era far rilasciare Harrie, non battere Odendaal in un duello di intelletti.

«L'uomo che avete punito questa mattina, non so per quale violazione, è, mi spiace dirlo, proprio la guida che *mijnheer* van Dijk ha assunto per accompagnarmi. Vi chiedo pertanto, *landdrost*, di sorvolare su qualunque reato questo individuo possa aver commesso e di rilasciarlo, così che io possa andarmene per la mia strada». Fece una pausa. «Non riesco a immaginare che avreste permesso che fosse punito in quel modo se aveste saputo che era alle dipendenze di van Dijk».

Muovendosi a una velocità che colse Suzanne di sorpresa, all'improvviso Odendaal si allontanò incespicando da dietro la scrivania.

«Ma il vostro protettore non è qui», sibilò in tono maligno, arrotolandosi una ciocca dei capelli rossi di lei attorno al dito. Le fece scorrere la mano lungo la guancia, quindi le afferrò il mento tra pollice e indice. «Non so chi pensiate di essere, *mademoiselle* Joubert», riprese utilizzando il termine francese a mo' d'insulto, «ma qui voi non contate nulla. Siete una rifugiata. Il vostro re non voleva né voi né i vostri simili, e dunque noi dobbiamo sopportare la vostra presenza qui, costretti ad accettare la feccia che la Francia non vuole più».

Strinse più forte. Pensando a Harrie nel cortile, Suzanne si costrinse a non emettere un suono.

«O magari siete una spia, *mademoiselle*. Dicono che il vostro re sfrutti le puttane francesi perché facciano il lavoro sporco al posto suo. Che cos'avete da dire?»

«Non sono una spia, *landdrost*, e non credo si addica alla vostra carica insultarmi in questo modo. Tuttavia, vi do la mia parola che, se rilasciate la mia guida e mi permettete di partire, *mijnheer* van Dijk non verrà a sapere nulla di tutto ciò da me. Anzi, se vi fa piacere, una volta conclusi i miei affari, viaggerò direttamente da Olifantshoek alla colonia, e non vi disturberò più».

Forse una scheggia di buonsenso riuscì a fare breccia nella sua mente annebbiata dall'alcol perché, senza preavviso, la spinse via e barcollò di nuovo verso la sua sedia dietro alla scrivania. «Allora perché è stato visto entrare in casa, me lo sapete dire?»

«Veniva a far visita a sua sorella», rispose Suzanne, rendendosi conto, prima ancora di aver finito di pronunciare quelle parole, di aver commesso un errore.

Odendaal si protese in avanti, gli occhi che brillavano di cattiveria. «Chi?».

Nel disperato tentativo di rimediare all'errore, Suzanne scosse la testa. «Non lo so. È solo quello che dicevano i servitori».

«Sua sorella!». Eruppe in una breve risata. «Sono come puttane in calore, tutte quante. Allargherebbero le gambe davanti a qualunque uomo».

Suzanne sentì le mani stringersi in due pugni. «Allora, farete rilasciare quell'uomo?». Ingoiò il proprio orgoglio. «Vi prego».

«Vi prego», la scimmiottò lui. Guardò nel bicchiere vuoto, poi parve perdere interesse. «Dite alla cameriera di portarmi altro brandy. Quella graziosa, come si chiama? Eva o Tia? Quella».

«È stata mandata a prendere dell'acqua», mentì Suzanne con l'obiettivo di proteggerla dalle mani lunghe dell'uomo ubriaco. Non aveva alcun dubbio che fosse quello il suo intento.

«Bah!». Odendaal si accasciò contro lo schienale della sedia. «Mandatemi Hendrik».

Suzanne esitò. Sapeva che Hendrik era il nome di uno dei due soldati. Voleva dire che avrebbe accolto la sua richiesta?

«Grazie, *landdrost*», si costrinse a dire, «e grazie anche per la vostra ospitalità. Non vi importunerò oltre».

Il cuore le batteva forte mentre usciva dalla stanza. Suzanne si fermò un istante nel salone per ricomporsi, quindi andò a cercare Hendrik e gli riferì il messaggio. Si nascose nell'angolo della sala, in attesa di udire Odendaal dare ordine di rilasciare la guida, dopodiché ritornò in cucina.

«Tia, rilascerà tuo fratello...».

Gli occhi della giovane donna si illuminarono. «Come?».

Suzanne le posò un dito sulle labbra. «Non c'è tempo di spiegare. Il *landdrost* ha chiesto di te. Gli ho detto che eri andata a prendere dell'acqua, ma sarebbe meglio che non ti facessi vedere in giro. È di pessimo umore».

L'espressione sul viso di Tia, un misto di repulsione e rassegnazione, confermò il sospetto di Suzanne che Odendaal non fosse solito tenere le mani a posto.

«Fa' in modo che Khemy...».

Tia la interruppe di nuovo. «Preferisce essere chiamato Harrie, signorina».

Suzanne non capiva perché mai egli preferisse il nome che gli avevano imposto gli olandesi, ma sapeva che non era il momento di chiedere lumi. «Molto bene. Medicagli le ferite e assicurati che Harrie sia in grado di viaggiare, poi digli di incontrarmi alle stalle. Lo stalliere ha già preparato la mia cavalla. Quando i servitori saranno assopiti dopo pranzo, partiremo». Esitò: «Dovresti venire con noi, Tia».

La cameriera si ritrasse, sorpresa. «Non posso, signorina. Questo è un buon posto. Se me ne vado, lui farà in modo che non possa più trovare lavoro presso nessun altro».

«Il *landdrost* non ci metterà molto a scoprire che tu sei la sorella di Harrie. Vorrà qualcuno da incolpare e se la prenderà con te, non capisci? E poi, sarei grata di avere una compagnia femminile».

«Come farò a guadagnarmi da vivere?»

«Io e mia nonna abbiamo bisogno di una cameriera alla colonia. Puoi lavorare per noi».

«Ma voi siete francese», replicò Tia, incredula.

Suzanne scoppiò a ridere. Se non altro, le esperienze di quella lunga, terribile mattina le avevano insegnato una volta per tutte che i francesi non venivano tenuti in nessun conto nella colonia. Agli occhi di tutti, olandesi, Khoi, e persino malgasci, erano persone povere e private di ogni diritto, nient'altro che rifiuti scaricati in quella nazione di frontiera.

«Non sono una profuga, abbiamo pagato il nostro...», iniziò, ma poi si interruppe. Non aveva importanza. Ciò che importava era andarsene dal *drostdij* prima che Odendaal cambiasse idea. «Veglierò io su di te, Tia, come tuo fratello veglierà su di me durante questo viaggio».

Suzanne trattenne il fiato: non voleva spingere la ragazza a prendere una decisione affrettata, pur sapendo che ogni secondo contava.

«Non posso farmi vedere partire insieme a voi», replicò Tia, con voce ora decisa. «E mi serviranno dei vestiti». La ragazza si guardò l'abito blu, il grembiule scamiciato bianco, la cuffia e le scarpe. «Questi appartengono a *lui*», disse, infondendo tutto il suo disprezzo in quella parola. «Non vorrei essere marchiata come ladra».

Suzanne annuì. «Vieni con me». Di sopra, trovò una camicetta e una sottoveste, e degli indumenti intimi puliti. «Però non ho scarpe della tua misura».

«Non importa, signorina». Tia prese gli abiti tra le braccia. «Vi incontrerò all'albero della canfora sulla riva opposta del fiume».

«Dove si trova di preciso?».

Finalmente, Tia sorrise. «Mio fratello lo sa».

Capitolo trentasei

A Suzanne, l'attesa parve interminabile. Da un momento all'altro, si aspettava di sentire i passi pesanti di Odendaal sulle scale.

Preparate le sue cose, rimase in camera, osservando le ombre che si allungavano. Dopo che Tia ebbe lasciato la sua stanza, Harrie fu liberato. Un'altra cameriera, di cui lei non conosceva il nome, arrivò con un secchio e delle strisce di stoffa per pulirgli le ferite. Non riusciva a sentire che cosa stessero dicendo nel cortile sottostante, ma la ragazza sorrideva timidamente, e Suzanne capì che Harrie stava cercando di tranquillizzarla.

Suzanne si avvicinò alla finestra e appoggiò una mano allo stipite, nascondendosi alla vista. Vide l'uomo spazzolarsi lo sporco dai vestiti, infilarsi rigidamente i pantaloni e allacciarsi le maniche. Alcune macchie di sangue iniziarono subito a sporcare il tessuto bianco della camicia. L'uomo fece una smorfia mentre indossava gli stivali con movimenti lenti e precisi, poi giunse le mani come per ringraziare la cameriera per il suo aiuto. Suzanne li guardò entrare in casa e, poco dopo, sentì il cigolio della porta della cucina che, a quanto sapeva, conduceva alle stalle.

Quello era il segnale che attendeva per muoversi.

Rapidamente, Suzanne raccolse le sue cose, infilò gli stivali da equitazione di pelle, si legò al collo il cordino del cappello di cuoio, poi salì sul pianerottolo e guardò giù, oltre il parapetto, verso l'ingresso sottostante.

In punta di piedi, facendo ogni passo con la massima attenzione, scese le scale, attraversò l'ingresso e, oltrepassando la porta di servizio, entrò nella zona riservata alla servitù. L'anziana cuoca era seduta su una poltrona di legno dall'alto schienale, con le mani incrociate sulle costole ossute, e russava dolcemente. A parte lei, la stanza era vuota.

Con il cuore in gola, Suzanne si diresse furtivamente verso la porta sul retro, quasi sentendo la mano di Odendaal picchiettarle la spalla. Solo quando si trovò all'esterno, in cortile, si concesse un momento di tregua. Poi vide, sotto la panca, una pila di vestiti piegati e in ordine – l'uniforme da cameriera di Tia, con la sua cuffia bianca ordinatamente posata in cima – e sospirò di sollievo. Questo significava che Tia era riuscita ad andarsene di casa senza essere vista?

In preda all'apprensione, quasi come se si aspettasse un agguato da parte di Odendaal, Suzanne entrò nelle stalle.

«Ehilà!», chiamò. «*Is hier iemand?*». C'è nessuno?

Con suo immenso sollievo, Jan apparve da dietro le balle di paglia. «La vostra cavalla è pronta, signorina».

«Grazie. Aspetto una persona che dovrebbe raggiungermi».

«Sono qui», disse Harrie, seguendo Jan e avanzando verso la luce.

Quando Suzanne vide l'uomo che l'avrebbe condotta nell'entroterra, pensò, come prima impressione, che fosse più grosso di quanto avesse creduto, avendolo visto solo dall'alto e da lontano. Era alto e robusto, con una voce bassa e calma.

«Mi dispiace per quello che è successo», si affrettò a dire Suzanne.

«Non è stata colpa vostra».

«Tua sorella la pensa diversamente».

Harrie scosse lentamente la testa. «Tia si preoccupa troppo».

«Sei in grado di affrontare il viaggio? Le tue ferite sono state fasciate come si deve?»

«Sono in grado di viaggiare», rispose lui, poi piegò una mano a coppa per aiutare Suzanne a montare in sella. «Andiamo?».

Suzanne salì in sella, passò il moschetto e la bisaccia a Harrie, poi prese le redini. Frugò in tasca, trovò una moneta, si chinò e la mise nelle mani dello stalliere.

«Per i tuoi servigi, molte grazie».

«Fate buon viaggio, signorina», la salutò Jan.

Suzanne e Harrie uscirono silenziosamente dalle stalle buie, attraversarono il ponte e si immisero sulla strada principale in direzione est. Sebbene fosse ansiosa, l'agitazione fu placata dallo scricchiolio familiare delle briglie, e dal fruscio della coda del cavallo nell'aria pomeridiana. Nessuno dei due parlò: Suzanne si sentiva stranamente a disagio in compagnia di Harrie; dal canto suo, invece, lui sembrava non sentire il bisogno di interrompere il silenzio.

Faceva ancora molto caldo, quindi si tenevano all'ombra sotto gli alberi quando potevano, entrando e uscendo dalla luce screziata del sole al suono dei passi pesanti della sua cavalla che lasciava cadere mollemente gli zoccoli sul terreno asciutto. Harrie si muoveva a passi lunghi e sciolti, apparentemente senza fretta, e questo la rendeva ansiosa. Suzanne aveva l'impressione che quello potesse essere il momento più pericoloso, quello in cui Odendaal avrebbe potuto guardare fuori dalla finestra e vederli. Per quanto ripetesse a sé stessa che lui non aveva la facoltà di impedire a Harrie di lasciare Stellenbosch, i suoi nervi erano ancora tesi. Odendaal era malvagio quanto bastava per ostacolarli.

Fu solo quando raggiunsero i confini della città che Suzanne finalmente si concesse di provare una profonda trepidazione per ciò che l'attendeva.

«Tia si unirà a noi», annunciò a bassa voce.

Accanto a lei, Harrie sorrise. «All'albero della canfora, lo so». Fece ancora qualche passo. «Grazie per il gesto gentile. Lui non è un brav'uomo».

«No, non lo è. Ma ora ce ne siamo liberati».

Mentre si allontanavano da Stellenbosch, i segni a terra iniziarono a svanire. Poche carrozze e pochi cavalli si spingevano fin lì. Un lungo sentiero polveroso si stendeva dritto davanti a loro verso dolci colline verdi e valli boscose a perdita d'occhio. Banchi di nuvole candide si muovevano bassi e veloci nel cielo, sospinti da un vento proveniente da nord, e i falchi volteggiavano nell'aria calda sopra le loro teste. Procedevano parallelamente al fiume Eerste, e Suzanne notò, per la prima volta, come le pietre sotto il fiume impetuoso rendessero l'acqua rossa.

«Fuoco, acqua, aria e terra», mormorò. Finalmente libera dalla soffocante prigione del *drostdij*, si sentiva all'altezza di qualsiasi sfida si fosse trovata davanti lungo il viaggio.

Preceduti dalle loro ombre, Harrie guidò Suzanne oltre la cima della prima collina. Là, lei si voltò sulla sella e non vide più Stellenbosch, nessun segno di insediamento umano.

«Eccola», esclamò Harrie.

Suzanne scorse la sagoma di una persona in piedi sotto una chioma di foglie verde scuro. Non avendo mai visto Tia senza la sua cuffia da cameriera, fu sorpresa di notare che i capelli della ragazza erano corti, con i riccioli neri tagliati quasi a zero. Apparentemente a disagio negli abiti presi in prestito, con un coltello alla cintura, fece un inchino a Suzanne, poi corse verso il fratello e lo abbracciò. Lui sussultò.

«Scusa, scusa», disse Tia, poi i due iniziarono a chiacchierare nella loro lingua madre.

Solo in quel momento Suzanne si rese conto che anche Harrie era nervoso. Vide le sue spalle rilassarsi e sentì il tono della sua voce alleggerirsi mentre parlava con la sorella. Suzanne pensò che Tia lo stesse rimproverando, perché lui allungò la mano, le accarezzò la testa e poi le diede un bacio sulla guancia.

«Cavalcheremo fino al tramonto, signorina», spiegò Harrie. «Questo è quasi il giorno più lungo dell'anno, quindi abbiamo molte ore di luce davanti a noi».

«Olifantshoek è a un giorno di viaggio a cavallo da qui?»

«Forse di più, forse di meno. Attraverseremo il passo. Quando ci accamperemo stanotte, mi direte che cosa sapete dell'uomo che cercate». La guardò con i suoi occhi profondi e scuri. «E io vi dirò quello che so».

Capitolo trentasette

Harrie condusse il gruppo lungo una dolce curva attraverso la fertile valle, lussureggiante persino al culmine dell'estate. Procedevano con le montagne dell'Olanda degli Ottentotti da un lato e i monti Simonsberg dall'altro.

«Nella nostra lingua, questo si chiama *gantouw*, che significa "sentiero delle antilopi"».

Suzanne era felice di ascoltare e guardare, ammirando ogni cosa. Il cielo azzurro, le nuvole che s'inseguivano sopra le cime delle colline, il sole che passava dall'oro al bianco con l'avvicinarsi del pomeriggio. Qui, a differenza dei mille colori che assumeva il *fynbos* sulle pianure, ogni cosa era di una diversa tonalità di verde. Suzanne aveva viaggiato attraverso le foreste della Francia, ma qui in Africa la varietà di sfumature toglieva il fiato. Aveva l'impressione di cavalcare attraverso un territorio vergine, incontaminato dalla mano dell'uomo e sotto la vastità del cielo. Cercò di immaginare Louise in quello stesso mondo verdeggiante, con il suo amato Gilles al suo fianco. E anche con Philippe?

«Vedete?».

La voce di Harrie strappò Suzanne dal suo sogno a occhi aperti. Guardò nella direzione in cui egli puntava l'indice e, all'inizio, non vide nulla. Si voltò per prendere il cannocchiale dalla borsa, quindi se lo portò davanti all'occhio. Questa volta, il suo sguardo lo individuò: un branco di leoni, languidamente sdraiati al sole, a una certa distanza da loro.

«Sono creature che vivono in gruppo», spiegò Harrie nel suo tono misurato. «Diverse femmine e un maschio, che protegge il loro territorio. In questo periodo dell'anno, quando c'è abbondanza di cibo, cacciano perlopiù di notte ed evitano la calura del giorno. Se ci teniamo a distanza, non ci faranno alcun male».

Suzanne regolò il cannocchiale in modo da ottenere una migliore visione del branco. Dalle pelli che aveva visto al castello, sapeva che le femmine assomigliavano a grossi gatti, mentre i maschi avevano una criniera di peli attorno alla testa. Si diceva che il loro ruggito facesse tremare la terra.

«I leoni sono astuti. Osservano gli avvoltoi e si dirigono nei luoghi in cui è stata uccisa una preda. Lasciano che altri predatori svolgano il lavoro al posto loro, poi si avventano sulla preda e la reclamano per sé».

«Ci sono anche dei leopardi», aggiunse Tia. «Stiamo entrando nel loro territorio, adesso, dove olandesi e portoghesi sono troppo spaventati per venire».

«Qualcuno ci viene», la corresse Harrie. «Ci sono alcuni contadini, tra cui quello presso il quale si dice si nascondesse l'uomo che è morto».

«Lars Eltorp, vuoi dire? Sai chi potrebbe essere stato?»

«Ce ne sono solo tre possibili».

«Dovremmo andare là? Chiedere al proprietario che cosa sa? Presumo che tu conosca i coloni che posseggono una fattoria tanto lontano, dico bene?»

«Alcuni li conosco, altri no». Sorrise con aria ironica. «Molti di quegli uomini non desidererebbero parlare con me, e alcuni nemmeno con voi. Sanno di trovarsi in territorio Khoi, e ci odiano per questo. Vedo il senso di colpa nei loro sguardi. E odierebbero voi perché siete francese. Credono che la vostra nazione voglia sottrarre loro la loro terra, come loro l'hanno sottratta a noi».

L'idea che qualche centinaio di profughi francesi potesse costituire una minaccia pareva ridicola, ma Suzanne sospettava che l'analisi formulata da Harrie fosse corretta. La fiducia concessa agli ugonotti dai Diciassette Signori, i governatori della Repubblica olandese, non era condivisa dai coloni olandesi che vivevano a diverse migliaia di chilometri da Amsterdam.

Passarono le ore. Il terreno si faceva sempre più elevato a mano a mano che risalivano le colline. Il sentiero divenne più stretto, fino a quando, alla fine, svanì del tutto.

Davanti a loro c'era un canyon. Suzanne accolse grata la frescura quando passarono dalla luce del sole all'ombra, e il riparo dal vento sferzante. Dopo le vaste distese verdeggianti, era strano ritrovarsi improvvisamente confinati. Gli zoccoli della sua cavalla riecheggiavano tra le pareti rocciose mentre procedevano in fila per uno, Harrie in testa e Tia alla retroguardia. Entrambi stavano all'erta: Suzanne vide che ora la mano di Harrie era posata sull'asta della lancia, mentre Tia aveva estratto il pugnale dal fodero.

Il loro atteggiamento ora più vigile mise in allarme Suzanne. Sulle pianure, era facile avvistare eventuali animali a una certa distanza. Ma lì, in quello stretto canyon, non avrebbero potuto vedere un possibile predatore fino a quando non fosse stato quasi sopra di loro. Per la prima volta, ebbe paura. Aveva visto uomini disarcionati dai loro cavalli e, una volta, un bambino sbranato da un orso fuggito da un circo itinerante. La spaventava anche solo pensare ai danni che avrebbero potuto infliggere gli artigli di un leone o di un leopardo.

Poi, con la coda dell'occhio, colse un movimento: sopra di loro, sulla destra, uno scorcio di qualcosa che si muoveva rapido tra gli spazi nella roccia. Un lampo di bruno-fulvo e giallo polveroso. Qualcosa li stava seguendo.

La sua mano andò al moschetto che portava a tracolla.

«Devo caricarlo?», domandò a bassa voce.

«Il vostro fucile sarebbe inutile qui, signorina. Non c'è spazio per sparare. Dobbiamo continuare a muoverci».

Suzanne respirò a fondo, stringendo invece le dita attorno all'elsa del suo pugnale gemmato. Il granato rosso splendeva lucente nella penombra. Poi, vide un altro lampo di un manto maculato sopra di loro.

«Harrie...».

«È da un po' che ci accompagna», sussurrò. «Non fate movimenti bruschi, tenete lo sguardo dritto davanti a voi».

«Ma se attacca?».

Harrie non rispose. Con il cuore che batteva forte, Suzanne fece come le era stato detto, costringendosi a non guardare in su e a non attirare in qualche altro modo l'attenzione dell'animale. Credette di sentirlo respirare, di distinguere il passo felpato delle sue zampe sulla liscia superficie grigia, di udire il suono raspante nella gola della bestia, come una sega che stia tagliando un pezzo di legno.

«È un leopardo?».

Fu Tia a rispondere. «Sì. Meglio così. I leopardi cacciano perlopiù da soli. Gli sciacalli cacciano in branco».

L'idea che ci fosse un solo predatore pericoloso sulle loro tracce non servì a rassicurare Suzanne. Poi, nell'istante che precedette l'attacco, avvertì uno spostamento d'aria. Una tensione, come una corda che venga tesa. Lo sentì anche Harrie. Vide i muscoli delle sue spalle contrarsi appena prima che il leopardo saltasse, sfruttando l'altezza della roccia per lanciarsi giù nel canyon.

Senza nemmeno dare l'impressione di voltarsi, Harrie ritrasse improvvisamente il braccio e scagliò l'arma. Suzanne udì la lancia vibrare attraverso l'aria, e poi il colpo sordo, quando la punta di ferro trafisse il petto del predatore.

L'animale stava ancora cadendo verso di loro, talmente vicino che Suzanne riuscì a vedere le rosette maculate sul suo manto, gli enormi denti nella sua bocca, il nero nei suoi occhi. Represse un grido. Ma la mira di Harrie era stata precisa, e l'arma aveva colpito il leopardo dritto al cuore. L'animale cadde a peso morto sul sentiero davanti a loro, facendo impennare la sua cavalla. Suzanne si afferrò al pomolo, lottando per rimanere in sella. Tia balzò davanti a lei, tirò indietro le orecchie del leopardo, e gli tagliò la gola per accertarsi della sua morte.

Per un istante, tutto restò immobile. Poi Tia ripulì il pugnale su un angolo della gonna e si udì un risucchio, come la marea su di una spiaggia di ciottoli, mentre Harrie estraeva la lancia dal petto del leopardo. Suzanne vide macchie di sangue allargarsi sulla schiena della sua camicia, dove lo sforzo aveva riaperto le ferite riportate in seguito alle percosse ricevute.

«Ehi, ehi», sussurrò Suzanne alla sua cavalla, calmandola. Smontò per verificare i danni. Gli artigli del leopardo morto avevano lacerato la pelle della zampa anteriore sinistra dell'animale, ma la ferita non sembrava eccessivamente profonda. Tremando, estrasse un panno dalla borsa e la tamponò.

«Da qui in avanti la condurrò a piedi», informò Harrie, sforzandosi di mantenere la voce ferma, quindi aggiunse: «Grazie».

Le aveva salvato la vita. Li aveva salvati tutti.

«Raccogliamo la carcassa?», domandò Tia al fratello.

Harrie guardò lo splendido animale, poi scosse la testa. «Ci rallenterebbe». Si accovacciò e, con il coltello, taglio tre grossi pezzi di carne. Era un lavoro duro, e Suzanne distolse lo sguardo. Capiva che avevano bisogno di mangiare, ma non riusciva a immaginare il sapore di quella carne nella propria bocca.

Proseguirono in silenzio, puntando verso la pozza di luce solare davanti a loro, alla fine del canyon. Mentre uscivano sull'altopiano, Suzanne esalò un sospiro, sollevata di essere tornata all'aria aperta. A ovest, il sole brillava ora bianco nel cielo, e calava in fretta, proiettando lunghe ombre nel tramonto rosso. Una nube di mosche nere volteggiava nell'aria, bersagliando e irritando la cavalla, la quale continuava a scuotere la testa per tenersele lontane dagli occhi. Suzanne si tolse il cappello e lo utilizzo come un ventaglio.

Poi, poco più in là, vide una piccola configurazione di capanne rotonde. Basse e di forma conica, erano disposte in circolo, le aperture rivolte verso l'interno. Avvicinandosi, Suzanne ebbe l'impressione che quelle abitazioni fossero state costruite con rami piegati e legati insieme e, successivamente, ricoperti di cannicci. Dietro alle capanne, vide un recinto di legno. Attorno al perimetro c'era una fossa profonda, ricoperta per metà da cespugli e boscaglia.

«Per tenere a bada i predatori», spiegò Tia.

Suzanne annuì e guidò con cautela la cavalla lungo la stretta fascia di terra al centro dell'accampamento abbandonato.

«I nostri fratelli e sorelle se ne sono andati», disse Harrie, «ma come avevo sperato, hanno lasciato in piedi i *matjieshuis* per il loro viaggio di ritorno. Tia, raccogli della legna per il fuoco».

«C'è dell'acqua?», chiese Suzanne.

«Ci sarà una sorgente nelle vicinanze, altrimenti non si sarebbero accampati qui».

Quando Tia scomparve diretta verso la macchia alla ricerca di acqua e legna, Suzanne legò la cavalla, rimosse la sella e allentò la briglia affinché potesse brucare. Si ripulì un poco di sudore e polvere del viaggio con il fazzoletto, e permise ai muscoli di rilassarsi. Guardò Harrie, preoccupata dell'aspetto che avrebbero avuto le sue ferite al termine di quel lungo viaggio.

«Stai bene?», gli chiese, indicando la sua schiena.

Lui annuì, sebbene fosse chiaro che non voleva né la sua pietà né la sua apprensione.

«Presto mangeremo», replicò.

Suzanne annuì. «Ne sono lieta. Prima il cibo, poi dobbiamo parlare».

Capitolo trentotto

Colonia del Capo

«Venite, presto», gridò Catrina, non appena Madame Lombard aprì la porta. All'interno della stanza, Petronella e altre due ragazze interruppero quello che stavano facendo e rimasero in ascolto. «Per favore, venite».

Aggrottando la fronte, Madame Lombard si pulì le mani dalla farina. «Che cosa c'è, cara?»

«Madame Joubert ha una febbre terribile. Trema, ha caldo e poi ha freddo, la sua pelle scotta. Tutta la notte scorsa e quella prima».

L'anziana donna gettò a terra il panno. «Perché non sei venuta da me prima?», scattò.

«Lei diceva che non era niente», protestò Catrina. «Non voleva fare storie. È stata male due notti fa, ieri sembrava che le fosse passato, ma poi… credo che il diavolo sia dentro di lei».

«Non essere ridicola. L'aria trasmette la pestilenza, le alghe che marciscono sulla riva sono sufficienti a far rivoltare anche lo stomaco più forte. Non è altro che una reazione a tutto questo».

«No». Catrina scosse la testa. «Ha il braccio molto gonfio».

«Il braccio, dici?»

«È così malridotto che non c'è quasi più pelle sana in vista. Oh, venite. Credo che stia morendo».

Senza nemmeno fermarsi a togliersi il grembiule, Madame Lombard si voltò per dare istruzioni alle ragazze.

«Continuate a impastare, poi preparatevi la cena e sparecchiate. Non ci metterò molto. Petronella, tu vieni con me».

Il piccolo gruppo si precipitò fuori dagli alloggi e si diresse al crepuscolo verso casa Joubert. Il vento caldo del giorno era calato, ma l'aria era impregnata del tanfo del porto. Scacciando sciami di mosche, Madame Lombard rivolse a Catrina una sfilza di domande con il respiro affannoso mentre attraversavano di corsa la piazza principale: quando era comparsa la febbre? Aveva bagnato la fronte di Madame Joubert? Quali unguenti le aveva applicato sul braccio?

Le domande si susseguirono finché Catrina non scoppiò a piangere. Ogni risposta che la ragazza dava non faceva che allarmare ancora di più Madame Lombard: mal di testa, rigidità degli arti, temperatura in picchiata alternata a febbre alta. Sembrava trattarsi di febbre malarica, la malattia debilitante che colpiva solo i coloni. Alcuni sopravvivevano, ma la maggior parte no. Nessuno sapeva come si fosse diffusa la malattia, ma quell'estate si erano verificati molti decessi.

«Madame Joubert», chiamò entrando in casa. Una volta all'interno, percepì subito un odore putrido e dolce, come di gigli che appassiscono. E in casa faceva molto caldo, al punto che le stanze erano appena più fresche della strada all'esterno. «Florence?», chiamò, rinunciando alla loro consueta formalità.

«È in camera da letto», singhiozzò Catrina.

Madame Lombard annuì. «Restate qui».

Dopo aver lasciato Petronella e Catrina sulla soglia, entrò. Le persiane erano chiuse, e la luce era del grigio tenue della sera. Muovendosi lentamente, per non allarmare la paziente, aprì un po' la finestra, poi si voltò verso il letto.

«Florence, *comment ça va*?».

Persino da quella distanza, riusciva a sentire il calore emanato dalla sua amica. La nonna di Suzanne si era tolta le coperte, e la sua biancheria da notte era sgualcita. Peggio ancora era la vista del suo braccio destro appoggiato sul lenzuolo, talmente gonfio da sembrare irriconoscibile. Come aveva detto Catrina, non c'era un lembo di pelle intatto. Una serie di segni brutali, ricoperti di pustole e solcati da graffi nei punti in cui Florence aveva cercato di lenire il bruciore. C'era anche un altro odore, di nausea e sangue. A Madame Lombard tornò alla mente il viaggio in Francia verso la salvezza: troppe persone per uno spazio angusto, il fetore nauseabondo delle latrine scavate troppo vicino ai campi dei rifugiati dove la gente dormiva. La disperazione che precede la fine, quando si perde la forza di combattere.

Non era una donna di fede, ma scoprì che le tornavano in mente le parole cristiane della sua infanzia. Preghiere di supplica e liberazione.

Poi, facendosi coraggio, si avvicinò al letto e posò la mano sulla guancia dell'amica. Era così bollente che quasi ritrasse le dita.

«Florence?», chiamò di nuovo. «*C'est moi*».

Florence gemette, ma non aprì gli occhi. «Suzanne?»

«Sono io, Marie».

«Dov'è Suzanne? Dov'è la mia bellissima ragazza?».

Madame Lombard deglutì a fatica. «È andata a Stellenbosch, ricordate? Tornerà presto».

«Ah... Sì. Ricordo». La sua voce era debole, come se le costasse troppa fatica parlare. Aveva le labbra screpolate, la pelle sciupata e sanguinante.

Sentendo il bisogno di fare qualcosa, Madame Lombard chiamò le ragazze dalla porta. «Petronella, prendi un secchio con acqua e un panno. Poi, va' a chiamare il pastore francese. Dovrebbe essere nella cappella. Digli di venire urgentemente».

«Che cosa dovrei dirgli?»

«Che Madame Joubert sta molto male».

Petronella alzò lo sguardo verso di lei. «Morirà?»

«L'acqua, poi riferisci il messaggio», ribadì con fermezza. Fece un altro respiro profondo per calmarsi, poi si rivolse a Catrina. «Che cosa c'è da bere in casa?»

«Il latte si è cagliato, signora».

«Allora prendi del brandy e una spugna».

«Non abbiamo un...».

«Allora un panno», scattò, mentre la paura la rendeva nervosa. «Usa il buonsenso, cara».

Catrina chinò il capo e uscì di corsa dalla stanza. Madame Lombard non ebbe il tempo di sentirsi in colpa. Era decisa a fare tutto il possibile per contrastare la febbre, ma temeva che fosse troppo tardi.

«Avete mal di testa, Florence?», chiese a bassa voce e, in tutta risposta, ricevette un impercettibile cenno del capo.

«È così che è cominciato tutto», rispose la vecchia, spalancando gli occhi. «Come mille mosche che mi ronzavano nella testa, e poi il dolore... Non ho mai provato nulla di simile».

La signora Lombard le prese la mano sinistra. «E adesso?»

«Come il battito di un tamburo», sussurrò lei, «ripetuto ancora e ancora». Prese fiato a fatica. «Mi è sembrato di vederla, in piedi nell'angolo della stanza. Era così viva, così reale».

«Chi, Suzanne?».

Un debole sorriso apparve sul volto di Florence. «Louise. Ho perso molte persone nel corso della mia lunga vita, tra cui mia figlia il giorno in cui la mia amata Suzanne è venuta al mondo, ma ora è Louise quella che viene più spesso a trovarmi. Mi sta aspettando, credo».

All'improvviso aprì gli occhi. Marie Lombard avrebbe voluto distogliere lo sguardo, vedendo la morte nello sguardo vuoto di Florence, ma si sedette vicino a lei sul letto. La sua unica speranza era che la febbre passasse, ma sapeva che era troppo tardi. Una volta che la febbre raggiungeva il cervello, era impossibile tornare indietro. L'aveva visto persino nell'aria buona dei Pirenei quando aiutava suo padre a Puivert. L'aveva visto sulla strada per Rotterdam, e poi là, nella colonia. Ma avrebbe fatto del suo meglio.

Petronella posò il secchio accanto a lei.

«Ora sbrigati, cara. Va' a chiamare Pierre Simond. Corri!».

Inumidì il panno e lo avvicinò alla fronte di Florence, sperando che le desse un po' di sollievo. Catrina tornò dentro in punta di piedi con una tazza di brandy e un quadrato di stoffa. La signora Lombard immerse il panno nel liquido ambrato, poi ne tamponò un po' sulle labbra della donna morente. Florence gridò perché il brandy le bruciava le labbra screpolate, ma Marie insistette finché non la convinse a bere un po'. La febbre le aveva prosciugato il corpo, ma il brandy le avrebbe alleviato il dolore alla testa. Forse l'avrebbe aiutata anche a dormire.

«Suzanne è andata a cercare Louise», disse Florence, fissandola improvvisamente.

«Lo so».

Florence fece un lungo sospiro. «A La Rochelle non sono riuscita a proteggerla».

Madame Lombard strinse più forte la sua mano ossuta, temendo ciò che Florence sentiva il bisogno di raccontare, una storia troppo comune perché apparisse scioccante in quei giorni di persecuzione. Sapeva che quella sarebbe potuta essere l'ultima confessione di Florence, così lei avrebbe potuto lasciare la vita terrena senza un peso sulla coscienza.

«Ditemi, amica mia», le disse gentilmente.

«Siamo state fortunate per tanto tempo», mormorò lentamente Florence, come se ogni parola le costasse una fatica immensa. «Ma, alla fine, sono arrivati. I *dragons*, autorizzati dal re, per stabilirsi nelle case dei cristiani».

«Lo so», replicò Marie. Che cos'altro avrebbe potuto dire? Le storie erano tantissime. Ogni famiglia ugonotta aveva sofferto.

«Il loro comportamento, Marie, era rozzo e volgare. Abbiamo mandato via le serve affinché non venissero maltrattate o...». Si interruppe, e Marie vide una lacrima preziosa scenderle lungo la guancia. «Ma non avrei mai pensato... non in Francia».

«Non c'è bisogno che voi me lo diciate», rispose Madame Lombard, desiderosa di risparmiare quella sofferenza all'amica.

«Ma devo dirlo a qualcuno. Non ne abbiamo mai parlato, sapete, Suzanne e io. Innanzitutto, perché pensavamo solo a scappare prima che ci scoprissero. E poi, il senso di colpa per non averla protetta mi ha spinto a tacere. E la mia amata ragazza, dal canto suo, non voleva angosciarmi. Per tutto questo tempo, la questione è rimasta irrisolta, tacitamente sospesa tra noi».

Marie bagnò di nuovo il panno, lo strizzò e lo posò sulla fronte dell'amica, sentendo il vapore caldo attraverso il tessuto umido.

«Cercavamo di stare alla larga da loro, e chiudevamo le porte a chiave di notte, ma, una sera, Suzanne si è imbattuta in un *dragon* mentre tornava nella sua camera».

Marie non voleva sentire altro, ma sapeva che doveva ascoltare.

Florence chiuse gli occhi. «Ero all'oscuro di cosa stesse succedendo, finché non è finito tutto. Lei non ha gridato per non svegliare i suoi compagni di sotto. Non voleva spaventarmi, per paura che potessero venire e... Quando è finito tutto, lui ha tentato di darle una moneta. Una moneta, Marie».

La signora Lombard si sentì torcere le viscere. «E poi?»

«È venuta nella mia camera. Ho visto il sangue, il suo viso, e ho capito che dovevamo andarcene. Se era successo una volta, poteva succedere di nuovo».

«Allora siete scappate?»

«Sì. Ci siamo dirette al porto. Un pescatore, per il quale il nome Joubert significava ancora qualcosa, ci ha nascoste sotto le nasse e le reti. Ci ha portate fino all'Île de Ré. Abbiamo aspettato là, cercando di evitare le pattuglie cattoliche, finché non siamo riuscite a trovare un passaggio su una nave olandese».

«Ascoltatemi, Florence», intervenne Marie. «Non avreste potuto fare nulla. Niente. Anzi, avreste rischiato di peggiorare ulteriormente la situazione. Troppe volte, i *dragons* uccidono la ragazza che violentano per evitare che renda testimonianza del crimine». Esitò. «Non c'è stata nessuna gravidanza?»

«No. Nessuna gravidanza».

«Meglio così. Sono certa che Suzanne non vi biasima per quello che hanno fatto, vi vuole bene. Lo sapete. Non dovreste incolpare voi stessa».

«Ma il mio compito era quello di proteggerla», gridò Florence.

«E l'avete fatto. L'avete portata ad Amsterdam. Avete viaggiato con lei attraverso il mondo conosciuto per costruirvi una nuova vita qui. È forte e sicura di sé. Suzanne tornerà con tante storie sull'entroterra e le sue scoperte, dovete solo aspettare. Trovare Louise è lo scopo della sua vita, me l'ha detto lei stessa. E rivivrà quelle avventure una seconda volta, quando le racconterà a voi».

Florence sospirò. «Pensa che trovando Louise troverà sé stessa. Che guarirà l'oscurità nel suo cuore».

«E chi dice che non sarà così? A volte, salvando gli altri, salviamo noi stessi. Suzanne ha molto da dare nella sua vita. È una sopravvissuta, no, una vincitrice».

Florence emise un altro lungo sospiro. «Ah, Marie. Siete una buona amica. Prendetevi cura della mia ragazza, me lo promettete? Questo non è il posto per lei. Convincetela a tornare a casa. Ad Amsterdam, se non a La Rochelle. Non deve rimanere qui a vegliare sulle mie ossa».

Marie sbatté le palpebre per scacciare le lacrime. «Lo prometto».

Sentirono la campana del castello battere l'ora. Poi, qualche istante dopo, Florence iniziò a tremare, e Madame Lombard capì che la fine stava arrivando. Il suo corpo esile e vecchio fu scosso dagli spasmi. Poi, con la stessa rapidità con cui era arrivata, la crisi passò.

Successivamente, Florence giacque immobile, con il respiro sempre più affannoso finché non cessò del tutto.

Madame Lombard chinò il capo. Poi lasciò la mano dell'amica, tirò il lenzuolo sul corpo e sul viso e fece cadere le spalle per la tristezza. Non seppe per quanto tempo rimase seduta lì prima che la voce di Petronella interrompesse il silenzio.

«Il pastore è qui».

Madame Lombard si asciugò gli occhi, raddrizzò le spalle, poi si voltò e vide Pierre Simond in tonaca nera, con il libro di preghiere stretto tra le mani, in piedi sulla soglia.

«È troppo tardi», disse lei bruscamente. «È morta».

Capitolo trentanove

L'accampamento Khoi

Tre persone sedute attorno a un fuoco, i volti illuminati dalle fiamme: Suzanne, Harrie e Tia, ciascuno intento a godersi il crepitio del legno, l'aroma persistente della carne arrostita, il gradevole silenzio di chi ha la pancia piena e ha placato la sete.

Suzanne provò un improvviso impeto di emozione. Era così felice di sedere sotto le stelle in un cielo capovolto, argento sparso contro un cielo di velluto nero. Harrie e Tia non erano ancora suoi amici. Le differenze tra loro erano più numerose dei punti che li accomunavano: la posizione nel mondo, il colore della pelle, le esperienze, la terra di origine. Eppure, Suzanne si sentiva più soddisfatta di quanto riuscisse a ricordare di essere mai stata. Sapeva che l'avrebbero protetta. L'esperienza della fuga attraverso la Francia, nonché quelle precedenti, le avevano donato la capacità di interpretare il carattere di una persona. Capire all'istante di chi fidarsi poteva fare la differenza tra la sopravvivenza e la morte.

Nell'aria sopra di lei, udì un improvviso battito d'ali. Si voltò e vide un lampo bianco contro il cielo scuro, illuminato dal fuoco, mentre un uccello solitario emergeva dal bosco e si allontanava rapido verso le montagne.

«Una civetta bianca», spiegò Harrie. «Molto rara, in effetti. Non ne avevo mai vista una prima d'ora».

Suzanne osservò le ali maculate volteggiare sempre più in alto, e poi svanire nel folto della foresta. «Che cosa significa vederne una?».

Harrie alzò lo sguardo al cielo ora vuoto. «Alcuni dicono sia un buon segno. Altri, un presagio di morte. Io direi che il mondo naturale esula dalla volontà e dai desideri degli uomini. A quell'uccello non importa nulla di noi».

Suzanne annuì, poi sospirò. Non voleva rompere l'incantesimo, ma era giunto il momento.

«Dovremmo parlare dei nostri piani».

Harrie si protese in avanti e prese un'altra manciata di fragranti ramoscelli per alimentare il fuoco.

«Stiamo aspettando qualcuno che si unirà a noi».

Suzanne avvertì un barlume di disagio. Si trovava bene in compagnia di Tia e suo fratello.

«Chi?»

«Un membro del mio clan, i Goringhaiqua, come ci chiamano gli olandesi. Ha delle informazioni che vi interesseranno».

Suzanne lo guardò alla luce del falò. «Che cosa ti ha detto *mijnheer* van Dijk?»

«Che cercate un uomo bianco che vive nella Valle degli elefanti».

«È esatto. È stato visto nei pressi di Stellenbosch, circa due mesi fa». Esitò. «Sebbene non sia lui la più importante delle persone che sto cercando. Avevo una parente che è venuta al Capo, molti anni fa. Lei e i suoi compagni, un uomo, probabilmente due, si sono inoltrati nell'entroterra, ma di loro non si sono più avute notizie».

«E voi pensate che quest'uomo potrebbe essere uno di quei viaggiatori?».

Suzanne tracciò un disegno nella terra. «È possibile. O forse un figlio... Quell'uomo presenta un tratto distintivo, un ciuffo bianco tra i capelli».

«E la vostra antenata?»

«Si chiamava Louise. Capitanava il suo vascello e dava la caccia ai corsari, ostacolando le navi negriere nell'Oceano Atlantico». Suzanne si interruppe, meravigliandosi ancora una volta del coraggio di Louise. «Non può essere ancora viva, ma scoprire che cosa le è accaduto è lo scopo della mia spedizione». Si voltò verso Harrie. «I Goringhaiqua parlano mai di una donna del genere?».

Vide fratello e sorella scambiarsi un'occhiata.

«Quando *mijnheer* van Dijk mi ha ingaggiato, ho parlato con gli altri clan, non solo con il nostro, che viaggiano tra quelle terre e la costa. Ci sono alcuni di cui posso fidarmi».

«E?»

«Alcuni di essi ricordavano una donna simile, anche se forse i loro racconti erano esagerati. Una diavolessa, la chiamavano, una guerriera. Ricordavano che aveva imparato alcune delle nostre usanze, e che era venuta a rendere omaggio e a chiedere il permesso di insediarsi nel nostro territorio».

«Quanto tempo fa è successo tutto questo?»

«Due volte la durata della vita di un uomo».

Suzanne calcolò nella mente. «Sessant'anni fa?».

Harrie scrollò le spalle. «Prima che arrivassero gli olandesi».

«Gli anziani l'hanno incontrata? Hanno parlato con lei?».

Annuì. «Il capoclan che batteva i territori attorno alla Valle degli elefanti ha detto che lei gli aveva chiesto protezione. Viaggiava con un altro, un uomo».

«Uno solo?»

«Così ha detto».

«Lo ha descritto?»

«Era uno della vostra gente», rispose Harrie con il fantasma di un sorriso sul viso. «Secondo gli anziani, il capo credeva che fossero in fuga. Sicuramente, hanno chiesto asilo e hanno negoziato il suo silenzio in cambio di rame e ferro».

«Il vecchio capo le ha concesso riparo sulle sue terre?».

Harrie annuì. «Ha ordinato ai suoi guerrieri di portarli nei recessi della valle, e che nessuno ne rivelasse la posizione pena il bando. Ha passato il comando al figlio maggiore, rendendo così vincolante il giuramento. Era un uomo d'onore». Fece una pausa. «A differenza del figlio minore. Capirai che nessuno degli anziani è ancora vivo, quindi la storia che ti riferisco è di seconda se non terza mano».

Suzanne sorrise. «Ma ogni parola è preziosa».

«Pare che il capo avesse solo due figli. Uno, il suo preferito, desiderava tenersi alla larga dagli uomini bianchi venuti dal mare. Non si fidava di loro, non li credeva uomini di parola. Voleva solo che le loro navi se ne andassero com'erano venute. Il secondo figlio invece desiderava la ricchezza. All'insaputa del padre e del fratello maggiore, ha iniziato a commerciare per conto suo con le imbarcazioni che navigavano dall'Olanda a Batavia. È diventato avido, voleva sempre di più, e vendeva tanto bestiame e avorio quanto informazioni».

«Che genere di informazioni?»

«La posizione di sorgenti che non si prosciugavano mai, neppure nella calura estiva. I luoghi in cui gli elefanti andavano a partorire, e dove andare a fare razzia di avorio. Quali piante erano benefiche e quali letali».

Suzanne iniziava a capire. «E ha rivelato a qualcuno dove vivevano Louise e il suo compagno. Ha infranto il vincolo di segretezza sancito da suo padre?».

Harrie annuì. «Pare che un terzo membro del gruppo della tua antenata si trovasse all'accampamento lungo la costa. Lasciato indietro, o rimasto indietro di sua volontà. Gli anziani parlano di lui come di un uomo molto ricco e segnato da un marchio del diavolo. Ovvero, da un ciuffo bianco tra i capelli. Se ne ricordano perché non parlava olandese».

Suzanne sentì un brivido scenderle lungo la schiena. «Il fratellastro di Louise. Era francese».

«Comunque, è riuscito a comunicare abbastanza bene da comprare le informazioni che gli servivano, procurarsi una guida, e poi...».

«...è andato a cercarli». Suzanne tacque, cercando di trovare un senso logico alla sequenza di eventi. «E poi cos'è successo? Li ha trovati?»

«Quando arriverà l'altro membro del mio clan, ve lo racconterà lui. È meglio così».

Incapace di attendere oltre, Suzanne si alzò e iniziò a camminare avanti e indietro. «Quando arriverà?»

«Presto».

Suzanne sapeva che "presto" poteva significare un'ora tanto quanto un giorno. Scrutò nelle tenebre nere come l'inchiostro senza vedere nulla, udendo solo alcuni rumori notturni, e sempre lo stesso ululato acuto di uno sciacallo. Più di uno. L'atmosfera appariva minacciosa, ora che il branco era più vicino. Nonostante la serata tiepida, si avvolse le braccia attorno al corpo, e continuò a camminare avanti e indietro accanto al fuoco.

Avanti e indietro, avanti e indietro.

Suzanne non seppe quanto a lungo attesero, ma il membro del clan di Harrie e Tia giunse in silenzio e, apparentemente, senza il minimo movimento. Un momento prima erano solo loro tre, e quello dopo lui stava in piedi di fronte a loro. Nella mano destra stringeva una lancia.

«*Khore hare*», disse Harrie, abbracciando l'uomo, per poi aggiungere in olandese, a beneficio di Suzanne: «Benvenuto».

Il nuovo arrivato indossava gli abiti del suo clan: un mantello di pelle di pecora attorno alle spalle, che Suzanne sapeva venire chiamato *kaross*, un grembiule *kaross* più piccolo attorno alla vita, e brache attillate di pelle non conciata essiccata. Aveva visto sia uomini che donne vestiti in quel modo, nei mercati della colonia.

Rimase ad ascoltare mentre lui e Harrie conversavano nella loro madrelingua, una straordinaria armonia di suoni punteggiati da schiocchi. Il loro visitatore chinò la testa verso Tia, la quale premette insieme le mani in segno di saluto, quindi si voltò verso Suzanne e s'inchinò.

«Benvenuto», disse lei.

«Questo è Tshu», la informò Harrie. «Conosce qualche parola in olandese, ma non abbastanza per sostenere una conversazione. È lui che ha udito quelle storie da suo padre, il quale era un ragazzo quando la donna bianca arrivò nella valle. Tshu non ha visto nulla con i propri occhi, capisci?».

Suzanne annuì. «Sì».

Tia aggiunse altri ramoscelli al fuoco. Si sedettero tutti insieme, e la conversazione ebbe inizio, con Suzanne che poneva domande, Harrie che le traduceva, ascoltava le risposte di Tshu e infine ne riferiva il succo.

«Dunque», riprese Harrie, «Tshu dice che quando il vecchio capo è venuto a sapere che il suo figlio più giovane aveva tradito la donna bianca, e aveva rivelato dove si trovava all'uomo con il marchio del diavolo, ha inviato subito degli uomini alla valle. Ma era troppo tardi».

«Perché? Cosa era successo?»

«L'accampamento era distrutto, c'erano segni di combattimento, sangue».

Quelle parole le diedero un brivido alla schiena. «E non c'era nessuno?»

«Nessuno, né vivo né morto».

Suzanne prese la sua tazza. «Puoi chiedergli di raccontarti la storia per intero, e poi ripetermela?»

«Passano gli anni», disse Harrie dopo un po', riprendendo il racconto. «Il vecchio capo muore e il suo figlio maggiore, quello a lui più caro, gli succede. Sempre più navi salpano per Batavia e fanno tappa alla baia della Tavola, per rifornirsi di cibo fresco e acqua. Il nuovo capoclan si attiene alle tradizioni, viaggiando per il territorio, costruendo e abbattendo gli insediamenti a mano a mano che spostano le loro mandrie di bestiame. Il figlio più giovane, nel frattempo, si è stabilito in modo permanente più vicino a dove sorge ora la colonia, in modo tale da farsi trovare pronto quando attracca una nuova nave. Accumula ricchezze personali, non onore o bestiame, ma beni venduti dagli uomini bianchi: ferro, rame, argento, porcellana. Anche i suoi seguaci ne traggono beneficio. Impara a parlare olandese, per poter concludere buoni affari, ed è uno dei primi a intrattenere relazioni con la colonia quando gli olandesi creano una stazione di ristoro».

Suzanne lo interruppe. «E quanto a Louise?»

«Qui la storia si fa più difficile da seguire. Ma a quanto pare, a quel punto, iniziano a emergere nuove storie di due uomini bianchi che vivono vicino al punto in cui sorgeva l'insediamento originario».

Suzanne si accigliò. «Due uomini? Non un uomo e una donna?»

«Due uomini». Harrie scrollò le spalle. «Se sia la verità o meno, non so dirlo. Si dice che uno di quegli uomini avesse il marchio del diavolo. Mi dispiace. Non è ciò che volevate sentire».

Suzanne non poteva concedersi di sentirsi delusa, non finché non avesse saputo tutto ciò che Tshu aveva da raccontare.

«Ciò significa che o Louise è morta», commentò, parlando più tra sé che rivolta agli altri, «oppure uno di loro l'ha uccisa».

Si mise più comoda e fissò tra le fiamme. Gilles e Philippe avevano stretto un'alleanza e si erano rivoltati contro Louise? Ma poi ripensò a come Louise parlava di Gilles nel suo diario, al suo amore per lui, e non riuscì a crederci.

«E Tshu non sa altro?», chiese quando l'uomo ebbe finito di parlare.

«Mi ha detto tutto ciò che ha sentito dire da suo padre e da suo nonno. Ho ripetuto ogni cosa fedelmente».

«E gliene sono grata», rispose Suzanne. «Diglielo, per favore».

Attese mentre Harrie riferiva i suoi ringraziamenti.

«Possiamo andare al sito del loro accampamento originario?», chiese a Harrie. Sembrava un punto di partenza buono come un altro. «Sai dove si trova?»

«Possiamo farlo, ma tutto questo è accaduto molti anni fa, prima delle guerre olandesi. È molto probabile che non sia rimasto nulla, laggiù».

«In ogni caso...».

Harrie annuì. Capiva come la terra mantenesse l'eco del passato, lo spirito di una persona, come preservasse la verità di ciò che era accaduto.

«E poi?», volle sapere Tia, gli occhi accesi dall'interesse.

«Lo saprò quando sarò là», rispose Suzanne, sperando che le sue parole si rivelassero veritiere.

Capitolo quaranta

Lunedì, 20 dicembre

Quando Suzanne si svegliò la mattina seguente, Tshu se n'era andato. Tia era allegra come sempre, ma Harrie sembrava in difficoltà. Il segno sul suo viso, lasciato dal bastone di Odendaal, sembrava più pronunciato. Suzanne voleva chiedergli come si sentisse, ma sospettava che lui non avrebbe gradito la domanda, da uomo riservato e orgoglioso quale era.

Suzanne si stiracchiò e guardò il panorama che si apriva davanti a loro fuori dall'accampamento. Sarebbe stata un'altra splendida giornata. Sul cielo color albicocca all'alba si stagliavano le sagome degli alberi sul crinale alla loro sinistra, e il sole che stava sorgendo proiettava raggi obliqui sulla terra verde. Bevve un po' d'acqua, mangiò un biscotto, sbatté gli stivali uno contro l'altro per assicurarsi che non vi fossero insetti che si erano rifugiati lì durante la notte, e si rimise il coltello alla cintura.

Harrie le sellò il cavallo, rifiutando ogni aiuto nonostante Suzanne avesse notato che i suoi movimenti erano più rigidi rispetto a prima. Poi spensero il fuoco, calpestando le ultime braci nella terra finché il rosso non divenne grigio. Gli incendi nelle pianure e nelle foreste rappresentavano una minaccia costante durante i mesi estivi caldi e secchi.

Si incamminarono al sorgere del sole, dirigendosi verso est: Harrie era in testa con la lancia nella mano destra, Tia chiudeva il gruppo, con il coltello alla cintura, e Suzanne cavalcava in mezzo a loro.

«Stiamo andando verso il punto in cui il vecchio capo ha assegnato un appezzamento di terra a Louise?», chiese.

«Sì, ma non direttamente», rispose Harrie. «Mentre voi stavate dormendo, Tshu e io siamo andati avanti a parlare. Sebbene lui non sappia altro per esperienza personale, si è ricordato di una cosa».

«Ah, sì?»

«C'è un clan che si prende cura dei suoi animali a nord di qui, verso i monti Simonsberg. Si è ricordato di una donna molto anziana che sosteneva di aver aiutato una di voi a dare alla luce un bambino».

Suzanne sentì un sussulto allo stomaco.

«Le donne sentono storie diverse dagli uomini», commentò Tia. Suzanne sapeva che era vero. Pensò a Florence seduta con le sue amiche nella sala per incontri a condividere pettegolezzi, e sorrise, sentendo l'improvviso desiderio di essere in compagnia di sua nonna. Quante storie le avrebbe raccontato al suo ritorno alla colonia! Forse sarebbe persino tornata in tempo per festeggiare il suo compleanno il primo giorno del nuovo anno.

«Dove si trova questo clan?», domandò.

«Tshu li ha visti l'ultima volta vicino al fiume Groot Berg». Alzò lo sguardo verso di lei. «Anche qui sarà lo stesso, capite? Verremo a sapere qualcosa solo se la levatrice ha raccontato una storia a sua figlia e alla figlia di sua figlia».

«Certo, ma qualcuno deve aver detto qualcosa perché anche solo un sussurro giungesse alle orecchie di Tshu».

«Sono d'accordo», annuì Harrie. «Dovremmo raggiungerli quando il sole sarà al picco».

Suzanne guardò il cielo. Secondo i suoi calcoli, se avessero mantenuto un passo costante, sarebbero arrivati di lì a sei ore.

Proseguirono attraverso il paesaggio color smeraldo, tra colline dolcemente ondulate e la terra sempre meno arida man mano che avanzavano. Chilometro dopo chilometro, con gli sciacalli sempre presenti, ma mai visibili. Tia indicò una mandria di damalischi. Suzanne si compiacque di quante cose fosse riuscita a identificare da sola, grazie a un bagaglio di conoscenze accumulate scrupolosamente nei quattro mesi trascorsi in Africa. Poi un sorriso imbarazzato le illuminò il volto. La verità di quella terra giaceva ben al di sotto della superficie, e ci sarebbe voluta una vita intera per comprenderla.

Improvvisamente, Harrie si bloccò. Anche Suzanne fermò il cavallo, con i battiti che acceleravano. Tia avanzò dal fondo per mettersi accanto al fratello, con le mani giunte quasi come se stesse pregando.

«Guardate, signorina», disse lei con la voce segnata da un timore reverenziale. «Sono venuti a darci il benvenuto. I più vigorosi».

Suzanne seguì la direzione indicata dal dito di Tia e restrinse il campo visivo, distinguendo il grigio contro il verde e riprendendo fiato. Infilò una mano nella borsa, estrasse il cannocchiale e regolò il mirino. Elefanti. Nessuna descrizione aveva reso giustizia a quelle bestie magnifiche. Anche da lontano, ne ammirava la maestosità.

«Possiamo avvicinarci di più?», chiese con stupore.

«Un po', ma non vogliamo disturbarli», disse Harrie. «Vedete, molte femmine hanno con sé i cuccioli. La vostra gente, così come la nostra, caccia gli elefanti per le zanne – l'avorio è molto prezioso – ma non durante la stagione delle nascite».

«Le zanne le hanno sia i maschi sia le femmine?»

«Sì», rispose Tia. «Al comando del branco ci sono le femmine, i maschi, invece, vanno e vengono».

Suzanne riusciva a vedere i cuccioli accanto agli elefanti adulti, seminascosti dalle proboscidi e dalle enormi orecchie grigie, triangolari come una vela latina.

Avanzarono silenziosamente finché, anche senza il suo cannocchiale, Suzanne riuscì a distinguere sei adulti e quattro cuccioli. Si avvicinarono il più possibile, per quanto Harrie lo permettesse, e rimasero in silenzio. Poi a bassa voce, quasi come se pensasse che gli elefanti potessero sentirli, Harrie sussurrò: «Dobbiamo aggirarli per proseguire».

Mentre i tre tracciavano una linea verso sinistra per poi tornare indietro attraverso la valle, Suzanne pensò a quanto fosse difficile per una donna dare alla luce un bambino in quel contesto, aiutata solo da una donna che non parlava la sua lingua. Si chiese come dovesse essersi sentita Louise, la paura e il dolore. Supponendo che Louise fosse la madre. Perché, se non era lei, chi poteva esserlo?

Capitolo quarantuno

Il sole ardeva luminoso in un cielo sereno mentre si dirigevano a nord, verso i monti Simonsberg. Faceva quasi più caldo di quanto Suzanne potesse sopportare. Vedeva che anche Harrie soffriva.

«Ci fermeremo quando troveremo dell'acqua», annunciò lui.

Finalmente, raggiunsero le sorgenti di un affluente del fiume Dwars. Suzanne smontò da cavallo, quindi raccolse l'acqua trasparente tra le mani e si rinfrescò il viso. Harrie e Tia la imitarono.

«E ora dove andiamo?», volle sapere, ferma all'ombra degli alberi.

«Tshu ha visto il clan accampato vicino alle montagne», rispose Harrie. «Seguiremo il sentiero lungo il fiume verso monte. Ci dovrebbe condurre da loro».

Mentre camminavano in fila per uno sotto la volta verdeggiante lungo la riva del corso d'acqua, la musica creata dalla corrente risuonava rigenerante nel caldo opprimente del pomeriggio.

Finalmente, Harrie li guidò fino a una radura. Qui, gli alberi che crescevano sul crinale erano scossi dal vento: iroko dalle lunghe foglie pendenti, peschi e olivi selvatici.

«Questo è il punto in cui Tshu ha detto che si trovavano», spiegò Tia indicando un'area di terreno rialzato.

Suzanne sentì il cuore sprofondare. «Ma qui non c'è nessuno», ribatté, non vedendo nulla in qualunque direzione guardasse. «Abbiamo perso tempo con questa deviazione».

«Aspettate e vedrete», replicò Harrie, scattando in una lunga corsa circolare verso l'accampamento abbandonato davanti a loro. Suzanne rimase a guardarlo mentre si avvicinava al perimetro entro il quale erano state erette le capanne, per poi far loro segno di raggiungerlo accanto al falò ormai consumato.

Strofinò la cenere tra le dita. «È ancora calda. Non se ne sono andati da molto».

«Ma come facciamo a sapere dove sono andati? A est, a ovest, c'è modo di capirlo?»

«In questo periodo dell'anno, si saranno diretti verso nord», rispose. «E il loro bestiame avrà lasciato delle tracce».

«Ma procedendo verso nord ci allontaneremo ancora di più da Olifantshoek», protestò Suzanne.

«Decidete voi, signorina», disse Harrie. «Non possono essere andati lontano e, con la mandria, procederanno più lentamente di noi». Incrociò lo sguardo di lei con i suoi fermi occhi scuri. «Se volete udire in prima persona la storia di cui Tshu ha solo sentito parlare, allora questo è il mio consiglio. Se tuttavia desiderate semplicemente tornare dove un tempo è vissuta la vostra antenata, allora non ce n'è bisogno. La scelta spetta a voi».

Suzanne rivolse lo sguardo verso il verde orizzonte deserto. La verità era che non le bastava più vedere soltanto dov'era vissuta Louise. Se c'era un figlio, voleva saperlo.

Annuì. «Procederemo verso nord».

L'intuizione di Harrie era corretta. Mentre il sole iniziava la sua discesa, udirono rumori distanti, trasportati dal vento sui rilievi e le depressioni del terreno. Harrie si fermò e levò la mano, quindi inclinò la testa verso la fonte del suono. Ora lo sentiva anche Suzanne. Voci, e il caratteristico muggito del bestiame, da qualche parte davanti a loro.

«Di qua», disse, aggiustando la direzione verso destra.

Non passò molto prima che avvistassero un gruppo di persone in lontananza. Suzanne levò il suo cannocchiale, poi lo passò a Harrie.

«Forse dieci o dodici tra uomini e donne», calcolò.

«Sì, e una dozzina di bestie. Vado avanti io. Porgerò i miei rispetti e vedrò se si tratta davvero di coloro che stiamo cercando».

Dopo che si fu allontanato, Suzanne scivolò giù dalla sella e si sgranchì le spalle. Poi batté una mano sul collo della cavalla, allentando le redini affinché potesse brucare l'erba.

«Sei stanca, Tia? Dopo aver camminato tanto a lungo, con questo caldo?».

La ragazza rise. «Non è nulla, signorina».

Suzanne cercò di figurarsi quel paesaggio in inverno. Non riusciva più nemmeno a immaginare di avere freddo.

«Come mai sei finita a lavorare per *mijnheer* Odendaal?», le domandò.

Tia scrollò le esili spalle, ma Suzanne non pensò che la domanda l'avesse infastidita, perché poco dopo rispose. «Siamo solo noi due, mio fratello e io. I nostri genitori, i nostri amici, sono tutti morti o se ne sono andati».

«E Harrie è spesso lontano...».

«È un bene che lavori così sodo, ed è anche ammirato dalla VOC per la sua abilità con le lingue, ma...».

«...ti lascia sola».

«Sì. Io voglio sposarmi, signorina, ma con l'uomo giusto. Uno che mi tratti bene. Così, ho deciso di lavorare in una villa, fino a quando non fosse venuto il momento. Ho pensato, abbiamo pensato, che fosse un luogo sicuro. Ma *mijnheer* Odendaal...».

«Non è un brav'uomo».

«No, signorina». Tia arrossì. «E quando un padrone di casa è...», mimò delle mani che non sanno stare al loro posto, «anche gli altri membri della servitù seguono il suo esempio». Gettò la testa all'indietro. «Ma so prendermi cura di me stessa, conosco i trucchi».

Suzanne fece una smorfia. «Anch'io».

Tia parve sorpresa. «Vi siete trovata in guai simili, signorina?»

«Le persone malvage ci sono ovunque, Tia, sia qui che da dove provengo io. È il cuore di un uomo che fa la differenza, nel bene o nel male». Sorrise. «Forse dovremmo imparare a vivere come gli elefanti, così non avremmo problemi».

Tia scoppiò a ridere. «Giusto. Niente uomini, niente guai!».

Quando Harrie tornò, le trovò sedute a terra a chiacchierare come uccellini su un albero. Il suo sguardo passò dalla sorella a Suzanne, ma decise saggiamente di non indagare.

«Siamo fortunati. Una degli anziani di questo clan è la figlia dell'anziana donna che sosteneva di aver aiutato a partorire una madre bianca, molti anni fa». Si rivolse alla sorella. «Non sono dei nostri, ma credo siano amici». Poi si voltò verso Suzanne. «Il nome della madre era Fala; il nome della figlia è Shansi. È disposta a raccontarvi ciò che sa».

Qualcosa nel tono della sua voce fece riflettere Suzanne. «Non ti fidi di loro, Harrie?».

La guida si prese un momento prima di rispondere. «Credo sarebbe saggio restare in guardia», rispose cauto. «Questo clan è un ramo dei

Cochoqua, uno dei gruppi più numerosi. Hanno svolto un ruolo centrale nella seconda guerra contro gli olandesi, e odiano la VOC con tutte le loro forze. Sarebbe saggio lasciare qui tutti gli oggetti di valore che abbiamo con noi. Il vostro cavallo, sicuramente. Anche il moschetto, magari. Tu puoi restare qui di guardia, Tia. Io accompagnerò *juffrouw* Joubert all'accampamento e la riporterò indietro non appena avranno finito di parlare».

Suzanne guardò il cielo. Non era ancora il crepuscolo, ma il sole sarebbe tramontato presto.

«Non hai intenzione di chiedere rifugio per la notte?»

«Non sono dei nostri. Di conseguenza, faremmo bene a scoprire ciò che siamo venuti a scoprire, e poi a proseguire il nostro viaggio». Fece una pausa. «Dovremmo portare qualcosa in dono a Shansi, da mostrare come segno delle nostre buone intenzioni».

Suzanne rifletté per un momento, poi estrasse un fazzoletto dalla borsa. Era bianco con l'orlo di sangallo, un ripetitivo disegno di ovali e pizzo, e le sue iniziali ricamate in verde: *SJ*.

«Questo può essere utile?».

Harrie annuì. «Quello andrà bene. E per il capoclan?»

«Potremmo privarci di una bottiglia di brandy».

«Bene».

Condusse la sua cavalla nel bosco deciduo, lontano dal masso che incombeva su di loro, quindi prese il moschetto e lo nascose nel tronco morto di uno degli iroko più distanti dall'accampamento.

«Nascondete anche le munizioni», aggiunse Harrie.

Suzanne si tolse la bandoliera, l'arrotolò, poi esitò un istante prima di spingerla in un buco nel terreno.

«Qui sarà più al sicuro, meno visibile».

Suzanne vi posò sopra il diario di Louise e coprì il nascondiglio con foglie e frasche. Tra tutti i suoi effetti personali, non sopportava il pensiero di perdere proprio quel libro. Come la Bibbia di Pierre Jaubert, era da tanto tempo che le teneva compagnia. Si infilò il pugnale nel retro della gonna, in modo tale che non fosse visibile, quindi si alzò e si ripulì le mani dalla terra.

«Bene», annunciò. «Sono pronta».

«Seguitemi, signorina, se non vi dispiace», le disse Harrie sottovoce mentre entravano nell'accampamento.

Suzanne annuì. «D'accordo».

L'accampamento assomigliava a quello in cui si erano fermati la sera prima: un fossato scavato attorno ai *matjieshuis* eretti in circolo, rivolti verso l'interno attorno a un falò centrale, e un recinto improvvisato dietro all'accampamento, dove il bestiame era intento a brucare. Mentre si avvicinavano, Suzanne notò che le donne si ritiravano nelle capanne, lasciando gli uomini ad accoglierli.

C'erano tre anziani, dai caratteristici volti ampi e piatti, e quattro uomini più giovani, uno dei quali stava cercando di intimidire Harrie. Teneva la lancia levata, anziché appoggiata a terra accanto a sé. Sembrava infastidito dalla loro presenza.

Harrie s'inchinò al capoclan, quindi rivolse un gesto verso di lei. Suzanne si esibì in un piccolo inchino. Seguì una rapida conversazione tra gli uomini, che il più giovane interruppe diverse volte fino a quando il capoclan alzò la mano e gliela posò sulla bocca.

«*Hî-î*, Kmame». No.

Il ragazzo, arrabbiato, si allontanò a grandi passi verso i margini dell'accampamento, seguito dai tre uomini più giovani.

Harrie si rivolse a Suzanne. «Ora vi condurranno da Shansi».

Si guardò alle spalle. «Chi è quello sgradevole giovane che non ci vuole qui?».

L'espressione di Harrie non cambiò, anche se vide un lampo allarmato balenargli negli occhi. «Kmame è il figlio del capoclan, e avete ragione, avrebbe preferito che non fossimo venuti. Ma la sua rabbia non è rivolta a voi. O almeno, non solo a voi. Non approva neanche me. Un *verrader*, come si dice in olandese».

«Un collaboratore?»

«Kmame è tra coloro che considerano chiunque lavori per la VOC un traditore della nostra razza». Harrie scrollò le spalle. «Chi può dirlo? Magari ha ragione».

«Stai cercando di migliorare le cose per la tua famiglia», ribatté Suzanne, ergendosi in sua difesa. «Non c'è nulla di cui vergognarsi in questo».

Harrie le rivolse l'ombra di un sorriso. «Sarà il tempo a dirlo».

Seguirono uno degli anziani verso la capanna al centro del complesso. Pronunciò un saluto. Dall'interno, una voce femminile rispose, e si trovarono spinti dentro al *matjieshuis*. Era pulito e arioso, orientato in modo tale che una lieve brezza penetrasse attraverso i piccoli spazi nelle pareti di canne.

Un'anziana donna sedeva su una stuoia distesa per terra, abbigliata come gli uomini all'esterno. Un *kaross* attorno alla vita e alle spalle, e il petto nudo. La pelle ricadeva in molli pieghe, come velluto marrone, su braccia e ventre.

Harrie si inginocchiò a terra davanti alla donna, e indicò a Suzanne di fare lo stesso. Da vicino, pensò che la donna potesse avere circa sessant'anni, sebbene il suo viso grinzoso potesse non riflettere fedelmente quante stagioni avesse già vissuto. Il suo sguardo era diretto, inquisitorio, e Suzanne si sentì certa che l'anziana potesse davvero avere qualcosa da rivelare.

Ebbe di nuovo inizio la consueta danza che accompagnava ogni conversazione: Suzanne poneva una domanda, Harrie traduceva, Shansi rispondeva, e le sue parole venivano infine trasposte dalla lingua Khoi all'olandese. Sebbene non capisse nulla, Suzanne si rese conto che i ricordi di Shansi erano chiari e definiti. Le sue risposte erano pressoché prive di esitazioni.

Finalmente, Harrie riferì ciò che gli aveva raccontato Shansi. «Dice che a ottobre dell'anno di Nostro Signore 1623, sua madre Fala è stata chiamata ad assistere durante il parto una donna bianca, una donna...».

«Perdonami», lo interruppe Suzanne, «ma come fa a conoscere la data con tanta precisione?»

«Sono io che ho calcolato la data sul vostro calendario, in base a ciò che ha detto Shansi», spiegò Harrie. «La donna, insieme a una compagna, aveva ricevuto il permesso di stabilirsi nel territorio dei Goringhaiqua. Fala è arrivata quando il travaglio era già in fase avanzata. Il parto è avvenuto subito dopo. Non si è mai temuto per la vita né della madre né del bambino. Un maschio».

«Shansi è sicura che sua madre le abbia parlato di due donne bianche, e non di un uomo e una donna?», domandò Suzanne.

«Così dice. Due donne bianche, una di qualche anno più vecchia dell'altra».

Suzanne aggrottò la fronte, incerta su come interpretare quella informazione. «È in grado di descrivere le donne?».

Harrie pose la domanda richiesta, ascoltò, e poi riferì la risposta. «Dice che si assomigliavano. Una aveva più rughe, ed era più alta. Un donnone».

«Qualcos'altro che le distinguesse?».

Shansi indicò Suzanne, poi scoppiò a ridere.

«Dice che quella alta aveva occhi di colori differenti. Come i vostri».

Suzanne rimase senza fiato. Non ci potevano essere dubbi che si trattasse di Louise. «Ed era lei la madre?».

Harrie scosse la testa. «No, l'altra donna».

Suzanne si accigliò. Non aveva senso. Louise non aveva mai scritto di un'altra donna. «E nessun uomo?»

«Nessun uomo», ripeté Shansi in olandese, quindi tornò alla sua lingua madre, ora parlando rapidamente e gesticolando animatamente con le mani.

Il viso di Harrie si fece cupo. «Ma ricorda che circolavano voci su di un uomo, in precedenza. C'era stato un litigio, da qualche parte nei territori dei Goringhaiqua».

Suzanne guardò Harrie negli occhi e vide che anche la sua guida era giunta alla sua stessa conclusione: questo, almeno, coincideva con ciò che aveva raccontato Tshu.

«Come fa a saperlo?».

Harrie tradusse la sua domanda per Shansi, quindi tornò a rivolgersi a Suzanne. «Dice che tutti hanno sentito parlare di un uomo con un ciuffo bianco tra i capelli, alla ricerca della capitana. Dice che la storia è stata tramandata da un clan all'altro, e che l'uomo le ha trovate con l'aiuto di un membro dei Goringhaiqua. Sua madre, Fala, era una Goringhaiqua. Shansi dice che tutti hanno sentito dire che l'uomo ha trovato le donne e che hanno lottato. Dopodiché, lei non sa più niente».

Suzanne sedette sui talloni. Anche questo combaciava con quello che Tshu aveva raccontato loro riguardo a uno scontro. Questo significava che Philippe aveva ucciso Gilles o viceversa? O che Philippe aveva ucciso Louise? Ma chi era la seconda donna che aveva partorito? E soprattutto, che ne era stato del bambino?

«Quando è accaduto tutto questo, lo scontro, lo sa?»

«Al volgere dell'anno», rispose Harrie, «quando faceva molto caldo. Prima che nascesse il bambino».

«Un maschietto», mormorò Suzanne. Ma non figlio di Louise, se bisognava credere al racconto di Shansi. «Ha più saputo niente del bambino?».

Shansi riprese a parlare, a una velocità tale che persino Harrie faticava a starle dietro.

«Dice che sua madre non sapeva nulla di ciò che è accaduto dopo che si è separata dalle due donne. Tutto ciò che può testimoniare è che la donna ha partorito un maschio, sano e forte».

«*!Kam*», disse tutt'a un tratto Shansi.

«Cosa sta dicendo?».

Harrie ascoltò. «Shansi è dell'opinione che l'uomo sia tornato e le abbia uccise entrambe».

Il cuore di Suzanne mancò un battito. «Perché? Perché lo pensa?».

Shansi parlava ora animatamente, le mani che si agitavano nell'aria.

«Perché le donne sono scomparse», spiegò. «Quando il clan ripercorse quella strada, in seguito, le due donne bianche non c'erano più. Le costruzioni, il recinto per gli animali, erano svaniti nella polvere».

«Ma non avrebbero potuto essersi nascoste?».

Harrie sottopose la domanda a Shansi, che scosse la testa. «Dice che lo avrebbero saputo. È sicura che le abbiano uccise».

Suzanne tacque, la mente in preda a un turbine di pensieri. Non voleva lasciar andare Shansi, ma non riusciva a pensare a nient'altro da chiederle. Sapeva che quelle storie erano solo voci, logoratesi con il passare degli anni. Frammenti di informazioni che non coincidevano del tutto con ciò che le era stato detto in precedenza.

Nessuno aveva mai accennato prima a un'altra donna vicina a Louise, né a bordo della nave, né una volta che la *Old Moon* era giunta alla baia della Tavola. Naturalmente, era possibile che Louise avesse preso con sé un'altra passeggera quando avevano svernato a Capo Verde. Ma se così fosse stato, di certo lo avrebbe scritto nel suo diario, no?

Accettando riluttante che non c'era nient'altro da scoprire, Suzanne rivolse un sorriso di ringraziamento a Shansi e le tese il fazzoletto.

«Per favore, dille che apprezzo la sua gentilezza e la sua cortesia. Sono in debito con lei».

Shansi accettò l'offerta con piacere.

«Vi augura buona fortuna nella vostra ricerca», riferì Harrie mentre, riluttanti, si alzavano in piedi.

Suzanne premette i palmi l'uno contro l'altro e ripeté ciò che aveva detto Harrie, tentando di imitare il suono schioccante della loro parlata.

«*!Gâise hâ re*». Addio.

Capitolo quarantadue

Non appena uscirono di nuovo nel tardo pomeriggio, Suzanne capì che qualcosa era cambiato. Gli anziani erano scomparsi, e c'erano solo i quattro giovani ad aspettare accanto al fuoco freddo. L'aria era tagliente, carica di minaccia e angoscia.

Poi Suzanne vide Tia, in piedi con le braccia dietro la schiena accanto a Kmame, e la sua cavalla, legata a un palo vicino al recinto del bestiame. Suzanne rimase immobile, con i nervi all'erta, pronta a seguire l'esempio di Harrie.

Lui parlò con veemenza. Kmame, dal canto suo, si limitò a ridere e strattonò la corda che legava le braccia di Tia. Harrie si fece avanti per protestare, ma si ritrovò tre lance puntate direttamente al petto. Uno degli uomini avanzò verso di lui e lo disarmò.

«Che cosa sta succedendo?»

«Kmame ci accusa di essere in malafede per non aver portato Tia all'accampamento. Esige il tuo cavallo come risarcimento per l'offesa».

«È assurdo...», iniziò a dire Suzanne, poi si trattenne. Dubitava che quello potesse essere un valido motivo per offendersi. Era ovviamente uno stratagemma. Kmame era stato contrario fin dall'inizio al loro ingresso nell'accampamento. «Dov'è il capo?».

Harrie scrollò leggermente le spalle facendo una smorfia. «Immagino che sia stato costretto a farsi da parte. Kmame esercita chiaramente una cattiva influenza su suo padre perché questo accada».

Forse perché aveva sentito il suo nome, Kmame iniziò a gridare. Suzanne si irrigidì. Un bullo era un bullo in qualsiasi lingua e, con tre giovani uomini dietro di lui come rinforzi, era chiaramente in vena di combattere.

«Se gli lasciamo il cavallo, lascerà andare Tia?».

Per la prima volta da quando lo conosceva, Harrie esitò.

«Non lo so».

Suzanne tacque, poi fece un passo avanti. «Fammi da interprete», borbottò a Harrie, poi alzò la voce e si rivolse a Kmame.

«Perdonami se ti ho offeso. Non era mia intenzione. Volevo solo parlare con la vostra stimata anziana, Shansi, e sono grata al tuo capo per avermi concesso questo onore. Harrie e Tia hanno solo obbedito alle mie indicazioni». Aspettò che Harrie finisse di tradurre, poi continuò. «Siamo in viaggio verso l'interno e abbiamo bisogno del cavallo…».

L'unica risposta di Kmame fu uno schiocco di dita. Uno dei suoi uomini si avvicinò a Suzanne e cercò di prenderle la borsa dalla spalla.

«*Hî-î*», reagì lei bruscamente, ricordando la parola usata in precedenza dal capoclan. «No. Non l'avrai».

Spiazzato dalla risolutezza di quel rifiuto, l'uomo esitò. Kmame schioccò di nuovo le dita e gli fece cenno di prendere comunque la borsa. Suzanne era preoccupata, oltre che arrabbiata, per la sicurezza di Tia e per quella di tutti loro. Nulla avrebbe potuto impedire a Kmame di ucciderli, lasciando che le loro ossa venissero ripulite dagli avvoltoi, una mappa imperscrutabile dei loro omicidi. Nessuno l'avrebbe mai saputo. Suzanne scosse la testa. Non avrebbe inflitto quella perdita a sua nonna, non l'avrebbe permesso. E, alla paura, si mescolò la furia.

Vide Kmame frugare nella sua borsa, e lo sentì fischiare quando trovò il prezioso cannocchiale e un altro foulard per poi scoppiare a ridere quando individuò altre due bottiglie di brandy. Era grata di aver nascosto le munizioni nel boschetto.

«Lascia andare Tia», disse Suzanne con voce chiara e risoluta, decisa a non mostrare alcun segno di paura e a trattarlo come un bambino da assecondare.

Harrie iniziò a parlare. Suzanne non capiva cosa stesse dicendo, ma c'era una nuova sicurezza nella sua voce. Come se stesse stringendo una sorta di patto. Una negoziazione.

Senza alcun preavviso, Kmame spintonò Tia sulla schiena, facendole sprofondare il viso nella polvere. Harrie fece per precipitarsi in aiuto della sorella, ma Kmame gli bloccò la strada e indicò Suzanne. E Suzanne, improvvisamente, capì. Avrebbe obbligato la donna bianca a obbedire ai suoi ordini, così come la gente di lei costringeva quella di lui a fare.

Suzanne aiutò Tia ad alzarsi. Indicò la corda che le legava le mani, mimando di scioglierla, e ricevette un cenno di assenso. Con dita malferme, sciolse il nodo e lasciò cadere la corda a terra, poi fece un passo indietro. Tia si strofinò i polsi, lanciò un'occhiata furiosa a Kmame e poi raggiunse il fratello.

Kmame fece un cenno con la mano.

«Ci permette di andarcene», disse Harrie.

«E i nostri averi? Il mio cavallo?»

«Li terrà come risarcimento per esserci introdotti nelle sue terre».

«Le terre di suo padre», borbottò Suzanne tra sé e sé, e vide Kmame avvicinarsi a lei con l'espressione di chi aveva capito. Suzanne si bloccò. Era stata sciocca a presumere che lui non capisse l'olandese. Solo perché aveva scelto di non lavorare per la VOC non significava che non conoscesse bene la loro lingua.

«Andate», disse Kmame come se le avesse letto nel pensiero, «prima che cambi idea».

Mentre Suzanne, Harrie e Tia si allontanavano dall'accampamento, Suzanne si aspettava di sentire, da un momento all'altro, il sibilo di una lancia che fendeva l'aria e il tonfo sordo della punta di ferro che lacerava la carne. I suoi nervi erano tesi, e ogni passo le richiedeva un grande sforzo. Ma continuarono ad avanzare fino a raggiungere il boschetto. Una volta al riparo, Suzanne riprese a respirare di nuovo più facilmente. Tia scoppiò in lacrime e si gettò tra le braccia del fratello. Harrie, invece, rimase impassibile.

«Che cosa gli hai detto per convincerlo a liberarci?», domandò Suzanne.

Alla fine, l'espressione di Harrie cambiò. «Che voi siete una discendente della donna dagli occhi diabolici e che gli avreste lanciato una maledizione se non ci avesse lasciato andare».

Suzanne sussultò per lo stupore, poi rise. «E lui ti ha creduto?».

Harrie alzò le mani. «A quanto pare sì».

Il sorriso svanì dalle labbra di Suzanne. Erano al sicuro, ma per quanto tempo ancora?

«Come possiamo essere sicuri che non ci seguiranno e non ci attaccheranno in campo aperto? Che cosa faremo?».

Il sorriso di Harrie si spense. «Niente. Ecco perché aspetteremo che faccia buio, poi recupereremo ciò che Kmame ci ha sottratto».

Suzanne spalancò gli occhi. «I miei averi sono irrilevanti. Sono sciocchezze, non vale la pena rischiare la vita per riprenderceli».

«È un ladro. E un codardo. Festeggerà il suo trionfo su di noi con il brandy. Mentre dormono, tornerò all'accampamento e riprenderò il vostro cavallo. Se Kmame dovesse svegliarsi, non credo che si metterebbe a discutere con un'arma puntata addosso».

Suzanne scosse la testa. «Non posso lasciarti fare una cosa del genere, Harrie. Andrò io».

«Non ve lo permetterò, signorina. Il signor van Dijk, giustamente, non mi perdonerebbe mai».

«Oh, ma Adriaan non è qui. Inoltre, non hai raccontato a Kmame delle falsità sul mio conto? Considerando che sarà ubriaco, se si sveglierà, avrà sicuramente più paura di me che di te».

Calò il crepuscolo, e il giorno cedette il passo alla notte.

Suzanne preparò il moschetto, nel caso in cui gli uomini di Kmame fossero venuti a dare loro la caccia di notte, poi si sedette ad aspettare. Per alcune ore, rimasero nascosti nel boschetto, in ascolto. I giovani stavano chiaramente bevendo il brandy. I rumori dei festeggiamenti si fecero sempre più forti, e Suzanne dovette sforzarsi di mantenere la calma. Le voci aumentarono di intensità per poi farsi più flebili. Fino a tacere del tutto.

«Quanto dobbiamo aspettare?»

«Finché non dormiranno profondamente», rispose Harrie.

Quando le ultime braci si furono spente nel fuoco dell'accampamento, Harrie si alzò. Avevano concordato di avvicinarsi all'accampamento tutti insieme, anziché rischiare di separarsi nel buio.

A un cenno silenzioso di Harrie, attraversarono lo spazio aperto tra il boschetto e l'accampamento, tenendosi bassi. Era il primo momento di pericolo. Se qualcuno fosse stato ancora sveglio e avesse percepito dei movimenti nell'oscurità, loro tre sarebbero stati catturati. Suzanne sentiva il cuore battere così forte da tradire la loro presenza, ma si concentrò a ogni passo e non fece alcun rumore. Il moschetto le pesava sulla schiena, la bandoliera era ingombrante, ma riuscì a trovare il giusto equilibrio. Per due volte, la camicia le si impigliò in un ramoscello e calciò un sasso con lo stivaletto, ma nulla si mosse.

Quando si trovarono alla giusta distanza per colpire, Harrie fece un cenno a lei e a Tia di aggirare l'accampamento a destra, mentre lui sarebbe passato a sinistra.

Ora Suzanne era abbastanza vicina da vedere Kmame e i suoi tre compagni dormire accanto al fuoco. La sua borsa e il suo cannocchiale erano a portata di mano. Diede un colpetto a Tia sul braccio e indicò il gruppo di uomini. Tia scosse la testa con decisione, ma Suzanne aveva già oltrepassato il fossato con un salto e si era nascosta tra due capanne.

Si accovacciò a terra usando l'ombra della capanna come riparo. Con cautela, allungò il braccio. Le sue dita tastarono il cannocchiale. Lentamente, iniziò a tirarlo in avanti, poi lo usò per agganciare da sotto la cinghia della borsa.

Kmame, improvvisamente, grugnì e si voltò. Suzanne si fermò di colpo, ritraendo la mano con un movimento fulmineo per paura che qualcuno la vedesse. Trattenne il respiro mentre lui espirava e cambiava posizione, poi riprese la faticosa operazione di recupero della borsa finché, finalmente, non se la riportò saldamente tra le mani. Suzanne si appoggiò alla parete di canne della capanna, si concesse un attimo di sollievo, poi scivolò con cautela attraverso le ombre e oltrepassò di nuovo il fossato.

Quando arrivò in cima all'accampamento, vide che Harrie era riuscito a slegare il suo cavallo e che Tia stava portando la sella. Aspettò che si allontanassero ulteriormente, finché non fu certa che non sarebbero stati visti dall'accampamento se qualcuno si fosse svegliato. Poi, li seguì. Con il cuore che le martellava ancora nel petto, si insinuò silenziosamente nell'oscurità, guidata dal leggero calpestio degli zoccoli della sua cavalla. Un passo, due passi, era quasi arrivata.

Alla fine, però, scorse improvvisamente un movimento alle sue spalle e si voltò. Uno degli uomini di Kmame era uscito dall'accampamento per fare i bisogni e la stava fissando. Quando lo vide aprire la bocca per gridare, Suzanne si portò un dito alle labbra. Si accorse che l'uomo non aveva la lancia con sé e, immaginando che Kmame avrebbe punito il suo errore, pregò che il suo istinto di autoconservazione fosse più forte del desiderio di gloria. Per chiarire ulteriormente il messaggio, Suzanne sollevò il moschetto e glielo puntò contro.

Per un attimo, la situazione rimase appesa a un filo. Poi, con un cenno del capo, l'accordo fu concluso. Lui non aveva visto nulla. Lei non lo avrebbe ucciso. L'uomo non si era accorto che il moschetto era stato caricato ma senza il proiettile. Così, si voltò e tornò nell'accampamento. Suzanne trattenne il respiro, in attesa di un grido a segnalare che l'aveva tradita.

Ma il silenzio regnò ininterrotto.

Suzanne aspettò ancora qualche istante, poi abbassò l'arma e sgattaiolò via, convinta che, quella notte, qualcuno avesse vegliato su di lei.

Capitolo quarantatré

Groot Drakenstein
Martedì, 21 dicembre

Avanzarono nella notte, Tia a cavallo insieme a Suzanne, seduta dietro alla sella. Harrie camminava accanto a loro, sebbene fosse evidente che era esausto. Ma dovevano allontanarsi il più possibile dall'accampamento prima che Kmame e i suoi uomini si svegliassero.

Harrie aveva detto a Kmame che erano diretti a Olifantshoek, che si trovava a sud-est dell'accampamento. Per portarli fuori strada, stavano invece viaggiando verso Groot Drakenstein, dove si trovavano i terreni assegnati a Pierre Jaubert e ad altre tre famiglie. Dopo l'esperienza all'accampamento di Kmame, Suzanne voleva avvisare i suoi compagni ugonotti, nel caso in cui i suoi uomini avessero attaccato una delle fattorie dei coloni come rappresaglia. Incursioni simili si erano già verificate in passato.

Grazie a quanto aveva detto Shansi, ora era sicura che Philippe aveva trovato Louise. Non aveva alcuna idea riguardo all'identità della seconda donna, ma Philippe doveva essere il padre del bambino. Inoltre, era convinta che l'uomo da cui Lars Eltorp aveva acquistato la sua arma fosse o Philippe in persona – sebbene la sua età lo rendesse improbabile – o quel bambino diventato adulto.

«Parlami», mormorò, ma Louise rimase in silenzio.

Nell'oscurità illuminata dalle stelle, Suzanne cercò di concentrarsi sul rumore degli zoccoli sul terreno asciutto, e sul cerchio delle braccia di Tia attorno alla vita, sui passi di Harrie mentre camminava accanto a loro. Ciascuno dei tre era all'erta, pronto ad avvistare occhi luminescenti nelle tenebre, un leone o un leopardo sulle loro tracce, ma nulla ostacolò la loro fuga.

I suoi pensieri tornarono a sua nonna, alla loro disperata fuga attraverso la Francia, e al terrore provato in quel periodo. Questa volta, almeno, Florence era al sicuro a casa loro, nella colonia. Tuttavia, Suzanne era sempre più preoccupata per Harrie. Lo aveva visto sussultare quando Tia lo aveva abbracciato, e zoppicava verso sinistra, dove il bastone di Odendaal aveva colpito più duramente.

All'alba, si fermarono per far riposare il cavallo e per mangiare.

«Sapete dove i vostri amici stanno costruendo la loro fattoria?», domandò Harrie.

«So solo che erano una delle quattro famiglie a cui è stato assegnato un terreno nella valle vicina ai monti Simonsberg».

Lui annuì, sebbene i suoi occhi sembrassero sfocati. «Li troveremo».

Erano quasi le undici di mattina, a giudicare dalla posizione del sole, quando il gruppetto, stanco e con i piedi doloranti, avvistò una piccola capanna rettangolare all'orizzonte, annidata nella depressione tra due colline. Quando si avvicinarono, il profilo della costruzione si fece più chiaro. Suzanne pensò che assomigliava più a un nascondiglio per cacciatori che a una casa, ma avevano tentato di renderla presentabile: un tetto piatto di paglia sfilacciata, muri di argilla, un'ampia finestra con imposte di legno, e una piccola panchina sotto di essa. Due vasi di terracotta erano posizionati su ciascun lato della porta a un solo battente.

Suzanne sorrise, ricordando le proteste di Pierre Jaubert all'idea che sua moglie avrebbe dovuto cavarsela con soltanto mezza pentola e un terzo di aratro. Ora che si trovava lì, in quello spazio sconfinato, le sembrava ancora più assurdo che i coloni dovessero dividersi i beni essenziali. Come avrebbero potuto condividere tutti quegli utensili, quando gli appezzamenti di terra erano tanto distanti gli uni dagli altri e le stagioni di coltivazione erano identiche per ciascuna famiglia?

Al contempo, confidava che Pierre e Isabeau avrebbero fatto del loro meglio. E infatti, quando furono ormai a portata di voce, vide un falò improvvisato con un sostegno dal quale pendeva una pentola di ferro. Poco più in là, un aratro con i denti sporchi suggeriva che Pierre stava lavorando duramente per coltivare la terra. E dietro alla capanna di argilla, vide un semplice recinto con due bovini, che si riparavano dal caldo sotto un giovane *karee*. Il tronco sottile e le rade foglie offrivano poca ombra, ma era meglio di niente, e Tia aveva detto a Suzanne che si trattava di alberi resistenti e dalla crescita rapida.

Sorridendo, smontò da cavallo. «Credo che abbiamo trovato i miei amici». Si portò le mani ai lati della bocca. «*Monsieur Jaubert, Isabeau, c'est moi. C'est Suzanne. Votre voisine du navire*». La vostra compagna di navigazione.

Per un istante, nulla si mosse. A quell'ora del giorno, naturalmente, era più che possibile che Pierre fosse lontano dalla fattoria. Ma Isabeau? Sicuramente non avrebbe lasciato il loro appezzamento di terra incustodito.

Suzanne chiamò di nuovo. «*Isabeau, tu es là?*».

Questa volta, la porta si aprì. Vide il luccichio della bocca di un moschetto, e sorrise. A quanto pare, Pierre era riuscito ad acquisire la piena proprietà di ogni cosa, compreso il suo terzo di moschetto.

Il viso di Isabeau fece capolino da dietro la porta. Era abbronzata dall'esposizione al sole, ma aveva la consueta espressione seria sul volto. Nell'istante in cui vide di chi si trattava, posò l'arma e corse verso Suzanne a braccia aperte.

«Non riuscivo a credere alle mie orecchie quando ho sentito la tua voce», gridò, avviluppandola in un grande abbraccio, «eppure eccoti qua! Perché? Come?».

Suzanne ricambiò l'abbraccio. «Tutto a tempo debito, amica mia. È evidente che la vita nell'entroterra ti calza a pennello, sembri in ottima salute!».

Isabeau scoppiò a ridere. «Sono un figurino, ma qui non c'è nessuno a notarlo. Farei cambio in qualsiasi momento con un pezzo di terra asciutta sul mare. E guardati, abbronzata come una contadina. Florence sarà disperata».

Suzanne fece una smorfia. «Lei non ha ancora visto come il sole mi ha rovinato la carnagione. Permettimi di presentarti i miei compagni di viaggio, Harrie Nemen e sua sorella, Tia».

Isabeau li guardò con vago sospetto. Poiché i Jaubert erano stati tra i primi a lasciare la colonia, Suzanne immaginava che avessero avuto poche occasioni per conoscere gli uomini e le donne Khoi che lavoravano con i coloni.

«Sono miei amici», aggiunse Suzanne.

Ancora nervosa, Isabeau annuì. «Come fai a comunicare con loro?».

A quelle parole, Suzanne scoppiò a ridere. «Parlano olandese, Isabeau. Harrie è un interprete, Tia lavorava per il *landdrost* a Stellenbosch».

«Oh. Be', dovete entrare. Raccontatemi come siete arrivati fino a qui. Vorrei che Pierre fosse a casa. È andato a far visita a Monsieur Grange e Monsieur Malan, all'estremità opposta della valle». Scosse il capo. «Qui il terreno non è buono. Mio marito spera di convincerli a unirsi a lui, per andare a chiedere al comandante di assegnarci terre più fertili lungo il fiume Berg».

«È dove siamo diretti noi, a Olifantshoek».

Isabeau sorrise timidamente, dopodiché, con un gesto più cortese che li includeva tutti, disse: «Dovete essere affamati e assetati. Sedetevi. Vi porto qualcosa. Abbiamo poco, ma ciò che abbiamo possiamo condividerlo con voi».

Suzanne le prese la mano. «*Mille mercis*. Inoltre, se hai acqua e stoffa, Harrie ha delle ferite che vanno medicate».

Isabeau scomparve all'interno. Quando se ne fu andata, Suzanne vide Harrie ondeggiare sui piedi, sul punto di cadere. Lei e Tia lo aiutarono a sedersi all'ombra della casa, e Tia gli tolse delicatamente la camicia. L'uomo si limitò a chiudere gli occhi con una smorfia, a dimostrazione di quanto soffrisse.

«Signorina...», iniziò Tia a bassa voce.

Suzanne guardò la schiena di Harrie ed ebbe conferma di ciò che aveva temuto. Era insorta una infezione. La pelle era gonfia e rossa, e del pus giallo fuoriusciva dalle ferite.

«Ti permetterà di prenderti cura di lui?».

Attese mentre Tia parlava con il fratello, ascoltando la loro conversazione sussurrata. Il fatto che, per quanto lei lo vedesse cercare di protestare, il suo tono non fosse convinto, indicava quanto dolore doveva provare Harrie.

Ma quando Isabeau notò le ferite di Harrie, assunse il comando e insistette che Tia aiutasse Harrie a entrare nella capanna. Suzanne udì una conversazione sussurrata ma, poco dopo, Isabeau tornò fuori. La sua espressione era cupa.

«Quell'uomo ha bisogno di riposare e tenere la pelle esposta all'aria. La camicia sta aggravando le ferite. Possiedo una scorta di erbe con cui è possibile preparare un impiastro e ripulirle. Lei è sua sorella, dici?»

«Sì».

Isabeau annuì. «Ho dell'artemisia. Tia può preparargli un impiastro. Riposerà; l'infezione è grave».

«Come temevo». Suzanne si accigliò. «A Dio piacendo, si riprenderà. Sono brave persone».

Capitolo quarantaquattro

Venerdì, 24 dicembre

Per due giorni, la febbre di Harrie si scatenò violentemente. Era difficile capire se la cura di Tia stesse funzionando: aveva preparato un impacco con foglie di buchu e fango del fiume per eliminare l'infezione e gli applicava le medicazioni ogni ora. Ma Harrie non mangiava e riusciva a malapena a sorseggiare un po' d'acqua. Suzanne era molto preoccupata per lui: aveva visto la carne infetta diventare nera e imputridire, e sapeva che lui doveva avere dolori diffusi su gran parte della schiena.

Isabeau allestì una tettoia per Harrie e Tia sul retro della loro piccola capanna, affinché lui potesse dormire all'aria aperta e lasciare che la natura gli guarisse la pelle. Tia non si allontanava mai da suo fratello se non per andare a prendere l'acqua e fare i bisogni, altrimenti stava seduta accanto a lui per terra cantando canzoni struggenti nella loro lingua madre. Suzanne doveva costringerla a mangiare e bere.

Nonostante fosse quasi Natale, Pierre Jaubert non era ancora tornato. Gli ugonotti provenzali rifiutavano qualsiasi cosa avesse a che fare con il papismo, ma Isabeau disse a Suzanne che volevano riunirsi a casa di un altro colono a Drakenstein il 25 dicembre per pregare e ringraziare Dio per ciò che aveva concesso loro.

«Che il Signore mi perdoni, ma abbiamo ricevuto ben poco», brontolò Isabeau. Suzanne si rese conto di quanto dovesse essere faticoso preparare il terreno per la semina in quella campagna arida. Isabeau andava a raccogliere piante commestibili e medicinali – sua madre era stata una levatrice – e, ogni mattina, controllava se le trappole avevano catturato piccoli mammiferi. Suzanne la aiutava, tenendo sempre d'occhio eventuali cambiamenti nelle condizioni di Harrie.

Nonostante le difficoltà insite nella sua vita da pioniera, Isabeau era perlopiù felice e ben disposta a condividere la notizia che avrebbe avuto un bambino nel tardo autunno.

«Chi ti assisterà durante il parto?», chiese Suzanne.

«Madame Meinard ha dato alla luce sei bambini e assistito alla nascita di altri quattro. Quando arriverà il momento, Pierre andrà a prenderla». Sorrise raggiante. «È riuscito a procurarsi un cavallo, quindi non ho nulla di cui preoccuparmi».

«Come ha fatto?», domandò Suzanne. I cavalli erano piuttosto rari nella colonia e costosi.

«In cambio dei servizi resi. Offre il suo aiuto per costruire case. Convince i Khoi a barattare pellicce e avorio in cambio di legname. In soli cinque mesi, si è fatto conoscere. La gente si rivolge a lui».

Suzanne non ne fu sorpresa. Tra tutti i suoi compagni di viaggio, aveva sempre creduto che Pierre Jaubert avesse il carattere necessario per avere successo.

«E tu sei felice, Isabeau?».

La sua amica incontrò il suo sguardo. «Sì, abbastanza. Siamo al sicuro, i Khoi sono solitamente disposti a commerciare con noi e, in ogni caso, a lasciarci in pace. Alcuni clan sono meno amichevoli nei confronti dei coloni, come quello in cui ti sei imbattuta». Fece una smorfia. «Le storie che ho sentito sono terribili: incursioni notturne, massacri… E anche se non lo ammetterei mai a nessuno eccetto te, Suzanne, è un piacere vivere secondo i nostri ritmi: nessun pastore che ci dice cosa fare o che ci rimprovera per i nostri peccati, nessun rintocco incessante di campane o vecchie che ti guardano male solo perché hai osato ridere durante il Sabato».

«Non ti senti sola qui, così lontana da qualsiasi compagnia?»

«Un po'», ammise Isabeau, posandosi le mani sul ventre. «Ma presto il tempo a mia disposizione non sarà più solo mio… e ci sono altre fattorie qui intorno, abbastanza vicine da andare e tornare in mezza giornata».

Per un istante, Suzanne considerò la possibilità di tornare a cavallo alla colonia per convincere Jean Prieur du Plessis – il barbiere-chirurgo dell'Oosterland che aveva conosciuto alla cena al castello a novembre – a tornare con lei a Drakenstein. Scacciò l'idea con la stessa rapidità con cui le era venuta. Anche se du Plessis fosse stato disposto a curare Harrie, era certa che avrebbe preteso che il paziente fosse portato da lui.

Improvvisamente si batté le mani sulle ginocchia.

«Che cosa c'è?», domandò Isabeau.

«C'era un nome che mi suonava familiare, ma non riuscivo a ricordare perché. Mi è appena venuto in mente che l'ho letto per la prima volta nell'archivio di famiglia ad Amsterdam. Du Plessis era il nome del padre biologico del mio trisavolo».

Isabeau la guardò. «E questa informazione ha qualche importanza?».

Suzanne scrutò la valle di Drakenstein, ricordando anche come l'uomo noto come Vidal – il primo ad avere una ciocca di capelli bianchi – avesse ereditato la tenuta du Plessis in qualità di nipote, derubando il trisavolo di lei, Piet Reydon, della sua eredità.

Suzanne sospirò. «No, non più. È passato tanto tempo». Sorrise. «Ma sono comunque contenta di essermela ricordata».

Sabato, 25 dicembre

Il giorno seguente era Natale. Pierre non era ancora tornato, ma Isabeau era sicura che li avrebbe raggiunti alla fattoria dove si sarebbero ritrovati tutti.

Dopo aver affidato Harrie alle cure di Tia, Suzanne e Isabeau partirono all'alba e attraversarono la collina fino alla fattoria di Jean e Louise Meinard. Avevano perso due dei loro figli durante il viaggio, ma i quattro figli sopravvissuti stavano bene, e la figlia, Jeanne, corse a salutare Suzanne con dei fiori in mano.

Il loro appezzamento di terra sembrava meno accogliente di quello di Jaubert, arido e secco. Ciononostante, Madame Meinard aveva fatto del suo meglio per celebrare la festività. Piccoli mazzi di fiori ed erbe selvatiche erano appesi al tetto di paglia, e, all'esterno, era stato allestito un tavolo sul quale i visitatori avrebbero lasciato le loro offerte: Isabeau vi collocò la sua insieme ad animelle, una ciotola di bacche di *Muraltia spinosa*, finocchio arrosto e una pasta di frutti gialli di *Dovyalis caffra*. All'ombra, uno spiedo era sospeso sul fuoco, e l'odore di carne arrostita riempiva l'aria. Era l'antilope più grande che Suzanne avesse mai visto.

«È un cudù», spiegò Isabeau. «Jean e Pierre l'hanno cacciato insieme apposta per oggi. È stata un'impresa portarlo a casa».

Suzanne fu felice di vedere quanto stesse bene Jean Meinard. L'ultima volta che l'aveva visto nell'edificio amministrativo della VOC sul lungomare, i capelli gli ricadevano flosci sul viso, e le ossa spuntavano dalla pelle pallida. Ora, le sue spalle erano più forti, e la sua pelle era abbronzata per effetto del sole africano. Sembrava un uomo padrone del suo destino.

Fu meraviglioso ritrovare alcuni dei loro compagni di viaggio: i Jourdan e il caro Pierre Grange. Anche lui era cresciuto di statura, e Suzanne trascorse dei piacevoli istanti rispondendo alle domande sulla salute di Florence e sulla loro vita in città.

Soprattutto, fu felice di rivedere Pierre Jaubert. Fu lui, in assenza di un pastore, a guidare le preghiere di Natale, con la fedele Bibbia tra le mani. Suzanne pensò quanto fosse strano che le stesse parole li accompagnassero: da La Rochelle alla *China*, dalla colonia a Drakenstein, i suoni familiari riempivano l'aria.

Una volta terminata la breve funzione, iniziarono i festeggiamenti. Jean Meinard iniziò a tagliare la carne, e le donne disposero i bambini in fila per farsi riempire i piatti.

Pierre prese da parte Suzanne. Salirono un po' sul pendio e si sedettero su alcune rocce, rivolti verso il basso in direzione della fattoria.

«Isabeau mi ha detto che sei diretta a Olifantshoek».

«Sì, è così. Speravo di essere già là, a questo punto, ma la mia guida, Harrie, non è abbastanza in forma per viaggiare».

Pierre scosse la testa. «Mia moglie mi ha raccontato cos'è successo, è terribile».

«Isabeau è stata molto gentile a permetterci di restare. Ce ne andremo il prima possibile, anche se in realtà il ritardo mi preoccupa. Stiamo finendo le provviste, e temo che, più perdo tempo, più è probabile che l'uomo che sto cercando se ne sia andato».

«È proprio di questo che volevo parlarti», disse Pierre. «Ho avuto a che fare con uomini del posto: alcuni sono disposti ad aiutare, altri no, come ti sarai resa conto tu stessa. Ho sentito parlare dell'uomo che hai incontrato, Kmame. Fa parte di un gruppo più piccolo che si è scisso dai Cochoqua. È chiaro che vuole sottrarre il potere a suo padre».

«L'ha già fatto».

«Una brutta storia. Comunque, ci sono degli uomini perbene».

«Intendi tra i seguaci di Kmame?»

«No, altrove».

Suzanne aspettò, chiedendosi che cosa volesse dire Pierre.

«Il punto è che, se hai bisogno di un'altra guida, in attesa che il tuo uomo si riprenda, devi solo dirmelo. Posso organizzarmi».

Suzanne esitò, chiedendosi che cosa sarebbe successo a Tia e Harrie se lei se ne fosse andata.

«Non preoccuparti», disse lui, interpretando l'espressione sul suo viso. «Loro possono restare finché non torni».

Sebbene Suzanne non fosse sicura che Harrie e Tia avrebbero acconsentito a rimanere là senza di lei, che scelta aveva? Le ferite di Harrie non guarivano, e lui aveva ancora attacchi di febbre che andavano e venivano. Voleva concedergli tutto il tempo necessario per guarire, ma desiderava ardentemente procedere con il viaggio.

«Sei sicuro?»

«Sì, senza dubbio».

«In tal caso, ne parlerò con loro». Sorrise. «Sei un buon amico, Pierre».

«Tu sei stata gentile quando la mia prima moglie è morta a bordo», affermò lui a bassa voce. «Hai accolto la mia Isabeau e, quando siamo sbarcati, ci hai aiutato tutti con quegli imbroglioni olandesi. Questo è il minimo che possa fare».

«Grazie». Poi, ricordandosi che era Natale, aggiunse: «E auguri di buone feste anche a te, Pierre. Che vengano giorni migliori».

Capitolo quarantacinque

Fu solo al tramonto, quando mosche e zanzare erano ormai uscite in massa, che Suzanne, Pierre e Isabeau tornarono alla fattoria dei Jaubert. Avevano i piedi dolenti ed erano stanchi per il tanto parlare, ma felici.

Tia li accolse con un briciolo di speranza negli occhi: Harrie era stabile, ed era riuscita a convincerlo a mangiare un po' di pane.

«Ma ha ancora la febbre, signorina. Niente di ciò che faccio funziona».

«Funziona invece, Tia, altrimenti le sue condizioni peggiorerebbero», replicò Suzanne, sperando che le sue parole fossero veritiere. «Se sei preoccupata, sei sicura che non ci sia nessuno che possiamo mandare a chiamare? Nessuno della vostra gente?»

«Non c'è nessuno nelle vicinanze».

Suzanne inarcò le sopracciglia. «Possibile?»

«Non si fidano di noi», ammise Tia.

«Perché lavorate per noi?».

La ragazza annuì, infelice.

«Be', allora dobbiamo continuare a portare pazienza. Lasciamo alle tue erbe il tempo di fare effetto. Ti aiuterà Madame Jaubert».

Tia socchiuse gli occhi. «Perché dite così?»

«Perché io devo proseguire verso Olifantshoek, Tia, e trovare l'uomo che stiamo cercando. Più a lungo aspetto, più è probabile che se ne vada prima che io lo raggiunga».

Come aveva temuto Suzanne, Tia detestava l'idea che lei partisse.

«Se vive laggiù, perché dovrebbe andarsene?», piagnucolò.

«Be', non sappiamo se viva laggiù o se sia soltanto passato di là. Non capisci? Più a lungo rimando, più è probabile che finirò per mancarlo.

Harrie ancora non si può muovere, e lui ha bisogno di te. Il marito di Madame Jaubert ingaggerà un'altra guida per me».

«E se questa persona non è degna di fiducia, e se è...».

Suzanne posò una mano sul braccio di Tia. «Puoi conoscerlo. E può conoscerlo anche Harrie, ammesso che se la senta. Ma io devo andare».

Alla fine, Tia riconobbe che suo fratello non era in grado di viaggiare. Dopo ulteriori discussioni, venne concordato che fratello e sorella sarebbero rimasti lì fino a quando Harrie non fosse migliorato, e poi avrebbero proseguito anche loro verso Olifantshoek, per ricongiungersi con Suzanne laggiù e riaccompagnarla fino alla colonia.

«E tu verrai a lavorare per me, in casa nostra? Come abbiamo detto?».

Il viso di Tia si illuminò. «Lo promettete?»

«Non ti ho dato la mia parola? Mia nonna sarà felice di conoscerti».

Pierre Jaubert tenne fede alla sua promessa. Cinque giorni più tardi, giunse alla fattoria una guida Khoi. Tia non lo conosceva, ma era imparentato con il loro clan, e Harrie garantì prontamente per lui.

Khasso parlava in modo pacato, la voce ridotta a un sussurro, e sembrava timido anche in compagnia di Tia. Era più basso di Harrie, ma possedeva lo stesso caratteristico volto piatto e uno sguardo calmo e risoluto. Il fatto che anche lui avesse sentito parlare di un uomo bianco che viveva sulle montagne di Olifantshoek era incoraggiante. Quello era il suo territorio, e Suzanne trovava la cosa molto rassicurante.

Khasso ricevette istruzioni da Harrie, fu concordato il prezzo a lui dovuto per accompagnare Suzanne a Olifantshoek e proteggerla fino a quando Harrie e Tia non fossero stati in grado di viaggiare. Dopodiché, Suzanne spiegò il suo piano a Pierre e Isabeau, quindi si ritirò presto per andare a letto, lasciando i suoi ospiti seduti accanto al fuoco all'esterno.

Mentre i suoi occhi iniziavano a chiudersi, si rese conto che sarebbe arrivata a Olifantshoek il giorno del suo compleanno, il primo giorno dell'anno nuovo. Per la prima volta nella sua vita, avrebbe trascorso la ricorrenza lontano da Florence. Si chiese se la nonna avrebbe acceso una candela, o avrebbe aspettato il suo ritorno in modo da poter festeggiare insieme.

Mentre scivolava nel sonno, si immaginò di entrare a cavallo a Olifantshoek, con le montagne alle sue spalle, immaginò la fattoria che i Khoi avevano descritto. Immaginò Louise, o il suo fantasma, che l'aspettava.

«Sto arrivando», mormorò, come già aveva promesso prima, «sto venendo a trovarti».

Venerdì, 31 dicembre

«Torna a trovarci», la salutò Pierre con voce incrinata. «Mia moglie ha gradito la tua compagnia. Le mancherai».

«E lei a me», rispose Suzanne con calore. «Ancora grazie per la tua gentilezza nel permettere a Harrie e Tia di restare. Ti garantisco che non sarà ancora per molto. Harrie è forte e determinato a guarire».

Pierre levò una mano. «Non c'è fretta, non c'è fretta. *A bientôt*».

Suzanne abbracciò Isabeau, si congedò da una Tia in lacrime, e strappò a Harrie la promessa che non l'avrebbero seguita fino a quando non avesse recuperato completamente le forze.

All'inizio, si diressero verso sud. Khasso era una presenza silenziosa al suo fianco, che rispondeva alle domande che lei gli poneva, ma altrimenti non diceva mai una parola di sua volontà. A Suzanne non dava fastidio. Gradiva il silenzio.

Viaggiarono per tutta la mattina, fino a quando il sole di mezzogiorno non li costrinse a cercare l'ombra. Khasso rifiutò qualunque offerta di cibo e si limitò a bere a una fonte. Suzanne fece riposare il cavallo, controllò moschetto e munizioni, mangiò un po' di pane e carne essiccata, e attese impaziente che trascorressero le ore più calde.

Cambiarono direzione, prendendo a viaggiare verso sud-est e le montagne di Olifantshoek, che incombevano grigie e verdi all'orizzonte. Inizialmente, Suzanne non notò nulla di diverso nell'andatura cauta e costante di Khasso. Ma quando il terreno prese a salire, diventò nervoso: voltava la testa da una parte all'altra, come se si aspettasse una imboscata.

Improvvisamente, un urlo raccapricciante davanti a loro li spinse a immobilizzarsi. Un altro strillo fu seguito da una serie di grugniti e latrati. La mano di Suzanne corse al moschetto che portava a tracolla.

«Che cos'è?», chiese lei rapida, le dita che armeggiavano con le munizioni nella bandoliera.

«Babbuini», rispose lui.

«Sono pericolosi?»

«Sono ladri. Cercheranno di derubarci».

«Ci attaccheranno?».

Khasso scrollò le spalle. «Potete spaventarli». Indicò il moschetto. «A loro non piace il rumore».

Suzanne smontò, quindi lasciò che Khasso conducesse il suo cavallo su per uno stretto passaggio tra due scarpate, finché non raggiunsero un altopiano. Ora riusciva a vedere un branco di babbuini, adulti e cuccioli, posizionati direttamente sul loro percorso. Le loro espressioni erano un misto di eleganza e monelleria, i volti quasi umani.

Preparò polvere da sparo e munizioni, soffiò sulla miccia, quindi puntò il moschetto in aria e sparò. Gli animali si sparpagliarono strillando in ogni direzione, balzando da una roccia all'altra verso la protezione degli alberi più su lungo il crinale. Suzanne credette di sentire l'eco dello sparo rimbalzare contro le pietre, rombando come un tuono attraverso il passo.

Poi il fumo si diradò e tutto fu di nuovo tranquillo.

Si voltò verso Khasso con un sorriso, lieta di essere riuscita a caricare e a far fuoco con il moschetto dopo tanto tempo. Adriaan sarebbe stato fiero della sua allieva. Con sua sorpresa, Khasso sembrava ancora nervoso.

«C'è qualche problema? Pensi che torneranno?».

Scosse la testa.

«Cosa c'è, allora?», insistette con un tocco di impazienza. L'uomo sembrava immobilizzato, come se fosse restio a compiere un altro passo. «Khasso?».

Lentamente, indicò la catena montuosa davanti a loro. «Non posso andare oltre».

Suzanne lo guardò incredula. «Hai acconsentito a portarmi fino a Olifantshoek e a restare con me fino all'arrivo di Harrie e Tia. Era questo il nostro accordo».

«Non attraverso quel passo». Indicò le pianure sotto di loro. «Possiamo passare da un'altra strada».

«Ma aggirare le montagne anziché attraversarle allungherà il nostro viaggio di diversi giorni».

«Non attraverso quel passo», ripeté lui.

«Ma perché?». La sua voce si levò esasperata.

«Per il vento».

Suzanne alzò lo sguardo. Si rese conto che, a un certo punto dell'ultima ora, il vento aveva cambiato direzione. Ora ce lo avevano contro, anziché alle spalle.

«Quando il vento viene da sud-est, è possibile udire le voci dei defunti irrequieti sussurrare in questa valle», spiegò a voce talmente bassa che Suzanne dovette sforzarsi per riuscire a sentirlo. «Sono gli spiriti di coloro che sono destinati a vagare sulla terra senza riposo». Si portò una mano al petto. «Non posso andare oltre».

Era stupefatta. A parte costringerlo a condurla oltre puntandogli contro il moschetto, non sapeva come fare a persuaderlo.

«Quanto ci vuole prima che il vento cambi di nuovo direzione?», chiese infine.

«Potrebbe volerci un giorno, una settimana. O di più».

«Quindi, che cosa proponi?».

Senza alcun segno di imbarazzo, Khasso la guardò negli occhi. «Aspettare che il vento cambi o aggirare la montagna». La sua voce era ferma e irremovibile. Credeva a ciò che credeva, e nulla che lei potesse dire gli avrebbe fatto cambiare idea.

Esisteva, tuttavia, una terza opzione. «Quanto è lontana?»

«Mezza giornata», rispose lui. «Seguite questo passo. C'è una salita, dopodiché vi ritroverete a camminare in discesa. Vedrete la fattoria che cercate prima del tramonto».

Suzanne annuì. «Quali sono i pericoli? Non mi riferisco agli spiriti di cui parli, ma ai predatori».

«Qui non ci sono leoni. Leopardi sì, e dove ci sono leopardi ci sono anche sciacalli. E anche serpenti, naturalmente».

Deglutì a fatica. Davvero aveva intenzione di continuare da sola per una questione di pochi giorni? Esitò e pensò a Louise, quindi decise che non c'era altra scelta.

«Proseguirò da sola», annunciò mostrandosi più sicura di quanto non si sentisse davvero. «Se cambi idea, vieni a cercarmi. Altrimenti, ti prego di aspettare qui Harrie e Tia, e di riferire loro dove mi trovo. Ti lascerò qualche provvista».

Sapeva che Harrie avrebbe cercato di discutere con lei. Si sarebbe preoccupato per la sua sicurezza e avrebbe provato a impedirle di andarsene. Ma Khasso si limitò ad annuire, quindi si sedette ad aspettare.

Suzanne fece il punto della situazione. Poteva avvicinarsi con il favore delle tenebre, e poi accamparsi quando fosse giunta in vista della fattoria.

"E poi?", si chiese.

In preda a seri ripensamenti, ma anche colta da un senso di determinazione, ora che era giunta alla fine del suo viaggio, alla vigilia del nuovo anno, Suzanne Joubert proseguì da sola.

Capitolo quarantasei

Olifantshoek
Capodanno 1689

Il sole stava tramontando dietro la fattoria isolata tra il fiume e le montagne. Dopo mesi di ricerche e difficoltà, attraverso fitte foreste e praterie, l'aveva trovato. Aveva trovato proprio lui.

Suzanne sollevò il cannocchiale e regolò il mirino. Aveva trascorso là gran parte della giornata. A osservare, ad aspettare. Il tetto di paglia della fattoria nero cenere in contrasto con il cielo azzurro, una palizzata di legno per il bestiame, tre capanne con il tetto di paglia. Era molto più imponente della fattoria dei Jaubert e sembrava più strutturata. C'erano ossa sparse in quella che sembrava una fossa poco profonda, segni bianchi nella polvere rossa. Quasi sorrise: blu, bianco, rosso, i colori della bandiera della VOC. Non era superstiziosa, ma doveva pur significare qualcosa.

Il moschetto le pesava tra le mani, e la cinghia di cuoio della bandoliera che conteneva le munizioni le tagliava la spalla. Cambiò posizione. Nonostante indossasse un cappello da uomo a tesa larga, sentiva la pelle del collo bruciare. Il suo cavallo era legato sotto gli alberi, ma non poteva rischiare di spostarsi nell'ombra più fitta. Da là godeva di una bella vista sulla fattoria.

Uccidere o essere uccisi.

Quella era la fine di una storia iniziata diverse generazioni prima, e anche di più. Da quella terribile notte a La Rochelle, alla scoperta del diario di Louise negli archivi di Warmoesstraat, la missione di Suzanne era stata quella di fare per Louise ciò che lei non era riuscita a fare: rimediare a un'ingiustizia.

Suzanne si sentiva risoluta, determinata. Coraggiosa. Ma, nella valle, regnava un silenzio che cominciava a innervosirla. Una poiana sciacallo volteggiava nell'aria calda del tardo pomeriggio, mentre le foglie degli alberi argentati erano immobili nella calura atroce. Quanto le mancavano il chiacchiericcio di Tia e la presenza costante di Harrie!

Poi il mondo naturale prese vita: il lontano barrito degli elefanti venuti fin là a partorire. Creature maestose che parlavano di un tempo prima che gli uomini camminassero sulla terra. Il grido acuto dell'ibis, il richiamo stridulo degli storni dalle ali rosse, tutti colori e canti che lei aveva imparato a conoscere. Era un mondo vivido e glorioso, meraviglioso e terrificante.

Mentre i versi degli animali si affievolivano, Suzanne si chiese come si sarebbe sentita una volta conosciuta la verità. Da quando aveva messo piede sul suolo africano in quella giornata tempestosa e umida di agosto di cinque mesi prima, Louise non era mai stata lontana dai suoi pensieri. Nelle ultime ventiquattro ore, non aveva immaginato altro che la pressione del dito sul grilletto, la scintilla della punta della miccia che incontrava la polvere da sparo, la traiettoria del proiettile nell'aria.

Il vento soffiava ancora da sud-est, trasportando gli spiriti dei non morti. Khasso l'avrebbe ancora aspettata al suo ritorno al luogo del *rendez-vous*? Non ne era certa. Lo aveva pagato abbastanza bene, ma non c'era motivo per cui dovesse esserle leale. I Khoi e i San avevano imparato che i coloni bianchi erano perfidi e inaffidabili. Perché lei sarebbe dovuta essere diversa?

Sotto, non c'erano ancora segni di vita. Suzanne si chiese se l'uomo avesse sentito voci sulla donna venuta da oltremare per cercarlo. Per questo, era stata così determinata ad andare avanti, a non lasciarselo sfuggire.

Scacciò quel pensiero. Aveva mantenuto il massimo riserbo e si era sforzata di tenere nascosto il suo scopo. Solo Harrie e Tia erano a conoscenza del suo tragitto specifico da ovest a est: una mappa di ossa sepolte nella polvere. E, sebbene Adriaan, Judith e Florence conoscessero le sue intenzioni, si fidava di loro al punto da affidare loro i suoi segreti e la sua stessa vita.

Suzanne continuò a osservare la fattoria luccicare nel calore, lasciando che il mondo si rimpicciolisse al ritmo del suo sangue, al pulsare e al sospiro del suo cuore, al sudore dal sapore metallico lasciato dal moschetto sulle sue mani. Pur rimanendo all'erta per l'eventuale presenza di un boomslang nascosto nella boscaglia, o del sibilo di un cobra olivastro, era calma e composta. Ci voleva molto tempo per caricare un moschetto. Avrebbe avuto una sola possibilità, un solo colpo.

Il tempo passò.

Poco dopo, Suzanne si concesse di sedersi. Posò il cannocchiale, sorseggiò un po' di brandy leggero dalla sua borraccia e mangiò un biscotto secco, l'ultima delle sue provviste. Il sole tramontò a ovest, tingendo di rosso il cielo imbiancato.

Fuoco, acqua, aria e terra.

Il crepuscolo stava calando. L'aria si era fatta dolce e leggera sulla sua pelle. Suzanne rimase in ascolto del ronzio degli insetti, del fischio di un succiacapre e del fruscio degli animali nel *fynbos* e nella macchia. L'ululato di uno sciacallo dal dorso argentato giungeva da troppo lontano per rappresentare una minaccia. Appoggiata al suo cuscino di pietra, la testa di Suzanne cominciò ad abbassarsi. Le sue dita si allentarono, e posò il moschetto accanto a sé, sentendone il peso contro la coscia. Udì una civetta chiamare il suo compagno con entusiasmo. Un'altra civetta bianca, forse?

Senza preavviso, proprio mentre l'ultima traccia del giorno svaniva dal cielo, un suono dal basso la destò dalle sue fantasticherie. La porta si aprì. Un uomo comparve sulla soglia. Suzanne si mise immediatamente all'erta e strizzò gli occhi nella luce morente. Era alto e con le spalle larghe, un contadino o un esploratore, con indosso un paio di pantaloni e un lungo farsetto di pelle, con una camicia aperta sul collo.

Ora che il momento era giunto, la determinazione di Suzanne vacillò. Avrebbe dovuto provare a parlargli prima? Stava permettendo alle sue emozioni di offuscare il buonsenso? Nella penombra, con l'aiuto del cannocchiale, riuscì a vedere la caratteristica ciocca bianca.

Suzanne esitò. Era forse un gioco di luci, era forse colpa delle ombre che si contorcevano e si nascondevano nella penombra del tramonto? Ricordò il consiglio che Madame Lombard le aveva dato quando era partita per la spedizione: "Uomo o bestia che sia, prima sparate, poi fate tutte le domande del caso".

Comunque...

Suzanne voleva sparare per spaventarlo, non per metterlo a tacere. Per avvertirlo, non per fargli del male. Doveva convincerlo a parlarle.

Silenziosamente, si alzò in piedi, prese il moschetto e si mosse lentamente nell'erba. Si arrampicò sullo scheletro secco di un albero caduto, finché non si trovò nella posizione perfetta. Con dita ferme, addentò la parte superiore della cartuccia e rovesciò la polvere nera nella vaschetta, quindi il resto nella bocca. La compattò con la bacchetta, si assicurò che il proiettile fosse al suo posto, poi portò l'arma alla spalla. Soffiò sulla miccia, e il suo fiato ne scompigliò l'estremità. Mosse il dito verso il grilletto.

Suzanne si sporse in avanti, con gli occhi fissi sulla preda.

Poi, percepì un movimento ai suoi piedi e un suono, qualcosa di simile a un sospiro. Abbassò lo sguardo giusto in tempo per vedere un lampo di macchie marroni e bianche, un corpo massiccio e una lingua nera biforcuta. Una vipera soffiante, uno dei serpenti più letali della valle. Balzò indietro, ma fu troppo lenta.

Per un attimo, Suzanne pensò di aver intravisto Louise.

Splendente nel crepuscolo scintillante, diafana. E, questa volta, c'era una seconda figura. Indistinta, ma a lei cara. Sua nonna? Ma, prima che Suzanne avesse il tempo di chiedersene il significato, la visione svanì. Era di nuovo sola.

Una fitta di dolore le attanagliò la gamba quando due punte affilate passarono attraverso la morbida pelle degli stivaletti. Il suo dito si contrasse sul grilletto, il moschetto sparò impotente nella notte, e Suzanne cadde. Poi, più nulla.

Un giorno per uccidere o essere uccisi.

Capitolo quarantasette

Colonia del Capo
Domenica, 9 gennaio 1689

Marie Lombard si alzò di buon'ora quel Sabato. Erano passate tre settimane da quando Florence era stata sottratta loro, e sentiva ogni giorno la mancanza dell'amica.

In quel periodo dell'anno, quando la temperatura notturna era di poco differente dal calore rovente del giorno, non c'era stata altra scelta che seppellirla in fretta. Non potevano aspettare che Suzanne tornasse – la morte portava malattie – ma Marie continuava a provare un persistente senso di colpa al pensiero che la ragazza non era stata lì a vedere seppellire la nonna.

In realtà, la questione era stata sottratta al controllo di Marie. Era stato Adriaan van Dijk a prendere accordi e a scegliere un'area nel cimitero cristiano in cui il corpo potesse essere seppellito abbastanza in profondità. A Gallow's Hill, dove sorgeva il cimitero degli schiavi, era frequente vedere ossa sparse strappate alla terra da leoni e sciacalli, e lasciate a sbiancare al sole cocente.

Marie si vestì lentamente, le ossa dolenti a ricordarle la sua età. Non aveva appetito in quei giorni, la sua carne sembrava pendere floscia dal suo corpo un tempo robusto. Il lutto e il caldo l'avevano privata di ogni briciola di energia. Ma si era svegliata determinata a far sì che quella mattina fosse diversa. Avrebbe portato dei fiori sulla tomba dell'amica, e si sarebbe fermata là per un po'. Magari avrebbe detto qualche parola? Marie non era una donna di fede, ma ora che Florence non c'era più, le mancava qualcuno con cui condividere pensieri che altrimenti sarebbero rimasti inespressi.

Passò dalla sua camera al salotto, rendendosi conto che era più tardi di quanto avesse pensato. Solo le tre orfane più giovani erano ancora sotto la sua tutela, ma la casa era particolarmente silenziosa. Marie capì che dovevano averla lasciata dormire, recandosi alla cappella senza di lei. Di solito, le accompagnava al castello, le affidava alle cure di Judith per la durata della funzione, e poi le riportava a casa.

Sedette su una sedia e si versò un bicchierino di brandy annacquato. Era un sollievo non dover mostrare coraggio davanti alle ragazze. Catrina, in particolare, era molto sensibile alle emozioni altrui, e si turbava facilmente. Quella mattina, Marie non aveva la pazienza necessaria per affrontare tutto questo.

Non era soltanto il caldo ad affaticarla tanto. Sapeva che era la paura di dover riferire a Suzanne che la nonna era morta a pesarle sul cuore. Di certo la ragazza sarebbe tornata presto alla colonia, vero? Era lontana da più di quattro settimane. In realtà, si era aspettata che fosse già di ritorno ormai, e avvertiva la stessa inquietudine in Judith.

Sorseggiò ancora un po' di brandy, lasciando che le calmasse i nervi, quindi cambiò idea. Sarebbe andata a far visita alla tomba di Florence più tardi, quel pomeriggio. Prima era meglio andare al castello, con la scusa di incontrare le ragazze dopo la funzione nella cappella, e cercare di parlare con Adriaan van Dijk. Forse lui aveva saputo qualcosa?

Marie prese il cappello, chiuse a chiave la porta, e s'incamminò attraverso la piazza, verso il castello.

Groot Drakenstein

L'assenza di Suzanne gravava pesantemente anche su Isabeau Jaubert. Alla fine, più di due settimane dopo il loro arrivo, era giunto il momento per i loro visitatori di partire. A Isabeau sarebbe mancata la costante presenza di Harrie e Tia, ma si sentiva anche sollevata. Non che dubitasse della guida ingaggiata da suo marito, ma aveva imparato a conoscere e apprezzare fratello e sorella, ed era a loro che andava la sua fiducia affinché tenessero Suzanne al sicuro.

Tia aveva lavato i loro abiti da viaggio, ed erano pronti a partire. Harrie chinò il capo davanti a Pierre Jaubert, prima di rivolgersi a Isabeau premendo le mani una contro l'altra.

«È con il cuore colmo di gratitudine che prendiamo congedo», disse l'uomo in tono formale. «Il vostro altruismo e la vostra gentilezza si sono rivelati più grandi di quanto mi sarei mai aspettato. Mi assicurerò che tutti lo sappiano».

«Magari non proprio tutti», rise Pierre con la sua voce roboante. «Non vogliamo diventare una pensione per chiunque passi di qui».

Harrie sorrise. «Forse no».

Tia accennò una timida riverenza, quindi si rivolse a Isabeau. La donna francese posò la mano sull'esile spalla della ragazza. «Abbiate cura di voi».

Tia annuì. «Possa Dio assicurarvi un parto rapido e un bambino sano e forte».

Isabeau sorrise. «E possa Dio assistere anche voi».

Poi, voltandosi per rivolgere loro un ultimo cenno di saluto, fratello e sorella intrapresero la loro lunga camminata verso sud.

«Spero che vada tutto bene», commentò Isabeau, il sorriso che le svaniva dal viso. «Sono rimasti qui più a lungo di quanto pensassi».

«Ti preoccupi troppo», replicò Pierre. «Era necessario che quell'uomo aspettasse fino a quando non fosse guarito del tutto. Altrimenti non sarebbe stato di alcuna utilità a Suzanne».

«Tuttavia...». Prese la mano del marito tra le sue. «E se la guida si fosse rivelata una persona disonesta? E se avesse abbandonato Suzanne e lei fosse rimasta tutto questo tempo ad aspettare Harrie e Tia? E se...».

«E se la smettessi di preoccuparti di cose che non puoi cambiare?», la interruppe Pierre, posando una mano sul ventre della moglie, che iniziava a ingrossarsi. «Se ci sono novità, le conosceremo presto».

Posando un bacio sulla testa di Isabeau, si voltò e si recò sul retro della casa, per iniziare a smantellare la tettoia che la moglie aveva costruito per Harrie e Tia. Gli serviva quel legno per un altro utilizzo.

Isabeau rimase dov'era, a osservare le due figure rimpicciolire sempre di più in lontananza, fino a quando non scomparvero alla vista.

Colonia del Capo

«Ah, *mevrouw* van Dijk», esordì rapidamente Madame Lombard, mentre le porte della cappella si aprivano e la congregazione iniziava a uscire nel cortile sbiancato dal sole. «Permettete una parola?»

«Buongiorno a voi, Madame Lombard, e vi prego, chiamatemi Judith. Presumo che la nostra amicizia lo consenta ormai, vorrei sperare». Quando si riparò gli occhi contro il bagliore, la impensierirono il pallore della donna più anziana, i cerchi scuri attorno agli occhi. Sembrava anche più esile. «Qualcosa non va?»

«Mi chiedevo se ci fossero notizie di Suzanne», rispose Marie, andando dritta al punto senza preamboli. «Pensavo che sarebbe già tornata, ormai».

Il volto di Judith si fece serio. «Anch'io mi aspettavo che fosse già di ritorno. Facciamo due passi?».

Si incamminarono attraverso il cortile, verso le stanze della giovane.

«Forse *mijnheer* van Dijk ha ricevuto sue notizie da Stellenbosch?».

Judith allacciò le mani guantate sul ventre ingrossato. «No, a meno che non abbia dimenticato di informarmi», rispose. «Cerca di risparmiarmi qualunque preoccupazione, ma non mi terrebbe nascosta un'informazione del genere».

Marie annuì. «Come procede la gravidanza?».

Il viso di Judith s'illuminò. «Credo di aver sentito il bambino, o la bambina, muoversi per la prima volta due notti fa, anche se è stata una sensazione così strana. Come un palpito, estremamente delicato e rapido. Ora le nausee sono scomparse, sono affamata come un cavallo, e i piedi mi si gonfiano fino a raddoppiare le loro dimensioni alla fine di ogni giornata».

«È del tutto naturale», la rassicurò Marie. «Ed è un bene che abbiate appetito. Più mangiate, meglio è».

«Se è un maschietto, abbiamo deciso di chiamarlo Johannus. Come il defunto padre di Adriaan».

«E se è una bambina?».

Judith sorrise. «Sono sicura che è un maschio. Ma in caso contrario, abbiamo pensato di chiamarla Florence. Se Suzanne è d'accordo».

Con sua grande sorpresa, Marie sentì gli occhi bruciarle di lacrime alla premura del suo gesto. «Credo che le piacerebbe moltissimo». Esalò un lungo sospiro. «Possiamo fare altro se non continuare ad aspettare sue notizie?».

Judith scosse la testa. «Parlerò con mio marito. Ha in programma di recarsi dai coloni della VOC a Drakenstein: Monsieur Jaubert e altri hanno inviato una nuova petizione riguardo alla scarsa qualità del terreno. Adriaan intende andare a vedere di persona se le loro lamentele sono giustificate. Magari potrebbe passare da Stellenbosch e parlare con il *landdrost* Odendaal. Almeno lui saprà se Suzanne si è attenuta al suo piano originale».

Marie le prese la mano. «Fate in modo che così sia, mia cara. Mi sentirei rassicurata sapendo che non le è accaduto nulla».

Capitolo quarantotto

Olifantshoek
Mercoledì, 12 gennaio

Penso che lui voglia farmi del male...

Suzanne si svegliò con le parole familiari di Louise che le risuonavano nella mente. Immaginò la carta della Giustizia premuta tra le pagine del diario. All'inizio, i colori erano vivaci, poi l'immagine iniziò a confondersi. Rosso, giallo e blu si mescolarono fino a oscurare la figura del tarocco. Per un attimo, sulla carta comparvero il suo volto e i suoi capelli rossi, nella mano destra il pugnale d'argento con il granato nell'elsa, e la bilancia della Giustizia nella sinistra.

Sbatté le palpebre, cercando di destarsi dal sonno pesante che la teneva prigioniera. Dove si trovava? Nella sua camera a La Rochelle? In quello stato di semi-incoscienza, la sua testa oscillava leggermente da una parte all'altra. Pareti d'argilla non bianche. Nessuno dei rumori tipici del porto, nessun rintocco della *grosse horloge* che scandiva le ore del giorno, con la pioggia o con il sole. Il tintinnio della catena tra le due torri che proteggeva il porto.

Ma non aveva protetto lei.

I pensieri di Suzanne iniziarono a rincorrersi come onde sugli scogli. Non era nemmeno ad Amsterdam. Quella città sapeva di avventura, di mare – e di aringhe quando il vento soffiava nella direzione sbagliata. Allora, doveva essere nella colonia. Si trovava forse nella casa del mercante in piazza? Allungò la mano verso la nonna che dormiva accanto a lei, ma incontrò solo uno spazio vuoto. Era stesa su una specie di letto, però. Vide un soffitto di legno spiovente con un buco in cima per far penetrare la luce.

Sbatté di nuovo le palpebre, lasciando che i suoi occhi si abituassero lentamente alla semioscurità. Si rese conto di essere sdraiata supina, come un'effigie su una tomba. Mosse le dita e sentì il ruvido cotone di una coperta tirata fino al petto.

Poi, cercò di muovere i piedi. Una fitta di dolore le pervase il corpo. La gamba sinistra era in fiamme, quasi la pelle si stesse spaccando in due come un animale allo spiedo. Prese forma nella sua mente un vago ricordo di quando stava con gli amici e condivideva del cibo con loro. Riusciva quasi a sentire l'odore delle fiamme. Seduta su uno sperone di roccia a parlare. Ma poi il dolore prese il sopravvento. Sentì il corpo bruciare e gridò per l'agonia.

Un attimo prima di ripiombare in un dolce sonno, Suzanne pensò di vedere una figura in piedi nell'angolo della stanza. Una persona reale, non il frutto dei deliri della febbre. Poi scivolò di nuovo sotto la superficie, tornando alla penombra grigia che la teneva prigioniera.

Groot Drakenstein

Adriaan van Dijk e Pierre Jaubert erano seduti sulla panchina davanti alla casa dei Jaubert, il funzionario e il contadino. Gli abiti neri di van Dijk erano impolverati dopo due giorni di viaggio a cavallo dalla colonia a Stellenbosch, poi a nord verso i monti Simonsberg.

Isabeau uscì di casa con un vassoio. Due coppe di terracotta per il vino che l'uomo della VOC aveva portato con sé e un piatto di carne fredda dalle loro magre scorte.

«*Mille mercis*, Madame Jaubert», disse van Dijk, grato che Suzanne gli avesse insegnato il francese. Isabeau annuì e fece per andarsene. Pierre allungò la mano e afferrò quella della moglie.

«Resta», esclamò. «Nel caso mi dimentichi qualcosa».

Isabeau rovesciò un secchio del latte e si sedette.

«*Mijnheer* van Dijk ha sposato Judith Verbeek, che ha viaggiato a bordo della *China*», spiegò Pierre sorridendo. «Aspettano il loro primo figlio che dovrebbe nascere più o meno nello stesso periodo del nostro, mia cara».

«Congratulazioni a entrambi», disse Isabeau con calore.

«Dio ci ha benedetti», rispose Adriaan, ma la sua mente era chiaramente altrove.

«Dite a mia moglie quello che avete detto a me», lo incitò Pierre. «È partito da Stellenbosch in cerca di notizie di Suzanne».

«Non intendo parlare male dei colleghi della VOC», esordì Adriaan. «Detto questo, non credo che il *landdrost* rappresenti il nostro lato migliore. È stato d'intralcio. Ma, alla fine, ho scoperto che Suzanne ha lasciato il suo alloggio con la guida che le avevo procurato, Harrie Nemen. A quanto pare, la sorella di lui, una giovane donna di nome Tia, è andata con loro. Odendaal era furioso al riguardo. È convinto che Suzanne sia in debito con lui per avergli portato via la ragazza. Ma ho intuito che ci fosse dell'altro».

«È vero», confermò Isabeau. «Il giorno della loro partenza, il *landdrost* in persona ha picchiato Harrie con una violenza tale...».

Adriaan aggrottò la fronte. «Per quale motivo?».

Pierre riprese a raccontare la storia. «Due schiavi sono fuggiti. Il *landdrost* credeva che Harrie ne sapesse qualcosa. Quando lui ha negato, l'ha frustato davanti a tutta la famiglia».

«Suzanne temeva che la posizione di Tia in casa si fosse complicata», continuò Isabeau, «così ha convinto la ragazza ad andare via con loro. Le ferite di Harrie causate dalle percosse si sono infettate e, quando sono arrivati qui, lui stava molto male. È per questo che Suzanne, alla fine, è partita da sola, con un'altra guida. Harrie e Tia sono rimasti qui finché lui non si è ripreso abbastanza per mettersi in viaggio».

«Chi è l'altra guida?»

«Un Khoi di nome Khasso, lo conosco personalmente», rispose Pierre. «Un uomo tranquillo, ma un buon lavoratore».

«E quando è successo?»

«Suzanne è partita il 31 dicembre», spiegò Isabeau. «Harrie e Tia se ne sono andati solo tre giorni fa, con l'intenzione di raggiungerla a Olifantshoek e riaccompagnarla alla colonia. Sono a piedi, quindi...».

Adriaan calcolò le tempistiche nella sua mente. «Quindi Suzanne è scomparsa da più di dieci giorni».

«Non è detto che sia scomparsa», protestò Pierre. «Se tutto va bene, sta aspettando Harrie e Tia a Olifantshoek».

Adriaan comprese la logica della situazione. Erano state le ferite di Harrie a rallentare Suzanne, oltre alla deviazione verso Drakenstein. Questo non voleva dire necessariamente che qualcosa fosse andato storto.

«Perché è venuta qui? Drakenstein è decisamente fuori mano».

«Hanno avuto dei problemi con un altro clan, apparentemente guidato da un uomo di nome Kmame che ha deposto suo padre», rispose Pierre.

«Sono una fazione dei Cochoqua, ne ho sentito parlare».

«Suzanne è venuta a sapere qualcosa della sua antenata Louise da una delle anziane della tribù. Il capotribù li ha accolti, ma Kmame ha scavalcato il padre e ha confiscato i loro beni. Loro, alla fine, sono riusciti a recuperarli, ma hanno ritenuto più sicuro dirigersi nella direzione opposta a quella che Kmame si sarebbe aspettato. Tutto questo ce l'ha raccontato a Natale».

«Voleva allertarci», aggiunse Isabeau, «nel caso in cui i Cochoqua avessero reagito facendo irruzione nelle nostre fattorie».

Adriaan rifletté per un attimo. «È possibile che Kmame abbia seguito Suzanne a Olifantshoek? Se si fosse sentito umiliato da lei?».

Pierre sembrò preoccupato. «Suppongo di sì, ma davvero penserebbe che ne valga la pena?».

A Adriaan vennero in mente diverse ragioni: un giovane che cercava di consolidare il suo potere, un uomo che odiava i coloni, un uomo che era stato raggirato da una donna bianca. Ci avrebbe guadagnato qualcosa se avesse chiuso un occhio su un simile insulto?

«Andrete a Olifantshoek?», domandò Isabeau.

«È quello che intendo fare», rispose Adriaan. «Mia moglie non mi perdonerà mai se torno senza notizie».

«Anche Florence sarà preoccupata», considerò Isabeau. Ci fu un silenzio improvviso, poi la donna interpretò l'espressione sul volto di Adriaan. «Oh, no».

«Purtroppo Madame Joubert ha contratto la febbre. Nonostante tutti gli sforzi, la malattia se l'è portata via. Madame Lombard le è rimasta accanto fino alla fine».

Isabeau si portò una mano al petto. «Che Dio abbia pietà della sua anima».

«Ah, era una brava donna», commentò Pierre. «Suzanne soffrirà molto per la sua perdita». Ma, con il suo solito pragmatismo, dopo una pausa di circostanza, si alzò. «Vi accompagnerò per un tratto, *mijnheer*, se mi è permesso. Potremo continuare a discutere sul perché il terreno che ci è stato assegnato qui a Drakenstein non sia adatto alla coltivazione della vite».

Olifantshoek

Quando Suzanne si svegliò di nuovo, era buio, sebbene qualcuno avesse acceso una lampada nella sua stanza. Non sapeva se esserne confortata o spaventata. Sbatté le palpebre. Forse era una luce votiva, e lei era morta, alla fine? Sotto le lenzuola, Suzanne cambiò posizione, improvvisamente terrorizzata al pensiero di essere sepolta viva nella terra bagnata con le ossa e i vermi. Solo che il luogo in cui si trovava non era così, dopotutto. Là c'erano solo sabbia, polvere rossa e ampi orizzonti.

«Qui...».

Un altro ricordo riaffiorò. Cercò di trattenerlo, ma non le venne in mente nulla che le dicesse esattamente dove fosse, o come si fosse ritrovata sdraiata in quella stanza.

I suoi sogni erano pieni di ricordi di tempi più felici, di quando giocava con il suo bisnonno, Jean-Jacques, a cui assomigliava così tanto per colorito e statura. Di quando gli saliva sulla schiena mentre lui fingeva di essere un leone e, nella sua mente annebbiata, si accese un'altra scintilla di memoria. Aveva visto un leone in carne e ossa, vero? Animali maestosi e nobili.

Poi, nel sogno, vide immagini fugaci di Minou, la trisavola che non aveva mai conosciuto. E, in piedi accanto a lei, Louise, trionfante e impavida. Suzanne sorrise. Per un attimo, in preda al delirio, riuscì a malapena a sentire l'odore del mare e il dondolio ritmico della nave, a udire le onde infrangersi contro la prua e a vedere il cielo nero punteggiato di stelle argentate. La solitudine nel bel mezzo dell'oceano, senza vedere la terraferma. E poi anche la sua amata nonna era lì, a porgerle la mano e a sorriderle. A chiamarla perché tornasse a casa.

Quando Suzanne si portò la mano alla guancia, la sentì bagnata di lacrime.

Capitolo quarantanove

Montagne di Olifantshoek

«Là», sussurrò Tia. «Su in cima».

Tia e Harrie avevano percorso parecchia strada negli ultimi tre giorni, procedendo da Drakenstein verso sud. Il terreno ora risaliva ripido mentre affrontavano gli stretti passi che conducevano in vetta e attraverso le montagne. Al di là, si trovava Olifantshoek.

Harrie scrutò nel crepuscolo, seguendo la direzione indicata dal dito della sorella.

«Non vedo niente».

«Guarda meglio», insistette lei. «Vicino a quel masso, c'è qualcuno che aspetta».

L'uomo socchiuse gli occhi e, questa volta, riuscì a distinguere una sagoma appoggiata al grigio pendio. Una sentinella? In tal caso, potevano essercene altre. Harrie spostò la lancia dalla mano sinistra alla destra e rivolse un cenno a Tia, la quale estrasse il pugnale dalla cintura.

Attenti a non smuovere pietre instabili o pietrisco, i fratelli avanzarono.

«Non ci sente?», sussurrò Tia. «Oppure avverte che siamo qui?».

Harrie scrollò le spalle. Di certo, la figura non si era mossa di un millimetro. Mentre si avvicinavano, videro che si trattava di un uomo. Sembrava che si fosse semplicemente seduto, avesse appoggiato il capo contro la roccia liscia e si fosse addormentato. Harrie vide il *kaross* attorno alla vita dell'uomo, sebbene le sue spalle fossero nude e non fosse visibile alcun'arma.

Fece cenno a Tia di restare dov'era, quindi continuò ad avanzare strisciando. L'uomo era innaturalmente immobile. Harrie si fermò e sussurrò un saluto. Non ottenne risposta.

Ci riprovò. «*Halau?*». Ehilà?

Ancora nulla. Esitante, tese la mano e toccò l'uomo sulla spalla. Con un suono simile a un sospiro, l'uomo scivolò su un lato. Il suo petto era completamente rosso, come se fosse avvolto in un telo di seta rossa aderente, il collo ridotto a una profonda ferita. Harrie balzò indietro.

Alle sue spalle udì la voce di Tia. «È morto?»

«Sì», rispose, riconoscendo la guida che Pierre Jaubert aveva ingaggiato perché prendesse il suo posto. «È Khasso. Gli hanno tagliato la gola».

Tia si guardò attorno, come se l'assassino avesse potuto trovarsi ancora nei paraggi, intento a osservarli.

«È freddo», aggiunse. «La rigidità è sopraggiunta e passata».

«Se fosse qui da tanto tempo, gli animali lo avrebbero portato via».

«Ci sono i babbuini in questa valle. Sono creature caute, astute. Magari la loro presenza ha tenuto lontani altri saprofagi».

Tia si avvicinò. «Chi l'ha ucciso?»

«E come faccio a saperlo?». Poi notò qualcosa infilato sotto la gamba sinistra di Khasso. Si chinò ed estrasse un fazzoletto, bianco con le iniziali *SJ* ricamate in verde.

«È quello che la signorina ha dato a Shansi, all'accampamento dei Cochoqua», commentò Tia in tono sempre più allarmato. «È opera di Kmame? Ha ucciso Khasso e ha rapito lei? Sarà morta anche lei?».

Harrie posò la mano sulla spalla della sorella. «Proseguiremo fino al luogo dell'incontro», disse con voce piatta, «e speriamo che lei sia là ad aspettarci».

Olifantshoek

Quando Suzanne rinvenne di nuovo, fu a causa di un rumore che l'aveva disturbata. Era lo stesso giorno o il successivo? Non lo sapeva, sapeva solo che si stava aprendo una porta. Una porta che collegava quella stanza con qualunque cosa ci fosse al di là.

Il suo cuore prese a galoppare. Dei passi. Ora c'era qualcun altro nella stanza con lei, e non si trattava di una figura uscita da un sogno o di uno spirito benigno. Udiva il suono del suo respiro. Lentamente, girò la testa sul cuscino e guardò verso la porta.

Sulla soglia c'era uomo sui sessant'anni, immobile alla tremula luce della candela. Era alto e aveva le spalle ampie, un contadino o un pioniere, con indosso un paio di calzoni fuori moda e una camicia aperta sul collo.

«Chi siete?», domandò. O almeno, pensò di averlo fatto. Non sapeva per certo se aveva pronunciato quelle parole ad alta voce o se le aveva soltanto pensate. La sua voce era rotta e roca per lo scarso utilizzo. Suzanne stava per parlare di nuovo, quando l'uomo fece un altro passo alla luce, e lei lo vide: l'inconfondibile ciuffo bianco nei capelli. Le si mozzò il fiato in gola. «Volete uccidermi?».

Le rivolse un mezzo sorriso. «Se avessi voluto uccidervi, lo avrei fatto undici giorni fa».

Aveva una voce dolce, una voce gentile. E parlava francese.

«*Onze jours?*», ripeté frastornata.

«Siete arrivata con l'anno nuovo. Ora siamo al 12 di gennaio».

Suzanne non capiva. Com'era possibile che fosse rimasta in quel letto tanto a lungo? Cercò di mettersi a sedere, desiderando ridurre il suo svantaggio. L'uomo avanzò di un passo per aiutarla, ma poi si bloccò. Lei gliene fu grata, anche se le braccia faticavano a sostenere il suo peso.

«Che cosa mi è successo?»

«Siete stata morsa da un serpente».

Suzanne batté le palpebre, ricordando il lampo maculato bianco e marrone, il corpo spesso, una nera lingua biforcuta. L'esplosione di dolore al polpaccio.

«Una vipera soffiante... com'è possibile che io sia ancora viva?»

«È un miracolo che lo siate», rispose l'uomo. «Sono stati i vostri stivaletti a salvarvi. Il cuoio ha impedito alle zanne di andare troppo in profondità, e soltanto una minima quantità di veleno è penetrata nel vostro sangue. Siete stata fortunata».

Ora ricordava: la nausea e i brividi, lo stordimento e la sensazione di galleggiare al di sopra del proprio corpo. Temendo ciò che avrebbe potuto vedere, Suzanne sollevò il lenzuolo e abbassò lo sguardo sul proprio polpaccio. Vide due fori e una zona gonfia e arrossata attorno a essi, ma altrove la sua pelle era fresca. Non c'era alcuna infezione in corso, a differenza di quanto era accaduto alle ferite di Harrie.

Sorrise. Harrie: si ricordava di lui. E anche di Tia.

«E il mio cavallo?», chiese tutt'a un tratto.

«È accudito».

Appesi a un gancio dietro la porta, vide il suo mantello da viaggio, la sua borsa e il suo cappello di cuoio. Gli altri abiti erano impilati su una sedia sotto a una finestra oscurata, con gli stivaletti che le avevano salvato la vita lì accanto.

«Vi siete preso voi cura di me?».

L'uomo accennò un piccolo inchino.

«Grazie», si limitò a rispondere. Poteva anche averla salvata, ma a quale scopo?

Finalmente, l'uomo avanzò ancora di più nella stanza e sedette su una sedia, a una certa distanza dal letto.

«Perché siete qui?», le chiese, e Suzanne udì sincera curiosità nella sua voce. «Nel vostro delirio parlavate in francese, a volte in olandese. Parlavate di giustizia e di donne andate perdute».

Suzanne si sentì a disagio al pensiero che avrebbe potuto rivelare le sue intenzioni, ma in quel momento non vide alcun motivo per nascondere il proprio obiettivo.

«Sono in cerca di Louise», rispose con semplicità.

L'uomo si ritrasse come se avesse ricevuto un colpo. «Louise...», ripeté il nome.

«Credevo che voi foste Philippe Vidal, ma siete troppo giovane. Devo dedurre che siate suo figlio?»

«Io sono Théodore Barenton». Poi recuperò il controllo. «Ma soprattutto, chi siete voi?»

«Suzanne Joubert. Louise era mia cugina. O meglio, mia prima cugina di terzo grado».

Per qualche istante, l'uomo rimase in silenzio, quindi mormorò: «Avete gli stessi occhi».

Suzanne avvertì una scintilla di soddisfazione. «Allora la conoscevate». Fece una pausa. «È impossibile che sia ancora viva, ma...».

«Dovete riposare», replicò l'uomo in tono brusco. «Domattina parleremo».

Capitolo cinquanta

Valle di Olifantshoek

La luce si stava affievolendo. Era quel momento della giornata in cui cavaliere e cavallo potevano commettere un errore di valutazione, inciampare o perdersi. Ciononostante, Adriaan van Dijk procedeva, colpendo con le redini il collo dello stallone per incoraggiare l'animale stanco ad accelerare. Il tempo gli stava con il fiato sul collo. Cercò di bilanciare il buonsenso di Pierre Jaubert con l'istinto che gli diceva che qualcosa non andava. Nonostante la deviazione di Suzanne verso Drakenstein e le ferite di Harrie giustificassero il suo ritardo, Adriaan non riusciva comunque a spiegarsi il fatto che Suzanne non fosse tornata alla colonia da allora. E le informazioni sulla fazione dei Cochoqua erano inquietanti.

Durante l'estate, si erano diffuse voci secondo cui Kmame stava tentando di deporre suo padre con l'intenzione di fomentare disordini tra i Cochoqua e i coloni. Forse, addirittura, provocare una terza guerra tra Khoi e olandesi. Adriaan pensava che si trattasse di una minaccia reale e aveva scritto dei rapporti al comandante van der Stel sull'argomento. Inoltre, si conosceva abbastanza bene da rendersi conto di sentirsi in colpa per aver affidato Suzanne a Odendaal, sebbene l'avesse chiesto lei.

Adriaan affondò i talloni più forte nel fianco del cavallo, determinato a percorrere più strada possibile prima del calare della notte. Harrie e Tia avevano tre giorni di vantaggio su di lui, ma procedevano a piedi. Se Adriaan avesse mantenuto il passo, avrebbe dovuto raggiungerli nel tardo pomeriggio del giorno seguente.

Harrie e Tia avevano accettato di convertirsi al cristianesimo quando avevano iniziato a lavorare per la VOC. Non era obbligatorio, ma coloro che diventavano correligionari ricevevano condizioni di lavoro migliori rispetto agli altri. Era un fattore che facilitava le cose. Era una questione di pragmatismo, non di fede.

Sul valico di montagna arido, Harrie aveva recitato una preghiera cristiana sul corpo di Khasso. Poi, dopo un attimo di esitazione, aveva pronunciato parole di lode più antiche a Tsui-Goab, il creatore supremo venerato dai suoi antenati Khoi. Lui e Tia avevano coperto il corpo di Khasso con le pietre per tenere lontani i predatori – uno sforzo inutile, a dire il vero – e avevano realizzato una croce di legno con due bastoni da posizionare sulla testa della guida.

Al calare del buio, Harrie e Tia si erano messi al riparo. I leopardi cacciavano perlopiù di notte, soprattutto nelle giornate di calura estiva, e là rappresentavano un pericolo. Harrie riusciva a malapena a distinguere l'imponente oscurità della vetta più alta che dovevano ancora attraversare. Nella sua mente, pregò che Kmame e i suoi uomini non fossero in agguato per tendere un'imboscata a eventuali viaggiatori che fossero passati di là. Una volta superate le montagne, avrebbero goduto di una visuale migliore sulla pianura e sarebbero stati meno vulnerabili.

Harrie avvolse un braccio intorno alle spalle della sorella e la sentì abbandonarsi contro di lui mentre si addormentava. Era deciso a rimanere sveglio e vegliare, scrutando con ansia l'orizzonte buio in attesa dell'alba.

Adriaan stiracchiò le braccia e le spalle, irrigidite dal sonno sul terreno duro. Non aveva mai cavalcato su quelle montagne prima, e il panorama in quella mattina presto era magnifico. Dal suo punto di osservazione, riusciva a vedere fino alla valle di Olifantshoek.

La bellezza della giornata gli risollevò il morale. Le rocce grigie e rosse sembravano brillare alla dolce luce del sole, come se fossero state levigate. Nell'aria, i fischi e i gorgheggi degli storni dalle ali rosse si innalzavano verso un cielo blu come il primo giorno sulla terra.

«Il creato di Dio», commentò ad alta voce, desiderando che Judith fosse lì a condividere quel momento con lui.

Adriaan capì che Pierre Jaubert aveva ragione. Quello sarebbe stato un posto di gran lunga migliore dove stabilirsi e piantare viti. Il terreno era rigoglioso e fertile, alimentato dall'affluente del fiume Berg. Chiunque avesse assegnato la terra ai rifugiati a Drakenstein, evidentemente, non aveva visitato il luogo di persona, né sapeva nulla di agricoltura.

Poi, in lontananza, vide qualcosa muoversi. Immediatamente, i suoi sensi si allertarono. Non riusciva a capire se si trattasse di un animale o una persona da così lontano. Allora, Adriaan tirò fuori il cannocchiale e vide due persone immerse nel paesaggio. A piedi, ma a un passo veloce. Temendo che potesse essere l'avanguardia inviata da Kmame, mise a fuoco e strizzò gli occhi. In quel momento, gli parve di scorgere camicie e pantaloni bianchi, anziché i mantelli Khoi. Guardò di nuovo, per esserne certo, poi tirò un sospiro di sollievo.

Harrie e Tia. Li aveva trovati.

Poi, con la coda dell'occhio, vide qualcos'altro muoversi. Un gruppo di uomini, usciti allo scoperto, che correvano verso i fratelli alle loro spalle con le lance puntate.

Kmame e tre dei suoi uomini?

«*Aandacht!*», urlò, cercando di attirare la loro attenzione. Attenti!

Ma era troppo lontano, e il suo avvertimento si perse nell'aria, inascoltato. Urlò di nuovo, poi estrasse la pistola a pietra focaia dalla cintura, strinse l'indice e il pollice e sparò.

Per un attimo, il tempo sembrò fermarsi. Adriaan udì il ticchettio della ruota, percepì la tensione della molla principale, vide le scintille incandescenti mentre la pirite sibilava e il proiettile fuoriusciva dalla pistola. Non aveva alcuna speranza di colpire un bersaglio, ma sicuramente Harrie e Tia avrebbero sentito il colpo. Avrebbe potuto aiutarli a guadagnare un po' di tempo.

Sentendo lo sparo, Tia e Harrie si voltarono entrambi. Tia urlò e si lanciò contro il fratello giusto in tempo mentre una lancia sibilava nell'aria, finendo per conficcarsi nel terreno e sollevare una nuvola di terra. Harrie la estrasse con uno strattone e iniziò a correre.

«Corri verso gli alberi», urlò Harrie.

Erano in quattro. Lui e Tia non avevano alcuna possibilità allo scoperto, ma se fossero riusciti a ripararsi nel bosco, forse avrebbero potuto sfuggire agli aggressori.

Tia tenne il suo passo. Alle loro spalle, riconobbe la voce di Kmame che gridava un ordine. Pochi istanti dopo, Harrie percepì la stessa folata d'aria e il tonfo pesante di un'altra lancia che si piantava nel tronco di un albero, staccando vari frammenti di legno. Tia sentì qualcosa di affilato tagliarle il braccio e gridò, ma non esitò.

Poi, un altro colpo di pistola. Dietro di loro, Harrie udì un altro grido dei Cochoqua. Continuando a correre, si voltò per guardare oltre la spalla e vide che uno degli uomini di Kmame era a terra. Un altro colpo, e un secondo guerriero fu colpito alla schiena cadendo in avanti.

«Chi ci sta aiutando?», urlò Tia.

«Non voltarti», gridò lui in risposta. «Corri! Continua a correre».

Adriaan era euforico. Due uomini colpiti, due ancora in piedi. Se Harrie e sua sorella fossero riusciti a restare fuori dalla portata di Kmame, allora ce l'avrebbero fatta.

Allungò il braccio, tenendo la pistola ben lontana dalla testa del cavallo, e sparò di nuovo. Avrebbe potuto sparare tre o quattro colpi prima di ricaricare l'arma.

Questa volta il proiettile andò a vuoto. Lo stallone si impennò. Adriaan tirò le redini con forza verso destra, evitando per un soffio la lancia che fendeva l'aria verso il fianco dell'animale. Si aggrappò saldamente, riuscendo a malapena a rimanere in sella, e fece girare il cavallo in tondo finché non ebbe ritrovato l'equilibrio.

«Va tutto bene, va tutto bene».

Ma quando ebbe calmato il cavallo e alzò lo sguardo, vide con orrore che Kmame e il guerriero rimasto stavano guadagnando terreno su Harrie e Tia.

«Manca poco», disse con un sussurro disperato, come se i due potessero sentirlo. Gli serviva solo la visuale libera. Se fosse riuscito a uccidere Kmame, l'altro uomo si sarebbe sicuramente arreso.

«Harrie, qui!», gridò Tia, indicando il tronco cavo di un albero.

Lui scosse la testa. «No, dobbiamo stare più in alto. Le loro lance saranno meno efficaci se stiamo più in alto di loro».

Continuarono a correre, senza mai rallentare, con il respiro che bruciava nel petto. Tia non provava più alcun dolore al braccio, ma la manica della sua camicia era umida e sentiva il sangue che le colava lungo l'interno del polso.

Vide una *Celtis africana*. I rami erano bassi, ma l'albero aveva ancora il fogliame estivo e offriva riparo in cima. Chiudendo gli occhi per il dolore, Tia afferrò il ramo più basso e si arrampicò, con Harrie che la spingeva da sotto. Alzò lo sguardo verso i rami sopra di lei, poi iniziò a salire.

«Harrie, vieni», gridò, ma poi improvvisamente capì le intenzioni di suo fratello.

Kmame e il suo seguace erano entrati nel bosco. Dal suo punto di osservazione, li vedeva scrutare a destra e a sinistra, alla ricerca del sentiero che lei e il fratello avevano preso.

«No», sussurrò, nascosta tra le foglie, mentre suo fratello si allontanava dall'albero, pronto a combattere.

«Avanti, avanti», ansimò Adriaan, incitando il cavallo.

Kmame era entrato nel bosco. Adriaan sapeva che sarebbe stato più difficile guidare l'animale attraverso la macchia e sparare.

Si spinse il più lontano possibile, poi smontò, atterrando con entrambi i piedi. Controllò la polvere da sparo e ricaricò la pistola, poi iniziò ad avanzare tra gli alberi. Il sangue gli pulsava nelle orecchie, ma, al di sopra del rumore sordo, riusciva a sentire di tanto in tanto lo schiocco di un ramoscello più avanti.

Dopo aver trovato un varco tra gli alberi, Adriaan li vide improvvisamente, come in un quadro: Kmame in piedi con la lancia sollevata, Harrie davanti a lui con la lancia in mano, e l'altro guerriero che gli girava intorno alle spalle. Di Tia, nessuna traccia .

Adriaan si fece avanti furtivamente, sapendo di avere solo una frazione di secondo.

«*Verrader*», sputò Kmame. Collaboratore.

Il guerriero ritrasse il braccio pronto a scagliare la lancia, e Adriaan premette l'indice e il pollice e sparò. Il proiettile volò in aria e lo colpì al petto. Il sangue gli gorgogliò dalla bocca, gli arti gli si contrassero, poi cadde immobile mentre Harrie e Kmame scagliavano entrambi le lance. Quella di Kmame colpì la spalla di Harrie, facendo sì che il tiro di quest'ultimo andasse a vuoto. Adriaan prese di nuovo la mira e sparò. Kmame si gettò di lato, poi si rialzò in piedi e corse nel bosco. Harrie cercò di inseguirlo, ma perdeva troppo sangue.

«Se n'è andato», ansimò Harrie, poi cadde in ginocchio.

Adriaan abbassò la pistola, improvvisamente esausto. Non aveva mai ucciso un uomo prima. Quel giorno, aveva posto fine a tre vite. Chiuse gli occhi e chiese perdono a Dio.

Capitolo cinquantuno

Olifantshoek
Giovedì, 13 gennaio

Suzanne si rese conto di due cose: la prima era che aveva fame. La seconda, che sul tavolo erano comparse una ciotola di porcellana e una brocca. Esitante, posò a terra i piedi e cercò di alzarsi. Una ondata di vertigini la fece ricadere sul letto. Ma era determinata a vestirsi.

Come una persona che per la prima volta cercasse di mantenere l'equilibrio su una nave, Suzanne attraversò lentamente la stanza fino a raggiungere il tavolo. Tese la mano verso lo schienale della sedia e vi si lasciò cadere sopra per riprendere fiato. Grata della premura di Théodore, versò dell'acqua dalla brocca nella ciotola e, utilizzando l'orlo della camicia da notte come spugna, iniziò a lavarsi. Solo in quel momento si accorse che indossava una camicia da uomo, e arrossì: Théodore doveva averla spogliata al suo arrivo.

Suzanne si lavò viso e collo. Aveva un pettine nella borsa, e poté dunque spazzolarsi i capelli sciogliendo la maggior parte dei nodi. Ben presto, iniziò a sentirsi di nuovo sé stessa. Ancora stordita, sostituì la camicia da uomo con i propri abiti, armeggiando faticosamente con asole e gancetti. Esaminò i fori sul polpaccio, due punti neri dove le zanne erano riuscite a perforare la pelle, ma ora il rossore e il gonfiore erano ridotti al minimo.

Suzanne lasciò gli stivaletti dov'erano. Faceva già troppo caldo per indossarli, e non voleva irritare la ferita. Dopodiché, prendendo la borsa da dietro la porta, andò a cercare Théodore. Era pronta a tornare nella terra dei vivi.

Subito ebbe la sensazione che la casa fosse vuota. L'aria sembrava immobile, sospesa, come in attesa che venisse qualcuno a riportarla in vita. Suzanne si sentì al contempo delusa e vagamente sollevata.

Scoprì di trovarsi in un'ampia sala che serviva sia da cucina che da salotto. C'erano due porte che conducevano all'esterno, una sul retro e l'altra sul lato anteriore, affiancate da due ampie finestre. Le imposte erano accostate, ma non bloccate.

Al centro era situato un grande tavolo di legno con attorno quattro sedie, mentre a lato era collocata una credenza dalla quale pendevano svariate pentole di ferro e utensili da cucina. C'erano inoltre un focolare di pietra e un caminetto, con una pentola nera sospesa sopra le ceneri. Era di gran lunga più confortevole di qualunque fattoria ugonotta avesse mai visitato. Una dispensa colma di ripiani, contenente erbe secche, una pagnotta, e un piatto coperto con della carne essiccata, era dotata di uno sportello che si apriva direttamente sull'esterno, per garantire la ventilazione.

Sul lato opposto della cucina rispetto alla sua stanza c'era un'altra porta. Era socchiusa, e Suzanne si affrettò a sbirciare all'interno: vide una seconda camera da letto, speculare alla sua. Arricciò il naso. Apparteneva inequivocabilmente a un uomo: odorava di sudore e cuoio. Era vuota.

Attraversando di nuovo la cucina, si diresse alla porta d'ingresso, sollevò il catenaccio e uscì nel mondo. Aveva visto la fattoria soltanto dal suo punto di osservazione in cima alla collina, mentre la sorvegliava, e arrossì al pensiero di quanto ora apparisse inquietante il suo comportamento. Pur non sapendo nulla di lei, Théodore si era presa cura di lei, una estranea, e l'aveva riportata alla vita. Come poteva confessare di essere stata pronta a spararagli, e forse persino a ucciderlo? Adesso sembrava assurdo.

Suzanne scosse la testa. Doveva confidare che avrebbe saputo cosa dire quando fosse giunto il momento. L'uomo conosceva Louise, come aveva messo bene in chiaro la sua reazione, e portava il cognome di Gilles: Barenton. Doveva essere coraggiosa. Gli avrebbe chiesto di raccontarle la sua storia, e lei gli avrebbe raccontato la propria.

Uscì dall'ombra della casa e si guardò attorno, quindi mormorò deliziata quando vide la sua cavalla comodamente legata in un riparo insieme a un altro cavallo.

«*Ma belle!*», sussurrò accarezzandole il collo. Era felice di vedere che il suo manto era lucente e i suoi occhi luminosi. Era stata accudita con cura mentre la sua vita era appesa a un filo.

Suzanne diede un'ultima pacca alla cavalla, quindi continuò a esplorare il resto della fattoria. Lì vicino sorgevano un recinto di legno per il bestiame – pecore, a giudicare dall'aspetto degli escrementi a terra – e tre capanne con il tetto di paglia. Assolutamente magnifico era l'orto. Circondato da piante spinose, per proteggerlo dagli animali selvatici, era molto più piccolo dei giardini della VOC alla colonia, ma conteneva gran parte degli stessi frutti e vegetali. Non erano tutti di stagione, ma Suzanne vide che vi crescevano cavoli, cocomeri e broccoli. Senza dubbio sarebbero spuntati anche rape, carote, bietole, cavolfiori e ravanelli. Più sorprendenti di tutti erano i filari di viti che si estendevano ordinatamente sul pendio dietro al recinto.

Contro il muro settentrionale della casa crescevano inoltre peschi e peri, oltre a meli cotogni e ciliegi. Mentre passeggiava, Suzanne si rese conto che, sebbene Théodore vivesse lì da solo, lontano da tutto, doveva commerciare regolarmente con la VOC e con mercanti stranieri, per essere riuscito a creare un giardino simile.

«Siete in piedi».

Suzanne sussultò all'udire la voce di Théodore alle sue spalle. Veniva dal bosco e trasportava una cesta di vimini colma di rami e un'accetta.

«Buongiorno». Sorrise, sentendosi stranamente timida. «Mi sento molto meglio».

L'uomo non le restituì il sorriso, e le parve ora di vedere un'espressione circospetta nei suoi occhi.

«È bellissimo qui», disse, confusa dal suo cambio di umore.

«È vero», replicò lui freddamente. «Siete affamata?»

«Ho scoperto di aver appetito stamattina, sì».

«In tal caso, preparerò qualcosa da mangiare. E poi mi racconterete cosa ci fate davvero qui, Mademoiselle Joubert».

Era come se il sole fosse improvvisamente scomparso dietro le nubi. La luce del giorno si offuscò e Suzanne si rese conto tutt'a un tratto della precarietà della sua situazione.

«Naturalmente», rispose, sollevando il mento. «Ne sarei lieta, Monsieur Barenton».

All'improvviso, alle loro spalle, si udirono delle grida provenire dal bosco. Si voltò e vide due San trascinare un terzo uomo tra loro.

«Lo abbiamo preso!», urlò uno di loro.

Suzanne guardò Théodore. «Che cosa succede?».

Théodore la fissò torvo. «Mi aspettavo che foste voi a dirlo a me. I miei uomini mi hanno riferito che c'era qualcuno sul mio terreno.

Un uomo noto per essere un criminale, e a quanto pare siete stata voi a condurlo qui. Siete venuta qui con una guida, o sbaglio? Ne avete parlato nel vostro delirio».

«Ma perché avrei dovuto…». Poi si bloccò quando i tre uomini entrarono nel complesso. «Kmame…».

«Quindi lo conoscete».

«No, io, almeno… Non è come pensate».

Indicò una delle capanne. «Portatelo là dentro e legatelo. Parlerò con lui tra poco».

«Théodore, vi prego».

Poi Suzanne lo sentì posarle una mano sul braccio e pilotarla di nuovo verso la casa.

«È ora di parlare», annunciò l'uomo, e ora la sua voce non conteneva più alcun calore.

Capitolo cinquantadue

Tirando il cavallo per le redini, Adriaan guardò giù verso la valle di Olifantshoek, che brillava di verde nella luce del primo mattino.

«Dove la sta nascondendo?», chiese di nuovo Tia.

Dopo lo scontro con Kmame e i suoi uomini, Adriaan, Tia e Harrie avevano trascorso le ore notturne a riprendersi nel bosco. Adriaan aveva sentito gli animali banchettare con i corpi degli uomini che aveva ucciso, le cui anime gli pesavano sulla coscienza. Ma la notte era trascorsa tranquillamente. La ferita al braccio di Tia non era profonda, e la lancia di Kmame aveva solo sfiorato la spalla di Harrie. Si erano alternati per fare la guardia fino all'alba.

In quel momento, erano usciti dal riparo degli alberi.

«Non sappiamo con certezza se l'abbia presa», rispose Adriaan.

Tia fece una risata sprezzante. «Ha ucciso la sua guida, e lei è scomparsa, quale altra spiegazione può esserci?»

«Proseguiremo per Olifantshoek», insistette lui con fermezza. «Vediamo se riusciamo a trovare l'uomo che *juffrouw* Joubert stava cercando».

«E se Kmame ci aspettasse con altri uomini, che cosa succederebbe?»

«Sorella», la ammonì Harrie.

Adriaan capì che era nervoso per Tia. Avevano combattuto fianco a fianco il giorno prima, ma Harrie sapeva che era meglio non dare per scontata l'amicizia di un ufficiale della VOC. Adriaan sospettava che Harrie credesse che gli olandesi, nonostante le voci al riguardo, non permettessero mai ai Khoi di dimenticare chi comandava.

«Ebbene, signore?», Tia si rivolse a lui con un tono di sfida nella voce.

«Tia!», la rimproverò bruscamente suo fratello. «Tieni a freno quella lingua!».

«Affronteremo quella sfida se e quando sarà necessario», rispose Adriaan con calma. Tia aveva ragione. Harrie gli aveva detto che Kmame aveva con sé tre uomini all'accampamento dei Cochoqua, come il giorno prima. Ma questo non significava che non potesse fare affidamento su altri alleati o guerrieri altrove.

Gli occhi di Tia brillarono. Non disse altro, ma il modo in cui impedì all'incendio di divampare fece capire a Adriaan quanto la ragazza considerasse gli uomini degli sciocchi.

«Sapete dove si trova questa fattoria a Olifantshoek?», gli domandò Harrie.

Adriaan scosse la testa. «Non ne so di più rispetto a quando ti ho affidato l'incarico a Stellenbosch».

Harrie si accovacciò ed esaminò il terreno. «Sembra che sia passata una persona di qui. Kmame, forse? È stato l'unico a salvarsi dai colpi che avete sparato, signore. Dovremmo seguirlo, nel caso in cui mia sorella abbia ragione».

Adriaan tirò fuori il cannocchiale e scrutò l'orizzonte. Non c'era traccia di insediamenti umani. Scrutò i deboli segni sull'erba, i fili appiattiti, e immaginò i piedi di Kmame che correvano calpestando il terreno. Annuì. Era un piano valido come un altro.

Il tragitto era tutto in discesa e procedettero speditamente, Adriaan al trotto costante, con Tia e Harrie che correvano al suo fianco. Una volta raggiunto il fiume, si fermarono per fare il punto della situazione. Era probabile che alcune fattorie fossero state costruite vicino all'acqua. A quel punto, si domandarono se fosse meglio risalire il fiume o scendere lungo il corso d'acqua.

Harrie indicò un mucchio di escrementi umani, parzialmente coperti dalle foglie. «Kmame, o comunque qualcuno, è stato qui».

«Che cosa consigli di fare?», chiese Adriaan.

Harrie non rispose, ma continuò a esaminare i dintorni. Poco dopo, Tia e Adriaan lo videro guadare il fiume impetuoso immerso fino alle ginocchia e scrutare la riva opposta. Poi, l'uomo si raddrizzò e fece loro cenno di raggiungerlo. Adriaan montò a cavallo per non rovinarsi gli stivali, e Tia si sollevò le gonne.

«Ci sono impronte qui, vedete?», gli fece notare Harrie, indicando il punto in cui l'erba e il fango si incontravano dall'altra parte dell'acqua. «Più di un paio».

«Pensi che Kmame abbia trovato un alleato qui?», domandò Adriaan.

«Posso solo dire che tre uomini erano qui e hanno camminato in quella direzione». Indicò il sud. «Le impronte non sono ben definite una volta superate le rive. Il terreno lì è troppo asciutto per lasciare tracce».

Adriaan annuì. «Faremo la stessa cosa. Ma dovremmo stare in guardia. Potremmo cadere in un'imboscata».

Théodore prese un vassoio di pere dal davanzale e lo posò sul tavolo, insieme a una pagnotta e una ciotola di sugo. Prese anche due tazze, due piatti e una brocca di vino, infine si sedette.

Osservò Suzanne mangiare, poi, inaspettatamente, rise. Questo voleva forse dire che le credeva quando sosteneva che Kmame fosse un nemico e non un alleato?

«Bene», disse, «raccontatemi la vostra storia. Ma ditemi la verità, badate bene. Mi accorgerò se state mentendo».

Suzanne lo guardò negli occhi. «Non è mia abitudine mentire, *monsieur*, non ne ho bisogno. Come vi ho detto, l'uomo che avete sorpreso a sconfinare nella vostra terra non è mio amico. Si chiama Kmame, è il capo di una fazione dei Cochoqua».

Théodore socchiuse gli occhi. «Ne ho sentito parlare. I Khoi dicono che sta cercando di deporre suo padre».

«L'ha già fatto», spiegò Suzanne, poi si fermò. «Parlate la loro lingua?»

«Sì».

Suzanne riordinò i pensieri, poi raccontò tutto quello che era successo dopo che lei e Harrie avevano parlato con Shansi nell'accampamento dei Cochoqua. Mentre raccontava, osservò attentamente le reazioni di Théodore e si accorse che il nome di Shansi non gli diceva nulla.

«Quindi Kmame vi ha seguito fin qui?», domandò. «Perché?»

«Chiedetelo direttamente a lui».

Théodore aggrottò la fronte, ancora in evidente difficoltà a credere alla sua storia. Sembrava assurdo che due donne e un uomo avessero opposto strenua resistenza a Kmame e tre guerrieri.

«So che sembra incredibile», ribatté lei, «ma non avevamo scelta. Non potevamo permetterci di perdere il cavallo e poi, be', nella borsa avevo alcuni oggetti importanti per me». Suzanne si fermò. Forse era giunto il momento di iniziare la conversazione che l'aveva condotta fin là. «Siamo andati a parlare con Shansi, la cui madre, Fala, era una levatrice. Ci ha raccontato che, molti anni fa, Fala ha aiutato una colona bianca a dare alla luce un bambino». Lo vide irrigidirsi. «Credo che quel bambino foste voi», concluse Suzanne dolcemente, non volendo provocare un'altra ondata di rabbia.

Théodore rimase in silenzio così a lungo che Suzanne si chiese se l'avesse sentita.

«Non ho mai conosciuto il nome di quella donna», iniziò a spiegare. «Ma mia madre parlava di una donna Khoi che li aveva aiutati».

Suzanne si sporse in avanti. «Louise teneva un diario», lo informò. «Ha iniziato a scriverlo quando è stata imprigionata e ha continuato a raccontare la sua vita per mare. So che tutti gli uomini della famiglia Vidal hanno questa ciocca bianca nei capelli, proprio come voi. Il che significa, credo, che voi siete il figlio di quel Philippe Vidal che è salpato per il Capo con la mia antenata Louise a bordo della *Old Moon*».

Vide un'espressione di disgusto solcargli il volto. «Esatto».

Suzanne si accorse del silenzio totale che era piombato in cucina. Sapeva di dover procedere con cautela, eppure sentiva di non poter fare altro che porre le domande che si portava appresso come un peso da tanto tempo.

«*Monsieur?*», lo chiamò vedendo che ancora non rispondeva. «Théodore?»

«Perdonatemi», disse lui, «non avrei mai pensato che sarebbe arrivato questo giorno».

Lei annuì, intenzionata a concedergli tutto il tempo necessario. «C'è una cosa però che non capisco: Shansi ci ha raccontato che, stando al resoconto di sua madre, c'erano due donne presenti al parto: una era Louise mentre l'altra non viene menzionata nel suo diario. L'unica persona a cui Louise fa riferimento, a parte Philippe, è Gilles Barenton». Sostenne il suo sguardo. «Voi portate il suo cognome».

Il viso di Théodore si addolcì. «Sì».

«Perché?».

L'uomo non rispose. Suzanne scosse la testa.

«Non capisco. Ammettete che Philippe era vostro padre. Chi era vostra madre, se non Louise?».

Théodore fece un sospiro profondo, come se si stesse liberando di una vita di segreti.

«Gilles Barenton era mia madre. E io gli volevo bene».

«Da quella parte», urlò Tia, indicando.

Adriaan seguì la direzione del suo sguardo. In lontananza, scorse il profilo di una casa. Un tetto di paglia, una struttura più stabile delle capanne costruite dai Khoi nel *veld*.

Quella doveva essere sicuramente la fattoria di cui aveva parlato Lars Eltorp. Chi altri avrebbe deciso di vivere là, così lontano dalla civiltà? "La *nostra* civiltà", si corresse, immaginando come Suzanne gli avrebbe fatto prontamente notare che i Khoi e i San vivevano su quelle terre da millenni. Sentì un improvviso nodo al petto. E se fosse morta? E se Kmame l'avesse uccisa, come aveva assassinato Khasso? Come avrebbe fatto a dirlo a Judith?

«Che cosa volete fare, signore?», domandò Harrie. «Pensate che siano lì?».

Adriaan scosse la testa. «Non lo so». Guardò giù verso la valle. Non c'era possibilità di avvicinarsi senza essere visti. Il terreno non offriva ripari. Se Kmame aveva altri uomini e aveva preso la fattoria, se tenevano Suzanne lì, allora lui, Harrie e Tia dovevano aspettare le tenebre per entrare in azione. Una qualsiasi altra mossa avrebbe messo a rischio non solo le loro vite, ma anche quella di Suzanne.

«Aspetteremo il calar della notte», rispose, «poi attaccheremo mentre dormono».

Sulle loro teste, udirono i primi minacciosi rombi di tuono.

Capitolo cinquantatré

Olifantshoek

«Gilles Barenton era vostra madre? Ma com'è possibile...».

Suzanne si interruppe, a corto di parole. Théodore la guardava con un misto di compassione e, pensò, qualcosa che si avvicinava all'affetto.

«Quello che dite non ha alcun senso», riprovò. «Nel suo diario, Louise scriveva del suo affetto per Gilles, del loro...». Ancora una volta, lasciò la frase in sospeso.

«È tutto vero», replicò lui. «Il loro era davvero un rapporto di amore».

«Allora aiutatemi a capire!».

Théodore attraversò la cucina e spalancò le imposte, lasciando entrare un tenue raggio di luce nella stanza immersa nella penombra.

«Sono cresciuta sentendo raccontare storie su Louise», riprese Suzanne esitante, vedendo che l'uomo restava in silenzio. «Mia nonna ricorda Louise da quando era bambina, ma è stato soltanto quando siamo arrivate ad Amsterdam, a ottobre di due anni fa, e ho letto per la prima volta il suo diario, che lei ha preso improvvisamente vita per me. Dopodiché, ho letto tutti gli altri libri conservati nella nostra vecchia casa di famiglia, i diari della mia bis-bisnonna Minou...».

«Ah, Minou», commentò Théodore con calore. «Louise parlava spesso di lei».

Suzanne sorrise, sollevata nel vederlo finalmente coinvolto nella conversazione.

«E poi ho letto i resoconti scritti dalla sorella di Minou, Alis, e dalla sua compagna, Cornelia van Raay, e ho ricostruito un altro pezzo della storia di Louise. Mi aiutava a dimenticare...». Si interruppe, evitando l'argomento. «Era a casa di Cornelia in Warmoesstraat che venivano conservati gli archivi. Anche lei e Alis volevano bene a Louise».

Fuori, udì il rombo di un tuono dietro alle montagne. Nubi tempestose si radunavano, oscurando il disco del sole.

«Come gliene volevo io», disse Théodore. «Lei e Gilles hanno scelto di vivere una vita diversa e selvaggia».

«Da quanto ho sentito dire da quando sono arrivata nella colonia, ci sono riusciti».

«Perlopiù, sì».

Suzanne lo guardò, cercando di capire. «Avete sempre vissuto qui?»

«Per tutti i sessantacinque anni che ho trascorso finora su questa terra. Questa fattoria si trova molto vicino all'appezzamento di terra originariamente concesso a Louise da un vecchio capo Goringhaiqua, quando sono arrivati qui».

«Quello che sono stati costretti ad abbandonare dopo che era stata rivelata la loro posizione, giusto?».

Théodore rabboccò la propria tazza di vino e sospirò. «Avete scoperto parecchio».

Suzanne arrossì, avvertendo uno strano senso di colpa. «Ciò che so, o almeno *credo* di sapere, è che Louise e Gilles, per qualche motivo, stavano cercando di fuggire da Philippe. Vostro padre». Lo guardò negli occhi. «È vero, Théodore? Voi sapere che cosa è successo tra loro tre?».

L'uomo posò la tazza. «Dovete capire che molto di ciò che è accaduto mi è stato raccontato solo molto tempo dopo che si sono verificati gli eventi in questione».

«Capisco».

Théodore respirò a fondo. «Sebbene vivesse come un uomo, Gilles era nato donna».

«Cosa?», sbottò Suzanne come se quella parola le fosse esplosa dalle labbra. «Com'è possibile?»

«La madre di Gilles, una creatura vile e depravata, lo ha costretto a vestirsi come un ragazzo a partire dall'età di dieci anni, per poter incassare l'eredità dello zio. Questo avveniva a La Rochelle nell'estate del 1610».

Ora che aveva iniziato, le parole fluirono piuttosto facilmente. La storia era bizzarra, stupefacente, a volte devastante, eppure scoprì di non fare alcuna fatica a crederci. Era come se avesse passato giorni a guardare un arazzo dal lato sbagliato, con tutti i colori e i fili ingarbugliati a nasconderne il disegno, mentre adesso si era spostata sull'altro lato e vedeva l'immagine così come doveva essere.

Théodore prese a camminare avanti e indietro per la cucina. «Raccontatemi qualcosa della vostra vita, Suzanne», riprese, e lei si rese conto che non era ancora pronto a parlare di ciò che era accaduto il giorno in cui Philippe aveva ritrovato Louise e Gilles. «Come mai ve ne siete andata da La Rochelle?».

Suzanne sospirò. «Vivevamo nella casa di Louise. Lei l'aveva lasciata al mio bisnonno quando era salpata per Gran Canaria».

Théodore sorrise. «Gilles parlava spesso della grande casa in rue des Gentilshommes».

«Le cose sono diverse, ora. Ai loro tempi, La Rochelle era la capitale ugonotta di Francia. La sua gloria è ormai svanita, e le persone della mia fede non sono più al sicuro laggiù. Né da qualunque altra parte. Tutti noi siamo stati costretti all'esilio, in Olanda, Inghilterra, Germania o nel Nuovo Mondo, oppure fatti prigionieri in casa nostra dai *dragons*, soldati che...».

La voce di Suzanne si spezzò.

«Vi è accaduto qualcosa», indagò lui con gentilezza: era un'affermazione più che una domanda.

«Sì», rispose. Era doloroso parlarne, ma voleva che capisse come la sua missione di trovare Louise fosse legata a ciò che le era stato fatto.

«Mi dispiace molto», commentò quando lei ebbe finito.

«È una storia comune. Altre persone hanno sofferto quanto me, alcune anche molto di più».

«Questo non rende la vostra esperienza meno terribile».

A ovest, il sole stava scomparendo dal cielo. Suzanne udì un altro rombo di tuono, questa volta più vicino. Ciononostante, si sentiva calma. In qualche modo, negli ultimi cinque mesi, il peso che le gravava sulle spalle era scomparso. Ciò che era accaduto quella notte – il suo stupro, ora riusciva a chiamarlo con il suo nome – non definiva ciò che era. Era stato un episodio, traumatico e violento, ma si rifiutava di dargli più peso che a qualunque altra esperienza vissuta durante i vent'anni che aveva trascorso finora sulla terra.

«A cosa state pensando?», le domandò Théodore, notando il cambio di espressione sul suo viso.

«A come ora mi senta di nuovo integra», rispose con voce rotta. «Alla possibilità di ricominciare daccapo».

«Qui?».

Scosse la testa. «Ora capisco che sta a me guarire me stessa. Non è la distanza che fa la differenza, ma il mio coraggio».

Théodore si alzò, andò alla porta e l'aprì per lasciar entrare un po' di aria. «Siete stata sincera con me, Suzanne».

«Ci ho provato».

«Vi devo la stessa sincerità. Volete sapere che cosa è accaduto tra Louise, Gilles e Philippe, come io sono finito qui?»

«Sì», rispose lei con semplicità.

Suzanne vide l'angoscia sul suo viso. «Il fatto è che è difficile, per me, parlarne. In effetti, non l'ho mai fatto».

Fuori, Suzanne vide che le nubi erano diventate da grigie a nere, e ora coprivano le cime delle montagne. Vi fu un'altra salva di tuoni, e iniziarono a cadere le prime gocce di pioggia. Théodore iniziò a narrare la parte più difficile della sua storia.

«Quando siete stata aggredita a casa vostra, non siete rimasta incinta?».

Suzanne scosse la testa. «Questo, almeno, mi è stato risparmiato». Poi si gelò. «Voi siete stato concepito… siete il risultato di…». Scoprì di non riuscire ancora a pronunciare quella parola ad alta voce.

«Uno stupro, sì».

«Théodore, io… io non so cosa dire».

L'uomo sospirò. «Non sono venuto a saperlo se non quando ormai ero diventato adulto, capite. Non ho conosciuto altro che amore da Louise e da Gilles».

«Ma perché Philippe avrebbe fatto qualcosa di così atroce?».

Lui levò la mano. «Per dare un senso alla storia, dobbiamo tornare al principio. Come sapete, Louise e Gilles hanno gettato l'ancora nella baia della Tavola il 17 di maggio dell'anno 1622…».

Quando Théodore ebbe finito di parlare, Suzanne rimase seduta in silenzio. Non sapeva che cosa dire, come esprimere ciò che provava. Tutto ciò che aveva immaginato era sbagliato ma, allo stesso tempo, il suo istinto aveva avuto ragione.

«Temevo che Philippe avesse ucciso Louise, non il contrario», disse alla fine. «Non avrei mai immaginato…».

Gli occhi di Théodore si incupirono. «Era un uomo malvagio, e rimpiango con tutto me stesso di averlo avuto come padre».

Suzanne esalò un sospiro. «Grazie per avermi raccontato la verità. Non dev'essere stato facile».

Lui le rivolse un sorriso esausto. «È stato più semplice di quanto pensassi. Sapendo cosa avete sofferto voi, ho pensato che avreste capito».

Suzanne estrasse il diario di prigionia di Louise dalla borsa e lo spinse sul tavolo verso di lui. «Quando ho trovato questo nell'archivio in Warmoesstraat, trovare Louise è diventato l'obiettivo di tutta la mia determinazione».

Théodore fissò la copertina di pelle come se avesse paura di toccarla.

«E poi c'è questa», aggiunse, tirando fuori la carta della Giustizia. «Non so perché fosse tanto importante per Louise, né perché l'avesse tenuta con sé. Non mi è mai parsa una donna superstiziosa, ma deve aver avuto qualche significato per lei, se ha fatto tanto per conservarla».

Il viso segnato di Théodore si illuminò. «Aveva davvero un significato, ma non per Louise. Questa apparteneva a Gilles. Era l'unica cosa che gli restava della sua infanzia a La Rochelle».

Suzanne gliela passò sul tavolo. «Dovreste tenerla voi. Appartiene a voi di diritto».

Sorrise. «Questa carta significava molto per lui. Per entrambi: l'ideale della giustizia. È ciò per cui hanno combattuto per tutta la loro vita».

Suzanne guardò Théodore dirigersi verso la propria stanza, e tornare pochi istanti dopo con un libro rilegato con una semplice copertina marrone, come un taccuino di scuola.

«Louise continuò a tenere un diario della nostra vita qui», spiegò. «Era il motivo per cui accompagnavo Gilles alla baia della Tavola, di tanto in tanto, per scambiare pellicce e legname con carta e inchiostro che le navi riportavano dalla Cina».

Glielo mise tra le mani, quindi andò alla porta.

«Dove andate?»

«Vi lascio il tempo per leggerlo. Nel frattempo, andrò a controllare gli animali e a far visita al nostro ospite. La tempesta è quasi sopra di noi».

«Eccolo», disse Harrie, indicando un uomo bianco che usciva dalla fattoria.

Adriaan, Tia e Harrie lo osservarono dirigersi verso il recinto degli animali per controllare le pecore, per poi condurre i cavalli dal recinto in un riparo dietro la casa. Quello doveva essere l'uomo che Eltorp aveva incontrato vicino a Stellenbosch, mesi prima.

«Sa che sta arrivando la tempesta», commentò Tia, mentre un rombo di tuono riecheggiava sopra di loro.

Poi l'uomo si diresse verso la capanna più vicina. Adriaan guardò i due San alzarsi in piedi, poi tutti e tre insieme entrarono. Poco dopo, uscirono con un altro uomo tra loro.
«Quello è Kmame?», domandò Adriaan.
«È lui», sibilò Tia alle sue spalle.
Adriaan non riusciva a capire la relazione tra i quattro uomini. Avevano agito dando per scontato che Kmame avesse altri guerrieri al suo comando, e che avesse rapito Suzanne. Tia era certa che fosse andata in questo modo. Ora Adriaan non ne era più così sicuro. Kmame teneva le mani dietro la schiena. Non avrebbe saputo dire se erano legate o se era semplicemente la sua postura. Possibile che fosse un prigioniero anziché il carceriere? E l'uomo bianco? Adriaan sapeva che, secondo Suzanne, poteva essere legato a Louise, ma l'amica non aveva specificato se fosse una persona di cui si poteva fidare. Forse era stato lui, anziché Kmame, a rapire Suzanne per riscuotere una ricompensa?
Sempre che lei fosse laggiù.
All'improvviso, una enorme saetta ramificata lacerò il cielo grigio, e un tuono esplose quasi direttamente sopra le loro teste. Iniziò a cadere la pioggia: furiosa, torrenziale, accecante.
Kmame colse l'occasione offertagli dal diversivo e iniziò a gridare. Ci fu una discussione tra lui e l'uomo bianco, il quale si voltò e s'incamminò verso la casa. Aveva quasi raggiunto la porta quando vi fu un altro tuono.
Poi, scoppiò il caos.
Kmame gridò con quanto fiato aveva in gola, un grido di battaglia che gelava il sangue, quindi si girò con quello che sembrava un sasso in mano. Lo abbatté una volta, poi di nuovo, sul volto del guerriero San più vicino a lui, il quale cadde a terra senza un suono. L'altro preparò la lancia, ma fu troppo lento. Kmame gli assestò un colpo feroce alla tempia. Calò la pietra sulla nuca dell'uomo, fino a quando anche il secondo San non giacque immobile nella polvere.
Tutto ciò non aveva richiesto che pochi secondi.
L'uomo bianco stava tornando ad affrontarlo, ma Kmame afferrò la lancia di uno dei San caduti.
«Fermalo!», gridò Adriaan con quanto fiato aveva in gola.
Immediatamente, Harrie uscì allo scoperto, correndo verso la fattoria, slittando e scivolando nel fango. Adriaan lo seguì con la pistola in mano, ma, nella pioggia battente, non riusciva ad avere una visuale chiara.

Poi, con suo grande stupore, vide Suzanne in piedi sulla soglia della fattoria, con il moschetto in mano. Adriaan osservò Kmame tirare indietro il braccio e puntare la lancia direttamente verso l'uomo bianco, il quale si gettò a terra mentre la punta di ferro gli fischiava accanto all'orecchio. Harrie irruppe nel complesso e cercò di raggiungere Kmame, che ora aveva in mano la seconda lancia.

Dopodiché, vide il fumo bianco e l'esplosione, mentre la palla usciva dalla bocca dell'arma. La mira di Suzanne fu perfetta. Il corpo di Kmame venne spinto all'indietro dall'impatto e cadde, riversando sangue scarlatto nella polvere. Le sue gambe sussultarono, i piedi che tracciavano disegni nel terreno allagato, poi più nulla.

Adriaan osservò Suzanne abbassare lentamente il braccio. Quindi, con l'attenzione con cui avrebbe potuto mettere a terra un bambino, posò il moschetto a terra. L'uomo bianco si tirò in piedi, e spalancò le braccia quando Suzanne corse ad abbracciarlo. Rimasero così per un istante, inzuppati dalla pioggia battente, e poi si separarono.

«Signorina!», gridò Tia, sfrecciando oltre il fratello e scagliandosi verso Suzanne. «Siete viva!».

Suzanne era in stato confusionale. Sembrava notare appena la pioggia che scrosciava sulle loro teste.

«Adriaan, lascia che ti presenti Théodore Barenton», esordì, come se si trovassero all'ingresso della residenza del comandante. «È un mio lontano cugino, per così dire. Suo padre era il fratellastro di Louise, anche se non saprei dire quale rapporto di parentela implichi questo per noi».

«Suzanne, stai...?», iniziò lui.

«Théodore», proseguì lei, confusa, «questo è Adriaan van Dijk, marito della mia più cara amica alla colonia. È lui che mi ha insegnato a sparare, tra le dune sabbiose di Gallow's Hill».

I due uomini si guardarono, poi Théodore tese la mano. «In tal caso, *mijnheer* van Dijk, vi sono veramente debitore».

Finalmente, il contegno di Suzanne cedette, e lei scoppiò a ridere fino a quando le lacrime che le rigavano le guance non si mescolarono con la pioggia.

Capitolo cinquantaquattro

Venerdì, 14 gennaio

Secondo la tradizione, Tia e Harrie pulirono i corpi dei due San caduti e li seppellirono quella sera stessa. Suzanne, stremata dall'accaduto, rimase seduta in silenzio con Adriaan, mentre Théodore preparava un pasto per tutti loro.

«La madre di Théodore...», iniziò a spiegare, poi si fermò. Era tutto troppo complicato e troppo sconvolgente. Si rese conto di voler tenere per sé tutto ciò che aveva appreso, finché non l'avesse assimilato completamente. Trovò un argomento di conversazione più sicuro. «Gilles Barenton è stato cresciuto da suo zio, un viticoltore a La Rochelle, e ha trasmesso il suo sapere a Théodore. Considerato l'interesse che il comandante van der Stel nutre per la coltivazione della vite, Adriaan, troverai la sua impresa interessante: il vigneto di Théodore rivaleggia con quello che la Compagnia ha realizzato nella colonia. Ti piacerebbe vederlo?».

Adriaan annuì. «Molto volentieri, se Monsieur Barenton fosse così gentile da mostrarmelo».

Théodore accese una lanterna, e uscirono nella notte mite. Ovunque si respirava un profumo di fresco e pulito. Suzanne parlò poco, ma ascoltò i due uomini che si abbandonavano a una discussione amichevole sull'irrigazione e la resa dei raccolti. I dettagli non la interessavano, e sia la sua mente sia il suo corpo erano esausti. Ma pensava che il vino che Théodore stava producendo fosse buono quanto qualsiasi cosa potesse comparire su una tavola a La Rochelle, e sperava che, stuzzicando l'interesse di Adriaan, avrebbe potuto aiutare Pierre e Isabeau Jaubert e i loro compagni rifugiati.

«Come si chiama la vostra fattoria?», chiese Adriaan mentre tornavano all'edificio principale.

Théodore esitò. «Non ha mai avuto bisogno di un nome. Produciamo vino per la nostra tavola, niente di più. Ma forse dovrebbe averne uno». Guardò Suzanne. «Che cosa ne dite di La Justice? Siete d'accordo?».

Lei sorrise. «Non riesco a pensare a un nome più appropriato».

«Benissimo», annuì Théodore. «Volete entrare?»

«Se poteste concedermi un momento con Suzanne», disse Adriaan.

Suzanne lo guardò. Per tutta la sera, lo aveva visto lanciarle sguardi ansiosi. E il sollievo per averla trovata viva e illesa era visibilmente controbilanciato da un altro pensiero. Poi, all'improvviso, Suzanne capì che cosa stava per dirle.

«Sorella, non so come dirtelo, dopo quello che hai passato», iniziò, «ma Florence...».

Suzanne gli posò una mano sul braccio. «Va tutto bene. L'ho vista nei miei sogni, accanto a Louise e Minou. Ora è in pace».

Rimasero con Théodore per qualche giorno. Suzanne non aveva ancora recuperato completamente le forze, e il braccio di Tia aveva bisogno di tempo per guarire.

Suzanne e Théodore chiacchierarono quasi tutto il tempo, mentre lui si occupava delle faccende domestiche. Lei leggeva il diario di Louise a Olifantshoek, che descriveva dettagliatamente il loro arrivo al Capo e la vita alla fattoria. Dal canto suo, Théodore le faceva molte domande su La Rochelle e Amsterdam, nonché sulla sua esperienza alla colonia.

A poco a poco, Suzanne si sentì abbastanza in forze da mettersi in viaggio. Una mattina presto, con un mazzo di fiori selvatici in mano, si diresse verso il piccolo boschetto di querce dietro la fattoria. Théodore si era offerto di accompagnarla, ma lei volle compiere quell'ultimo tratto del pellegrinaggio da sola. Sarebbe stato il suo ultimo gesto per onorare la memoria di Louise e Gilles in terra africana.

Con le cime dei monti circostanti alle spalle, Suzanne trovò la radura abbastanza facilmente. Al centro, c'era un piccolo cartello in legno giallo, sotto un ampio *Aloidendron barberae*. L'iscrizione era semplice: era stata incisa, lo sapeva, da Gilles, e recava soltanto la data di nascita e morte di Louise. Sotto, tre parole in stampatello maiuscolo:

Ancora più in basso, scritti da una mano diversa, il nome e la data di nascita e morte di Gilles erano stati aggiunti un decennio dopo. Solo una parola era stata riportata sotto, nello stesso stampatello maiuscolo:

AMATO

Suzanne si fermò un po', pensando all'amore che Louise e Gilles avevano trovato e per cui avevano lottato, l'amore che li aveva uniti per tutta la vita. E pensò al loro figlio che conduceva una vita solitaria nella valle dove loro avevano trovato casa. Tutto sommato, nonostante le difficoltà e le tragedie, era una bella vita.

Si chinò e depose i fiori sulla tomba. Non sarebbe mai più tornata là, ma questo non significava che la sua ricerca fosse fallita. Tutt'altro. Era pronta a lasciare andare Louise. Aveva scoperto ciò che aveva bisogno di sapere e aveva donato la pace al suo fantasma. Anche ai suoi demoni. A quel punto, dopo tutte le parole che erano state scritte, dette e immaginate, le restava solo una cosa da dire.

«Addio», sussurrò.

Mercoledì, 19 gennaio

Giunto il mercoledì, Suzanne, Adriaan, Harrie e Tia si congedarono da Olifantshoek. Théodore aveva procurato un cavallo a Harrie e Tia per cavalcare fino a Stellenbosch, dicendo che avrebbe recuperato l'animale da là la prossima volta che si fosse avventurato a ovest. I viaggiatori sarebbero tornati nella colonia prima del Sabato.

«Siete sicuro di non voler venire con noi?», chiese Suzanne.

Théodore scosse la testa. «Sto bene qui. Non sono fatto per vivere in città». Poi si rivolse a Adriaan. «Ma sarete sempre un ospite gradito, *mijnheer*». Infine, fece un cenno a Tia e Harrie. «E anche voi».

«E voi alla colonia, Monsieur Barenton, se mai riuscissimo a convincervi ad avventurarvi così lontano», rispose Adriaan. «Mia moglie sarebbe lieta di fare la vostra conoscenza. Forse potrei chiedervi ulteriori consigli su questa terra che i rifugiati potrebbero coltivare».

Suzanne posò la mano sul braccio di Théodore. «Siete proprio sicuro di non volere che ve lo lasci?». Aveva passato gli ultimi giorni a copiare gli scritti di Louise a Olifantshoek e si era offerta di lasciargli il diario di Louise dalla *Old Moon*. Le sembrava che dovessero restare insieme.

«Siete gentile, ma no. Louise non voleva che rimanesse qui, visto che l'ha rispedito ad Amsterdam a bordo della sua nave». Théodore sollevò la carta dei tarocchi tra il pollice e l'indice. «Mi basta questa».

«La Justice», disse Suzanne e sorrise, guardandosi intorno per l'ultima volta. «La prima attività vinicola a Olifantshoek».

Capitolo cinquantacinque

Colonia del Capo
Domenica, 20 marzo 1689

Otto settimane dopo essere tornata alla colonia, ed esattamente un anno dopo che la *China* era salpata da Rotterdam diretta al Capo di Buona Speranza, Suzanne Joubert era pronta a partire di nuovo. I suoi amici la stavano aspettando per salutarla. Era triste di dover lasciare coloro a cui aveva imparato a voler bene, ma li avrebbe portati per sempre nel suo cuore. Tanto i vivi quanto i morti.

Quella non era la fine della storia, ma un nuovo inizio.

Era un meraviglioso giorno di autunno, caldo e mitigato da una lieve brezza, del tutto diverso da quello del loro arrivo alla colonia. Fuori nella baia, una *Spiegelretourschip*, la *Gouw*, sotto il comando del capitano Joost Barend, si preparava a tornare ad Amsterdam. La *Gouw* era giunta dalle Indie orientali passando per Batavia, carica di chiodi di garofano, noce moscata, anice e cannella destinati a essere venduti al miglior offerente sui mercati olandesi. Una volta imbarcati gli ultimi passeggeri, la nave sarebbe salpata.

«Hai tutto?», le domandò Judith per la centesima volta.

Suzanne rise e le prese le mani, ammirando la pancia prominente dell'amica.

«Mi prometti che mi scriverai per farmi sapere quando avrai partorito? Inviami delle lettere con la prossima nave. Maschio o femmina che sia, avrà gli stupendi occhi azzurri di suo padre». Si rivolse a Madame Lombard. «Conto su di voi perché abbiate cura di loro. E anche di Isabeau Jaubert, se mai fosse possibile persuadervi a uscire dalla colonia per andare a trovarla. Dovrebbe partorire più o meno nello stesso periodo di Judith».

Madame Lombard emise un grugnito: i suoi occhi acuti luccicavano. «Potete contare su di me, mia cara. Anche per prendermi cura della tomba di vostra nonna».

Suzanne chinò il capo. «Sono grata di sapere che non giacerà nella terra dimenticata».

Infine, si volse verso Adriaan. Per molti aspetti, lui sarebbe stato la persona di cui avrebbe sentito di più la mancanza. «Tu sei stato per me il fratello che non ho mai avuto», esordì con voce rotta dall'emozione. «Non potrò mai ringraziarti abbastanza per tutto quello che hai fatto per me. E ricorda, Théodore Barenton è un brav'uomo. Lui può aiutarti».

«Ci mancherai», rispose Adriaan, quindi si volse in modo tale che l'amica non notasse l'umidità nei suoi occhi. Lo udì schiarirsi la voce e poi battere una mano sulla spalla di Harrie. «Harrie ha accettato di venire a lavorare per me, lo sapevi? E Tia terrà compagnia a Judith».

«Credo sia una idea meravigliosa. Quando mi sentirò sola, penserò a voi che siete qui tutti insieme, e questo mi darà conforto». Tese la mano. «Grazie, Harrie, per tutto».

«È stato un onore».

Tia fece un passo avanti, poi il suo contegno cedette e gettò le braccia attorno alla vita di Suzanne.

«Via, via, così non va», replicò dolcemente Suzanne. «Devi prenderti cura di *mevrouw* van Dijk, adesso. Lei ha bisogno di te più di me».

Tia si asciugò gli occhi. «Lo so, signorina, ma...».

«Tu resterai per sempre nel mio cuore».

Lentamente, Suzanne si voltò ad ammirare il panorama che l'aveva accolta al suo arrivo, vedendolo ora con occhi diversi. Quel giorno, non c'erano coltri di nuvole a coprire la montagna della Tavola. Ora era stata oltre i monti e aveva visto con i propri occhi la terra rossa e il *veld*, aveva visto il *fynbos* e gli animali che vi vivevano fin dall'inizio dei tempi.

La borsa le pendeva a tracolla. Al sicuro al suo interno c'erano il diario di prigionia di Louise e il suo pugnale di argento. Lo avrebbe affidato alle cure del capitano una volta salita a bordo. Il suo baule con gli altri effetti personali, nonché gli appunti che aveva preso durante il periodo trascorso al Capo, era già stato caricato sulla barca a remi.

Suzanne respirò a fondo mentre permetteva al marinaio di aiutarla a sedersi, per poi alzare lo sguardo verso il gruppetto di persone in piedi sul molo.

«Addio», gridò loro. «Non vi dimenticherò mai, amici miei. Mai».

PARTE DUE

Un mese dopo

Il mare aperto e la Cornovaglia

Aprile-luglio 1689

Capitolo cinquantasei

Oceano Atlantico
Mercoledì, 20 aprile

Avevano solcato i mari per un mese.

Suzanne si era ambientata facilmente alla vita a bordo della *Gouw*. Il rintocco della campana della nave, il cambio della guardia, il rumore dei piedi nudi dei marinai che correvano su e giù per il ponte, lo schiocco delle vele e il sibilo del vento tra le sartie. Il capitano era severo ma giusto, e i suoi uomini lo rispettavano. Alzava la voce quando era necessario, puniva le infrazioni gravi, ma, per il resto, lasciava che fossero i suoi marinai a manovrare la nave.

Sfruttarono gli alisei, cambiando direzione per evitare le tempeste e cavalcare le correnti oceaniche, e il tempo fu perlopiù clemente. Fu un'esperienza assai diversa rispetto al viaggio di Suzanne di un anno prima. Allora, la paura e la miseria dei rifugiati ugonotti – le donne e gli uomini che erano diventati suoi amici – avevano gravato sulla *China* come una nebbia nera. Questa volta, invece, c'era solo una manciata di passeggeri, e tutti, come Suzanne, pagavano il viaggio di tasca propria: funzionari della VOC che tornavano a casa; figli che lasciavano la colonia per andare a studiare in patria; figlie destinate a sposare gli uomini di Amsterdam. Era una nave tranquilla, una nave perfettamente funzionante.

Suzanne si godette il viaggio. Sulla *China*, sottocoperta si consumavano sempre delle tragedie umane, ma lei poteva contare su Florence per chiacchierare e distrarsi dal rollio e dall'inclinazione della nave. Sulla *Gouw*, invece, era sola, con i suoi pensieri e i suoi ricordi. Tuttavia, non era del tutto sola, perché Louise e Gilles erano ormai dei compagni inseparabili per lei, come, del resto, anche Tia e Judith, Adriaan e Harrie. Solo quando pensava a sua nonna, sentiva il cuore stringersi nel petto.

Quando il tempo era bello, Suzanne sedeva a dritta, sapendo che la Costa d'Oro portoghese era lontana, a est, fuori dalla vista. Più a nord, si estendeva Dakar con il suo mare di sabbia. Immaginava le mappe nella sua mente e ne tracciava i percorsi con la fantasia. Nessuno le prestava molta attenzione, nessuno la disturbava, e lei annotava tutto ciò che aveva visto, tutto ciò che le era stato detto, tutto ciò che provava.

Superarono la zona delle calme equatoriali, dove gli alisei da sud-est incontravano quelli da nord-est dell'emisfero settentrionale, e rimasero fermi per non più di un paio di giorni. Poi avanzarono in direzione di Las Palmas de Gran Canaria, dove Louise era stata processata per aver costretto le navi negriere ad abbandonare il loro vile commercio in quelle acque.

Aprile diventò maggio, e maggio diventò giugno. Giorno dopo giorno, il sole sorgeva in un cielo lattiginoso e tramontava dietro un orizzonte infinito. Suzanne assaporava quel glorioso isolamento, circondata da ogni lato dall'oceano scuro e mutevole. A volte, il mare era di un verde intenso, a tratti viola, solcato da creste di onde bianche. Altre volte, quando il cielo si copriva di nuvole nere, si faceva di un nero turbolento e ribollente, come se i mostri degli abissi stessero frustando le onde a un ritmo frenetico. Ricordava i quadri di Amsterdam che ritraevano il mare, e sapeva che non c'era alcun mezzo che permettesse a un artista di catturare la maestosità e la potenza terrificante dell'oceano.

Giugno lasciò lentamente il passo a luglio, passando dall'autunno a sud all'estate a nord. Dal tramonto all'alba, Suzanne osservava il cielo colorarsi dal blu reale a un grigio nebbioso. Il morale dei passeggeri era alto mentre navigavano vicino alla costa del Portogallo. La *Gouw* era una nave fortunata, le avevano detto i marinai: del resto, il viaggio affrontato fino a quel momento lo dimostrava ampiamente. Suzanne sapeva che, nel Golfo di Biscaglia, le tempeste potevano scatenarsi all'improvviso, e che persino i marinai più esperti si sarebbero fatti il segno della croce alla vista delle nuvole in avvicinamento dall'Atlantico. Ma non si preoccupava. Il cielo rimaneva limpido e il mare calmo.

I giorni trascorrevano accompagnati da un movimento infinito. Ogni parte della nave sembrava cantare – scricchiolando, inclinandosi, muovendosi, gemendo – al ritmo delle onde, rimbalzando contro i cavalloni.

Poi, però, la fortuna cambiò mentre navigavano verso nord dal Golfo di Biscaglia. Iniziò a piovere. Onde enormi si abbattevano dall'Atlantico. Gigantesche e implacabili, sballottolavano la *Gouw* come un tappo di sughero. Le onde si infrangevano sul ponte principale, rendendo pericoloso ogni movimento. Alla fine, il vento cambiò direzione prendendo a soffiare da nord-est, minacciando di spingerli di nuovo in mare aperto.

«Bentornati a casa», disse qualcuno, e tutti scoppiarono a ridere.

Da qualche parte, fuori dalla vista, superarono la costa rocciosa della Bretagna e, per un giorno o due, furono benedetti da un vento che soffiava da ovest. I rapporti tra Francia e Inghilterra erano difficili, perciò la Manica era spesso teatro di battaglie marine.

«Navigheremo direttamente verso Amsterdam?», chiese Suzanne al capitano, sapendo che le navi erano a volte costrette a deviare lungo le coste dell'Irlanda, circumnavigare la Scozia e attraversare il Mare del Nord per evitare possibili conflitti.

«A giudicare da quanto ci è stato detto nella colonia, quest'anno non sono state segnalate navi straniere nella Manica», rispose. «Né navi pirata. Se tutto va bene, attraccheremo ad Amsterdam entro l'inizio del mese prossimo, come previsto».

Capitolo cinquantasette

Penisola di Lizard, Cornovaglia
Giovedì, 7 luglio 1689

La tempesta si scatenò alle tre in punto del mattino. Una singola folata di vento, un colpo di avvertimento a prua, dopodiché la *Gouw* prese a cadere e inabissarsi, per poi impennarsi verso l'alto. Suzanne si ritrovò spinta sottovento, poi scagliata nella direzione opposta, mentre la tempesta diventava sempre più violenta.

Salì di corsa sul ponte. «Cosa succede?»

«Restate sottocoperta!», gridò il capitano. «Restate lontana!».

Nel giro di pochi istanti, la nave fu affiancata dall'acqua: scure pareti ondulate verdi e viola, alte quanto l'albero maestro. Catturata dal gorgo, la *Gouw* iniziò a lottare per non colare a picco. Ruotava su sé stessa, slittava, si abbatteva contro le onde che minacciavano di affondarla.

Suzanne disobbedì agli ordini del capitano, sentendosi più al sicuro sul ponte che sotto. Si resse al parapetto di poppa, restando a guardare mentre l'equipaggio ammainava le vele e chiudeva i boccaporti. Ogni cima venne legata, ogni lanterna fissata, a babordo e a tribordo. Vide le luci tremolare nelle loro gabbie di legno, prima di venire estinte dal mare. Onde mostruose crestate di bianco si ergevano incombendo su di loro, prima di abbattersi ancora e ancora sul ponte.

Non aveva mai udito un ruggito del genere, il rumore martellante di cime e sartiame. A ogni tuono, a ogni saetta ramificata, a ogni vertiginosa discesa che mandava la *Gouw* incontro agli abissi, pareva inevitabile che la nave si spezzasse in due.

Il capitano era al timone, con il suo luogotenente accanto a lui. Gli uomini raccoglievano l'acqua con secchi di legno, nel tentativo di ripulire il ponte.

«Fate del vostro meglio!», gridò un marinaio mettendo un secchio in mano a Suzanne. «Rimanete lontana dalle murate e fate attenzione a non scivolare».

Sottocoperta, sentiva gli uomini mettere in funzione la pompa di sentina, alzando e abbassando la leva metallica per sgombrare il ponte inferiore dall'acqua marina. Non che facesse molta differenza. L'acqua si riversava dal cassero di poppa per poi tornare sotto la porta della cabina del capitano: la protezione offerta dai sacchi di sabbia era minima.

Ora dopo ora, il vento soffiò incessante. Feroce, imprevedibile, implacabile. Persino sottocoperta, l'acqua spumeggiava all'altezza del ginocchio, trovando ogni fessura o spiraglio nel legno. Suzanne ebbe l'impressione che la nave stessa stesse annegando. Vide il mozzo venire scagliato contro l'albero di mezzana e battere la testa. Corse ad aiutarlo, trascinandolo lungo il ponte verso il relativo riparo offerto dalla plancia.

Oscillando come una ubriaca, Suzanne tornò a prua, ora in parte sommersa. Poi, al di sopra del rumore della tempesta, si levò un grido.

«Terra in vista! Terra in vista!».

L'iniziale sollievo si tramutò in terrore quando si rese conto che stavano per essere scagliati contro gli scogli. Il vento proveniente da ovest era ora loro nemico: li spingeva inesorabile verso la costa frastagliata della Cornovaglia. Tutt'attorno a lei, Suzanne sentiva il panico nelle voci dell'equipaggio, le loro grida disperate mentre cercavano invano di mantenere il controllo della nave. Ma il vento era troppo forte, e la marea troppo violenta. Si udì un assordante *crack*, e la *Gouw* sbandò pericolosamente a tribordo. Tutti coloro che erano sul ponte vennero spinti a terra, o mandati a sbattere contro il parapetto di poppa. Alcuni vennero scagliati in mare.

«Uomini in mare! Uomini in mare!».

Suzanne afferrò una cima che si era allentata. La corda le lacerò la pelle, bruciandole i palmi, ma non la lasciò andare. Per un istante, ebbe la sensazione che sarebbe volata in aria a ogni rollio della nave. Poi, un altro improvviso cambiamento nella corrente vorticante, e lei cadde pesantemente a terra. Sentì la propria testa urtare il ponte. Avvertì il dolore riverberarle nelle ossa mentre la nave si inclinava su un fianco. Stavano affondando. Quando iniziò a perdere conoscenza, il suo unico pensiero fu che non avrebbe dovuto lasciar andare la cima.

Dopodiché, era in acqua. Tutto cambiò. La tempesta, il vento, le grida disperate dei marinai, l'agonia a bordo della nave, tutto stava accadendo altrove. L'impatto del freddo sul viso non aveva importanza, né l'acqua di mare che stava sostituendo l'aria nei suoi polmoni.

Diverse immagini le scorsero precipitose nella mente: le verdi foreste del Capo e le case bianche della colonia, la grigia facciata di pietra della loro vecchia casa in rue des Gentilshommes e la biblioteca illuminata dalle candele in Warmoesstraat.

Ora, tutto era silenzioso. Giù negli oscuri abissi del mare, verso le caverne sotterranee dove dimoravano i pesci e gli antichi mostri marini, Suzanne non aveva mai conosciuto una quiete e una pace simili. Ora, delle voci le sussurravano nella mente. La voce di tutti coloro che avevano preso quella strada prima di lei, i gloriosi morti che venivano ad accoglierla tra di loro. Cittadini del mare, onorati ospiti nelle sale marine che si estendevano oltre ogni luogo mai immaginato dall'uomo. *Sei al sicuro ora. Sei a casa ora.*

«Non temere la morte», sembravano sussurrarle quelle voci. «Non temere di morire annegata».

Poi, il suo istinto di sopravvivenza prese il sopravvento. Suzanne era andata al Capo per trovare Louise, una donna che aveva amato il mare e aveva vissuto per tutta la vita secondo le sue regole. Se fosse annegata lì, allora anche la storia di Louise sarebbe andata perduta. Sarebbe stato tutto vano. La mano di Suzanne cercò istintivamente la cinghia di cuoio della borsa, prima di ricordare che l'aveva affidata al capitano perché la tenesse al sicuro. Quante speranze c'erano che il diario di Louise e il suo pugnale di argento si salvassero anche senza di lei?

Ma Suzanne voleva vivere. Le sue membra erano fredde e pesanti. Lottò con la fibbia del mantello fino a quando non riuscì a sganciarlo. Calciò via gli stivaletti che in precedenza le avevano salvato la vita, poi guardò verso lo scafo della nave e la superficie dell'acqua.

«*Post tenebras lux*». Dopo le tenebre, la luce.

Non aveva sconfitto i suoi demoni, non era sopravvissuta a ciò a cui era sopravvissuta, per morire proprio adesso. Suzanne strattonò i nodi della gonna fino a quando non riuscì a liberarsi del pesante tessuto che la tirava verso il fondo. Poi iniziò a nuotare. Agitando braccia e gambe, rafforzate dai mesi trascorsi nella colonia, con i polmoni urlanti, lottò per risalire in superficie.

Poi, ingoiò aria. Tutt'attorno a lei, vide ciò che restava della *Gouw*.

Tavole spezzate, lo scafo a pezzi, il magnifico vascello giaceva su un fianco nel mare agitato. Lampade, casse, provviste sobbalzavano nelle correnti tempestose.

A Suzanne restavano ben poche forze ormai. Non sarebbe sopravvissuta a lungo se non fosse riuscita a raggiungere la terraferma. Poi, nell'oscurità, sotto la pioggia battente, vide il pennone dell'albero maestro, rosso, blu e bianco, nell'acqua. Con gli ultimi residui di energia, agitò i piedi e allungò le mani. Ma nel rollio delle onde, le sue dita non riuscirono a raggiungere l'obiettivo.

Riprovò, tendendo le braccia fino a quando non sentì qualcosa di solido sotto le mani. Spingendosi in avanti, riuscì ad aggrapparsi all'albero spezzato e a sollevare il mento dall'acqua. Poi chiuse gli occhi, intrecciò insieme le mani, e pregò che la tempesta finisse.

«Non arrenderti», mormorò ancora e ancora, come una preghiera. «Non arrenderti».

Suzanne non aveva idea di quanto a lungo fosse rimasta aggrappata a quel relitto. Ma mentre le prime luci dell'alba si accendevano al di sopra della costa rocciosa, all'improvviso tornò la calma. Con la luce, il vento era calato, e le onde iniziavano a diminuire. Alzò la testa e scoprì che era arrivata vicino alla terraferma. Vedeva rocce, sabbia, i resti della *Gouw* spinti dal mare sulla spiaggia. C'era anche il forziere del capitano?

Ora udiva voci di uomini che si gridavano qualcosa l'un l'altro. Parlavano in inglese. Possibile? Non avrebbero dovuto essere ad Amsterdam? Suzanne voleva richiamarli, ma si rese conto di non avere voce. Poi, avvertì forti mani dietro le spalle, che la spingevano a riva.

«Questa è viva», sentì qualcuno gridare.

Quella fu l'ultima cosa che avrebbe ricordato.

PARTE TRE

Centosettantatré anni dopo

Città del Capo, Stellenbosch e Franschhoek

Gennaio-marzo 1862

Capitolo cinquantotto

Città del Capo
Sabato, 18 gennaio 1862

Isabelle Joubert Lepard se ne stava in piedi, con le mani sul parapetto di poppa, a osservare Città del Capo, oltre le acque tranquille della baia della Tavola. Indossava un cappello a tesa larga, un abito marrone a collo alto con un colletto di pizzo, bottoni sulla vita stretta, ampie maniche a pagoda e una gonna a ruota troppo pesante per l'estate africana. Era una donna spigolosa e ossuta in un mondo vittoriano che apprezzava i lineamenti delicati e una femminilità formosa.

Forte e determinata, Isabelle aveva trascorso l'infanzia chiedendo di essere trattata alla pari con i fratelli maggiori, una richiesta a cui il suo lungimirante padre, un ecclesiastico, aveva acconsentito. Senza una madre che potesse impartirle un'educazione sociale fin da piccola e con una tata dalle buone intenzioni ma inconcludente, a Isabelle era stato permesso di entrare in classe per seguire le lezioni insieme a loro, e aveva studiato botanica e scienze naturali, oltre alle lingue e i classici.

Quando i fratelli erano stati mandati in collegio, lei aveva assillato il padre affinché la iscrivesse a una scuola diurna femminile in Fleet Street, a pochi passi da casa loro. Da lettrice accanita quale era, Isabelle divorava qualsiasi cosa, dai racconti d'avventura agli articoli di riviste scientifiche. Nei suoi studi, era affascinata in particolare dalle donne che si erano rifiutate di vivere in un ambiente protetto, costrette tra salotti e chiesa: Grace O'Malley, che dominava i mari al largo della costa occidentale dell'Irlanda ai tempi della regina Elisabetta; o le piratesse Anne Bonny e Mary Read, che avevano terrorizzato i mari dei Caraibi un secolo dopo.

Soprattutto, era appassionata delle vicende delle donne guerriere della sua famiglia: la sua lontana antenata Minou Joubert, che aveva vissuto gli anni violenti e turbolenti delle guerre di religione in Francia; la nipote di Minou, Louise Reydon-Joubert, a sua volta capitana; e la prima cugina di terzo grado di Louise, Suzanne Joubert, la quale si era recata nella Colonia del Capo alla ricerca della sua sfuggente cugina.

Isabelle era cresciuta nelle strade fuligginose di Londra, in una confortevole casa georgiana in Bouverie Street, dove i Lepard si erano stabiliti come rifugiati ugonotti un secolo prima. Inizialmente cartai e rilegatori, erano diventati tipografi e librai. Da loro aveva imparato l'amore per le parole, crescendo tra il calore e il sibilo delle macchine da stampa e con la convinzione che le parole fossero importanti. A vent'anni, Isabelle aveva viaggiato per il mondo con la fantasia senza tuttavia mai mettere piede fuori dall'Inghilterra, e aveva iniziato ad annotare i suoi pensieri e le sue impressioni con passione febbrile. Del resto, non discendeva forse da una famiglia di scrittrici?

La svolta nel passaggio da lettrice a scrittrice era avvenuta cinque anni prima. Nel 1857, si era tenuto un galà di quattro giorni sulle rive del Tamigi per celebrare il contributo della signora Seacole allo sforzo bellico. Mary Seacole, un'infermiera britannica originaria della Giamaica, aveva fondato un ospedale da campo in Crimea, noto come British Hotel. Poiché entrambi i fratelli di Isabelle erano morti nella guerra di Crimea a poche settimane di distanza l'uno dall'altro – uno sul Mar Nero per le ferite riportate in battaglia e l'altro per malattia – Isabelle aveva voluto rendere omaggio a quella donna coraggiosa che si era prodigata a curare e far guarire i soldati britannici.

Il primo giorno del gala, era sgattaiolata fuori di casa senza accompagnatore ed era tornata alle dieci di sera ebbra di tutto ciò che aveva visto. Quella era stata l'unica volta in cui aveva visto suo padre, sempre gentile e posato, perdere la pazienza. Era fuori di sé al pensiero di tutte le cose che sarebbero potute accadere a una giovane donna sola in città, e l'aveva confinata in casa per una settimana. Sebbene si fosse rimproverata per avergli causato tanta angoscia, Isabelle sorrise a quel ricordo. Ne era valsa la pena. Come tutti a Londra, aveva divorato la biografia della signora Seacole, *Le fantastiche avventure della signora Seacole in molte terre*, e aveva deciso di diventare lei stessa una scrittrice.

Pochi mesi dopo aver partecipato al gala, Isabelle aveva pubblicato il suo primo opuscolo, un resoconto della giornata, a cui erano seguite diverse biografie sulle donne che ammirava: l'abolizionista e ugonotta Harriet Martineau, Mary Wollstonecraft, e Hannah More con le sue lotte per l'emancipazione femminile. Alla fine, aveva convinto il direttore di «The Leisure Hour» a pubblicare i suoi racconti. Inizialmente in forma anonima, poi con le sue iniziali, IJL, e, infine, con il suo nome: Miss Isabelle Lepard. Aveva trent'anni e si emozionava ancora nel vedere il suo nome stampato.

Ma, mentre suo padre era ancora in vita, aveva nutrito ambizioni più grandi. Isabelle discendeva da una delle grandi famiglie ugonotte di Francia, ormai perdute, ed era l'unica in possesso del cospicuo archivio tramandato in famiglia da Suzanne Joubert e i suoi discendenti Lepard. La raccolta – che conteneva tutti i diari di Minou, il diario di prigionia di Louise e i quaderni di Suzanne, scritti nel corso di molti anni in Inghilterra – raccontava la fuga della famiglia Joubert da Carcassonne a Puivert, da Puivert a Parigi, da Parigi ad Amsterdam, da Amsterdam al Capo e il ritorno a casa. Ma il fulcro della storia, ossia ciò che era accaduto quando Louise e Gilles avevano messo piede per la prima volta al Capo, mancava ancora. Isabelle intendeva risolvere quel mistero e contribuire all'archivio di famiglia e alla sua sala lettura. Uno spazio aperto a tutti, dedicato alla storia delle donne della sua famiglia.

In piedi sul ponte sotto il sole cocente africano, Isabelle si fece cupa. La morte del suo caro padre e l'eredità che aveva ricevuto erano le uniche ragioni per cui poteva permettersi di viaggiare. Avrebbe voluto avere una cosa senza le altre.

Dopo il funerale del padre, Isabelle non aveva perso tempo. Non aveva altri parenti stretti e aveva beneficiato di un'eredità considerevole. Non aveva mai viaggiato oltre le isole britanniche prima di allora: gli unici viaggi che aveva fatto erano le vacanze in famiglia nel Lake District e in Cornovaglia, gite nel fine settimana nel Sussex per far visita a un cugino canonico presso la cattedrale di Chichester, e visite di natura filantropica a Rochester nel Kent, dove molti rifugiati ugonotti dei secoli precedenti avevano trovato riparo. Ma si considerava coraggiosa, un'eccellente cavallerizza ed era convinta di sapersi adattare bene a disagi e difficoltà.

Nel luglio precedente, Isabelle si era recata a La Rochelle in treno, poi a Tolosa e Carcassonne, la zona d'origine della famiglia Joubert. Aveva visitato la tomba di Minou a Puivert, ai piedi dei Pirenei, e ammirato la maestosità del suo castello ormai in rovina. Ad agosto, era tornata a casa passando per Amsterdam, dove aveva visitato Warmoesstraat – il luogo in cui era nato l'archivio di famiglia – e recuperato i documenti custoditi là. Nel tempo libero, aveva percorso le strade che Minou aveva descritto nel suo diario, e visitato il molo da cui Louise era salpata a bordo della sua nave, la *Old Moon*.

Una volta tornata a Londra, a settembre, Isabelle aveva riletto le memorie di Minou e il diario della prigionia di Louise, sopravvissuto al naufragio e ritrovato lungo le coste della Cornovaglia all'interno di una cassa rivestita di metallo dopo che la nave che doveva riportare Suzanne in Europa era naufragata. Era rimasta china per ore sui taccuini in cui Suzanne aveva descritto il periodo trascorso nell'Africa meridionale e, in seguito, il drammatico salvataggio in mare, raccontando di come avesse poi sposato un rifugiato ugonotto inglese e si fosse stabilita a Londra. Isabelle era ossessionata dall'ascesa e dal declino della loro famiglia, dalla faida tra la sua famiglia protestante e una famiglia cattolica che era andata avanti per generazioni ed era costata tanto ai Joubert.

Più di trecento anni di storia, finché, finalmente, non fu pronta.

Due mesi dopo, alla fine di novembre del 1861, Isabelle aveva comprato un biglietto di prima classe ed era salita a bordo della nave *Recorder* a Portsmouth, diretta al Capo di Buona Speranza. L'unico documento che aveva portato con sé era il diario originale di Minou. Aveva una copertina di morbida pelle marrone chiaro, era chiuso da una cinghia avvolta due volte, alcune pagine si stavano staccando, e gli angoli sporgevano come le punte gialle di un diamante. Il diario descriveva dettagliatamente l'inizio della secolare faida tra due famiglie, la famiglia Joubert e la famiglia Vidal. E, cucito all'interno delle copertine, era custodito il testamento di Marguerite de Puivert, la madre biologica di Minou, scritto il trentunesimo giorno di ottobre dell'anno 1542. Il giorno della nascita di Minou.

Isabelle vide una piccola imbarcazione procedere verso di loro per accoglierli.

«Il capitano del porto», spiegò uno dei marinai mentre le correva accanto per fissare le cime d'ormeggio. «È qui per accertarsi che non ci siano malattie infettive a bordo».

Isabelle sapeva che una nave proveniente dall'India era attraccata al Capo nel 1713, portando il vaiolo in città. La prima di tre epidemie aveva dimezzato la popolazione dei coloni e sterminato interi clan di Khoi e San.

A malincuore, Isabelle si allontanò dal parapetto di poppa e si mise in coda tra i passeggeri in attesa di sbarcare, sperando di ritrovare i suoi bagagli. Portava a tracolla la sua borsa di pelle, una versione moderna di quella che la sua antenata Suzanne Joubert aveva usato al Capo. Oltre al diario di Minou, la borsa conteneva i suoi documenti e tutto il necessario per il viaggio verso l'entroterra. I suoi abiti da viaggio e altri oggetti essenziali, invece, erano riposti nel baule, che sarebbe stato portato direttamente al suo alloggio in Adderley Street.

Fu dato l'ordine di prepararsi per lo sbarco. Dal castello di Buona Speranza, il cannone sparò a mezzogiorno, sovrastando il suono della campana della nave. Isabelle si unì ai passeggeri di prima classe, scendendo con cautela lungo la passerella e immergendosi nella confusione e nel caos organizzato del lungomare africano.

Mezz'ora dopo, sorrideva, circondata da bagagli e facchini, dal tanfo del porto, dai cavalli e dalle carrozze in fila per accompagnare i passeggeri sbarcati ai loro alloggi. Isabelle ricordava il resoconto di Suzanne del suo arrivo alla baia della Tavola il 4 agosto 1688.

Finalmente, anche lei era lì, sul suolo africano. Stava seguendo le orme delle sue antenate pioniere. Nella sua mente, stava già scrivendo la scena, intrecciandola con le storie di Louise e Suzanne che l'avevano preceduta. Le loro vite straordinarie meritavano di essere conosciute, meritavano di essere celebrate sulle pagine di un libro proprio come la biografia della signora Seacole.

E Isabelle era la persona giusta per farlo.

Capitolo cinquantanove

Città del Capo
Domenica, 26 gennaio

Isabelle trascorse una settimana a Città del Capo, ormai diventata una vasta metropoli ai piedi delle montagne, con edifici maestosi e una comunità molto attiva. Alla mattina visitava tutti i luoghi di cui aveva scritto Suzanne, dal castello di Buona Speranza a Gallow's Hill, dove l'amico Adriaan van Dijk le aveva insegnato a sparare. Il pomeriggio lo trascorreva a pianificare il suo viaggio a Stellenbosch e Franschhoek, dove Louise, Gilles e il loro figlio Théodore avevano vissuto due secoli prima.

A Città del Capo, tuttavia, regnava un'atmosfera irrequieta, un senso di instabilità. Due settimane prima, Sir Philip Wodehouse era diventato il nuovo governatore della Colonia del Capo. La sua nomina era malvista, i rapporti tra i boeri, i discendenti dei primi coloni olandesi, e gli inglesi erano pessimi, c'erano stati degli scontri tra i profughi Khoi, e i nuovi immigrati provenienti dall'India che erano approdati nel Natal non erano stati accolti positivamente. L'atmosfera era carica di tensione, come se fosse bastata la più piccola scintilla a far esplodere l'intera città.

Due avvenimenti contribuirono a peggiorare il generale senso di inquietudine di Isabelle. Innanzitutto, era sicura di aver visto, più di una volta, lo stesso uomo guardare in su verso la finestra della sua stanza d'albergo: nascosto tra le ombre, un cappello a tesa larga a oscurargli il volto, intento a osservare. Indossava sempre una lacera giacca e un lungo gilet di cuoio, insieme a stivali neri al ginocchio. Dopo la terza volta, scese all'ingresso per riferire i suoi timori al direttore. Questi, un uomo con un viso da faina, occhi sospettosi e modi bruschi, liquidò le sue preoccupazioni.

«Ci sono tanti *droster* che vagano per la città, furfanti che non hanno voglia di lavorare», dichiarò, il fiato puzzolente del brandy del giorno prima.

«*Droster?*»

«È l'antico nome dei fuorilegge che un tempo vivevano tra le colline. Malvagi, neri e meticci, schiavi in fuga, ladri di bestiame. Di questi tempi, si aggirano per la città minacciando la gente perbene».

«Ma quest'uomo sembra sorvegliare la mia finestra».

Il direttore emise un grugnito. «Sono sicuro che non è così, perché mai dovrebbe fare una cosa del genere? Sarà alla ricerca di uno straniero tanto stupido da indossare i propri preziosi in bella vista».

Isabelle cercò di dimenticarsene e scacciò l'incompetente direttore dalla mente. Due giorni dopo, però, di ritorno da una stancante mattinata trascorsa a cercare di depositare dei fondi presso la Cape of Good Hope Bank, la banca locale, un istituto privato raccomandatole dai suoi avvocati a Londra, trovò la porta della sua stanza aperta. La cameriera aveva già riordinato la camera in precedenza, e Isabelle sapeva di aver chiuso la porta a chiave.

«*Hallo?*», disse in afrikaans. Esitante, entrò. «C'è nessuno?».

La stanza era vuota. Isabelle esalò un sospiro di sollievo, appese la borsa al bracciolo della sedia, si tolse cappello e guanti, e si guardò attorno. A un primo sguardo, sembrava tutto in ordine. Poi, però, notò che le carte sulla sua scrivania non erano esattamente al loro posto. La prima bozza di una lettera non si trovava più in cima alla sua pila, e il primo cassetto dello scrittoio non era ben chiuso. La Bibbia di suo padre era ancora sul comodino, ma ora era girata dalla parte sbagliata. Il suo taccuino era ancora dove lo aveva lasciato, ma vide che i suoi fazzoletti e le sue calze erano stati spostati. Si sentì sollevata ricordando che portava sempre il diario di Minou con sé, ma il pensiero di uno sconosciuto che maneggiava i suoi effetti personali le dava il voltastomaco.

Furiosa, scese a passo di marcia all'ingresso e, ancora una volta, chiese di poter vedere il direttore.

«Vi dico che qualcuno è entrato nella mia stanza», insistette rifiutandosi, questa volta, di lasciare che l'uomo liquidasse le sue lamentele. «Alcuni oggetti sono stati spostati».

Masticando un fiammifero all'angolo della bocca, il direttore socchiuse gli occhi. «È stato portato via qualcosa, signorina Lepard?», domandò in tono subdolo, sottolineando la parola "signorina".

«Be', no. Ma non è questo il punto».

«Per essere chiari, non state accusando i miei dipendenti di comportarsi in maniera inappropriata?»

«Ho già detto di no. Tuttavia, qualcuno è stato nella mia stanza, e ha frugato tra le mie proprietà».

Il direttore la fissò negli occhi. Isabelle si rifiutò di distogliere lo sguardo. Alla fine, l'uomo si voltò e tirò verso di sé un foglio di carta sul bancone.

«Prenderò nota della vostra lamentela», disse, mettendo in chiaro che considerava le sue dichiarazioni una perdita di tempo.

«Assicuratevi di farlo davvero!».

Frustrata, Isabelle girò sui tacchi e tornò nella sua stanza.

Quella notte, la sua ultima a Città del Capo, spinse una sedia contro la porta e la incuneò sotto alla maniglia. Tra gli effetti personali che nascondeva sotto il cuscino c'era anche il pugnale di Suzanne, ma dormì comunque male. Ogni rumore la faceva sobbalzare, ogni scricchiolio del pavimento del pianerottolo le allertava tutti i sensi. Cercò di ripetersi che si stava immaginando le cose, ma si rallegrò quando giunse la mattina.

Capitolo sessanta

Stellenbosch
Venerdì, 31 gennaio

Con grande gioia di Isabelle, era disponibile un servizio giornaliero di omnibus per Stellenbosch lungo la nuova strada che attraversava le pianure del Capo.

Arrivò a Stellenbosch a metà pomeriggio dell'ultimo giorno del mese, attraversando una distesa di vigneti che si perdeva a vista d'occhio in tutte le direzioni ai piedi dei monti Simonsberg. Isabelle si innamorò all'istante della città: i timpani tinteggiati a calce, le curve e le linee delle case bianche in stile coloniale olandese del Capo con frontoni e gocciolatoi, le magnifiche decorazioni traforate in ghisa che adornavano verande e porticati ombreggiati. Faceva fatica a immaginare la rotta delle carovane e il *drostdij* realizzati per ordine di Simon van der Stel anni prima che Suzanne scrivesse del suo periodo trascorso nell'insediamento originale sulle rive del fiume Eerste.

Isabelle alloggiava in Dorp Street. La sua pensione, che si presentava come una sorta di seconda casa per i viaggiatori britannici, era un edificio a due piani con un timpano bianco e un portone ad arco con due ampie finestre vetrate su entrambi i lati. La sua stanza al primo piano si affacciava su un filare di querce verdi e piccoli rigagnoli d'acqua che vi scorrevano accanto. Isabelle rimase subito affascinata dalla stanza: soffitto di legno giallo, una toletta e un armadio ricavati dallo stesso legno; persiane di legno, e un letto a baldacchino piccolo ma comodo. Vi si stabilì per due settimane, con l'intenzione di farne la sua base per il viaggio di andata e ritorno a Franschhoek.

«Potreste farmi portare su un tavolo?», chiese alla proprietaria della pensione, una donna inglese dal viso rubicondo che era emigrata nella colonia da bambina da Portsmouth e aveva sposato un colono tedesco. «Sono una scrittrice e non vorrei monopolizzare la scrivania in salotto».

«Una scrittrice, chi l'avrebbe mai detto».

Isabelle sorrise dolcemente. «Sarebbe possibile?»

«Certo, certo». La proprietaria si asciugò le mani sul grembiule, poi suonò un campanello. Un giovane nero, con una camicia e calzoni bianchi, apparve all'istante. «Jacob, prendi un tavolo per la stanza della signorina Lepard. Quello rotondo del salottino sul retro andrà bene».

Decidendo che sarebbe stato opportuno aspettare all'ingresso per non intralciare lo scambio di mobili, Isabelle continuò la conversazione con la donna.

«Da dove venite, signora Müller?»

«Chichester, signorina Lepard», rispose lei. «Immagino che non la conosciate».

Isabelle sorrise. «In realtà, sì. È una città deliziosa».

«Oh, lo è, lo è», sospirò la signora Müller. «Ci sono molte opportunità qui, naturalmente, ma mi manca il Sussex. Le colline erbose e le paludi. La vecchia Stellenbosch è stata distrutta da un incendio nel 1710, poi la grande alluvione del 1768 ha spazzato via il ponte e, come se non bastasse, l'uragano di quarant'anni fa ha raso al suolo quasi un centinaio di edifici. Qui è tutto così nuovo rispetto a Chichester». Scosse la testa. «Venite anche voi dal Sussex, signorina Lepard?»

«No, vivo a Londra. Ma ci sono andata spesso con mio padre. Mio cugino è un canonico presso la cattedrale».

La padrona di casa guardò in cima alle scale mentre Jacob arrivava con il tavolo. «Porta anche la sedia ricamata alla signorina Lepard», disse, prima di voltarsi di nuovo verso Isabelle. «Sarete più comoda per lavorare».

Mentre Jacob tornava indietro arrancando, la signora Müller sospirò di nuovo. «La mia famiglia viene da Fishbourne. Christie era il mio cognome da nubile, una delle famiglie più antiche del paese. Molto stimata. Ma mio padre credeva che qui avrebbe avuto maggiori possibilità, quindi ci siamo trasferiti».

«È molto bello».

«Immagino di sì». Si acconciò il grembiule. «Be', non voglio trattenervi, signorina Lepard. Fatemi sapere se vi serve qualcosa, qualsiasi cosa. Serviamo una cena fredda alle sei ogni sera, e la porta d'ingresso viene chiusa alle otto. Dopodiché, dovrete suonare il campanello».

«Grazie. Sarebbe possibile avere anche un bicchiere di vino?».

La signora Müller sembrò sorpresa che una giovane donna potesse bere da sola in pieno giorno, ma non commentò.

Dopo un pranzo consumato a tarda ora a base di pane e formaggio, Isabelle uscì per esplorare i dintorni. Dorp Street si trovava lungo la storica rotta delle carovane da Città del Capo a Stellenbosch. Le querce avevano chiome rigogliose che offrivano ombra a edifici e marciapiedi, e i gusci delle ghiande dell'anno precedente scricchiolavano sotto i piedi. Isabelle era certa che quella fosse la strada che Suzanne aveva percorso con il suo amico Adriaan van Dijk mentre pianificava il viaggio a Olifantshoek, un luogo successivamente ribattezzato Franschhoek in omaggio ai rifugiati ugonotti che vi si erano stabiliti.

Stellenbosch sembrava colta, accogliente e più grande di quanto si aspettasse, con un albergo e svariate locande e pensioni. C'erano due distillerie, una macelleria e un ufficio postale, farmacie e due medici. Isabelle contò quattro panifici e altrettanti fabbri. Gli abitanti non avrebbero avuto bisogno di lasciare la città.

Qui, forse anche più che a Città del Capo, Isabelle riconobbe il segno lasciato da generazioni di immigrati olandesi e tedeschi. Tra le case della colonia che ricordavano più Amsterdam che l'Africa, si trovavano molte residenze private nello stile coloniale del Capo. L'edificio più imponente era l'Oude Leeskamer, l'antica sala lettura, all'angolo tra Dorp Street e Drostdij Street, con i balconi a graticcio e le lunghe finestre a ghigliottina. Passò anche davanti al carcere di Stellenbosch, sebbene, dalle descrizioni che Suzanne aveva fatto della città agli albori nel 1688, Isabelle dubitasse che potesse essere il luogo in cui Lars Eltorp aveva trovato la sua fine. Procedendo oltre, arrivò alla vecchia stazione di polizia, che aveva ospitato una scuola per i figli degli schiavi, a testimonianza del fervore dei missionari tedeschi, convinti che l'istruzione fosse la via per la devozione.

Nascosti dietro i muri degli alloggi, Isabelle scorse alcune tracce degli orti: le punte verdi e argentate dei frutteti, nespole e mele rosse di Wemmershoek, pere color zafferano. Oleandri e camelie esuberanti, e farfalle grandi quanto la metà della sua mano, generavano splendide esplosioni di colore. Al di sopra del chiacchiericcio dei servi lungo la strada e delle signore che passeggiavano all'ombra, si udivano il gracchiare di galline e oche e il rauco stridio di uccelli dal becco lungo, chiamati ibis.

Quando le ombre si allungarono e la campana della missione accolse il ritorno dei braccianti dai campi, Isabelle tornò stanca, ma contenta, al suo alloggio e dormì per un giorno intero.

Capitolo sessantuno

Domenica, 2 febbraio

Due giorni dopo, terminato il pranzo, Isabelle si recò in chiesa. Indossò i suoi migliori e più raffinati guanti di pizzo azzurro della domenica e, tenendo la Bibbia di suo padre davanti a sé come fosse uno scudo, si avviò alla funzione del pomeriggio. Stavano per iniziare i lavori per la costruzione della nuova chiesa riformata olandese in Kerk Street e, finché non fossero terminati, tutte le celebrazioni sarebbero state trasferite in altri luoghi della città.

Le funzioni pomeridiane si tenevano nella chiesa luterana in Dorp Street, non lontano dal suo alloggio. Mentre Isabelle prendeva posto in una panca vuota, si guardò attorno. Le panche davanti erano occupate da famiglie inglesi, boere e tedesche, mentre i loro servi neri sedevano in fondo alla chiesa. Dai taccuini di Suzanne, aveva appreso l'antica storia della colonia, mentre dai giornali era venuta a sapere dell'attuale forte opposizione al governo inglese, in particolare da parte dei boeri del Natal, e del fatto che tali divergenze in materia di sovranità territoriale erano ampiamente diffuse. Lì a Stellenbosch, tuttavia, l'atmosfera sembrava meno bellicosa.

Ciononostante, Isabelle era consapevole che la sua presenza attirava l'attenzione. Presumeva fosse piuttosto naturale in una piccola cittadina come quella. Un uomo in particolare pareva fissarla intensamente. Isabelle distolse lo sguardo, per poi riportarlo su di lui scoprendo che i suoi occhi erano ancora puntati su di lei. Cercò di ripetersi che si sbagliava, ma assomigliava molto all'uomo che stava sotto la sua finestra a Città del Capo. A differenza di ogni altro uomo della congregazione, non si era tolto il cappello.

Per l'intera funzione, Isabelle avvertì gli occhi dell'uomo perforarle la schiena. Provò a ignorarlo, concentrandosi invece sui muri bianchi e sul modo in cui il legno sembrava risplendere nel sole pomeridiano. Il rito veniva celebrato in olandese, quindi Isabelle ne capiva ben poco, ma riconobbe i salmi e chinò il capo nei momenti giusti.

Isabelle concesse alla propria mente di vagare. Era venuta in chiesa per motivi di tradizione ed etichetta, ma anche per cercare qualcuno che potesse aiutarla con i preparativi per il suo viaggio a Franschhoek. Voleva mantenere il suo vero scopo il più privato possibile. Sebbene avesse dichiarato apertamente di essere lì come corrispondente di viaggio, non voleva che nessuno a Franschhoek sapesse del suo arrivo. Isabelle aveva scoperto che c'erano ancora dei Barenton che vivevano nella valle dove sorgeva l'originario vigneto di Théodore, La Justice, e si rendeva conto che sarebbero potuti sorgere ragionevoli timori che lei fosse lì per rivendicare la proprietà di quel terreno. Era stata informata della sensibilità dei francesi discendenti da quelle originarie famiglie ugonotte convinte che la proprietà di quell'appezzamento appartenesse a loro e non ai boeri, che possedevano quella terra da tempo.

Al termine della funzione, Isabelle si fermò a conversare con il pastore alla porta. L'uomo parlava in un inglese fortemente accentato.

«Mi domando se posso chiedervi consiglio», esordì. «Sono in visita dall'Inghilterra, e speravo di viaggiare fino a Franschhoek. Ho bisogno di una guida affidabile che mi accompagni laggiù».

Johannes Neethling la guardò dall'alto del rosso naso bulboso. «Certamente».

Isabelle sorrise. «Sto scrivendo un articolo di viaggio per un periodico londinese, e vorrei fare giustizia al Paese e alla sua gente. Ammetto con rammarico che la mia conoscenza dell'afrikaans è scarsa, e se ci fosse qualcuno che parli un inglese passabile...».

Neethling rimase a guardarla ancora per un momento. «Lasciate fare a me, signorina...?». Lasciò la domanda in sospeso.

Lei chinò il capo. «Perdonatemi. Isabelle Lepard. Di Londra».

«Molto bene. Se vorrete venire in canonica alle dieci di domattina, signorina Lepard, vedrò che cosa posso fare».

Capitolo sessantadue

Lunedì, 3 febbraio

Isabelle dormì ancora bene e fu pronta in tempo per l'appuntamento. Una cameriera nera la accompagnò in un salotto buio con tende pesanti. Un bellissimo orologio a pendolo alto quasi due metri dominava la stanza. Isabelle stimò che fosse realizzato in quercia e riusciva a sentire il pendolo oscillare pesantemente all'interno della colonna. Il quadrante era riccamente decorato: i numeri romani indicavano le ore, e, incastonate nel quadrante, erano dipinte due figure: un uomo reggeva un pannello con numeri minuscoli che riportavano il mese, mentre una donna di fronte a lui mostrava il giorno e la data. Ma ciò che lo rendeva eccezionale era la scena che ritraeva delicate navi di legno, simili a giocattoli per bambini, disposte sopra il quadrante dell'orologio sullo sfondo del porto di Amsterdam visto dall'acqua.

Isabelle si avvicinò incantata. Non conosceva bene Amsterdam, dal momento che c'era stata solo una volta l'anno precedente, ma riuscì comunque a identificare diversi punti di riferimento, tra cui la guglia della chiesa di Sant Nicolas e quella della Oude Kerk poco più indietro. Lo scopo del suo viaggio era stato recuperare i preziosi diari e scritti della famiglia Joubert, per non parlare del diario della prigionia di Louise, e organizzare la spedizione dell'archivio completo in Inghilterra. I documenti erano rimasti a languire in un deposito per molti anni, dopo essere stati rimossi dalla casa in Warmoesstraat quando la proprietà era stata venduta all'inizio dell'Ottocento.

«Signorina Lepard, perdonatemi per l'attesa».

«Pastore Neethling, nessun disturbo. Stavo solo ammirando il vostro magnifico orologio».

«Ah, non è mio, mi dispiace. L'ho ereditato da un predecessore che lo ha fatto portare qui a caro prezzo. Forse gli mancava la sua patria? È comunque un'opera d'arte bellissima, e segna il tempo in modo eccellente». Le fece cenno di accomodarsi. «Conoscete Amsterdam?»

«Ci sono stata una volta», rispose Isabelle. «Sono rimasta particolarmente incantata dalla comunità religiosa del Begijnhof».

Neethling annuì. «Una storia davvero interessante. Dopo la riforma del 1578, quando la città è passata dal dominio cattolico a quello calvinista nel giro di un pomeriggio, è stata l'unica istituzione papista autorizzata a rimanere, perché le suore potessero continuare a viverci. Successivamente, la cappella è stata ceduta, mi dispiace dirlo, agli inglesi anziché alla Chiesa riformata olandese. A quanto ho capito, ora sono rimaste pochissime beghine nella comunità».

«La vostra conoscenza supera di gran lunga la mia. I miei antenati ugonotti hanno trovato rifugio ad Amsterdam nel XVI secolo, quindi la città occupa un posto speciale nel mio cuore».

«Davvero?». Neethling suonò il campanello. «Posso offrirvi un po' di brandy?».

Sebbene Isabelle credesse che fosse ancora presto, accettò.

«Grazie. Non vorrei essere sfrontata, ma il vostro inglese è molto buono».

Sorrise. «Ho condiviso la stanza con un missionario inglese quando studiavo a Utrecht. E di questi tempi, naturalmente, è utile saper parlare il linguaggio dell'amministrazione».

La velocità con cui arrivò la serva suggerì che forse Neethling si concedeva spesso un drink a quell'ora.

Isabelle si tolse guanti e cappello e accettò il bicchiere di brandy.

«Perché i vostri antenati sono andati in Inghilterra invece di rimanere ad Amsterdam?», chiese Neethling, dopo aver bevuto un sorso.

«Non l'hanno fatto di proposito. La mia famiglia è in parte olandese, sia per sangue sia per adozione. Due mie antenate si sono recate al Capo dopo la revoca dell'Editto di Nantes. Una è morta qui, l'altra ha fatto naufragio tornando nei Paesi Bassi e ha trovato rifugio in Inghilterra».

«Su quale nave?»

«La *China*, che è salpata dalla Camera di commercio di Rotterdam nel marzo del 1688 ed è arrivata alla baia della Tavola nell'agosto dello stesso anno».

Neethling aggrottò la fronte. «Ma non credo di essermi mai imbattuto nel cognome "Lepard" prima...».

«Il cognome della mia famiglia era Joubert».

Neethling posò il bicchiere. «Joubert?», domandò con rinnovato interesse. Isabelle sapeva che la famiglia Joubert – discendente di Pierre Jaubert, anche lui imbarcato sulla *China* – era ormai una delle più note e potenti del Capo.

Isabelle rise. «Mi rammarico di non essere imparentata con *quella* famiglia Joubert. I miei antenati provengono dalla Linguadoca, da Carcassonne e da Puivert. È una coincidenza di nome, niente di più».

«Eppure siete inglese».

«Come ho detto, la nave sulla quale la mia parente, Suzanne Joubert, stava tornando ad Amsterdam ha perso la rotta nel 1689. La *Gouw* è naufragata al largo della Cornovaglia, e quasi tutti i passeggeri sono morti. Solo la mia antenata e tre o quattro marinai si sono salvati».

«In tal caso, se non mi ritenete impertinente, potrei chiedervi perché siete venuta qui, visto che ormai non avete più una famiglia nel nostro Paese?».

Isabelle gli rivolse il suo sorriso più accattivante, quello che, in passato, aveva convinto il direttore di «The Leisure Hour» a pubblicare il suo articolo.

«Come vi ho detto ieri, sono una scrittrice. Ho ricevuto l'incarico di scrivere un articolo di viaggio per una rivista londinese».

«Ho sentito dire che in Inghilterra la scrittura di viaggio è di gran moda», commentò Neethling, come se non capisse perché qualcuno volesse leggere di luoghi stranieri. «In Germania, credo che abbiano persino iniziato a creare guide turistiche».

«I miei articoli sono pubblicati da una rivista che ha legami con la Religious Tract Society. Mio padre era un ecclesiastico, assai impegnato nell'opera missionaria. Molti articoli di viaggio, oggigiorno, seguono questa linea».

«Vostro padre non vi ha accompagnata in questo viaggio?»

«Si è ricongiunto con il Signore l'anno scorso», rispose Isabelle, optando per una scelta di parole che pensava Neethling avrebbe apprezzato.

«Oh. Che riposi in pace».

Lei annuì in segno di ringraziamento. «Sono straniera in questo Paese, pastore Neethling, quindi ho bisogno di una guida che mi porti oltre le montagne fino a Franschhoek. Non credo che vi sia un albergo là, quindi vi sarei grata se mi consigliaste una famiglia cristiana che potrebbe darmi alloggio. Ho abbastanza soldi per pagare. Non credo che mi fermerò per più di tre o quattro giorni».

Neethling premette la punta delle dita pensieroso. «Franschhoek è una città più recente rispetto a Stellenbosch, capite. All'inizio, era semplicemente una distesa di terra concessa ai rifugiati ugonotti e agli immigrati tedeschi per coltivare vino e frutta. La comunità, tuttavia, è cresciuta, e ora ci sono una chiesa, una cappella e persino una scuola. Troverete diverse pensioni rispettabili, quindi l'alloggio non dovrebbe essere un problema».

«Mi fa piacere sentirlo». Isabelle bevve un piccolo sorso del suo brandy. «Potreste aiutarmi a trovare una guida?».

Neethling annuì. «C'è un uomo che credo sia adatto a quello che avete in mente. È uno dei vostri compatrioti, che ha sposato una ragazza del posto di origine olandese. Lasciate fare a me. Alloggiate presso *mevrouw* Müller, giusto?»

«Sì».

«È una brava donna». Vuotò il bicchiere e si alzò. «Vi farò sapere lì. Buona giornata, signorina Lepard. È stato un piacere conoscervi».

Anche Isabelle si alzò, lasciando il suo brandy quasi intatto. La parte successiva della sua avventura stava per iniziare.

Isabelle si considerava paziente – sebbene potesse quasi vedere il suo amato padre alzare le sopracciglia a una simile affermazione – ma l'idea di starsene seduta in salotto o nella camera della pensione in attesa di novità non era affatto di suo gradimento. Stando ai suoi diari, sapeva che anche Suzanne aveva provato la stessa sensazione. Inoltre, aveva bisogno di apprendere quanti più dettagli locali possibile per il suo articolo di viaggio che sarebbe comparso su «The Leisure Hour».

Isabelle decise di fare un altro giro della città. Era improbabile che il pastore Neethling potesse organizzare immediatamente ciò di cui aveva bisogno. Anche se ci fosse riuscito, non aveva dubbi che la signora Müller sarebbe stata ben lieta di prendere nota del messaggio.

Il lunedì era chiaramente un giorno movimentato a Stellenbosch, con un traffico vivace in Dorp Street: carrozze, carretti, un bottaio che faceva rotolare barili, un gruppo di oche che starnazzavano. Gruppi di bambini neri a piedi nudi giocavano nei rigagnoli, mentre impiegati agitati, con colletti bianchi inamidati e fronti abbronzate, consegnavano messaggi agli studi professionali. Fuori dai panifici e dalle macellerie, c'erano file di donne, perlopiù nere. Domestiche, pensò Isabelle, provenienti dalle case più grandi.

Mentre camminava, Isabelle notò dettagli che le erano sfuggiti durante la sua prima passeggiata in città: l'elegante frontone de *La Gratitude* e la *Schreuderhuis* di van Rynveld Street, con il grazioso tetto di paglia e le pareti bianche. Lungo la Braak, Isabelle si diresse verso i cancelli dell'arsenale della VOC, il *Kruithuis*, con la volta a cupola bianca utilizzata per conservare le munizioni.

La Braak era il più vasto spazio verde aperto rimasto in città. Fiancheggiato dalle onnipresenti querce, veniva utilizzato come piazzale per le parate militari e le grandi celebrazioni comunali. Schivando carri e carrozze con i tetti sollevati per ripararsi dal sole cocente, Isabelle lo attraversò per ammirare la chiesa della missione renana. Era un imponente edificio bianco con il tetto di paglia, frontoni neoclassici e un doppio campanile, di circa sessant'anni, e dominava la piazza. La sua vicina di fede anglicana, la chiesa di St Mary, era più piccola e modesta, costruita dieci anni prima con donazioni dall'Inghilterra e dai residenti locali di lingua inglese, compresa la signora Müller. Isabelle sapeva quanto fossero importanti le donazioni a una causa. Senza di esse, il suo progetto di creare un archivio e una sala lettura per la famiglia Joubert sarebbe fallito.

Sapendo che suo padre avrebbe voluto che lei le rendesse omaggio, tornò indietro attraverso la piazza verso la chiesa. Improvvisamente, ebbe la stessa sensazione di essere osservata. I peli sulla nuca le si rizzarono. Fingendo di consultare l'elenco dei luoghi di interesse che la signora Müller le aveva fornito, Isabelle si riparò lentamente all'ombra di una quercia imponente e finse di scrutare il foglio che teneva in mano, mentre si guardava furtivamente intorno nella piazza.

All'inizio non vide nulla che la disturbasse, solo gli abitanti di Stellenbosch intenti a svolgere le loro normali attività quotidiane. Ma poi, leggermente in disparte rispetto a un gruppo di uomini vicino al ruscello e al mulino ad acqua, lo vide. Il cuore le si strinse nel petto. Non poteva giurare che fosse l'uomo che aveva notato a Città del Capo, ma certamente era lo stesso che l'aveva fissata nella chiesa luterana il giorno prima.

La sensazione di allarme iniziale cedette il passo alla furia. Non si lasciò intimidire. Uscendo dall'ombra, iniziò a camminare verso il ruscello. All'inizio, l'uomo finse di non vederla, poi, quando fu chiaro che lei intendeva affrontarlo, si allontanò. Isabelle accelerò il passo, determinata a raggiungerlo, ma lui era più veloce e conosceva chiaramente bene la città. Quando Isabelle arrivò all'angolo, l'uomo era scomparso.

Più tardi, nella sua stanza, cercò di riflettere razionalmente su ciò che aveva visto. Ciò che *credeva* di aver visto. Perché mai qualcuno la stava seguendo? Era solo una dei sempre più numerosi visitatori inglesi a Città del Capo, non aveva nulla di speciale. Non aveva raccontato a nessuno, tranne al pastore Neethling, dei suoi antenati ugonotti e, anche se lui si fosse fatto scappare qualcosa, quell'uomo le era già alle calcagna a Città del Capo.

Isabelle rimase alzata fino a tardi nella sua stanza quella sera, bevendo un vino rosso piuttosto forte e prendendo appunti alla luce di una candela. Solo quando i primi raggi di luce iniziarono a filtrare attraverso le persiane, spense la fiamma e si infilò a letto. I suoi sogni furono popolati da immagini di pedinamenti e inseguimenti. Correva tra il *fynbos* e i filari di viti, incapace di vedere dove stesse andando. Vide leoni, iene, sciacalli, e un leopardo con artigli dalla punta rossa e denti aguzzi, con il volto di un uomo.

Capitolo sessantatré

Lunedì, 17 febbraio 1862

«Una giornata a cavallo, non di più», affermò John Turner. Fedele alla parola data, il pastore Neethling si era assicurato i servizi di un inglese, sposato con la figlia minore di uno dei direttori del vigneto Spier, uno dei più antichi di Stellenbosch.

Il colloquio si stava svolgendo nel soffocante salotto della pensione della signora Müller. Turner era un uomo dall'aspetto dignitoso, sui venticinque anni, con una zazzera di capelli biondi e un gradevole viso giovane. Isabelle lo aveva preso subito in simpatia.

«Spezzeremo il viaggio?», volle sapere lei. Sebbene Isabelle fosse una cavallerizza esperta, era cresciuta a Londra, e le sue cavalcate si erano svolte perlopiù a Hyde Park o sulle Sussex Downs, da una residenza di campagna all'altra. Non si era mai avventurata attraverso passi tra le montagne, né su terreni tanto selvaggi. Non era tanto in ansia – non sarebbe poi stato così diverso – ma voleva comprendere nel dettaglio l'impresa in cui si stava imbarcando.

«C'è una fattoria a metà strada tra Stellenbosch e Franschhoek», rispose Turner. «Laggiù vive la famiglia di mia moglie, e saranno lieti di offrirci un letto per la notte. È un bel posto, anche se alquanto isolato. Niente di raffinato, badate, ma sarà sufficientemente pulito e confortevole. La mia proposta è di partire da qui a mezzogiorno di mercoledì, passare la notte a Klein Bethlehem, e poi cavalcare fino a Franschhoek, per arrivare a destinazione il giorno stesso».

Ricordando il resoconto che Suzanne aveva tramandato dei suoi preparativi per il viaggio da Stellenbosch a Franschhoek, Isabelle sorrise.

«Mi sembra perfetto, John, grazie. Vi prego di confermare gli accordi. E dobbiamo anche concordare in anticipo il pagamento per i vostri servizi. Dovete farmi sapere quanto vi serve».

Il giovane arrossì. «Grazie, signorina. Lieto di mettermi al vostro servizio».

Martedì, 18 febbraio

Nei due giorni che seguirono, Isabelle fu molto occupata. Era di ottimo umore, rincuorata dal fatto che non c'erano più stati avvistamenti dell'uomo che la pedinava. Prese accordi con la signora Müller perché custodisse i bagagli superflui e tenesse libera la sua stanza per alcuni giorni della prima settimana di marzo, in vista del suo ritorno da Franschhoek. Acquistò una mappa stampata della regione, che mostrava chiaramente il territorio tra le due cittadine e i passi montani. Il martedì pomeriggio, fece visita al pastore Neethling per ringraziarlo dell'assistenza.

Da lui, apprese che il vigneto di Bethlehem – dove lei e John Turner avrebbero alloggiato la prima notte – era stato assegnato in origine a Pierre Simond, il pastore ugonotto francese che aveva navigato verso il Capo a bordo di una nave attraccata due settimane dopo quella di Suzanne, la *China*. Isabelle aveva cercato di conversare in francese con alcuni negozianti di Stellenbosch con un cognome francese, e aveva scoperto che quella lingua semplicemente non veniva più parlata. Nell'arco di poche generazioni, era scomparsa quasi del tutto.

«Com'è potuto accadere? Pensavo che avrebbero lottato con le unghie e con i denti per conservare il loro retaggio».

«È ironico», concordò Neethling. «I vostri antenati sono fuggiti qui per poter praticare la propria fede nella loro lingua, tuttavia la VOC era determinata a far sì che si integrassero completamente. Nel giro di un centinaio di anni, tutte le attività di istruzione nelle scuole e nei seminari hanno iniziato a svolgersi in olandese. Rimangono solo i cognomi francesi».

«È davvero un peccato».

Neethling annuì. «Ma dovete tenere a mente che molti dei vostri antenati non parlavano affatto francese. Pierre Jaubert, di cui voi *non* siete discendente», fece una pausa per permettere a Isabelle di sorridere alla sua battuta, «Jaubert e i suoi correligionari parlavano provenzale. Altri parlavano fiammingo oppure occitano».

«E lo stesso vale anche per Franschhoek?». Il nome della cittadina, che significava "angolo francese", aveva dato a Isabelle la speranza di poter comunicare più direttamente con i suoi abitanti. Aveva scoperto che c'era una certa riluttanza a parlare inglese, e lei non conosceva che poche parole di afrikaans, sicuramente non abbastanza per porre le domande che le servivano.

«Ci sono forse più francofoni laggiù che a Stellenbosch, questo è certo», rispose. «Ma è raro incontrarli. Ora, posso offrirvi qualcosa?».

Mercoledì, 19 febbraio

Mentre la campana della missione suonava le undici in punto, Isabelle partì da Stellenbosch in compagnia di John Turner. Cavalcava una bella cavalla pezzata, Ana; Turner, invece, montava un baio di nome Minx.

Portò poche cose con sé, soltanto ciò da cui non sopportava di separarsi: la Bibbia di suo padre, il diario di Minou, e il pugnale di Suzanne con il granato rosso nell'elsa. La lama era smussata, e si prestava più a un uso decorativo che di difesa personale, ma a Isabelle piaceva tenerlo con sé.

John Turner era, come aveva sperato, una compagnia gradevole, né troppo loquace né eccessivamente taciturno. Il sole non era troppo intenso, e la loro cavalcata da Stellenbosch verso Klein Bethlehem fu piacevole. Il terreno aperto tra le due cittadine era rimasto, si rese conto, relativamente immutato da quando Suzanne aveva compiuto lo stesso viaggio. La differenza significativa risiedeva nella mancanza di clan Khoi o San, che erano stati spinti verso nord dai colonizzatori, con le loro comunità decimate dal vaiolo, e reclutati come soldati di fanteria nelle guerre tra boeri e inglesi.

Cavalcarono, un chilometro di vuoto spazio verde dopo l'altro. Isabelle aveva avvistato un leone lontano, sulle pianure del Capo, quando aveva lasciato Città del Capo, un paio di settimane prima. Ora, pur avendo osservato svariate specie di antilopi, non aveva ancora visto né un leopardo né un elefante. Da quando i coloni ugonotti avevano iniziato a coltivare la terra lungo il fiume Berg, a Olifantshoek, le prede più grandi si erano spostate verso luoghi più sicuri, per evitare i cacciatori e le loro armi.

«Sono i babbuini a provocare i danni maggiori», spiegò Turner, «mentre i più pericolosi sono i serpenti. Cobra, vipere soffianti, boomslang, mamba neri sono tutti diffusi nei dintorni».

«E io cosa dovrei fare?»

«Guardare dove mettete i piedi», rispose lui con un sorriso.

Ricordando l'incidente che era stato quasi fatale a Suzanne, Isabelle fischiò. Quella era una delle esperienze della sua antenata che non desiderava emulare.

Klein Bethlehem

Arrivarono a Klein Bethlehem al crepuscolo, mentre le zanzare uscivano in massa. Isabelle era grata della protezione che le offrivano i guanti e la rete attorno al cappello.

John smontò, quindi tenne ferma la sua cavalla pezzata affinché lei potesse saltare giù dalla sella. Un enorme cane di razza ridgeback dal manto rosso-dorato giunse a grandi balzi verso di loro. John strinse il muso del cane tra le mani per fargli smettere di saltare addosso a Isabelle.

«È amichevole», disse lui, «soltanto un po' esuberante».

Una donna bassa e tonda in un abito a strisce bianche e azzurre, con un grembiule consunto che raccontava di tanti pasti cucinati, corse fuori ad accoglierli.

«*Hallo, hallo!*».

«Signorina Lepard, posso presentarvi mia zia? Griet van Aarnhem».

«È un piacere conoscervi, signorina Lepard», rispose Griet in un inglese esitante.

Isabelle sorrise. «Il piacere è mio, *mevrouw* van Aarnhem. È gentile da parte vostra lasciarmi alloggiare qui».

«In realtà non è mia zia, ma la zia di mia moglie». Turner passò un braccio attorno alle spalle di Griet. «La loro famiglia risale ai tempi di Simon van der Stel».

Isabelle sorrise di nuovo, quindi accennò alla terra che si estendeva attorno a loro. «Questo è il vigneto originale di Pierre Simond?».

Aveva immaginato che fosse assai più grande e più ricco. Simond non era diventato soltanto un importante produttore di vino, ma anche un famigerato negriero. Come questo si conciliasse con la sua fede cristiana, Isabelle non riusciva a concepirlo.

Turner tradusse la domanda a beneficio della zia, la quale scoppiò a ridere e rispose in afrikaans.

«*Geen, geen*». No.

«Questa è Klein Bethlehem, la piccola Betlemme», le spiegò lui. «La fattoria originale si trova più su, lungo la valle. Questo appezzamento di terreno è stato assegnato a un parente di mia zia una cinquantina di anni fa, un supervisore che in passato aveva servito fedelmente un precedente proprietario. Coltivano solo ciò di cui hanno bisogno per sé stessi. I miei cugini e mio zio lavorano nelle vigne appartenenti alla fattoria principale».

Griet fece cenno a Isabelle di seguirla. «Venite. Venite».

Si trovò davanti un piccolo cottage molto essenziale ma pulito, con un letto a bancale a una piazza, una rete alla finestra, una sedia sulla quale appoggiare le sue cose, una ciotola e una brocca per lavarsi, e una candela di sego, posizionata su un tavolo con un'unica esile gamba.

«Se tornate in casa quando siete pronta, signorina», disse Turner, «mia zia ci ha preparato la cena. Potrete incontrare il resto della famiglia».

Quando se ne furono andati, l'entusiasmo di Isabelle diminuì un poco. Era più un capanno che un cottage, anche se supponeva fosse stato quello il suo scopo originario. Quella era la sua prima vera esperienza da avventuriera. Premette la mano sul materasso. Era duro, ma sarebbe stato sufficientemente comodo. La federa odorava di aria fresca e sapone, e le coperte ricamate sembravano essere state messe quel giorno stesso.

Isabelle si lavò viso e mani, si raccolse i capelli biondi in uno chignon sulla nuca, prese la borsa e andò a raggiungere gli altri. I taccuini di Suzanne l'avevano preparata al fatto che una giornata in sella metteva appetito.

Capitolo sessantaquattro

Isabelle trascorse una piacevole serata in compagnia della famiglia van Aarnhem. Il marito di Griet, Hans, era un uomo alto e di compagnia, con la pelle screpolata dal lavoro nei campi. Aveva raggiunto una posizione di rilievo nella tenuta vinicola di Bethlehem ed era molto stimato. Il suo inglese era buono, grazie alle trattative con gli inglesi, e spiegò che quello era il periodo più intenso dell'anno, quello della vendemmia. I due figli, Piet e Jan, sorrisero timidamente quando lei incrociò il loro sguardo. Erano ben piantati e con i capelli biondo cenere come il padre, e Isabelle faceva fatica a distinguerli.

La cucina era semplice ma accogliente. Erbe essiccate pendevano dalle travi, a uso sia medicinale sia gastronomico: buchu, artemisia, salvia blu, acetosa rossa e mazzi di *bokkom*, insieme a striscioline di triglie essiccate e salate. Accanto al focolare c'era un grande *vetpot*, usato per conservare il grasso animale fuso. Su una credenza, Isabelle vide degli stampi di metallo pieni di sego di manzo, molto simili alle candele nel suo cottage.

Rifiutando l'offerta di aiuto di Isabelle con un gesto della mano, Griet servì un piatto di pere rosse cotte e more selvatiche. Invece del vino, bevvero l'*arak*, un distillato di riso dal sapore intenso, a base di brandy e anice, che fece girare la testa a Isabelle. Fu servito anche il *tameletjie*, una sorta di dolce caramellato, che Griet spiegò essere fatto con pinoli, zenzero essiccato, burro e acqua.

«Non avreste dovuto disturbarvi così tanto», protestò Isabelle.

Griet sorrise, poi si rivolse al marito.

«Dice che le piace cucinare», tradusse John, «e che voi avete un buon appetito per essere inglese!».

Non appena il pasto fu terminato e van Aarnhem ebbe finito di fumare la pipa, si alzò.

«Dobbiamo tornare alla fattoria prima dell'alba. In questo periodo dell'anno, possono esserci temporali improvvisi, quindi dobbiamo raccogliere l'uva il più velocemente possibile. Questa è una buona fattoria. Il proprietario ci permette di prenderci delle pause regolari. Quindi, volete scusarci?»

«Certo. Buonanotte, *mijnheer* van Aarnhem. Signori».

Dopo che padre e figli se ne furono andati, Isabelle si offrì di aiutare Griet a lavare i piatti. La sua offerta fu rifiutata di nuovo.

Pensando che tutto ciò che sarebbe stato interessante riportare nel suo articolo, rivolse a Griet domande sulla sua vita, e John tradusse con facilità. A poco a poco, si costruì l'immagine di una donna che non si lamentava, che lavorava sodo, spesso sola, ma fieramente orgogliosa della sua casa e della sua famiglia. Era chiaramente una vita dura, non molto più facile di quella che avevano condotto i primi pionieri nel tentativo di sopravvivere in una terra nuova e inospitale. Suzanne aveva scritto di Isabeau Jaubert, dei Meinard e dei Malan, che si procacciavano il cibo, cercavano di proteggere le loro fattorie dalle incursioni e dagli animali selvatici, sempre fiduciosi nella bontà del raccolto. In quasi duecento anni nel *veld*, la situazione non era cambiata granché.

«Hanno problemi con i *droster*?», chiese Isabelle dopo che Griet si fu coricata. Poi, vedendo l'espressione sorpresa sul volto di John, aggiunse: «È una parola che ha usato il direttore dell'albergo in cui alloggiavo a Città del Capo».

John infilò alcune foglie di tabacco nella pipa, l'accese avvicinandola a una fascina infuocata, poi si risedette sulla sedia di fronte a lei.

«Questa regione pullulava di *droster* molti anni fa, ma oggi non più così tanto. C'era un "nido", come venivano chiamate le comunità, sui monti Simonsberg, nel mondo perduto delle profonde *kloof*, le gole, e i precipizi inesplorati».

«Chi erano?»

«Uomini che avevano disertato dall'esercito, olandesi e francesi, braccianti tedeschi che si rifiutavano di pagare le tasse, schiavi fuggitivi. Anche molti San e Khoi costituivano dei nidi, ma si trattava perlopiù di coloni bianchi. Uscivano dai nascondigli, rubavano bestiame, bruciavano fattorie e terrorizzavano le famiglie che vivevano nel *veld*».

«Che fine hanno fatto?»

«Le autorità hanno radunato delle squadre per dar loro la caccia. L'ultima roccaforte sopravvissuta di cui ho sentito parlare si trovava tra Waaihoek e Wagenmakersvallei, un po' più a nord di qui. Ma sto parlando di circa trent'anni fa».

«Quindi non ci sono più *droster*?».

Turner scosse la testa. «Ci saranno sempre bande di rinnegati, gente che vuole vivere fuori dalla società. Ma, in questo periodo dell'anno, quando i lavoratori stanno nei campi giorno e notte, è più difficile che i ladri passino inosservati. Qui siete abbastanza al sicuro, e io dormirò fuori per fare la guardia».

«Sono sicura che non ce ne sia bisogno».

«Non c'è posto in casa, e sono felice di dormire sotto le stelle. Il pastore Neethling non mi perdonerebbe mai se non vi riportassi a casa sana e salva».

Poi, la accompagnò al suo cottage con una lampada a illuminare il percorso.

«Buonanotte, signorina», disse, aprendo la porta per farla entrare. «Se doveste imbattervi in un serpente, cercate di non farvi prendere dal panico. Reagiscono al movimento. Se rimanete immobile, è molto probabile che se ne vadano. Oh, e scuotete gli stivali domattina prima di indossarli». Si toccò la fronte. «Se succede qualcosa, gridate pure. Sarò qui».

Isabelle lasciò la candela accesa, spinse la sedia contro la porta e vi posò la borsa sotto per ostruire la fessura da cui sarebbe potuto entrare un serpente. John aveva chiuso la persiana, sebbene non ci fosse un chiavistello, e lei spinse la rete negli angoli per tappare i buchi. Poi si infilò a letto, completamente vestita, con il pugnale di Suzanne sotto il cuscino. Con l'ululato distante di uno sciacallo e il canto più dolce degli uccelli notturni, scivolò in un sonno agitato.

Era ancora buio quando Isabelle si svegliò di soprassalto. Un suono nuovo, o diverso, penetrato nel suo subconscio l'aveva turbata. La candela si era quasi consumata, proiettando solo una macchia di luce sul tavolo, quindi la stanza si trovava perlopiù avvolta nell'ombra.

Memore del consiglio di John, rimase immobile, in ascolto del tipico strisciare di un serpente sul pavimento di terra battuta, ma non sentì nulla.

Con il cuore che le martellava nel petto, rimase a letto con le coperte sollevate fino al mento. Un coleottero lucente dal dorso nero si arrampicò sulla parete accanto a lei. Isabelle detestò quel fruscio e quel movimento frenetico nell'oscurità, poi si disprezzò per essersi innervosita così facilmente. Pensò a Louise e Gilles, a Suzanne, e paragonò la sua situazione relativamente agiata alla loro. Erano state delle vere pioniere. Come poteva affermare di seguire le loro orme se i suoi nervi erano scossi dal più innocuo degli insetti?

Isabelle si costrinse a pensare a cose piacevoli: il suo letto in Bouverie Street, l'edificio all'angolo con Temple Lane dove sperava di fondare l'archivio e la sala lettura della famiglia Joubert. Avrebbe avuto bisogno di finanziatori, ovviamente, per coprire i costi della ristrutturazione, ma, grazie all'eredità e al lavoro da giornalista per «The Leisure Hour», pensava che sarebbe riuscita a raccogliere i fondi extra di cui aveva bisogno con una certa facilità.

Iniziò a immaginare tutti gli scaffali di legno necessari per esporre i diari di Minou, i due diari di Louise e i taccuini di Suzanne scritti durante la sua lunga vita in Inghilterra.

Poi sorrise, visualizzando nella mente un libro pubblicato con il suo nome in copertina. Sarebbe stata una storia, una biografia delle donne della famiglia Joubert che avrebbe narrato le loro vicende. Avrebbe tenuto una serie di conferenze e si sarebbe offerta di parlare nella sua vecchia scuola in Fleet Street per ispirare le ragazze a essere ambiziose. Come si sarebbe intitolato il libro? *Le incredibili avventure della signorina Lepard a Città del Capo*? O forse sarebbe stato meglio *Le cronache della famiglia Joubert*?

La candela si consumò fino a spegnersi, ma a lei non importava più. Forse avrebbe intitolato le sue memorie *La mappa delle ossa*, visto che tracciava la storia dei suoi antenati da una sepoltura all'altra? Perché non era forse questo che era venuta a cercare a Città del Capo? La tomba che Suzanne aveva cercato, l'omaggio a una donna morta da tempo?

Stava per riaddormentarsi quando sentì uno scricchiolio. Questa volta, sapeva che non era un insetto. Qualcuno stava aprendo l'imposta dall'esterno. Pochi istanti dopo, vide la rete muoversi e una mano allungarsi nella stanza.

Isabelle urlò.

Estrasse il coltello da sotto il cuscino, agì d'istinto e colpì, ma fendette solo aria. L'intruso era sparito.

Capitolo sessantacinque

Subito dopo, si sentì bussare alla porta.

«Signorina Lepard?», stava chiamando John. «Va tutto bene?».

Con il cuore che batteva forte, Isabelle balzò giù dal letto. «Arrivo».

Sentendo la terra grossolana sotto i piedi, allontanò la sedia con la borsa e John irruppe nella stanza.

«Che succede? Siete ferita?»

«Sul retro! Qualcuno stava cercando di entrare. Ho visto la mano passare dalla finestra».

John girò sui tacchi e corse dietro al cottage. Isabelle scosse gli stivali, poi li infilò e lo seguì all'esterno.

«Avete visto qualcuno?».

John ricomparve da dietro l'angolo dell'edificio. «No, ma c'è una cassa capovolta sotto la finestra».

Isabelle si strinse le braccia attorno al corpo, sollevata al pensiero di non essersi immaginata l'intrusione, ma spaventata da ciò che questo poteva implicare.

John sembrava mortificato. «Non riesco a credere che uno dei nostri servi possa aver fatto una cosa simile».

«Sono certa che non sia stato nessuno di loro».

La porta dell'edificio principale si aprì. Comparve Hans insieme a Griet, la quale teneva in mano una lampada.

«Cosa succede? Ci sono degli intrusi?»

«Un guardone, zio», rispose John, correndo verso di lui. «Qualcuno ha aperto le imposte della signorina Lepard».

Griet si avvicinò agitata. «Perché il cane non ha abbaiato?».

John scosse la testa. «Non lo so».

Van Aarnhem chiamò uno dei figli in casa. «Piet, va' a vedere».

Quindi si rivolse a Isabelle. «Sveglieremo la servitù e perquisiremo la fattoria, non può essere andato lontano».

«Voglio aiutare», intervenne Isabelle.

L'uomo scosse il capo. «Non voglio dovermi preoccupare per la vostra salute. John, resta qui anche tu, nel caso in cui l'intruso tornasse».

Pochi istanti più tardi, udirono un grido provenire dal retro della casa. Piet arrivò incespicando da dietro il fianco dell'edificio: reggeva il corpo del ridgeback, la testa del cane che gli pendeva dalle forti braccia.

«È stato avvelenato!».

Jan corse dal fratello e premette una mano sul petto dell'animale. «Respira ancora».

«Dobbiamo farlo vomitare. Svelti», intervenne Griet assumendo il comando. «Lasciate il cane a me. Voi ragazzi andate con vostro padre».

Mentre Jan correva a prendere delle lampade, van Aarnhem si rivolse a Isabelle.

«Era solo, signorina Lepard?»

«Io ho visto soltanto la mano di un uomo, la destra, entrare dalla finestra. La pelle era bianca e...», aggrottò la fronte mentre i suoi ricordi diventavano più nitidi, «credo gli mancasse metà del mignolo».

Van Aarnhem recuperò il fucile da dentro casa e poi, con Piet e Jan che reggevano le lampade, chiamò tre servi neri armati di bastoni, quindi il gruppetto si diresse verso la macchia dietro al cottage.

Isabelle vide le lampade sobbalzare nell'oscurità, due macchie di luce che si allontanavano in contrasto con il buio al di là. Gli uomini urlavano, una sorta di grido di caccia, mentre si facevano strada a fatica tra la vegetazione.

«John, mi daresti una mano?», disse Griet.

Isabelle osservò Turner trasportare il cane verso un lato della casa, mentre Griet andava a prendere un vasetto dalla cucina. «Un impasto a base di *Psychotria suber*», spiegò lui. «È un purgativo efficace».

Mentre il nipote reggeva la testa dell'animale, Griet infilò una cucchiaiata della mistura nella bocca del cane, quindi gli massaggiò la gola per farla scendere nello stomaco. Gli frizionò il ventre pallido, fino a quando il cane fu scosso dai conati; allora, John sollevò l'animale tenendolo dritto. Entrambi fecero un passo indietro quando il cane, tutt'a un tratto, vomitò.

«Ecco fatto», disse Griet rialzandosi e asciugandosi le mani sul grembiule.

Il cane scosse la testa, quindi si girò e tornò indietro.
«No, eh!», intervenne rapido John. Griet afferrò un secchio d'acqua e lavò via il vomito. Puntò il dito. «Ecco che cosa l'ha avvelenato». Isabelle osservò alcuni rimasugli di carne semi-digerita, appena masticata. «Il vostro intruso gli ha dato da mangiare qualcosa per farlo dormire».
«Ma perché?».
John scrollò le spalle. «Perché non ci avvertisse, suppongo».
«Venite dentro, signorina Lepard», s'intromise Griet. «Preparo del tè».
Isabelle lanciò un'ultima occhiata nell'oscurità. Nella foga del momento, non aveva pensato ad altro che a difendersi. Anche se i *droster* non erano più presenti a centinaia, qualunque fattoria poteva cadere vittima di razziatori notturni. Ora sentì un rivolo gelido che le scendeva lungo la schiena. E se quanto accaduto non avesse avuto nulla a che fare con Klein Bethlehem? E se fosse stato lo stesso uomo che la seguiva da Città del Capo, che in qualche modo aveva saputo che lei si trovava lì?

Galoppando senza sella in groppa al cavallo baio, e conducendo quello pezzato per la cavezza, l'uomo varcò il confine di Klein Drakenstein. Trovò la rotta delle carovane e proseguì senza fermarsi. Non temeva di essere visto da qualcuno. I contadini andavano a letto presto e si alzavano al sorgere del sole.
Non rimpiangeva di aver tentato di rubare il testamento. Il suo informatore a Città del Capo gli aveva detto che era infilato in un vecchio diario rilegato in pelle. Tuttavia, non si aspettava che la donna fosse sveglia, né che tenesse un pugnale a portata di mano.
Il furto dei cavalli li avrebbe quantomeno rallentati. E questo gli avrebbe dato tempo sufficiente ad appostarsi da qualche parte alla periferia di Franschhoek. Laggiù avrebbe teso loro un agguato.

Mentre attendevano il ritorno della squadra di ricerca, Isabelle bevve un infuso di salvia addolcito con il miele, e ascoltò John e Griet che parlavano. Riuscì a comprendere soltanto una o due parole, ma ebbe l'impressione che la preoccupazione principale di Griet fosse quella di apparirle come pessimi ospiti.
Finalmente, udirono il suono degli stivali all'esterno. Isabelle balzò in piedi mentre gli uomini entravano in casa.
«*Hoe is…?*», chiese immediatamente Piet.

«Il cane sembra in buona salute», rispose John in afrikaans. «Carne avvelenata, ma soltanto per farlo dormire. Non dovrebbero esserci danni a lungo termine».

«Avete trovato qualcuno?», domandò Isabelle, vedendo lo sguardo cupo sul volto di van Aarnhem.

«C'era una scia di ramoscelli spezzati e un sentiero che si inoltrava nella macchia. Mi spiace dire che i cavalli sono scomparsi».

«No!», gridò Isabelle. Senza di loro, non sarebbero stati in grado di proseguire verso Franschhoek.

«Ma se si trattasse di un semplice ladro di cavalli», osservò John, «perché ha cercato di entrare nel cottage della signorina Lepard? Perché richiamare l'attenzione su di sé?».

Isabelle era sicura di essere stata lei ad attirare tutti quei guai sulla fattoria.

«Forse so chi è quell'uomo», esordì, e sentì cinque paia di occhi fissarsi contemporaneamente su di lei. «Non conosco il suo nome, ma l'ho notato per la prima volta a Città del Capo».

Capitolo sessantasei

Martedì, 25 febbraio

Nei sei giorni successivi, non vi furono ulteriori avvistamenti di estranei a Klein Bethlehem, sebbene tutti rimanessero vigili.

Mentre John e suo zio cercavano di procurarsi dei cavalli freschi, Isabelle decise di rendersi utile. Poiché John aveva portato le briglie e le selle nella stalla la notte del loro arrivo, il ladro non aveva rubato la sella da amazzone di Isabelle. Fu un colpo di fortuna non da poco. Sarebbe stata un'impresa quasi impossibile trovarne un'altra così lontana dalla città. Griet aveva sistemato i suoi figli in una camera da letto e aveva insistito perché Isabelle prendesse il letto di Jan, anziché farla dormire lontano dall'abitazione principale, nel cottage. Nonostante avesse protestato, Isabelle si sentì sollevata. Convinse Griet a permetterle di dare una mano a sbrigare alcune faccende alla fattoria. Imparò a mungere le capre, a raccogliere le uova al mattino, a riparare il manico della scopa di saggina della cucina con una striscia di cuoio grezzo. Il ritardo forzato era frustrante, ma lavorare l'aiutava a tenere sotto controllo i pensieri che le turbinavano nella mente. Era certa che si trattasse dello stesso uomo che l'aveva seguita, anche se non le era ancora chiaro che cosa volesse. Se era stato lui a frugare nella sua stanza a Città del Capo e tentare di entrare nel cottage la sera del loro arrivo, questo suggeriva che stesse cercando qualcosa di particolare che credeva fosse in suo possesso. Probabilmente, aveva rubato i cavalli per ricavarne del denaro, ma Isabelle pensava che, in realtà, fosse un tentativo di impedirle di recarsi a Franschhoek. Ma, anche questa volta, non sapeva spiegarne il motivo.

Ogni sera, dopo cena, Isabelle annotava le sue impressioni. La sua ammirazione per la forza d'animo di Suzanne, venuta a Città del Capo per cercare Louise e raccontare la sua storia, cresceva giorno dopo giorno: le difficoltà che aveva affrontato, il coraggio e il rifiuto di arrendersi finché non avesse trovato la sua antenata. Questo rendeva Isabelle più determinata che mai a rendere giustizia a entrambe le donne, Louise e Suzanne, e a tutte le donne della famiglia Joubert del suo stesso stampo.

Giovedì, 27 febbraio

Una settimana e un giorno dopo il loro arrivo alla fattoria, Isabelle e John Turner lasciarono Klein Bethlehem e cavalcarono in direzione est, verso il sole nascente.

A Isabelle dispiaceva andarsene, dal momento che si era affezionata a Griet, suo marito e i loro dolci e silenziosi figli. Si era sentita di nuovo parte di una famiglia, una sensazione che non provava da quando era bambina, prima che i suoi amati fratelli maggiori fossero mandati in collegio.

Dopo la loro morte, la sua solitudine si era aggravata. Lei e suo padre erano rimasti soli in Bouverie Street con i loro fantasmi. Isabelle sapeva che quello era, in parte, il motivo per cui Minou, Louise e Suzanne erano così importanti per lei. Non aveva mai conosciuto le sue nonne, né sua madre. Queste antenate erano le figure femminili che non aveva mai avuto. Ma, in quella fattoria isolata, a metà strada tra Stellenbosch e Franschhoek, per alcuni giorni speciali, si era sentita di nuovo parte di qualcosa di più grande di lei.

Catena montuosa di Drakenstein

Mentre si allontanavano dai monti di Drakenstein, Turner avvisò Isabelle che si stavano avvicinando al terreno appartenuto in origine a Pierre Jaubert.

Lontano da Klein Bethlehem, Isabelle aveva i nervi a fior di pelle. Pensò che lo stesso valesse per John. La sua guida portava un fucile sulla parte anteriore della sella, era sempre vigile e lanciava costantemente occhiate qua e là mentre cavalcavano nel *veld* in direzione dei passi più rocciosi che conducevano al fiume Berg e, successivamente, al piccolo affluente che scorreva attraverso la città di Franschhoek.

La mente di Isabelle era in fermento. Pensava alla destinazione e quello che sperava di trovare. Una volta individuata la tomba di Louise, ammesso che fosse *riuscita* a trovarla, avrebbe cercato di contattare la famiglia Barenton e presentarsi. Viveva anche nel costante timore che il molestatore li aggredisse di nuovo. In un certo senso, ne sarebbe stata quasi contenta. L'aspetto più snervante era proprio il fatto di non sapere dove si trovasse, o che cosa volesse quell'uomo. Almeno, se lo avesse incontrato faccia a faccia, sarebbe stata meno impotente. In quella situazione, si sentiva come un'antilope braccata da un leopardo, con un formicolio costante alla nuca e la consapevolezza che, da qualche parte, nascosta tra le colline, ci fosse una persona che voleva farle del male.

Isabelle sapeva che, durante gli otto mesi trascorsi al Capo, dall'inverno del 1688 all'aprile successivo, Suzanne era riuscita a scoprire che cosa fosse successo a Louise. In seguito, dopo essere sopravvissuta al naufragio della *Gouw*, essersi sposata e aver vissuto a Londra con i suoi figli, aveva trascritto le avventure di Louise.

Ma aveva lasciato delle lacune, non ultimo un resoconto del confronto finale tra Louise, Gilles e Philippe. Il diario scritto da Louise di suo pugno era rimasto a Olifantshoek, affidato a Théodore Barenton, ed era proprio quel diario che Isabelle sperava di trovare. Credeva che quelle pagine avrebbero rivelato il capitolo finale della storia della faida tra le famiglie Joubert e Vidal risalente a svariate generazioni precedenti.

Isabelle si strinse la borsa contro il fianco, trovando conforto nel tastare il diario di Minou. Raccontava la storia di un prete cattolico, Vidal, e della faida scoppiata a Carcassonne quando una ragazza cattolica, Minou Joubert, si era innamorata di un ragazzo ugonotto, Piet Reydon. Tutto era sfociato da quell'unico, fortuito momento di connessione istantanea, in una nebbiosa sera di febbraio prima che la Francia fosse travolta dai tumulti religiosi.

Sebbene sia i Vidal sia i Joubert fossero stati ricchi e influenti a quei tempi, ora non era rimasto nulla, né eredità, né terre: la tenuta dei Joubert a Puivert era stata confiscata durante la prima guerra di religione nel 1562, mentre le proprietà dei Vidal fuori Chartres erano andate perdute durante la Rivoluzione due secoli dopo. A Isabelle non importava nulla di tutto ciò. Ciò che le importava davvero era la verità.

Isabelle tornò al presente. Osservò il *fynbos*, il fogliame verde punteggiato dal sommaco rosa, la *Protea laurifolia* e i fiori di scabiosa nel *kloof*. Vide la *waboom*, la *Protea nitida* – così chiamata perché il legno veniva usato per costruire cerchioni e pattini dei freni – e curtisie dentate bruno-rossastre, olivi selvatici e magnifici alberi dal legno giallo. Non poteva esistere un panorama più diverso dalle strade acciottolate della cittadella medievale di Carcassonne, dove Minou era cresciuta, o da La Rochelle, dove Suzanne era nata, o persino dalla sua casa a Londra. Quei mondi sembravano così lontani in quel momento.

«Quanto manca all'arrivo?», chiese.

John alzò lo sguardo al cielo. «È in arrivo un temporale da sud-est. I temporali sono piuttosto comuni alla fine dell'estate e rendono i passi pericolosi. Quando si scatenerà, dovremo ripararci e, a seconda di quanto durerà la tempesta, o cavalcheremo a tutta velocità per allontanarci o, più probabilmente, aspetteremo fino al mattino».

«Se possibile, continuerei il viaggio».

Isabelle non sopportava l'idea di essere così vicina, eppure così lontana. E non le piaceva la prospettiva di passare la notte all'aperto.

«Ci sono alcune capanne di pastori dove potremmo aspettare la fine della tempesta», ribatté John, come se le avesse letto nel pensiero. «Ma sarebbe poco saggio viaggiare di notte. Ci sono troppi animali selvatici. E cacciatori». Indicò un punto davanti a sé. «Quello è il fiume Berg. Lo vedete?»

«Credo di sì».

«Se riusciamo a raggiungerlo prima che inizi a piovere, laggiù troveremo un pascolo erboso. Sarà il posto più sicuro dove passare la notte».

Isabelle affondò il tallone nel fianco del cavallo e si lanciò attraverso il *veld*, seguita da John.

Capitolo sessantasette

Andries Barenton li osservò da dietro il riparo offerto dalle canne di fiume, ondeggianti al vento che andava rinforzandosi. Stava arrivando una tempesta. Attese ancora un momento, poi uscì da dietro l'albero di legno ferro e si inginocchiò.

Erano ancora troppo lontani.

Era un abile cacciatore e un eccellente cecchino. Il suo fucile militare, sottratto dalle mani morte di un soldato inglese durante una imboscata, aveva una portata notevole, ma non era preciso a più di ottocento metri di distanza.

Doveva essere paziente. Si rialzò in piedi e imbracciò l'arma. Stava ancora decidendo se uccidere prima la donna o l'uomo. Arrossì di rabbia al ricordo di come lei lo aveva colto di sorpresa nella Braak di Stellenbosch. Aveva un pugnale, ora lo sapeva, ed era pronta a usarlo. Ma l'uomo doveva essere più forte e, senza ombra di dubbio, portava un'arma da fuoco. Sarebbe stato meglio eliminare lui per primo.

«*Kom op*», li incoraggiò mentre entravano nella sua visuale. Andiamo.

Ancora gli bruciava di non essere riuscito a rubare il testamento a Klein Bethlehem e, prima ancora, a Città del Capo. La vena sulla fronte iniziò a pulsargli mentre il suo volto si arrossava. La Justice apparteneva alla sua famiglia da quasi duecento anni, costruita su una fattoria ancora più antica. Eppure questa *boer* inglese credeva di poter arrivare con un pezzo di carta, un documento in francese, oltretutto, e portargli via tutto ciò che la sua famiglia aveva costruito.

Non sarebbe rimasto a guardare.

Andries aveva sentito parlare di come diverse dignitose famiglie boere si erano viste sottrarre le proprie fonti di sostentamento da pretendenti giunti dall'Europa. Sussurri trasportati dal vento da un insediamento all'altro. Un agricoltore tedesco, di fronte alla perdita della sua fattoria, aveva preso la pistola e aveva ucciso la moglie e le tre figlie, per poi rivolgere l'arma contro di sé. Da allora, Andries aveva giurato che non si sarebbe lasciato imbrogliare in quel modo. Avrebbe fatto tutto il necessario per proteggere ciò che era suo. Sebbene non fosse un grande pensatore, era scaltro. Anni prima, Andries aveva stretto accordi con diversi alberghi, affinché lo informassero dell'arrivo di persone da Francia o Inghilterra. Gli era costato denaro, ma ne era valsa la pena. Così, non appena gli era giunto il messaggio che c'era una donna inglese con un nome francese che faceva domande su Franschhoek, si era precipitato a Città del Capo. La cameriera dell'albergo in Greenmarket Square, che usciva insieme a uno dei suoi informatori, aveva riferito che c'era un testamento tra le carte che la donna teneva nella sua stanza. Andries non sapeva altro, ma non intendeva correre il minimo rischio. Il suo nome non gli diceva niente – Lepard non era un cognome a lui noto – ma la cameriera sosteneva che il suo secondo cognome fosse Joubert, e quel nome sì che era carico di significato.

Andries stabilizzò il respiro e fissò lo sguardo sulle sue prede mentre si avvicinavano, sempre di più. Il suo dito si contrasse sul grilletto. Allineò l'occhio alla bocca dell'arma, tenne il braccio immobile e si preparò a fare fuoco.

Un improvviso rombo di tuono tra le montagne lo distrasse. Andries prese di nuovo la mira mentre iniziavano a cadere le prime gocce di pioggia. Lentamente, al principio, e poi sempre più rapide e pesanti, abbattendosi sulla terra asciutta e offuscandogli la visuale.

Riluttante, lasciò cadere il braccio mentre la tempesta si scatenava. Tornò a nascondersi, si appese il fucile alla spalla e si riparò sotto le fronde dell'albero di legno ferro. Si massaggiò il sensibile moncherino del mignolo.

Avrebbe dovuto aspettare.

Isabelle udì un altro rombo di tuono, un infausto ruggito proveniente dalle montagne, come un gigante che si stesse svegliando dal sonno. Al di sopra del rombo selvaggio che squassava i cieli, credette di sentire il verso degli elefanti che si chiamavano l'un l'altro attraverso la valle.

«Là», gridò John, indicando un gruppetto di olivi. «Ci ripareremo laggiù fino a quando la tempesta non sarà passata».

Il temporale si stava intensificando. Isabelle non riusciva a credere che il cielo potesse contenere tanta acqua. La pioggia cadeva a catinelle, come se si trovassero sotto a una cascata.

Alla fine si rannicchiò insieme a John sotto gli olivi, ciascuno impegnato a calmare il proprio cavallo mentre i tuoni prorompevano sopra di loro, rabbrividendo nell'aria fredda.

«Quanto durano di solito queste tempeste?»

«Impossibile dirlo», replicò lui. «Potrebbe proseguire fino a domattina, oppure il vento potrebbe soffiare via le nubi nel giro di poche ore».

Isabelle si guardò attorno per il boschetto. «Quindi ci accampiamo qui?»

«Credo che faremmo meglio. Non è l'ideale, ma il maltempo dovrebbe tenere lontano il grosso dei predatori».

Isabelle annuì. «I ramoscelli caduti più vicini al tronco dovrebbero essere abbastanza asciutti per preparare un falò». Alzò lo sguardo verso le minuscole olive nere. «E almeno la pioggia ha cacciato via le zanzare».

Nel suo nascondiglio in riva al fiume, Andries Barenton continuava a osservare.

Li aveva visti cambiare direzione e puntare verso un gruppo di olivi selvatici. Al calar del sole, aveva visto le prime scintille di un falò, luminose nell'oscurità notturna del *veld* inzuppato dalla tempesta. Aveva preso in seria considerazione l'idea di avvicinarsi a loro di soppiatto. Non avevano cani, solo due cavalli, e il fuoco tradiva la loro posizione. Ma la cautela aveva prevalso. Anche se con ogni probabilità la tempesta avrebbe tenuto alla larga i predatori più grandi, udì un branco di sciacalli non molto lontano.

Sedette con il fucile posato sulle ginocchia. Non temeva che le sue prede gli sfuggissero. Non si sarebbero arrischiati a ripartire con il buio, e lui si sarebbe svegliato alle prime luci dell'alba.

Capitolo sessantotto

Valle di Franschhoek
Venerdì, 28 febbraio

Isabelle si svegliò con il canto degli uccelli.

Guardò un mondo pulito e dipinto di colori nuovi. Ovunque c'erano tracce della tempesta – rami caduti, pozze argentate di pioggia sul *veld* – ma la vista era magnifica. Isabelle pensò di non aver mai visitato una zona così sorprendentemente bella come l'Africa meridionale: la vastità, la magnificenza e la stranezza di quella terra le toglievano il fiato. Inspirò, riempiendosi i polmoni di aria fresca, e sollevò il viso verso il sole nascente.

John aveva già sellato i cavalli e stava aspettando.

Isabelle sollevò l'orlo delle gonne umide e rise. «Anche se spesso il sole è troppo forte per me, stamattina mi farebbe bene asciugarmi un po'».

«Più tardi farà caldo. Di solito succede, dopo che una tempesta ha ripulito l'aria».

«Quanto dista Franschhoek da qui?»

«Non più di un'ora circa, se va tutto bene».

Mentre spegneva le braci del fuoco, Isabelle si rese conto che stava sorridendo. Era quasi arrivata, era quasi giunta nel luogo dove Louise aveva vissuto ed era morta, il luogo al quale era giunta Suzanne. E presto sarebbe arrivata anche lei, e avrebbe deposto dei fiori sulla tomba.

La fine della ricerca e anche il suo inizio.

Il vento aveva cambiato direzione, quindi Andries riusciva a malapena a distinguere le loro voci. Parole indistinte si diffondevano attraverso la valle lavata dalla pioggia fino al fiume dove si era accampato. Poi la donna rise.

Quel suono lo fece infuriare.

Emerse dal canneto e si rimise nella stessa posizione della sera precedente, in ginocchio, con il dito sul grilletto. Era una giornata limpida, sarebbe riuscito a sparare senza problemi.

Improvvisamente, Andries capì di essere inseguito. Si era concentrato così tanto sulla sua preda che non aveva prestato attenzione a ciò che lo circondava.

Lentamente, evitando movimenti bruschi, si voltò. Vide un leopardo ad appena trenta passi di distanza che si muoveva sinuosamente lungo la riva del fiume. I loro sguardi si incrociarono per un istante. Poi tutto sembrò accadere all'improvviso. Dopo aver individuato la sua preda, il leopardo fece un balzo, accelerando lungo il sentiero in una macchia confusa dorata e marrone. Andries alzò il fucile e sparò.

Il sangue schizzò dal petto dell'animale, rosso a contrasto con la pelliccia fulva. Per un attimo, Andries sembrò sostenere lo sguardo dell'animale, con gli occhi spalancati e bianchi e il corpo sospeso in aria, come una marionetta. Poi, il leopardo cadde pesantemente sul sentiero davanti a lui.

Scosso, Andries abbassò il fucile. Lui, cacciatore esperto in grado di individuare le tracce, aveva abbassato la guardia come un novellino. Quella perdita di concentrazione lo aveva quasi ucciso.

Guardò in basso per accertarsi che il leopardo fosse morto. In circostanze normali, avrebbe trovato un modo per trasportare la carcassa in città. Oppure, scuoiarlo sul posto per recuperarne la pelle. Ma quelle non erano circostanze normali. Trascinò l'animale tra i canneti. Se non l'avessero preceduto altri predatori, sarebbe tornato e l'avrebbe scuoiato in un secondo tempo.

Per il momento, era più importante arrivare a Franschhoek prima della sua preda ed essere pronto ad affrontarla.

Isabelle si voltò di scatto sulla sella. «Che cos'è stato? Sembrava uno sparo».

John non sembrava preoccupato. «Cacciatori, probabilmente. Escono di solito la mattina presto. O un contadino che spaventa gli sciacalli per allontanarli dal bestiame».

«Era molto vicino».

«Qui il suono si propaga in modo diverso».

Isabelle scrutò attraverso il *veld*. «Non vedo nessuno».
«È probabile che siano più in alto, al passo di Franschhoek. Non c'è nulla di cui preoccuparsi».
Isabelle annuì. «Siamo quasi arrivati», borbottò tra sé e sé. «Siamo quasi arrivati».

Franschhoek

Un'ora dopo, mentre la campana della missione suonava le undici, Isabelle e John entrarono a cavallo nella piccola città di frontiera.
La prima impressione che Isabelle ebbe di Franschhoek fu di un luogo bianco e blu. Architettura olandese del Capo, lo stesso stile che aveva visto a Stellenbosch e Città del Capo, edifici con frontoni e finestre ad arco a sesto acuto. Tutto sembrava nuovo. La chiesa, eretta meno di quindici anni prima – la data di costruzione era dipinta in nero sul frontone bianco – si ergeva sorprendentemente luminosa su Victoria Street, stagliandosi fiera contro il cielo azzurro e terso. Le case erano perlopiù a un piano, anch'esse dipinte di bianco, semplici e confortevoli abitazioni per la crescente popolazione della città. Erano più modeste rispetto a Stellenbosch, alcune con graticci in ferro battuto e verande sulla facciata. Oltre le case, che si spingevano fino ai piedi delle montagne, si estendevano campi di viti e fattorie. C'erano bambini piccoli con le loro balie, servi con cuffie e grembiuli bianchi, signore che prendevano una boccata d'aria. Eppure regnava il silenzio. I cipressi del cimitero erano quasi neri nel sole che si faceva più intenso. E, tutt'intorno, le montagne imponenti delimitavano l'insediamento, con i pendii calcarei tinti di rame dal sole del mattino.
Isabelle sospirò, commossa da quella testimonianza visibile della sua storia. Le fattorie intorno alla città, infatti, sorgevano sui terreni originariamente concessi ai profughi ugonotti: La Dauphiné, Bourgogne, La Bri, Champagne, La Motte, Cabrière e La Provence, dove Pierre Jaubert aveva vissuto in seguito. I loro villaggi perduti erano ricordati nei nomi dati alle loro nuove case. E, se la descrizione di Suzanne era accurata, La Justice si trovava proprio alla fine della vecchia rotta delle carovane.
«C'è una pensione in Dirkie Uys Street», disse John, interrompendo le riflessioni di Isabelle. «Uys era un Voortrekker, un eroe della Grande Marcia. Dovrebbero avere stanze e stalle per i cavalli». Smontò da ca-

vallo. «Volete venire con me ora o vi vengo incontro dopo aver preso accordi?».

Isabelle fece scivolare la gamba oltre il pomolo e saltò a terra. Aveva un disperato bisogno di lavarsi e di cambiarsi, ma voleva prima visitare il cimitero. Tutto nel suo viaggio l'aveva condotta a quel punto. Non voleva perdere un minuto di più.

«Andrò al cimitero», rispose lei. «Venite a cercarmi là quando le nostre stanze saranno pronte».

«Benissimo, signorina».

Mentre John portava via i cavalli, Isabelle si diresse lungo Victoria Street verso il cimitero ai margini della città, dove credeva che un tempo avesse vissuto Théodore Barenton.

Capitolo sessantanove

Isabelle stette sola sotto l'infinito cielo azzurro. Cipressi sempreverdi ed erbacce delimitavano il cimitero. Le poche lapidi grigie erano state sbiancate dal feroce sole del Capo fino a diventare del colore delle ossa.

Hier rust. Qui giace.

Si chinò in avanti per leggere i nomi e le date sulla pietra tombale, oscurati da muschi e licheni. Tra l'alto colletto bianco e la tesa incrostata di polvere del cappello di cuoio, le bruciava la pelle della nuca. Il sole africano era troppo forte per la sua carnagione inglese, ed erano giorni che cavalcava per il *veld.*

Isabelle si levò i guanti da viaggio, ripiegandoli l'uno dentro all'altro. Ne aveva smarriti troppi, durante i suoi viaggi, per non prestare attenzione. Li lasciò cadere a terra, ai suoi piedi. Il terreno rosso rame del Capo si sollevò in una nuvoletta di polvere, che poi tornò a depositarsi. Uno scarabeo nero, dal dorso rigido e l'indole determinata, volò via in cerca di un riparo.

Isabelle inspirò a fondo, lasciando che tutto si fermasse per un momento.

Aveva seguito quella pista dalle sponde del Tamigi all'Aude, dalla Garonna all'Amstel, attraverso la Manica e oltre i mari più inesplorati, fino al punto in cui l'Oceano Atlantico incontrava l'Oceano Indiano. A volte, la pista sembrava brillare luminosa. La storia di due famiglie e di un segreto tramandato di generazione in generazione. Più di trecento anni di vite di donne, perdute e ora ritrovate. Alcuni dei loro nomi erano scomparsi nel tempo, assorbiti da quelli di mariti, fratelli e amanti, ma il loro spirito viveva in lei.

Finalmente, la sua ricerca era giunta al termine. Lì, a Franschhoek.

Ci gît. Qui giace.

Isabelle si tolse il cappello da viaggio di cuoio e si sventolò. L'ampia tesa muoveva l'aria rovente, ma il sollievo era minimo. Si asciugò la fronte con un fazzoletto macchiato, i capelli biondi bagnati di sudore. Poco le importava del suo aspetto. Era sopravvissuta a quel viaggio, sopravvissuta alle aggressioni alla sua persona e al tentato furto dei suoi effetti personali. Tutto per arrivare lì.

In un trascurato cimitero in quel villaggio di frontiera.

Eppure, Isabelle non riusciva a trovare il coraggio di guardare il nome sulla lapide. Desiderando assaporare più a lungo quell'ultimo istante, slacciò la fibbia della borsa e infilò una mano all'interno. Le dita sfiorarono una piccola, vecchia Bibbia, un tempo appartenuta a suo padre, ma fu il diario di Minou che estrasse. Le parole erano incise nel suo cuore, l'angolosa traccia di inchiostro scurito, l'antico linguaggio giunto a lei nel corso dei secoli. Conosceva ogni sillaba come la dottrina imparata al catechismo, dalla prima all'ultima pagina.

Questo è il giorno della mia morte.

Udì il fischio di uno storno dalle ali rosse che volava ai margini del cimitero. Le sue nocche erano bianche, tese. E se, dopo tutto questo, non fosse rimasto nulla da trovare?

Alla presenza del Signore Iddio, qui redigo questo documento di mio pugno. Il mio testamento e le mie ultime volontà.

Isabelle non pregava. Sebbene fosse figlia di un ecclesiastico, la storia delle ingiustizie commesse nel nome della religione ai danni dei suoi antenati ugonotti dimostrava senza ombra di dubbio che non esisteva nulla di simile a un dio. Perché quale dio avrebbe permesso che tanti morissero nell'angoscia e nel terrore nel suo nome? E poi, lei era una intellettuale, una studiosa di scienze naturali e filosofia. Le superstizioni – i vecchi miti creati per tenere le donne al loro posto – non facevano per lei.

Tuttavia, Isabelle alzò lo sguardo verso il cielo. Lì a Franschhoek, a febbraio, era dello stesso azzurro vivido che assumeva a Carcassonne. Gli stessi venti impetuosi sollevavano la polvere tanto nell'entroterra del Capo di Buona Speranza quanto nella gariga della Francia meridionale. Non apparteneva a nessuno di quei luoghi – era inglese fino al midollo – eppure vedeva che i due paesaggi erano l'uno lo specchio dell'altro: Linguadoca e Sudafrica. Questa era la sua eredità.

L'aria era immobile. Ben poco si muoveva nel cimitero, nella calura del giorno. Quasi tutte le creature viventi si erano rifugiate all'ombra. Ringhiere di ferro delimitavano le zone riservate a ciascuna famiglia: le Roux, Malan, Jourdan, Hugo, du Toit, Retief e de Villier. Tutti fedeli della Chiesa riformata, fuggiti dalla Francia alla ricerca di un riparo nell'anno di grazia 1688.

Comprese le sue antenate.

Infine, dopo essersi preparata, Isabelle si abbassò e ripercorse con il dito le lettere incise nella lapide. E vide i nomi che aveva sperato di vedere. Esalò un lungo sospiro di sollievo. Era tutto vero, allora. I due nomi che aveva sperato di trovare scolpiti nella pietra. Quella era stata la primissima tomba del cimitero, costruita sul terreno del primo vigneto di Olifantshoek.

«La Justice», disse, ricordando ciò che Suzanne aveva scritto nei suoi quaderni.

Isabelle era talmente assorta, talmente assorbita dal momento, che non udì i passi sul terreno alle sue spalle. Non si rese conto dell'ombra che all'improvviso bloccava la luce del sole, né dell'odore di sudore, ghiaia e cuoio, di un lungo viaggio attraverso il *veld*. Non si accorse di nulla fino a quando non avvertì la bocca di una pistola premerle sul collo.

«*Staan op*». La voce di un uomo che parlava in afrikaans, poi in inglese. «In piedi».

Isabelle tentò di girarsi, ma sentì il freddo metallo spingere contro la pelle e, per un istante, vide di sfuggita il mignolo deforme della mano destra dell'uomo.

Lentamente, fece ciò che le era stato ordinato.

«Datemi il testamento», le ingiunse. «Se obbedite, non vi farò del male».

Sapeva che stava mentendo, perché la posta in gioco, ora, era troppo alta. La inseguiva da diverse settimane.

«Datemelo. Lentamente, ora».

Istintivamente, la sua presa si serrò sul diario di Minou e sui preziosi documenti contenuti al suo interno. Dopo tutto ciò che aveva passato, Isabelle si rifiutava di cederlo. Ma ora le dita di lui le stringevano la spalla, affondandole con forza e ferocia nel muscolo, attraverso il cotone della camicetta. Non riuscì a mantenere la presa. Il diario cadde a terra e si aprì, spargendo il testamento e gli altri fogli nella polvere del cimitero.

«Mi avete seguita da Città del Capo?», domandò in un esitante afrikaans, o *kitchen Dutch*, come lo chiamavano gli inglesi.

L'uomo non rispose.

Isabelle teneva il pugnale di Suzanne nascosto nello stivale. Quando l'uomo si chinò per raccogliere i fogli, lei estrasse il pugnale. Se fosse riuscita a ostacolarlo, anche solo per un momento, avrebbe potuto riprendersi il diario e fuggire.

Ma lui aveva previsto un attacco di quel genere e si era spostato di lato. Fu consapevole, appena prima del contatto con il lato della sua testa, del movimento del suo braccio verso il basso, quindi colse un lampo dei capelli neri di lui, interrotti da una linea bianca. Dopodiché, una esplosione di dolore al contatto con la pistola. Sentì il sangue fuoriuscirle dalla tempia, il suo calore, poi più nulla.

Negli ultimi secondi prima di perdere conoscenza, Isabelle si addolorò al pensiero che lì finiva la storia. In un angolo dimenticato di un cimitero dall'altra parte del mondo.

Questo è il giorno della mia morte.

Capitolo settanta

Quando riprese conoscenza, Isabelle si ritrovò sdraiata su un letto, sotto un lenzuolo candido in una stanza bianca, a sognare i colori. Sospesa tra il sonno e la veglia.

Si portò cautamente una mano alla testa. Sebbene sentisse la ferita alla tempia e al collo, non c'era sangue fresco. In un impeto di disperazione, le tornò alla mente che il diario di Minou era caduto sul terreno rosso. Quello era il suo ultimo ricordo.

Aprì gli occhi, emergendo da un luogo di ombre in un mondo dalla luce intensa. L'ambiente era anonimo e sconosciuto, ma aveva l'aspetto della tipica stanza di una fattoria olandese del Capo. Semplici pareti bianche a eccezione di un ricamo appeso al muro con i versi della Bibbia. Pavimenti in legno grezzo, una cassettiera e un comodino di *Ocotea bullata*.

Isabelle si mise a sedere, con la testa che le girava. Cercò di fare il punto della situazione. Era robusta e forte, non era debole e non aveva bisogno dei sali di ammonio. Portò le gambe giù dal letto, mosse le dita dei piedi, poi tastò il pavimento di legno con i piedi fasciati dalle calze, sentendosi sollevata dopo aver appurato che sembrava tutto a posto. La sua camicia bianca e la sua gonna da equitazione erano sporche di polvere, ma qualcuno le aveva tolto gli stivali e li aveva appoggiati ai piedi del letto. Vide il suo cappello di cuoio appeso a un gancio sul retro della porta di legno.

Lentamente, osservò la stanza, soffermandosi su ogni piccolo dettaglio. Sul comò, c'era un vassoio di ottone con una brocca di terracotta. Andò a curiosare e trovò, sotto il panno, del vino locale color ciliegia, un pezzo di pane bianco e striscioline di carne secca.

Isabelle non capiva. Era prigioniera oppure ospite?

Ancora un po' instabile, si diresse verso la porta e la trovò chiusa a chiave. Poi sentì i versi degli storni fuori. Si infilò gli stivali, quindi si avvicinò alla finestra. Una piccola cornice quadrata con sottili sbarre di metallo all'interno.

Per tenere lei dentro o per tenere gli altri fuori?

Allungò la mano attraverso le sbarre e aprì il vetro ruvido. Il cielo al tramonto a Città del Capo assomigliava a quello della Linguadoca. Bianco, con una sfumatura di rosa al crepuscolo dietro le montagne. Riusciva a malapena a distinguere la cappella, con il tetto di paglia e le finestre ad arco a sesto acuto ai lati della porta di legno ad arco. La vista le infuse speranza, perché, perlomeno, si trovava ancora entro i confini della città. Se l'uomo avesse voluto ucciderla, di sicuro l'avrebbe portata in montagna, lontano da occhi indiscreti.

Isabelle riuscì a distinguere anche i frutteti, susini e prugnoli del Capo, le dolci pere color zafferano e le mele appese agli alberi. Il calare e crescendo delle voci delle ragazze che saltavano la corda, un misto di afrikaans e inglese, senza alcuna traccia di francese, frutto di anni di lotta per il controllo di quella terra rubata. Più in lontananza, riusciva a udire il cupo canto degli uomini che tornavano a casa dai campi.

Concluse di essere rimasta priva di sensi per almeno sei o sette ore. Il sollievo fu fugace. Ben presto, cedette il passo alla rabbia per ciò che aveva perso: il diario di Minou e il prezioso testamento, che era appartenuto alla sua famiglia per centinaia di anni. Isabelle riusciva quasi a sentire le voci dei suoi antenati che la chiamavano attraverso i secoli.

Poi, la disperazione per la perdita di quei preziosi oggetti si trasformò in paura.

Se l'uomo non l'aveva ancora uccisa, forse era solo perché voleva qualcos'altro da lei. Avrebbe voluto essere più reattiva al cimitero, più vigile. Ricordava di aver allungato la mano per raschiare via i licheni dalla pietra, poi la sensazione della canna fredda della pistola e il suono della voce spietata di quell'uomo. Era riuscita a estrarre il coltello, ma gli aveva solo sfiorato la mano. Non era bastato. Si chiese se John la stesse cercando. Quando fosse andato al cimitero e avesse scoperto la sua scomparsa, sicuramente avrebbe iniziato le ricerche.

La luce stava svanendo in cielo. L'aria immobile era densa dei sibili e ronzii degli insetti. Attraverso le sbarre, Isabelle vide i bambini che venivano portati in casa, e le macchie di luce che apparivano nelle case non appena candele e lampade venivano accese. Sebbene fosse stanca, rimase a vegliare alla finestra, bevendo solo un po' del dolce vino del Capo. Non poteva permettersi di avere i sensi annebbiati.

La campana nella solitaria torre bianca scandiva il passare delle ore. Le nove, poi le dieci. Fuori, calò l'oscurità, e le montagne svanirono nell'ombra. In Victoria Street e nell'intrico di strade e vicoli, le fiammelle nelle case si spensero una a una. Evidentemente, Franschhoek era una città che andava a dormire al tramonto e si svegliava con il sole.

Solo dopo le due, quando Isabelle lottava contro il sonno e il martellamento nella sua testa era ricominciato, sentì un rumore proveniente dall'interno della casa. Lo scricchiolio delle assi del pavimento dall'altra parte della porta, qualcuno che camminava con cautela, come se non volesse farsi sentire.

Nonostante Isabelle avesse avuto ore per decidere cosa fare, si fece guidare dall'istinto in quel frangente. Afferrò la brocca di vino e si infilò dietro la porta. Sentì il tintinnio di una chiave che veniva infilata nella serratura, poi il rumore metallico del chiavistello che cedeva. La porta si aprì lentamente verso l'interno.

Isabelle non riusciva a vedere chiaramente, ma scorse la ciocca di capelli bianchi nel buio e sentì l'odore di pelle della giacca dell'uomo. Questa volta, non gli avrebbe permesso di sopraffarla. Non appena l'uomo fu a portata di tiro, lei lo colpì alla testa con la brocca di terracotta. Nella scarsa luce, però, valutò male le distanze e lo lambì solo di striscio. L'uomo barcollò, ma non cadde.

Isabelle si lanciò verso la porta aperta, con l'intenzione di provare a passare, ma lui fu più veloce. Le afferrò il polso e la spinse di nuovo nella stanza, tappandole la bocca con una mano.

«State zitta, piccola sciocca che non siete altro! Ci farete ammazzare entrambi».

Immediatamente, Isabelle si immobilizzò. Era una voce diversa. Parlava inglese, non afrikaans. Alla luce della luna che filtrava dalla finestra, Isabelle riuscì a vedere la mano destra dell'uomo. Nessun pezzo di dito mancante.

Contando sul fatto che non sarebbe scappata, l'uomo la lasciò andare e fece un passo indietro.

«Perdonatemi», disse lei in inglese. «Pensavo foste lui».

Finalmente, nelle ombre argentate, Isabelle scorse il suo volto. Era più basso del suo aggressore al cimitero, e i suoi capelli neri erano più lunghi, sebbene solcati dalla stessa ciocca bianca.

«Però gli assomigliate».

«Sì».

Aspettò che l'uomo aggiungesse altro, ma lui non parlò.

«Perché sono qui?».

Lui alzò la mano. «Dobbiamo andare».

Isabelle scosse la testa. «Non finché non mi dite chi siete».

«Noi...». Esitò. «Ho visto che cos'è successo al cimitero, ma ho dovuto aspettare prima di intervenire. Lui è mio fratello».

Isabelle si bloccò, incerta se fidarsi di quell'uomo o no.

«Noi non andiamo d'accordo. Lui ha certe idee e, be', una volta presa una decisione, non si lascia convincere...». Le sue parole si spensero. Lanciò un'occhiata alla porta e sembrò agitato all'idea di andarsene.

«Di chi è questa casa?», gli chiese.

«Appartiene a nostra madre. È praticamente costretta a letto. Nulla di tutto ciò è colpa sua». Le sfiorò brevemente il braccio. «Per favore, venite con me. Risponderò a tutte le vostre domande non appena ce ne saremo andati da Franschhoek sani e salvi».

«Dov'è vostro fratello adesso?»

«Sta bevendo, come al solito. Quando inizia, non riesce più a smettere. Ma tornerà da un momento all'altro. È tardi. Dobbiamo andare».

Isabelle esitò. «E se non venissi con voi?».

L'uomo la guardò dritto negli occhi, e lei vi lesse determinazione e preoccupazione. «Allora temo che vi ucciderà».

Quella calma affermazione la convinse più di qualsiasi supplica o persuasione assillante. Non aveva idea di che cosa stesse succedendo, ma sicuramente le conveniva tentare la sorte con quello sconosciuto anziché restare là ad aspettare che cosa avrebbe portato l'alba.

Isabelle prese il cappello dal retro della porta. «Potete dirmi il vostro nome?», sussurrò, seguendolo lungo il corridoio buio e verso una porta sul retro della casa.

Lui si portò un dito alle labbra.

«Potete dirmi almeno dove stiamo andando?».

L'uomo esitò, poi rispose. «Al vecchio ponte di pietra sul guado. Gli altri stanno aspettando lì».

«Quali altri? Quale ponte? Non capisco».

«Jan Joubertsgat», rispose, sorpreso nel vederla all'oscuro. «È lì che è morto Jan Joubert». Si voltò. «Non è per questo che siete qui?».

Isabelle si fermò di colpo. «Sapete chi sono?».

Inaspettatamente, l'uomo sorrise. «Certo», replicò, sganciando il chiavistello e aprendo la porta d'ingresso. «Tutti sanno chi siete».

Capitolo settantuno

Jan Joubertsgat
Sabato, 1° marzo

Isabelle seguì silenziosamente il suo salvatore fuori in strada.

«Questa è Dirkie Uys Street?»

«Sì».

Le venne in mente che avrebbe dovuto cercare di lasciare un messaggio per John, per fargli sapere che stava bene. Non aveva detto che intendeva prenotare delle stanze per loro in quella via? Di certo era fuori di sé per la preoccupazione. Ma abbandonò l'idea con la stessa rapidità con cui le era venuta in mente. Non sapeva dove, di preciso, avesse voluto alloggiare John.

Forse avrebbe dovuto darsela a gambe? Come poteva essere sicura che quest'uomo e suo fratello non fossero in combutta? Aveva solo la sua parola che non intendeva farle del male. Ma l'istinto le diceva che era degno di fiducia. E nonostante tutto ciò che le era accaduto, Isabelle si sentiva viva e vigile, curiosa di sapere cosa sarebbe successo. Non era quello che aveva sempre cercato? La verità sulla storia della sua famiglia? Con la codardia non avrebbe scoperto nulla.

«Quanto dista?», chiese.

«Ci impiegheremo due ore a piedi».

Isabelle abbassò lo sguardo sui propri stivali, lo riportò sulla inflessibile schiena dell'uomo che camminava davanti a lei, e poi si fermò. «Non intendo muovere un altro passo fino a quando non mi avrete rivelato il vostro nome. E perché stiamo andando a Joubertsgat».

Nella tenue luce della luna nuova, credette di vedere una espressione divertita nei suoi occhi.

«Siete molto diretta».
«Una donna deve esserlo».
L'uomo scoppiò in una breve risata e rallentò il passo, pur senza fermarsi.
Isabelle esitò, poi corse per affiancarsi a lui. «Ebbene?»
«Joubertsgat, o ponte Joubert, è un ponte di pietra sopra a un *kloof* sul passo di Franschhoek, costruito quasi quarant'anni fa. È stato chiamato così perché un pioniere di nome Jan Joubert è morto laggiù, quando l'asse del suo carro si è spezzata».
«E questo che cos'ha a che fare con me?»
«Voi siete una Joubert, no?».
Isabelle sospirò. «Io non faccio parte di quella famiglia...».
L'uomo levò la mano. «Sì, lo so. Voi non discendete dalla *nostra* famiglia Joubert del Capo, ma siete comunque una Joubert».
Tutt'a un tratto, ogni cosa acquistò un senso. Naturalmente, Isabelle l'aveva saputo fin dall'istante in cui aveva visto i capelli del suo aggressore nel cimitero. E anche quest'uomo possedeva lo stesso ciuffo bianco. Era solo che, in quello stato confusionale, i suoi pensieri si erano annebbiati.
«Come voi», replicò lei.
Lui annuì. «Xavier Joubert Barenton. Mio fratello, che con mio grande dispiacere voi avete già conosciuto, si chiama Andries».
«Barenton». Isabelle trattenne il fiato. «Siete voi che sono venuta a cercare».
«Lo so».
«Ah, sì?». Si accigliò. «Perché vostro fratello mi ha attaccata? Io non gliene ho dato motivo».
«Crede che voi siate venuta a reclamare la sua terra».
«La *sua* terra?»
«È più vecchio di me di cinque anni, quindi è stato Andries a ereditare la fattoria, quando nostro padre è morto».
«Io non ho detto né fatto nulla per indurlo a pensarlo», protestò Isabelle. «Non gli ho mai scritto, né ho mai intrattenuto alcuna conversazione con lui. Lui mi ha seguita», proseguì, improvvisamente furiosa. «L'ho visto fuori dal mio albergo a Città del Capo, e poi ancora a Stellenbosch. Ha rubato i nostri cavalli a Klein Bethlehem».
«Posso soltanto porgervi le mie scuse».
«Non potrei parlare con lui? Convincerlo delle mie buone intenzioni?»

«Quando mio fratello si mette in testa una idea, è impossibile levargliela dalla mente. Ha avuto un incidente, qualche anno fa, è caduto in un burrone e ha battuto il capo. Nessuno si aspettava che si riprendesse. È sopravvissuto, ma non è più stato lo stesso. È diventato ossessionato dalla fattoria, ed è convinto che tutti tramino per portargliela via. Persino nostra madre ha paura di lui».

«E voi?»

«Mi tengo alla larga da lui», rispose Xavier con voce piatta. «A meno che io non abbia alternativa».

«Come quando mi avete salvata».

«Esatto».

«Come facevate a sapere che cosa era accaduto?»

«Mi è stato riferito».

Isabelle vide che avevano ormai raggiunto la periferia del villaggio. Davanti a loro, un sentiero si snodava argenteo su tra le montagne, di un bianco spettrale sotto l'esile falce di luna.

«Dovreste risparmiare il fiato», commentò lui. «Ci aspetta una ripida salita».

«Ma dove stiamo andando?»

«A trovare ciò che cercate, credo. Il resoconto di Louise del periodo che ha trascorso al Capo. L'ho nascosto affinché mio fratello non lo trovasse».

Isabelle avvertì un brivido scenderle lungo la schiena. «Il diario di Louise», sussurrò, e si concentrò con rinnovata energia sul pendio davanti a loro.

Andries Barenton scagliò la brocca contro il muro. Era rimasto fuori più a lungo del previsto, poi era tornato e aveva scoperto che la donna era scomparsa.

«Dov'è lei?», gridò a sua madre, una donna avvizzita che si fece piccola piccola sulla sua sedia a rotelle.

«Non lo so! Non ho sentito niente», piagnucolò lei.

Andries l'afferrò per il braccio. «E allora dimmi, chi è stato ad aprire la porta?».

La donna si ritrasse ancora di più sulla sua sedia. «Chi è lei?», sussurrò.

«Non importa. Quello che importa è che io ti ho chiesto di sorvegliarla, e tu non l'hai fatto».

«Mi sono addormentata», protestò lei, ma le sue scuse non fecero altro che adirarlo ancora di più. La donna rimase in silenzio. Si era trovata davanti alla sua furia troppe volte per non riconoscerne i segni. «Non so come ha fatto a prendere la chiave. L'hai lasciata nella serratura?»

«Certo che no», gridò anche se, nel suo stato alterato, si rese conto di non esserne sicuro. Forse aveva lasciato la chiave nella serratura e lei era riuscita a girarla? «Torna a letto», sbottò poi, dirigendosi verso la porta. «Non mi sei di alcun aiuto».

«Dove vai?», urlò lei. «Non fare nulla di cui potresti pentirti, figlio mio». Levò le mani rovinate, come per proteggersi. «Non voglio che tu finisca nei guai».

Andries scoppiò in una risata amara. «È un po' tardi per quello, mia cara mamma». Poi, con un repentino cambio di umore, si chinò improvvisamente su di lei e le batté la mano sulla guancia. Lei sussultò, temendo uno schiaffo.

«Va' a letto», ripeté lui, questa volta in tono quasi tenero. «Non c'è nulla di cui tu ti debba preoccupare».

Il suo pessimo umore ritornò nell'istante in cui rimise piede in strada. Sapeva che la sua rabbia nei confronti della madre era perlopiù rabbia nei confronti di sé stesso.

Andries si rimproverò per la propria indecisione. Avrebbe dovuto uccidere la donna quando ne aveva la possibilità. Era solo perché era pieno giorno, quando l'aveva trovata al cimitero, che aveva deciso invece di portarla a casa di sua madre, nel centro del villaggio. La sua intenzione era stata di attendere la notte e poi chiudere i conti con lei. Ma una cosa tira l'altra, ed era rimasto fuori a bere con gli amici più a lungo del previsto, rassicurato dalla consapevolezza che il testamento era ora nelle sue mani. Andries aveva preso in considerazione l'idea di bruciarlo – se non esisteva, allora come avrebbe potuto essere usato contro di lui? – ma qualcosa l'aveva trattenuto.

La donna, però, era scappata. Avrebbe potuto testimoniare contro di lui, parlare ad altri dell'aggressione subita e del furto dei suoi effetti personali. Era inglese, e l'amministrazione avrebbe dato ragione a lei anziché a lui.

Doveva trovarla e ridurla al silenzio.

In piedi sotto la più esile delle lune nuove, un poco instabile sulle gambe, Andries cercò di decidere cosa fare. Il vino gli aveva annebbiato i sensi. Si portò le dita alle tempie e vi premette contro, come se avesse potuto richiamare all'ordine i propri pensieri.

«L'uomo che era con lei», borbottò mentre un piano iniziava a prendere forma. Forse la sua guida era riuscita in qualche modo a trovarla e a liberarla? Forse li aveva visti al cimitero e li aveva seguiti fino alla casa di sua madre?

Andries iniziò a sentirsi più speranzoso. Sarebbe bastato indagare nelle poche pensioni provviste di stalle in paese. Era un cacciatore. Se riusciva a trovare i cavalli, avrebbe trovato anche l'uomo.

«È ancora molto lontano?», domandò Isabelle. Le pulsava la testa e sentiva le gambe molli.

«Ci staranno aspettando con cibo e acqua. Allora potrete riposare».

Quelle parole erano musica per le orecchie di Isabelle, riposo, acqua e cibo, anche se ancora le sfuggiva perché stessero salendo verso Joubertsgat.

«Chi dobbiamo incontrare? Io mi sto fidando di voi, non dovreste ricambiare la cortesia?».

L'uomo esitò, poi rispose: «Mia moglie».

«Avete una moglie?»

«Sì». Udì una sfumatura divertita nella sua voce. «E anche una figlia».

«E dove vivono?».

Ora scoppiò a ridere. «Con me».

«Ma dove?», insistette impaziente. Iniziava a stancarsi delle sue risposte elusive e del modo in cui sembrava sempre prendersi gioco di lei.

«Abbiamo una fattoria più su nella valle, ma non posso portarvi là. È uno dei primi posti in cui a mio fratello verrebbe in mente di guardare». Xavier si voltò sul pendio ripido. «Come vi ho detto, ciò che volete è nascosto presso il ponte. Sembrava più sicuro per noi incontrarci là».

Isabelle alzò lo sguardo verso la parete rocciosa che incombeva sopra di lei, e sperò di riuscire a trovare la forza di arrivare ovunque stessero andando.

«Per Suzanne», mormorò. «Per Louise».

Capitolo settantadue

Era ancora buio pesto quando svoltarono l'angolo in cima al sentiero, e Isabelle si ritrovò finalmente in piano. Era esausta, ma non voleva darlo a vedere.

«Eccoci qui», disse alla fine Xavier.

Isabelle si sedette su una roccia per riprendere fiato. Sotto di lei, non vedeva altro che oscurità, a eccezione di qualche lampada accesa nelle case di Franschhoek.

Xavier unì le mani a coppa ed emise un suono, imitando il richiamo di una civetta. Isabelle fu travolta da un ricordo improvviso mentre ripensava a quando Suzanne aveva visto una civetta bianca tanti, tanti anni prima. Alcuni la ritenevano un buon auspicio, altri un presagio di morte.

Per un attimo, nulla si mosse sulla montagna rocciosa.

Xavier ripeté il richiamo. Questa volta, da sotto la sporgenza di una roccia, giunse un suono di risposta. Isabelle vide una donna dalla pelle scura emergere dall'oscurità. Alle sue spalle, una bambina di circa dieci o undici anni la seguiva, più chiara della madre e con gli occhi del colore di suo padre. Reggeva una lampada.

Xavier si rivolse a Isabelle, con il viso addolcito dall'affetto. «Lei è mia moglie, Maya, e lei è mia figlia Magdalena».

La bambina fece un inchino e Maya chinò il capo.

«È un piacere conoscervi, signorina Lepard», la salutò la donna in un inglese impeccabile.

«Il piacere è mio», rispose Isabelle in tono formale, sentendosi stranamente in una posizione di svantaggio. Sebbene l'amministrazione britannica non proibisse i matrimoni misti, dal suo breve soggiorno nel Paese, Isabelle si era resa conto che certamente li disapprovava.

A giudicare dal colore della sua pelle, Isabelle immaginò che Maya discendesse dai primi schiavi portati dal Madagascar, ma non ritenne opportuno chiedere. In ogni caso, che importanza aveva?

«Ci sono stati problemi?», chiese Maya al marito a bassa voce.

«Non l'ho visto», rispose Xavier, «anche se ormai avrà scoperto che la signorina Lepard è fuggita».

Maya annuì. «Ho lasciato detto ai servi di informarlo, qualora venisse alla nostra fattoria, che siamo a Wagenmakersvallei».

Si sporse in avanti e baciò la moglie. Sentendosi un'intrusa, Isabelle si voltò.

«Sarete stanca dopo la salita, signorina Lepard», disse Maya. «Volete riposarvi un po' o mangiare qualcosa? Abbiamo pane e formaggio, delle pere e un po' del nostro vino».

Isabelle sorrise. «Mi farebbe piacere».

Maya la condusse in una piccola radura vicino alla parete rocciosa, dove era stato steso un telo con un cestino da picnic. Isabelle, immaginando che la moglie e la figlia di Xavier si fossero occupate dei preparativi per il loro arrivo, fu commossa dalla premura che si erano prese.

Maya prese la lampada dalla mano della figlia e la posò a terra. «Prego, accomodatevi. Mio marito mi ha raccontato che cos'è successo al cimitero».

«Sono stanca», ammise Isabelle. «Le mie esperienze a Franschhoek finora sono state a dir poco impegnative».

Isabelle e Xavier mangiarono in silenzio, osservati da Maya e Magdalena. La ragazzina era chiaramente intimidita dall'ospite inglese, ma era anche animata da curiosità e vivacità. Continuava a lanciare occhiate colme di interesse a Isabelle, per poi distogliere lo sguardo quando Isabelle ricambiava. Non sembrava spaventata di trovarsi in montagna di notte, nemmeno quando uno sciacallo iniziò a ululare.

«È molto lontano», disse Xavier, come se le avesse letto nel pensiero.

Ora che erano al sicuro lontano dalla città e dal fratello, Isabelle notò che Xavier era un uomo diverso. Seduto con gli occhi socchiusi, con le fiamme della lampada che gli illuminavano il viso, era calmo e non recava segni della tensione che aveva mostrato durante la fuga dalla casa di sua madre verso quel rifugio nascosto.

Isabelle, dal canto suo, sentiva i nervi tesi più che mai. Aveva immaginato quel momento per così tanto tempo: il momento in cui avrebbe avuto tra le mani il resoconto di ciò che era accaduto a Louise e Gilles. Ma aveva anche paura di leggerlo. Avendo visto i loro nomi sulla lapide, tutto le sembrava così definitivo. Per un attimo, fu felice di essere seduta là in silenzio, a rimandare quel momento, a recuperare le forze, mentre Xavier e sua moglie parlavano.

Alla fine, i primi raggi del sole cominciarono a salire oltre le cime più alte delle montagne. Isabelle supponeva che fossero le sei del mattino, pressappoco. Si scrollò via le briciole dalla gonna, quindi posò il bicchiere.

«Avete detto di aver nascosto qui il diario che Louise ha scritto a Olifantshoek, giusto?».

Xavier si alzò e si diresse verso il Joubertsgat. Isabelle lo seguì, osservandolo mentre scendeva dalla strada e si infilava sotto il ponte. Nella luce crescente, Isabelle scorse delle pietre piatte sul letto del fiume e l'acqua bianca che scorreva sui sassi, gli alberi e i cespugli verdi su entrambi i lati dello stretto corso d'acqua. Gli stivali di Xavier risuonarono sotto la parte inferiore del ponte mentre guadava l'acqua bassa e scompariva dalla vista.

«C'è un varco nella muratura», spiegò Maya, avvicinandosi a lei. «Xavier l'ha trovato qualche tempo fa. Ha usato quel nascondiglio di tanto in tanto per mettere al sicuro le cose».

«Da suo fratello?»

«Andries è un uomo difficile. A volte è più facile evitare lo scontro che rimanere intrappolati nelle sue macchinazioni».

Desiderosa di una visuale migliore, Isabelle si fece strada lungo la riva ripida, aggrappandosi agli arbusti e ai piccoli alberi che crescevano nel terreno povero della gola per mantenere l'equilibrio. A quel punto, vide Xavier spostare una pietra sotto il ponte. La posò con cura da un lato, prima di infilare la mano dentro ed estrarre una piccola scatola di metallo.

Tornò indietro guadando l'acqua, porse la scatola a Isabelle, poi, usando le radici degli stessi arbusti come appigli, si issò di nuovo lungo la riva fino a trovarsi accanto a lei, a terra, sopra il ponte.

«Permettetemi».

Xavier le prese la scatola dalle mani, poi tornarono verso Magdalena, la quale stava sparecchiando ciò che restava della colazione. Xavier prese una piccola chiave che portava appesa a una catenina, aprì il lucchetto, infilò una mano dentro e tirò fuori un diario marrone. Isabelle vide che aveva la copertina rigida, proprio come un libro di scuola per bambini.

«Per quanto ne so», disse Xavier, «questo era il diario di Louise, e le ultime annotazioni sono state aggiunte dal suo compagno». Si fermò, forse incerto se Isabelle conoscesse o meno la natura del loro rapporto. «Aggiunte da Gilles».

«Conosco la loro storia», replicò Isabelle gentilmente. «Chi erano l'uno per l'altra. Sono le vicende che risalgono a dopo il loro arrivo a Città del Capo che sono venuta a scoprire».

«Sono sicuro che troverete qui le risposte che state cercando», disse Xavier.

«Non l'avete letto?», domandò lei, sorpresa.

Lui scosse la testa. «Non capisco il francese».

Questa rivelazione rese la posta ancora più alta, e Isabelle fece un respiro profondo.

«Allora ve lo tradurrò io».

Aprì il diario e abbassò lo sguardo sulla calligrafia familiare, immaginando il diario di prigionia di Louise con gli occhi della mente e vedendo l'eco, la forma e la sostanza di quelle parole sulla pagina davanti a sé.

Isabelle iniziò a leggere. E, all'improvviso, come per miracolo, Louise era lì, e la sua voce riempiva l'aria come se fosse seduta con loro.

«"È il settimo giorno di maggio dell'anno del Signore milleseicentoventidue. Il nostro viaggio è terminato, ma i nostri guai, come temevo, sono tutt'altro che finiti. Perché ormai è chiaro che lui non mi lascerà mai andare"».

Capitolo settantatré

Colonia del Capo
7 maggio 1622

Abbigliata con i calzoni da capitano e il foulard rosso annodato attorno alla testa, Louise Reydon-Joubert stava sulla sabbia ad ammirare la distesa di padiglioni e capanne. Accanto a lei c'era Gilles Barenton, nella sua abituale tenuta costituita da calzoni e farsetto neri, una fascia bianca attorno al collo.

Era un luminoso mattino d'autunno, e il sole dipingeva le montagne d'oro puro. L'infinito cielo azzurro era interrotto soltanto da sottili filamenti di nuvole bianche, simili a un velo di garza.

«È stupendo», disse a Gilles, dimenticando per un istante le preoccupazioni che le gravavano sulle spalle.

Agli occhi di Louise, la scena appariva molto simile all'adunata di un esercito: persone e animali ovunque, bandiere e stendardi che schioccavano al vento, venditori ambulanti e commercianti che esponevano le loro merci, l'aroma della carne arrostita. Avrebbe potuto pensare di trovarsi alla fiera marittima sul lungomare di Amsterdam, non fosse stato per il fatto che non c'erano edifici, e che tutti i volti che vedeva erano neri o marroni.

Louise sorrise. Era lì. Quella era l'Africa di cui aveva letto sui libri. Alcuni membri del suo equipaggio, che avevano già doppiato il Capo di Buona Speranza in passato, le avevano detto che gli abitanti del luogo venivano chiamati Khoi, un'antica razza che viveva in quel continente da migliaia di anni. Attendevano sulla spiaggia le navi di passaggio, portoghesi, spagnole, inglesi, olandesi, pronti a commerciare: spezie in cambio di ferro, porcellana e sete preziose in cambio di frutta, verdura e acqua fresca. Louise temeva che sarebbero rimasti delusi quando avessero scoperto che la *Old Moon* non aveva nulla da scambiare, e ancora di più nel sapere che la nave sarebbe salpata di nuovo con la marea successiva per tornare in Europa.

Il suo entusiasmo iniziò a spegnersi. Lei e Gilles avevano parlato a lungo, ogni volta che erano riusciti a trovare sulla nave un angolo privato per farlo. Per quanto le spezzasse il cuore, avevano convenuto che quello era l'unico modo per liberarsi del suo fratellastro, Philippe Vidal. Per Louise, significava rinunciare a tutto ciò per cui aveva lavorato, ma era l'unica maniera che avevano per essere liberi. Altrettanto importante sarebbe stato far sapere ai suoi cari ad Amsterdam ciò che era accaduto. Il suo piano avrebbe assicurato che Alis e Cornelia non arrivassero alla fine dei loro giorni senza sapere che cosa le era successo. Voleva che sapessero che pensava spesso a loro, e che avrebbe sempre voluto loro bene.

«Eccolo che arriva», le sussurrò Gilles all'orecchio. «Sapevo che sarebbe andata così».

Louise si voltò e vide il fratellastro scendere dalla barca a remi sulla sabbia, aiutato dal suo odioso servitore, e sentì il cuore sprofondarle ulteriormente. Aveva pregato che Philippe restasse a bordo. Aveva sofferto di un qualche tipo di febbre malarica che lei aveva sperato lo tenesse confinato nella sua cabina. C'era una regola non scritta secondo la quale chiunque fosse malato doveva restare sulla nave.

«Presumo fosse troppo sperare che avrebbe messo il benessere degli altri davanti ai propri desideri», replicò lei.

«Lui non lo farebbe mai», ribatté Gilles in tono amaro.

Il luogotenente di Louise, Tom Smith, era ai remi. Era l'unico membro dell'equipaggio con cui si erano confidati. Sapeva che Tom non comprendeva le loro intenzioni, ma avrebbe seguito i suoi ordini alla lettera. L'uomo aveva suggerito un metodo alternativo per risolvere il problema, ma Louise non poteva permettergli di condannare la propria anima per lei. Una cosa era uccidere in battaglia, un'altra era togliere la vita a qualcuno a sangue freddo.

Tom incrociò lo sguardo di Louise e articolò delle scuse per aver portato Philippe a riva. Lei scrollò lievemente le spalle, come a riconoscere che non era colpa sua.

«Ah, sorella», esclamò Philippe venendo verso di lei. «Avresti dovuto aspettarmi».

Pur avendo trascorso sette mesi in mare, Philippe riusciva ancora a camminare come se passeggiasse lungo il boulevard Saint Germain a Parigi: il suo servitore si assicurava che i suoi abiti fossero sempre stirati, e i polsini e il colletto increspato erano, non si sa come, quasi bianchi. La croce d'argento che portava al collo luccicava alla morbida luce del sole. Aveva esattamente l'aspetto di un nobiluomo cattolico, e Louise lo odiava per questo. Ciononostante, si costrinse ad accoglierlo con un sorriso.

«Perdonami, fratello, credevo stessi riposando». Durante il periodo trascorso in mare, aveva imparato a nascondere le sue vere emozioni al fratellastro. In qualche modo, quell'uomo aveva il dono di scoprire i segreti altrui, e lei non voleva metterlo in allarme. «Non pensavo desiderassi scendere a terra, dal momento che siamo arrivati da così poco tempo. E poiché non stai bene…».

«Mi sento molto meglio», rispose Philippe con un sorriso sottile che non toccava gli occhi. «Anche se mi meraviglia che tu non abbia pensato di cambiare abbigliamento. Cosa penseranno queste persone?».

Gilles scoppiò in una risata vuota. «Non riesco a immaginare come i Khoi possano avere un qualche interesse per la moda!».

Philippe gli scoccò un'occhiata torva. «Quando vorrò conoscere la vostra opinione, Monsieur Barenton, ve la chiederò».

Louise toccò la mano di Gilles, per avvertirlo di non lasciarsi coinvolgere nell'ennesimo duello d'intelletti che avrebbe lasciato lui esausto e Philippe euforico. Le ci erano volute alcune settimane di viaggio da Gran Canaria a Capo Verde per accettare il fatto che al suo fratellastro, in realtà, piaceva seminare zizzania e aizzare tutti quanti gli uni contro gli altri. Lei aveva fatto del suo meglio per neutralizzare la sua presenza maligna a bordo, ma era come combattere contro il vento. Philippe era un astuto manipolatore, e induceva le persone a dubitare di sé stesse e di amicizie prima ben salde. La cosa aveva gettato la nave nel malcontento.

«Dal momento che sei qui, vogliamo avventurarci?», propose Louise, nella speranza che Gilles cogliesse l'occasione per parlare con Tom lontano da orecchie indiscrete. Sebbene sperasse che il suo piano originale avesse successo, lei e Gilles avevano discusso di altre eventualità, nel caso in cui Philippe non fosse rimasto a bordo. Louise lo prese a braccetto. «Voglio vedere le perle e l'avorio, e saperne di più sulle persone che vivono qui».

«Io non capisco, signore», disse il luogotenente. Tom Smith era un uomo onesto e leale, ma sapeva essere ostinato. «Potete rispiegarmelo ancora una volta?».

Gilles si morse la lingua, quindi ribadì le istruzioni fornite da Louise per ingannare Philippe affinché tornasse a bordo della *Old Moon* senza di loro.

«Il giovane Pieter dovrà travestirsi», ripeté paziente. «È l'unico membro dell'equipaggio con la giusta carnagione e statura».

«Volete che il ragazzo finga di essere la capitana?».

Gilles sostenne il suo sguardo. «So che ci stiamo arrampicando sugli specchi, Tom, ma non abbiamo alternative migliori. Da lontano, se Vidal vede qualcuno di statura simile in piedi sul ponte, con addosso il foulard rosso della capitana, darà per scontato che sia lei. Questo lo capite, vero?»

«Ma non appena la barca a remi si avvicinerà, Monsieur Vidal vedrà che non lo è».

«Prima che loro si accostino alla nave, Pieter entrerà nella cabina del capitano. Deve chiudere la porta a chiave dall'interno. Voi dovrete spiegare che Louise ha avuto un malore improvviso, e ha dato ordine a voi di pilotare la *Old Moon* fuori dalla baia. Specificate che dev'essere stato qualcosa che ha mangiato a terra».

Smith stava scuotendo la testa. «Ma tutti a bordo sapranno la verità».

«Le uniche persone che contano sono Vidal e il suo servitore», ribatté Gilles in tono fermo, sperando di avere ragione. «E loro saranno sulla seconda delle barche a remi che torneranno alla nave. Se riusciamo a indurli con l'inganno a tornare a bordo, e voi riuscite a levare l'ancora, allora la capitana sarà salva».

Tom mimò di tagliarsi la gola. «Io mi sono offerto di…».

«Lo so», lo interruppe Gilles. Sospirò. «E vi sono grato per questo. Ma lei, noi, non possiamo permettere che corriate un rischio simile».

«L'equipaggio sarebbe felice di liberarsi di lui».

«Ciononostante, è meglio che voi riportiate la *Old Moon* ad Amsterdam come abbiamo concordato. La capitana vi ha consegnato il suo diario affinché lo teniate al sicuro, non è vero?»

«Sì, signore. Devo consegnarlo a un indirizzo in Warmoesstraat».

Per un istante, i due uomini rimasero in silenzio. Poi Smith riprese: «So che non mi riguarda, ma che cosa farete voi qui?». Indicò l'ambiente circostante. «Come farete a sopravvivere?».

Gilles gli rivolse un sorriso triste. «Non sarà facile, lo so. Ma i Khoi vivono in queste terre da migliaia di anni, Tom. Troveremo un modo. La capitana non può tornare in Europa, lo sapete. I termini del suo rilascio da parte del tribunale di Gran Canaria glielo proibiscono».

«Ma potreste proseguire verso est», protestò il luogotenente. «E laggiù trovare qualche traccia di civilizzazione».

«Magari lo faremo».

«Oppure tornare insieme a noi e stabilirvi da qualche altra parte», insistette Tom. «Nessuno di noi la tradirebbe, lo sapete».

«Lo so». Gilles posò la mano sul braccio di Smith. «Siete un bra-v'uomo, Tom, e un amico leale. Ma lei ha deciso di restare qui. Vi prego, aiutatela».

L'inglese esitò, poi annuì. «Ma certo. Qualunque cosa desideri la capitana, signore».

Capitolo settantaquattro

Jan Joubertsgat
Sabato, 1º marzo 1862

Isabelle si fermò per riprendere fiato, lasciando le parole di Louise sospese nell'aria. Maya le offrì il suo bicchiere e Isabelle bevve un sorso di vino. Si sentiva stordita, sconvolta dall'esperienza di essere stata trasportata nel mondo di Louise più di due secoli prima. Quando guardò il volto di Xavier, capì che anche lui provava la stessa cosa.

«Non so quanto voi sappiate dei primi anni dei vostri, i *nostri*, antenati qui...».

Isabelle lasciò la domanda in sospeso. Forse Xavier era all'oscuro della faida tra le famiglie Joubert e Vidal.

«So che Théodore Barenton, di cui sono discendente diretto, è stato il primo proprietario dell'attività vinicola La Justice. Théodore parlava di Louise Joubert e Gilles Barenton come dei suoi genitori, sebbene il suo padre biologico fosse, in realtà, Philippe Vidal. So anche che Vidal, da cui ho ereditato la ciocca di capelli bianchi, non era un brav'uomo».

Isabelle annuì, sollevata di non dover infrangere alcuna illusione o distruggere la reputazione di qualcuno che Xavier aveva venerato a lungo.

«La faida tra le due famiglie è iniziata durante le guerre di religione scoppiate in Francia nel XVI secolo. Suzanne Joubert, prima cugina di terzo grado di Louise, è sbarcata al Capo nell'inverno del 1688 alla ricerca di Louise e Gilles».

Xavier annuì.

«Suzanne ha trovato Théodore, come sapete. Gli ha dato il diario di prigionia di Louise da leggere, e lui, in cambio, le ha mostrato questo».

Isabelle accarezzò il diario recuperato da sotto il ponte. «Più avanti, dopo essersi stabilita in Inghilterra, ha messo per iscritto ciò che ricordava. Ho quei taccuini a Londra. Ma ci sono delle lacune, momenti in cui omette alcune circostanze: la nascita di Théodore, la morte di Philippe. Non sono del tutto sicura del motivo».

«Forse erano questioni private?», suggerì Xavier.

«Oppure Théodore le aveva chiesto di mantenere il segreto», rifletté Isabelle. «Che Gilles avesse partorito, lo sappiamo. Che Philippe fosse il padre, lo sappiamo. Ma come è successo tutto questo...».

Per un attimo rimasero in silenzio.

«Che cos'è successo a Suzanne?», chiese Maya.

«La nave su cui stava tornando ad Amsterdam, la *Gouw*, ha fatto naufragio al largo della penisola di Lizard, in Cornovaglia, nel 1689. Lei era tra i pochi sopravvissuti. Fortunatamente, aveva affidato il diario di prigionia di Louise – e il suo prezioso pugnale – al capitano, e il suo baule è stato trascinato a riva dalle onde. Ma tutti i suoi scritti del Capo sono andati perduti, quindi ha dovuto trascrivere le sue riflessioni a memoria. È arrivata a Londra. Col tempo, si è innamorata e ha sposato un altro rifugiato ugonotto, William Lepard».

«Ed eccovi qui», commentò Xavier.

Isabelle sorrise. «Tutti i figli maggiori della nostra famiglia hanno William come nome di battesimo. Erano tutti uomini di fede, ma la maggior parte di loro ha aderito alla Chiesa anglicana anziché praticare nelle comunità ugonotte. Il mio adorato padre era un parroco».

«Non è voluto venire con voi?», chiese Maya.

«Purtroppo, è morto l'anno scorso. I miei fratelli sono morti entrambi nella guerra di Crimea. Gli si è spezzato il cuore».

Maya istintivamente strinse sua figlia a sé. «Mi dispiace».

Isabelle sorrise malinconicamente. «Mi ritrovo ancora a tenere a mente frammenti di informazioni per riferirglieli, ma poi mi ricordo che se n'è andato. Sarebbe così orgoglioso di me se sapesse che sono arrivata fin qui».

Mise in ordine i pensieri e tornò al diario che teneva in grembo. «L'annotazione successiva è stata scritta due giorni dopo, il 9 maggio 1622, quando sembra che il piano di Louise e Gilles sia stato messo in atto».

Isabelle ricominciò a leggere, traducendo il testo man mano che procedeva:

«"Queste sono state le ore più lunghe della mia vita. Philippe non mi lascia mai sola e non mi permette nemmeno di stare da sola con Gilles. Non me lo proibisce apertamente, ma è sempre lì: a parlare, a fare domande, a insinuare e a gettare un'ombra su tutto ciò che viene detto e fatto. Mi ricorda sempre, senza mai dirlo esplicitamente, che gli devo la vita.

"Oggi, tra tutte le cose, mi ha consegnato il mio pugnale con lo smeraldo incastonato nell'elsa. Era stato confiscato dal tribunale di Gran Canaria e pensavo di averlo perso per sempre. Invece, a quanto pare, Philippe l'ha sempre avuto con sé. Certo, non ho avuto altra scelta che ringraziarlo – e, a dire il vero, ero felicissima di riaverlo – ma ha fatto apposta ad attendere a restituirmelo per alimentare il mio senso di gratitudine e farmi sentire in debito nei suoi confronti. È un gioco di potere.

"Be', ho imparato a conoscerlo e so che tutto ciò che fa gli garantisce un tornaconto personale. All'inizio, gli ho concesso il beneficio del dubbio, ora, invece, analizzo ogni sua azione alla ricerca di secondi fini. Quindi, l'ho ringraziato con sufficiente cortesia, ma freddamente. Mi sono rifiutata di compiacerlo mostrandogli la mia genuina gioia. Questo, inutile dirlo, lo ha messo di cattivo umore.

"Sto guardando il cielo, pregando che il vento cambi e che la *Old Moon* possa navigare con la prossima marea. Solo quando Philippe non ci sarà più potrò tirare il fiato"».

Capitolo settantacinque

Colonia del Capo
9 maggio 1622

Gli ultimi residui del pomeriggio stavano scivolando via dal cielo mentre la barca a remi si faceva strada tra le turbolente acque della baia della Tavola verso la *Old Moon*. Louise la vedeva in miniatura, attraverso una fessura del padiglione nel quale lei e Gilles si stavano nascondendo.

Sebbene in cima all'albero maestro sventolasse la bandiera olandese, il vessillo a poppa era unico. Progettato da Gilles, e cucito da uno dei membri dell'equipaggio che un tempo era stato un sarto, mostrava una nave a tre alberi con una donna dal foulard rosso in piedi sul ponte. Avrebbe voluto poterlo tenere con sé in ricordo dei mesi gloriosi trascorsi nelle acque attorno alle Isole Fortunate, l'anno precedente, quando era stata una regina pirata, comandante della propria nave, impegnata a dare la caccia ai corsari a bordo delle navi negriere.

Nella grigia luce della tenda, Louise afferrò la mano di Gilles. Non aveva alcun dubbio che stessero facendo la cosa giusta. Come avrebbero potuto, altrimenti, restare insieme, come avrebbero potuto essere liberi? Ma la prospettiva di guardare la sua adorata nave prendere il largo era ancora più dura da affrontare di quanto avesse immaginato.

«Andrà tutto bene», la rassicurò lui. «Ci costruiremo una buona vita qui».

«Vorrei che non avessi dovuto abbandonare il tuo talismano, la tua carta», replicò Louise. «Significa tanto per te».

«Abbiamo concordato che se Philippe avesse visto sia il tuo diario sia la carta dei tarocchi, non avrebbe avuto motivo di sospettare che noi non fossimo a bordo».

Louise si volse verso Gilles e gli prese il viso tra le mani. «Sarà molto difficile, una delle imprese più difficili che abbiamo mai compiuto. Lo capisci? Anche se riusciremo a negoziare l'acquisto di un pezzo di terra dai Khoi, e chiederemo loro di offrirci la loro protezione, le nostre vite saranno completamente diverse da quelle che abbiamo conosciuto finora».

«Ma saremo insieme», rispose Gilles con semplicità.

Louise sorrise di gratitudine, quindi riportò lo sguardo verso la baia. La barca a remi ora sembrava non più grande di un uccellino intrappolato nei solchi tra le onde.

«Ci sono quasi», disse.

Louise rimase dov'era, restia a distogliere lo sguardo dalla nave. Sapeva che quella era l'ultima volta che posava gli occhi sulla *Old Moon*, che l'aveva accompagnata per gran parte della sua vita adulta. Doveva trarre conforto dal fatto che la nave stava tornando a casa da Cornelia e Alis, ad Amsterdam, e che loro ne avrebbero avuto cura.

Finalmente, mentre gli ultimi raggi del sole autunnale scomparivano dietro le montagne, Louise udì il colpo di cannone. Il boato riecheggiò in tutta la baia e fece levare in volo uno stormo di gabbiani sulla spiaggia.

«Stanno per levare l'ancora», sussurrò, provando sollievo ma anche un immenso senso di tristezza che le opprimeva il petto, mentre dava l'addio alla sua vecchia vita.

Mentre il fumo bianco del cannone si disperdeva, Vidal giunse a passo di marcia lungo il ponte della *Old Moon*.

«Che significa? Esigo di vedere mia sorella».

«Sono spiacente, signore, io eseguo soltanto gli ordini», rispose Tom Smith. «La capitana è indisposta. Non metterebbe mai a rischio la vostra salute entrando in contatto con voi. Una qualche malattia causata da cibo contaminato, o da aria malsana respirata a riva. È per questo che è tornata prima sulla nave».

Tom era consapevole che l'equipaggio stava ascoltando, in attesa di ricevere ordini. Sapeva anche che stava parlando troppo, stava accampando troppe scuse, ma non era abile nei sotterfugi. E Philippe Vidal lo innervosiva. Il francese sembrava conoscere sempre il punto debole di un uomo, e insisteva su di esso fino a farlo cedere. In diverse occasioni durante il loro viaggio verso sud, Smith era stato chiamato a sedare tensioni tra membri dell'equipaggio che in precedenza erano stati amici stretti. Tutto a causa della lingua biforcuta di Vidal.

«Non credo che mia sorella mi terrebbe mai fuori dalla sua stanza», replicò Vidal gelido.

«In circostanze normali, no. In effetti, la capitana mi ha chiesto specificamente di riferirvi le sue scuse, monsieur, ma odierebbe farsi vedere da voi in una situazione tanto delicata». Smith deglutì a fatica. «Sa che la cosa vi turberebbe, e desidera risparmiarvelo».

Quando Vidal lo fissò torvo, Smith si costrinse a non distogliere lo sguardo.

«Quanto dovrebbe durare questa indisposizione?»

«Spera di cuore che si tratti di un malessere passeggero, e di tornare in forma entro domattina».

«Barenton è con lei?»

«No, signore. La capitana voleva essere lasciata da sola».

Philippe Vidal batté le dita sul parapetto di poppa, valutando la situazione. Forse alla ricerca di un tornaconto per sé, pensò Tom.

Poi Vidal annuì. «E voi dovete pilotarci fuori dalla baia?»

«Sì, signore».

«Sono questi i suoi ordini?»

«Esatto», confermò Tom.

Passò un istante, poi un altro.

«Riferitemi immediatamente quando si sentirà meglio, capito?», sbottò Vidal. «Se scopro che lei ha chiesto di me e voi avete mancato di informarmene, sarà peggio per voi».

«Molto bene, signore».

Cosa sarebbe accaduto quando il francese avesse scoperto di essere stato ingannato era una questione che Tom non aveva ancora affrontato. Nonostante le obiezioni della sua comandante, avrebbe volentieri ucciso Vidal a mani nude. Originario della Cornovaglia, Smith aveva perso tutta la sua famiglia, era stato fatto prigioniero dai corsari barbareschi ed era sopravvissuto alle galere. Salvando lui e altri membri dell'equipaggio, Louise gli aveva dato un nuovo scopo e una nuova famiglia. Avrebbe fatto qualunque cosa per la capitana, compreso liberarla dal perfido fratello.

«Un passo alla volta, Tom», borbottò tra sé, quindi alzò la voce. «Levate l'ancora! Salpiamo con la marea».

Capitolo settantasei

Jan Joubertsgat
Sabato, 1° marzo 1862

In quella mattina d'estate in montagna, Isabelle guardò Xavier. Si stavano chiedendo entrambi la stessa cosa.

«Allora, che cos'è andato storto?», domandò lui.

«È proprio questo il punto. Sappiamo che Philippe non era a bordo quando la nave ha attraccato ad Amsterdam», spiegò Isabelle. «E Tom Smith ha consegnato il diario di prigionia di Louise e la carta dei tarocchi di Gilles alla prozia di lei, Alis, e alla sua amica Cornelia ad Amsterdam, dopo il loro arrivo, ma non menziona Vidal. Quindi, o Vidal è morto durante il viaggio, o non si è imbarcato sulla *Old Moon*».

«Oppure si è imbarcato, ma è sbarcato ed è tornato sulla terraferma», aggiunse Xavier. «Ma è possibile che...».

Isabelle completò il ragionamento.

«Che Gilles fosse già in stato interessante molto prima che la *Old Moon* salpasse? Sì, ci ho pensato anch'io. Che sia successo a bordo, non a Città del Capo». Scosse la testa. «Ma Louise fa capire chiaramente quanto Philippe e Gilles si odiassero a vicenda, e quanto Louise e Gilles diffidassero di lui. E non dice mai che il suo fratellastro sapesse che Gilles era biologicamente una donna».

«No, ma Louise si sarebbe azzardata a scrivere una verità così potenzialmente esplosiva nel suo diario?», ribatté Xavier. «Non avrebbe avuto privacy sulla nave, e, sicuramente, il timore che Vidal potesse leggerlo doveva perseguitarla costantemente».

«Sono d'accordo. Ecco perché ho accantonato questa idea. Inoltre, se supponiamo che qualsiasi rapporto tra Gilles e Philippe non fosse consensuale – e credo che possiamo ragionevolmente farlo – allora sicuramente Smith, o un altro, avrebbe fatto fuori Vidal seduta stante, o no?».

Xavier annuì.

«Ma il motivo principale che rende impossibile il concepimento del bambino», continuò Isabelle, «è che Suzanne racconta l'episodio in cui una donna Khoi ha aiutato una donna bianca a dare alla luce un bambino nell'ottobre del 1623, il che significa che Gilles non poteva essere incinta all'inizio del maggio 1622. Le date non tornano».

«Il che significa...?».

Isabelle aggrottò la fronte. «Credo che Vidal sia tornato in qualche modo al Capo, subito dopo la partenza dell'*Old Moon* o poco dopo, con l'intento di trovarli e vendicarsi per averlo ingannato. È chiaro che era ossessionato da Louise, e che, per qualche ragione, pensava di avere dei diritti su di lei per averla salvata dalla forca».

«E Gilles?», domandò Xavier.

Isabelle alzò lo sguardo verso le montagne, confortata dalla bellezza della giornata, mentre la sua testa era piena di pensieri inquietanti. «Se Philippe voleva punire Louise, quale modo migliore che fare del male a Gilles?», suggerì, consapevole del fatto che i suoi pensieri stessero tornando alla storia di Suzanne, molti anni dopo. Suzanne, che era stata violentata a casa sua, eppure aveva trovato un modo per sopravvivere. Isabelle fece scorrere le dita sulle pagine del taccuino. «Se continuo a leggere, potrei trovare la risposta. Ma volete continuare, Xavier? Possiamo fermarci».

Lui scosse la testa. «Preferirei saperlo».

Isabelle annuì. «Benissimo. La prossima annotazione risale a tre mesi dopo. Il diciassettesimo giorno di agosto. A metà inverno».

Capitolo settantasette

Olifantshoek
Agosto 1622

Il clima è gelido, ma dobbiamo essere grati di questo.

Louise posò la piuma. Era difficile scrivere quando si sentiva le dita ghiacciate.

Le fiamme del falò, fuori, si agitavano selvaggiamente, proiettando ombre sulle pareti della loro capanna di canne. Si strofinò le mani e si strinse lo scialle sulle spalle, desiderando che Gilles tornasse.

Sebbene il vento fischiasse attraverso le fessure, si guardò attorno nella piccola casa, soddisfatta. Erano insieme, lontani da occhi indiscreti. Raccoglievano, cacciavano, e catturavano ciò di cui avevano bisogno, non rispondevano a nessuno, vivevano una vita in sintonia con l'alternarsi del giorno e la notte. Tuttavia, Louise sarebbe stata felice quando fosse tornata l'estate. Non pensava che la valle potesse essere tanto gelida in inverno. E l'onnipresente paura dei predatori affamati era peggio del freddo.

Tenevano acceso il fuoco giorno e notte, e Louise aveva barattato le sue ultime monete d'oro per un moschetto. Avevano scavato una fossa attorno al loro piccolo accampamento, e l'avevano coperta con canne raccolte lungo il fiume. Finora erano stati fortunati. I Khoi avevano detto loro che i più temibili erano gli elefanti: la loro mole li rendeva inarrestabili, quando decidevano di attaccare.

Louise scacciò la paura dalla mente. Era sopravvissuta all'oceano, alle tempeste e ai pirati, era sopravvissuta alla forca, e sarebbero sopravvissuti anche a questo. Presto sarebbe tornata la primavera, portando con sé un tappeto di fiori sui pendii delle montagne. Sarebbe ricomparso il sole.

Sebbene il dolore per la perdita della *Old Moon*, tre mesi prima, le pesasse ancora sul cuore, c'era stato poco tempo per piangere. Il sollievo provato nel vedere la nave lasciare la baia della Tavola, portando Philippe Vidal con sé, aveva rapidamente lasciato il posto al bisogno di trovare un luogo in cui mettere radici, di trovare sicurezza.

Louise e Gilles avevano incontrato un capo dei Goringhaiqua, uno dei clan Khoi più numerosi in quella regione. Qualche giorno di negoziati, ed era stato stretto un accordo. In cambio dei *real* e dei gioielli che Louise e Gilles avevano nascosto negli abiti quando erano sbarcati dalla *Old Moon*, il capoclan aveva concesso loro una dimora sulle terre battute dalla sua gente. Ordinò che venissero lasciati in pace, e che nessuno rivelasse la loro presenza, pena il bando. Il giuramento sarebbe stato tramandato ai suoi figli, e anche ai figli dei suoi figli.

Louise giudicò i Goringhaiqua persone d'onore, e il capo aveva mantenuto la parola data. I suoi uomini li avevano portati lì due mesi prima, e solo in rare occasioni erano stati disturbati. Louise aveva un ramo sul quale contava i giorni, incidendone la corteccia, in modo tale da mantenere una connessione con il mondo che si erano lasciati alle spalle. E i loro corpi li aiutavano a misurare lo scorrere dei mesi.

A Louise mancava la compagnia di altre persone, e si era chiesta se, di tanto in tanto, avrebbero potuto tornare ad avventurarsi verso la riva del mare e i padiglioni dei commercianti. Gilles lo aveva sconsigliato. Sebbene avessero visto la *Old Moon* partire, ancora non riusciva ad abbassare la guardia. Ma quando giacevano l'uno tra le braccia dell'altra, senza alcuna finzione e senza alcun timore di essere colti in flagrante, erano felici.

«Potremmo andarci quando il clima sarà più clemente», aveva suggerito Louise la sera prima.

«Forse».

«Ma non c'è più pericolo ormai».

Gilles le aveva accarezzato la guancia. «Restiamo nascosti ancora per un po'».

Louise si alzò e aggiunse un altro tronco al falò che ardeva fuori. Ben presto, avrebbero esaurito le loro riserve di carta e inchiostro. L'unico modo per acquistarne ancora sarebbe stato andare alla baia della Tavola quando era previsto l'arrivo di una delle navi provenienti dall'Oriente, e barattare. Avrebbe tirato fuori di nuovo l'argomento con Gilles il mese successivo, o giù di lì.

Tornando a sedersi al tavolo, immaginò quanto sarebbe stata fiera sua nonna, Minou. Tutti quegli anni passati a cercare di convincerla a fare i compiti nella vecchia casa ad Amsterdam, e ora scrivere un diario le dava un tale piacere.

Udì dei passi fuori, e poi Gilles comparve sulla soglia della capanna.

«C'è un tempo da lupi, fuori», dichiarò estraendo una lepre dalla borsa. «Ma ho qualcosa di speciale da mettere in pentola».

«È meraviglioso, amore mio», rispose lei. Erano passati diversi giorni dall'ultima volta che avevano mangiato carne. «Hai bisogno di aiuto?».

Gilles scosse la testa. «Continua pure quello che stai facendo».

Louise prese la piuma, strofinandola tra le dita per scaldarne l'asta, poi riprese a scrivere.

Sembra impossibile che questa sarà la nostra vita per sempre. Ce la faremo, sicuramente. Ma quanto mi manca il mare, quanto mi mancano i nostri amici della *Old Moon*!

Capitolo settantotto

Jan Joubertsgat
Sabato, 1° marzo 1862

Isabelle si alzò. Per colpa dei postumi dell'attacco e della notte insonne, si sentì improvvisamente travolta dalla nausea.

«Sarete esausta», disse Maya.

Isabelle le rivolse un sorriso flebile. «Un po'».

«Desiderate altro da mangiare o da bere?», chiese Xavier, alzandosi in piedi.

«In realtà, vorrei sciacquarmi il viso e sgranchirmi le gambe. C'è un posto dove potrei fare due passi?».

Maya sembrò preoccupata. «Ci sono molti babbuini qui. Non sono pericolosi, ma sono piuttosto dispettosi con gli umani che si addentrano nel loro territorio».

«Potreste scendere fino al letto del fiume sotto il ponte», suggerì Xavier. «Lì l'acqua è fresca e pulita».

Isabelle sorrise. «Non starò via molto. Ho solo bisogno di stare un po' da sola con i miei pensieri, capite?»

«Sì».

E, naturalmente, era così. Xavier, ancor più di Isabelle, aveva ragione di temere ciò che avrebbero potuto scoprire. Era la storia della sua famiglia. Era un discendente diretto di Philippe Vidal. Xavier la accompagnò al ponte, indicandole il percorso più sicuro per raggiungere il letto del fiume. Per un po', Isabelle rimase ferma sulle pietre asciutte, lasciandosi cullare dal rumore dell'acqua. Inspirò profondamente, poi espirò e si accovacciò per immergere le mani nella corrente e pulire le dita dai resti del pasto di mezzanotte. Sapeva che stava semplicemente rimandando il momento in cui avrebbe finalmente appreso, dalle parole di Louise, che cosa era successo. Avrebbe riempito i silenzi che Suzanne aveva lasciato.

"È per questo che sei venuta qui", si disse. Louise, Gilles, Théodore, Suzanne erano morti e sepolti da tempo. La verità non poteva far loro del male, ormai.

Isabelle risalì l'argine e procedette lungo il sentiero fino al luogo in cui la famiglia Barenton la attendeva.

Riaprì il diario e diede una rapida occhiata al testo. Non poteva tradurlo tutto, non là, in quelle circostanze. Si sarebbe soffermata a sufficienza sulle parole di Louise in un secondo tempo. In quel momento, avevano bisogno di informazioni, non di riflessioni.

«Louise non scriveva ogni giorno», disse, girando velocemente le pagine fino a raggiungere la data che stava cercando, «ma era precisa. Descrive la loro vita quotidiana, parla della volta in cui il capoclan dei Goringhaiqua ha inviato degli uomini per insegnare loro a cacciare con maggior efficacia e seguire le tracce degli animali nella macchia, e delle curatrici per mostrare loro le erbe medicinali e le bacche velenose. E sebbene Louise dica spesso che vivevano alla giornata, è chiaro che anche lei traeva grande piacere dall'imparare a adattarsi. Ma poi...».

Xavier si sporse in avanti. «Continuate».

«Ma poi Philippe li ha trovati». Fece un respiro profondo e raddrizzò le spalle. «Questa annotazione risale a gennaio, quando Louise e Gilles erano a Olifantshoek ormai da sei mesi:

Non so più esattamente che giorno sia. Ho lasciato in sospeso il mio calendario improvvisato durante l'inverno, mi sembrava poco utile. Ma dovrebbe essere la fine di gennaio dell'anno 1623. Non riesco a essere più precisa di così.

Sto scrivendo svariati giorni dopo le ore più terribili della nostra vita, e il peggio potrebbe non essere ancora passato. Non lo dico alla leggera, perché Gilles e io ci siamo conosciuti la notte in cui suo zio è stato assassinato davanti ai suoi occhi a La Rochelle. Conservo il ricordo del trauma a cui ho assistito da piccola e che ho represso per molti anni, così come della morte della madre di Gilles per mano mia. È stato un incidente, ma il risultato non cambia.

Le parole che ho pronunciato durante il processo davanti al tribunale di Gran Canaria erano vere. Quel giorno di ottobre ho ammesso di aver ucciso, ma solo per legittima difesa o per proteggere coloro che amo. Non mi hanno creduto e mi hanno dichiarato colpevole di un omicidio che non ho commesso.

E ora? Ora ho così tanto sangue sulle mani che nemmeno le intercessioni di Cornelia e le sue offerte alla Oude Kerk potrebbero assicurarmi un posto in paradiso.

Ma non mi interessa. Lo rifarei.

Capitolo settantanove

Olifantshoek
Gennaio 1623

«Gilles?», chiamò Louise mentre si avvicinava al loro piccolo complesso.

La proprietà si era allargata. Accanto alla prima capanna di canne, alcuni Goringhaiqua li avevano aiutati a costruire un'abitazione più grande in cui vivere. Ora utilizzavano la capanna originaria come dispensa, per conservare carni ed erbe, oltre a cataste di preziosa legna per l'inverno. C'era anche un piccolo recinto per la loro capra e per le due pecore che il capoclan aveva promesso loro.

Rimaneva ben poco della loro vita a bordo della nave: solo uno dei foulard rossi di Louise e il pugnale che Philippe le aveva restituito. Tutto il resto, mappe, strumenti, gioielli, era stato barattato. Ma Louise era infinitamente grata al capoclan Goringhaiqua. Senza il suo sostegno, non sarebbero sopravvissuti lì nel *veld*.

Louise era uscita alle prime luci dell'alba ed era stata via per gran parte della giornata, approfittando del clima relativamente fresco dopo giorni di feroce calura estiva. Dopo essere andata a caccia per le pianure, era tornata, china sotto il peso del suo bottino giornaliero: pere selvatiche, mele, appuntite foglie di buchu per la loro scorta di medicinali, e fichi di mare, nonché una giovane antilope, che Louise trascinava avvolta in una coperta dietro di sé.

«Gilles?», chiamò di nuovo, sorpresa che lui non fosse uscito a salutarla. Solitamente era alla porta della capanna ad attenderla ancora prima che lei comparisse in cima alla collina. «Sono tornata».

Louise lasciò la carcassa dell'antilope fuori dalla dispensa, poi entrò in casa per iniziare a svuotare le bisacce. Posò i prodotti della terra sui ripiani di legno simili a griglie che Gilles aveva ricavato da rami di olivo, concepiti per lasciar prendere aria ai frutti in maniera tale che non marcissero, e si allungò verso l'alto per legare l'acetosella e il buchu ai montanti di canne della capanna.

Sei mesi trascorsi a vivere di ciò che la natura aveva da offrire avevano reso Louise ancora più forte. Il viso e gli avambracci erano abbronzati come quando stava sul ponte della *Old Moon* con il viso rivolto a est, così come polpacci e piedi nudi. Anche Gilles aveva abbandonato il suo abbigliamento formale e aveva preso a indossare una camicia aperta e un paio di pantaloni, sebbene continuasse a portare le sue scarpe nere con le fibbie, nonostante il caldo. Motivo per il quale Louise lo prendeva in giro.

Assolti i propri compiti, tornò fuori e si guardò attorno osservando il loro piccolo appezzamento di terreno, soddisfatta.

«Ma dov'è?», mormorò, accarezzando la capra al di sopra della bassa palizzata del recinto. «Ancora a letto? Non credo...».

Sopra di lei, un ibis gracchiò, talmente vicino da farla sobbalzare. Mentre il suono riecheggiava spegnendosi, Louise avvertì un insolito brivido di allarme scenderle lungo la schiena. Perché Gilles non le era venuto incontro?

«Gilles», ripeté, questa volta pronunciando il nome con voce strozzata.

Louise corse nella grande capanna e quasi scoppiò a ridere al pensiero di essersi spaventata per nulla. Eccolo là, sdraiato a letto. Dove altro avrebbe dovuto essere?

«Pensavo che fossi scomparso», disse in tono allegro, avvicinandosi al letto. «Avanti, sveglia, *marmotte*». Dormiglione.

Ma Gilles non si mosse. Louise avvertì un nodo serrarle lo stomaco. «Svegliati, amore mio», disse, tendendo una mano e toccandogli la spalla.

«Lei non può sentirti». La voce proveniva dalle sue spalle.

Louise sentì il respiro congelarsi nel petto. Iniziò a scuotere Gilles, ora con forza, fino a quando la sua testa non ricadde all'indietro. Aveva una ferita alla tempia e del sangue raggrumato vicino all'attaccatura dei capelli. Ora, Louise vide che la sua camicia era aperta e che era nudo dalla cintola in giù. Sangue sulle cosce. Ma da come si sollevava e si riabbassava il petto, Louise capì che respirava ancora.

Si immobilizzò, poi si volse ad affrontare l'intruso.

«Philippe».

Louise sussultò alla vista del fratellastro. L'elegante e raffinato francese era scomparso, sostituito da un uomo che non sarebbe parso fuori posto tra i prigionieri nelle *oubliettes* di Parigi. I suoi occhi ardevano folli, i suoi capelli erano impastati e scompigliati. I suoi abiti erano luridi, e la mano sinistra stringeva la croce d'argento che portava al collo, mettendo in mostra le unghie nere di sporcizia. Nella mano destra reggeva una pistola.

«Che cos'hai fatto?».

Scoppiò in una risata vuota. «Davvero credevi di ingannarmi con un trucco tanto infantile? Costringere il mozzo a vestire i tuoi panni. Patetico». Lanciò uno sguardo disgustato al letto. «Ma d'altronde, sembri trarre grande piacere dall'inganno».

«Ma io ti ho visto partire», disse, lottando per mantenere salda la voce. Non poteva mostrare paura, sapendo che questo non avrebbe fatto che indurlo a compiere altri atti di crudeltà. «Tu eri sulla *Old Moon*».

Philippe si strofinò pollice e indice insieme. «Lo ero. Ma alla fine tutto si riduce a una questione di denaro», replicò con un luccichio negli occhi. «È bastato aggiungere qualcosa nel bumbo del tuo devoto luogotenente, una volta fuori dalla baia della Tavola. Si è addormentato come un sasso. Un uomo tanto leale, Tom Smith. Ma anche tanto stupido».

«Se gli hai fatto del male, io...».

«Che cosa farai?», la rimbeccò Vidal con un ghigno. «Tu, mia carissima sorella, non sei nella posizione di fare nulla». Agitò la mano in un gesto sprezzante. «Per rispondere alla tua domanda, è stato piuttosto semplice trovare due membri dell'equipaggio che, in cambio di un compenso, sono stati felici di traghettarmi su una barca a remi fino all'Isola dei Portoghesi. Alcuni dei tuoi fedeli marinai si sono mostrati propensi a discutere con la canna di una pistola». Sospirò. «Sfortunatamente, non ho potuto lasciarli tornare sulla nave».

«Li hai uccisi?», domandò Louise, costantemente consapevole del respiro irregolare di Gilles alle sue spalle. Ma doveva tenere occupato Philippe fino a quando non fosse riuscita a escogitare un modo per metterlo fuori gioco.

«Non immediatamente. Non finché non abbiamo raggiunto la terraferma».

«La tua fede cattolica non dice che dovrai pagarne il prezzo nell'aldilà?»

«Non essere così ingenua».

Louise si morse la lingua. «Come ci hai trovati?»

«La risposta è sempre la stessa, sorella mia. Profitto. Tu hai una terribile tendenza a pensare il meglio delle persone. È una debolezza. Il figlio minore del capo che tanto gentilmente vi ha concesso il suo sostegno guarda al futuro. Non è soddisfatto di vivere alla maniera dei suoi padri, ed è alla ricerca di qualcosa di più. È stato felicissimo di vendere informazioni riguardo a due persone bianche che si sono addentrate nell'entroterra. Anche se aveva avuto l'impressione che si trattasse di una donna e di un *uomo*». Si interruppe, e Louise vide la furia nei suoi occhi. «Così come tutti noi».

«È di questo che si tratta?», ribatté Louise incredula.

Philippe si protese verso di lei, puntandole un dito in faccia. «Non farmi passare per uno stupido!», gridò. «Era già abbastanza brutto che intrattenessi un rapporto immorale con un uomo di rango di gran lunga inferiore a quello della nostra famiglia. Ma scoprire che ti dilettavi con un invertito, o comunque si debba chiamare una puttana del genere...». Puntò la pistola verso il letto. «Scoprire che mi hai disonorato con un comportamento simile... su questo non potevo soprassedere».

Louise lo fissò orripilata. Non aveva ancora ucciso Gilles, ma nello stato d'animo in cui si trovava al momento, avrebbe ancora potuto farlo.

«Fratello...», esordì lei.

Philippe barcollò all'indietro. «Sta' lontana da me! Hai disonorato me, e hai disonorato il nome di nostro padre».

Louise sostenne il suo sguardo, cercando il modo migliore per disarmarlo. «Non è mai stata mia intenzione. Per qualunque offesa io ti abbia recato, perdonami. Non mi sono fermata a riflettere su come questo si sarebbe riflesso su di te. E siamo così lontani da casa, tu e io».

Louise non capiva se le sue parole lo stessero placando o meno. Si avvicinò di un altro passo, attenta a non spaventarlo.

«Tutti ridono di me, si prendono gioco di me», borbottava, la voce ora un po' meno adirata. «Non volevo altro che proteggerti, ma quella, quella... quella creatura si è messa tra noi».

«Vorrei davvero che mi proteggessi», replicò Louise. «Possiamo vivere qui insieme. Ti piacerebbe, Philippe? Ti piacerebbe restare qui con me?».

Lui annuì e, per un istante, intravide il ragazzo nel cuore dell'uomo. Poi il suo volto si indurì di nuovo. «Ma solo noi».

Levò la pistola proprio nell'istante in cui Louise balzava in avanti, estraendo il pugnale dalla cintola. Philippe era talmente impegnato a mirare contro Gilles che non fece nulla per proteggersi. Lei affondò la lama attraverso il farsetto, nel cuore. Lui sussultò. Louise estrasse il pugnale e colpì di nuovo, questa volta al fianco.

Philippe barcollò all'indietro, gli occhi sgranati in una espressione sorpresa. «Credevo che mi amassi», gridò mentre cadeva in ginocchio.

«Io amo Gilles», ribatté Louise, ed estrasse di nuovo il pugnale, usandolo un'ultima volta per tagliargli la gola.

La priorità di Louise era prendersi cura di Gilles.

Distogliendo lo sguardo dal cadavere di Philippe, utilizzò un antico rimedio Khoi, a base di foglie di buchu immerse nel miele, per pulire la ferita alla tempia, dove Philippe lo aveva colpito con la pistola. Le sue mani erano graffiate e sanguinanti, per aver cercato di proteggersi dall'attacco, e il mignolo era spezzato. Vi erano inoltre terribili danni dove Philippe aveva stuprato Gilles: un uomo che si era vendicato di una donna nell'unico modo che conosceva. In preda a un misto di dolore e rabbia, Louise intervenne con delicatezza e preparò un batuffolo di cotone per assorbire il sangue, e si ritrovò a pregare.

Per tutto il tempo, Gilles alternò momenti di sonno e di incoscienza, cosa di cui Louise fu grata. Purché non insorgesse un'infezione, il corpo sarebbe guarito. I danni allo spirito sarebbero stati più difficili da curare, e Louise non sapeva come avrebbe fatto Gilles a riprendersi da quelli.

All'improvviso venne sopraffatta da una ondata di orrore al pensiero di ciò che era accaduto, e incespicò. Ma il suo sollievo all'idea che Gilles non era morto prevalse, e le diede il coraggio di dedicarsi al disgustoso compito che l'attendeva: liberarsi del corpo di Vidal. L'odore di sangue e putrefazione avrebbe attirato i predatori. Doveva portare il cadavere il più lontano possibile, ed era pesante, quasi troppo per riuscire a trasportarlo da sola. Ma non aveva scelta.

Louise uscì a recuperare la coperta in cui aveva trascinato l'antilope e ci fece rotolare sopra il corpo. Si legò gli angoli ai polsi, quindi intraprese il massacrante compito di portare il cadavere fuori dalla capanna, all'aperto. Attraverso il complesso, oltre lo stretto lembo di terra sopra al fossato che circondava il loro accampamento, poi su verso l'imboccatura della gola, più in alto tra le montagne.

«Un po' più in là», si diceva a ogni passo, rammentando a sé stessa che più si allontanava dall'accampamento e meglio era. Ricordò quando sollevava le cime bagnate sul ponte della *Old Moon*, tornando con la memoria ai tempi in cui lei e Gilles, insieme al suo fedele equipaggio, avevano lavorato insieme per tenere salda la vela maestra nel bel mezzo di un uragano. Ce la poteva fare. «Soltanto un po' più in là...».

Le mani scorticate dai nodi della coperta, Louise raggiunse finalmente la cima del rilievo. Si fermò accanto a un ripido precipizio a riprendere fiato e poi, stringendo la coperta, fece rotolare il corpo di Vidal oltre l'orlo del baratro. Rimase a osservarlo mentre rimbalzava contro le rocce, giù tra boscaglia e fiori rosa e bianchi, fino a quando non atterrò in fondo al burrone. Dopodiché, si voltò e ritornò al complesso, rassicurata dalla consapevolezza che i resti di Philippe Vidal non sarebbero più stati lì l'indomani mattina.

Capitolo ottanta

Jan Joubertsgat
Sabato, 1° marzo 1862

Isabelle si sentì vuota. Sebbene avesse intuito che cosa era successo, leggere la verità messa nero su bianco, il racconto di Louise dell'attacco e delle sue conseguenze rendeva i terribili eventi reali come non mai. Vividi, vili, veri. E, mentre leggeva, aveva tenuto a mente anche le traversie di Suzanne. Non c'era da stupirsi che fosse stato troppo difficile per lei narrare l'esperienza di Gilles. Una storia ricorrente, condivisa dalle donne di generazione in generazione. Sarebbe mai cambiato qualcosa?

Isabelle si mise a sedere, infuriata. Sarebbe stata come Louise e avrebbe affrontato i suoi nemici a testa alta, come Suzanne. Del resto, qualunque cosa fosse successa, entrambe avevano continuato a combattere.

«Prima o poi, dovremo affrontare vostro fratello, Xavier», disse a bassa voce.

«Lo so».

«Mi rifiuto di farmi intimidire», affermò, con più sicurezza di quanta ne provasse realmente. «Quando avremo finito qui, andrò a cercarlo. Insieme, potremmo riuscire a convincerlo che non ha nulla da temere da me. Lo costringerò ad ascoltare».

Vide Xavier e Maya scambiarsi un'occhiata, ma senza dire nulla. Ancora animata dalla rabbia, Isabelle porse il bicchiere a Maya, la quale lo riempì di nuovo senza parlare, poi Isabelle continuò a leggere.

Olifantshoek
Primavera 1623

«"Era, ovviamente, tutt'altro che finita. Sebbene le ferite fisiche di Gilles guarissero rapidamente senza conseguenze, il suo spirito era spezzato. L'attacco di Philippe l'aveva costretto a fare i conti con la sua natura fisica come non gli capitava da quando aveva dieci anni. Era nato donna, ma aveva vissuto come se fosse un uomo. Philippe gli aveva rubato l'identità. Niente di ciò che dicevo o facevo sembrava fare alcuna differenza. Non potevo portarlo in salvo dal luogo in cui era scivolato.

«"Non era arrabbiato. Questo avrei potuto capirlo. Non parlava. Era come un fantasma vivente. Si aggirava per la fattoria, svolgeva le stesse faccende, ma era come se non ci fosse. Niente lo smuoveva, niente lo agitava, e mi spezzava il cuore vedere la presenza maligna di Philippe tenere ancora le nostre vite al giogo in quel modo.

«"Leggendo questa mia annotazione, penserete che io sia una sciocca. Penserete che noi siamo degli sciocchi. Ma sappiate questo. Entrambi abbiamo avuto una vita assai diversa rispetto alla maggior parte delle donne. Non abbiamo riconosciuto i segnali. Così, sebbene Gilles avesse avuto il ciclo ogni mese fino a quel momento, non mi ha detto nulla quando si è interrotto. E io non mi sono posta il problema di chiedere.

«"Mentre i primi venti d'autunno cominciavano a sferzare la valle, un giorno, sono tornata dalla caccia e ho guardato Gilles come se fosse la prima volta. Stando in piedi come una studentessa davanti a un dipinto, ho notato le linee e le ombre del suo viso, le forme e il profilo del suo corpo. Allora ho capito.

«"Gilles non l'accettava. Quando ho osato suggerire che potesse aspettare un bambino, si è voltato e si è rifiutato di parlarne. Ma la sua pancia continuava a crescere, il suo viso si faceva più rotondo, e sapevo di avere ragione.

«"Nonostante le piogge abbondanti, l'inverno è stato mite. A settembre ci sono state giornate calde, e ottobre è stato annunciato da un tripudio di colori estivi. Quando è arrivato il momento, gli ho detto che sarei andata a cercare aiuto. Lui non ha detto nulla, ma mi è sembrato di vedere un barlume di gratitudine nei suoi occhi.

«"Non avevo idea di dove fossero accampati i Goringhaiqua – si spostavano a seconda delle stagioni e seguendo gli animali – ma sono stata fortunata. A circa due giorni di cammino dal nostro accampamento, ho trovato i membri di un clan che, con un'unica eccezione, hanno vegliato su di noi e mi hanno spiegato di che cosa avrei avuto bisogno. Una giovane donna, Fala, forte e dall'espressione gentile, ha accettato di venire con me. Dopo aver affidato sua figlia, Shansi, alle altre donne del clan, siamo tornate indietro attraversando le montagne.

«"Mentre ci avvicinavamo al nostro accampamento, ho provato un'improvvisa paura. Salvo per procurarci il cibo e l'acqua di cui avevamo bisogno, non mi allontanavo praticamente mai da Gilles da quasi nove mesi. In quel momento mi sono ricordata della volta in cui sono tornata all'accampamento quel giorno di gennaio e l'ho chiamato. E lui non ha risposto. E se se ne fosse andato? E se la sua vita fosse stata un peso così grande per lui da aver approfittato della mia assenza per...?

«"'Gilles?', ho urlato, con la voce stridula per lo spavento, e sono corsa in camera da letto.

«"'Sono qui, Louise', ha risposto lui a bassa voce. 'Anche se volessi liberarmi di questo mondo, non ti lascerei mai. Dovresti saperlo'.

«"Siamo arrivati giusto in tempo, perché il travaglio era già iniziato"».

Per ore, Louise andò avanti e indietro a prendere l'acqua con il pesante secchio di latta, sostituendo i panni macchiati con strisce di cotone fresco, sbiancato dal sole. Fala era risoluta e pacata e compiva ogni gesto in silenzio. Louise la apprezzava per questo. «È normale?», avrebbe voluto chiedere. «Ci vuole sempre così tanto tempo per partorire?». Ma non parlavano la stessa lingua, a eccezione di qualche parola, gesti e sorrisi.

Louise non aveva idea di quanti anni potesse avere Fala, ma pensò che avesse contribuito a far venire alla luce molte figlie e figli del clan dei Goringhaiqua, e si convinse che quel parto non sarebbe stato diverso. Gilles era forte, nonostante l'attacco di gennaio. L'unica questione era se il bambino sarebbe nato sano. Nonostante tutto, Louise era stupita del fatto che desiderasse con tutto il suo cuore che il bambino vivesse.

Accarezzò la testa di Gilles e lo incoraggiò sussurrando. «Sei davvero coraggioso», mormorò. «Ci sei quasi».

Gilles ruggì di nuovo all'arrivo di un'altra contrazione e strinse la mano di Louise. Lei sussultò, incapace di credere che una cosa del genere fosse naturale e che andasse tutto bene. Fala, vedendo la sua espressione preoccupata, annuì.

«*!Gâi*». Bene.

Le coperte inzuppate di sudore furono cambiate, le canne furono rimosse dal pavimento e sostituite con una nuova stuoia. Louise tamponò la fronte di Gilles con un panno umido.

Improvvisamente, Gilles aprì gli occhi.

«*Î*», disse Fala. Sì. Facendo segno a Louise di salire sul giaciglio e sedersi dietro Gilles, Fala si inginocchiò a terra e posò le mani sui fianchi di Gilles. Il bambino stava arrivando.

«Questa volta, prova a spingere», suggerì Louise, quando arrivò un'altra contrazione.

Vedeva Gilles completamente concentrato sul momento, lasciando che le contrazioni si interrompessero e tornassero, spingendo, avvicinandosi di un passo alla volta. Louise non aveva idea di quanto tempo stesse passando, sapeva solo che al mondo c'erano solo loro tre. Nient'altro importava. Il passato era stato cancellato, il futuro doveva ancora venire. Non c'era altro che il presente.

Quando l'ultimo raggio di luce si spense in cielo, precipitando la camera da letto nell'ombra, e le cicale iniziarono a intonare il loro canto notturno, Gilles gridò di nuovo, non per il dolore questa volta, ma per il senso di liberazione.

«È un maschio», gridò Louise.

Fala sollevò il bambino, avvolse rapidamente il cordone ombelicale, lo tagliò e lo posò teneramente sul petto di Gilles.

«Ha proprio un bel colorito». Louise allungò il mignolo contro la manina del bimbo, e lui lo strinse. Rise. «E ha una presa forte».

L'emozione le serrò la gola. Temeva che Gilles avrebbe rifiutato il bambino, ma le bastò lanciare un'occhiata al volto del suo innamorato per capire che non c'erano dubbi. Sentì il cuore scoppiare d'amore e d'orgoglio.

«Tuo figlio è bellissimo», commentò in preda all'estasi mentre li guardava entrambi.

Gilles le sorrise. «*Nostro* figlio. Théodore, un dono di Dio. Théodore Joubert Barenton».

Capitolo ottantuno

Jan Joubertsgat
Sabato, 1° marzo 1862

Isabelle chiuse il diario. Quando alzò lo sguardo, vide che Maya aveva le lacrime agli occhi, e che Xavier fissava il vuoto, nel chiaro tentativo di controllare le proprie emozioni. Mentre parlava, Magdalena era sgusciata via.

«Da quanto scrive Suzanne», riprese, «è evidente che i Goringhaiqua hanno continuato a proteggerli. Fala ha detto a tutti quanti che le donne erano scomparse, o forse erano state uccise da un uomo bianco al quale era stata rivelata la loro posizione dal figlio minore del capo. Se l'abbia fatto per proteggere Gilles e Louise, o se abbia semplicemente confuso la successione degli eventi e abbia pensato che Philippe fosse venuto a cercarli dopo che Théodore era nato, non so dirlo».

«Ma ha permesso loro di vivere liberi», osservò Xavier.

«È vero», confermò lei. «A quanto si dice, una vita lunga e felice. In seguito, hanno costruito una nuova casa al posto della prima capanna, ed è lì che Suzanne ha incontrato Théodore tanti anni dopo. La vostra fattoria di famiglia».

«E sono sepolti nel cimitero a valle», aggiunse Maya.

Isabelle annuì. «Allora non era un cimitero, c'era un'unica sepoltura. Théodore ha piantato degli alberelli perché facessero ombra e ha sostituito la croce di legno con una lapide incisa».

Xavier esalò un sospiro. «Quanti anni aveva Louise quando è morta?»

«È morta a settant'anni». Isabelle abbassò lo sguardo sul volume che teneva in grembo. «Dopo che Louise se n'è andata, Gilles ha scritto la fine della storia. Le è sopravvissuto di dieci anni».

Le orecchie le ronzavano per le voci del passato, per il peso della storia. E anche al pensiero che, se Théodore era stato il primo della sua famiglia, lei era l'ultima della propria.

Poi, le sue riflessioni vennero brutalmente interrotte da un grido, non lontano. Immediatamente, Maya balzò in piedi.

«Magdalena!», urlò, correndo verso il suono. Xavier la seguì a ruota.

Isabelle si alzò, incerta su cosa fare, poi rimase immobile. Da oltre la curva lungo il sentiero si avvicinava Andries Barenton, che trascinava la piccola Magdalena per un braccio, il coltello puntato alla gola della bambina.

«Andries, no», lo supplicò Maya. «È tua nipote. Fa parte della tua famiglia».

«Dov'è lei?», volle sapere Andries nel suo inglese stentato.

Isabelle avanzò al centro del sentiero.

«Lasciatela andare. È me che volete». Il suo cuore pulsava di rabbia: nei confronti di sé stessa, per aver messo in pericolo Xavier e la sua famiglia, ma soprattutto nei confronti dell'uomo in piedi davanti a lei. «Lasciatela andare e parleremo. Non sono vostra nemica. Non voglio nulla da voi».

Si chinò a raccogliere il diario. Pensando che stesse per prendere un'arma, Andries premette la punta della lama contro il collo della nipote. Magdalena piagnucolò. Isabelle udì Maya sussultare.

Isabelle aveva paura per la bambina, ma era determinata a non darlo a vedere. Con le mani alzate, in modo che l'uomo vedesse che lei non rappresentava una minaccia, mantenne lo sguardo fisso sul volto di lui.

«Capisco che vogliate proteggere la vostra fattoria, la vostra eredità. So che ci sono state altre persone venute qui dall'Inghilterra, dalla Francia, per tentare di accaparrarsi ciò che non spettava loro di diritto. Io non sono come loro. Il testamento che voi cercavate, che mi avete sottratto, è un documento molto antico che riguarda il territorio di Puivert, tra le montagne dei Pirenei, perduto molto tempo fa. Non ha nulla a che vedere con la vostra fattoria, La Justice. Vi do la mia parola che non avete nulla da temere da me».

Si avvicinò di un passo, sperando di creare una connessione con quell'uomo dallo sguardo spiritato in piedi davanti a lei. Non funzionò. Scosse rudemente il braccio di Magdalena, inducendo la bambina a strillare di nuovo.

«Ti prego, Andries», lo supplicò Maya. «Lasciala andare».

Isabelle abbassò lo sguardo sul semplice diario marrone di Louise. «È per questo che sono venuta qui», riprese, attenta a non compiere movimenti bruschi. «Non per la vostra terra, o le vostre viti. Ora che l'ho letto, tornerò a Città del Capo. Sono venuta in cerca della storia della mia famiglia, e l'ho trovata. Tutto qui».

Finalmente, Andries parlò. «Voi mentite», sbottò, scuotendo la testa. «Se vi lascio andare, informerete le autorità. Verranno a cercarmi e io perderò comunque la mia fattoria». Girò su sé stesso e prese a gridare contro suo fratello. «E tu, tu agiresti contro di me insieme a questa straniera. Ce l'hai sempre avuta con me, hai sempre voluto la fattoria per te. Per lei». Lanciò uno sguardo torvo al suo ostaggio. «Io non ho figli. Stai solo aspettando che io muoia».

«Andries, metti giù il coltello», replicò Xavier. «Lascia andare Magdalena. Nessuno vuole privarti di ciò che ti spetta di diritto, né io né la signorina Lepard».

«Non ti credo!», gridò lui. «Non ti...».

Il suo sproloquio si interruppe all'improvviso. Isabelle non capì cosa stesse accadendo. Un momento prima Andries era lì che gridava. Ora pareva non esserci altro che uno spazio vuoto.

Poi, tutt'a un tratto, il mondo prese di nuovo vita. Magdalena correva tra le braccia della madre, in lacrime; Xavier si asciugava il volto; Andries giaceva a terra, il sangue che si riversava nel terreno. E, sullo sfondo di tutta la scena, Isabelle vide John Turner, con in mano il fucile di Andries e il viso pallido come un lenzuolo per lo shock.

«Non volevo ucciderlo», disse in preda alla confusione, «ma non sapevo come fermarlo altrimenti».

Isabelle gli tolse delicatamente l'arma dalle mani. «Avete salvato la vita a Magdalena, John», replicò. «Siamo tutti in debito con voi».

Franschhoek

Xavier e John fabbricarono una barella utilizzando le loro giacche e due rami robusti, per trasportare il corpo dal passo fino a Franschhoek.

«Lo porteremo fino a casa di mia madre e lo lasceremo là fuori», spiegò Xavier con voce piatta. Sebbene lui e il fratello fossero ormai degli estranei, Isabelle vedeva quanto la morte di Andries, e le modalità con cui si era verificata, lo avessero turbato. «Non era un uomo malvagio», riprese all'improvviso, «non in fondo al cuore. È stato l'incidente a danneggiargli la mente. La vita è diventata un fardello per lui, e lo ha fatto impazzire».

«Capisco», rispose Isabelle, anche se non ne era così sicura.

Al villaggio, sebbene la solenne processione attirasse sguardi curiosi da parte di donne e uomini di passaggio nel corso delle loro attività quotidiane, nessuno li fermò. Si separarono davanti alla porta della casa dove, soltanto il giorno prima, Isabelle era stata tenuta prigioniera. Vedendola alla luce del sole, sembrava un edificio qualunque.

«Avete trovato delle stanze in Dirkie Uys Street?», domandò poi guardando John.

Lui annuì. «È la casa con la porta blu e lo *stoep* davanti e lungo il fianco».

«Vi aspetterò là». Si rivolse a Xavier. «Dovremmo raccontare ciò che è successo. Denunciare l'accaduto».

«Sì. Andrò a chiamare il pastore, dopo aver informato nostra madre. Nonostante ciò che era diventato, risentirà profondamente della perdita del figlio».

Xavier entrò e, un istante dopo, Isabelle udì un lamento straziante. Con il cuore pesante, si voltò mentre la campana iniziava a suonare il mezzogiorno come se suonasse a morto.

Un paio di ore più tardi, e diverse tazze di bollente tè cinese dopo, Isabelle si trasferì sulla sedia a dondolo sulla veranda della pensione.

Era lieta di essere sola. Perché sentiva di dover leggere la storia fino alla fine per Louise e per Gilles, e, nel farlo, non voleva testimoni.

Raggiunse la fine del libro e vide la grafia diversa. Non era più la scrittura aperta, a volte caotica, di Louise, ma uno stile chiaro ed elegante, parole scritte con precisione sulle pagine finali. Isabelle sorrise. Quella era la grafia di qualcuno che, un tempo, aveva fatto il segretario per vivere. Prima che l'amore lo portasse in mare, prima di diventare un pirata.

Capitolo ottantadue

Olifantshoek
Dicembre 1655

«C'è qualcosa che posso fare?», chiese Gilles. Sapeva che non ci sarebbe voluto molto. «Ti serve qualcosa, amore mio?».

Gilles trovò strano il modo in cui i suoi pensieri continuavano a tornare al momento in cui lui e Louise si erano conosciuti. Vivevano in Africa da più di trent'anni, ma erano le cattedrali e le chiese di La Rochelle e Amsterdam a popolargli la mente. Forse era naturale, pensò, che, alla fine, i loro cuori volessero tornare al punto di partenza.

Si strofinò il viso, poi si alzò dalla sedia e aprì la persiana per far entrare un po' d'aria. Era esausto. Dormiva poco da giorni e voleva restare a disposizione in qualsiasi momento Louise si fosse mossa. Dal tramonto della sera precedente, però, lei non si era mossa. Non beveva più, non parlava più. Lui le sistemò la coperta, la tirò su fino al mento e vi posò sopra le mani. Era una giornata calda, ma Louise non aveva più caldo. La pelle le pendeva flaccida dalle ossa; la carne si era consumata. I suoi straordinari occhi, uno marrone e l'altro azzurro, erano spenti.

Gilles non sapeva come avrebbe fatto a vivere senza di lei.

Louise sapeva che la sua fine stava arrivando e aveva cercato di prepararli. Gilles ci aveva messo più tempo ad accettarlo e aveva insistito per provare ogni rimedio che i Khoi potessero offrire; si era persino spinto con Théodore fino alla nuova colonia che gli olandesi stavano costruendo alla baia della Tavola, alla ricerca di medicine moderne che potessero aiutare Louise. Ma nulla aveva funzionato.

«Sono vecchia», aveva detto Louise, posandogli una mano sulla guancia. «Ho vissuto la mia vita. Ora sono pronta ad andare».

«Ma io non sono pronto a perderti», aveva esclamato Gilles. Ora si vergognava per aver anteposto i suoi sentimenti a quelli di lei. «E Théodore?».

Louise aveva sfoggiato il suo tipico sorriso lento e saggio. «Nostro figlio è un uomo adulto, Gilles, un brav'uomo. Vi conforterete a vicenda e camminerete insieme verso il futuro. Trovagli una moglie. Merita di avere compagnia».

Quando Gilles gli aveva riferito quella conversazione in seguito, Théodore aveva riso e aveva detto di avere tutto ciò di cui aveva bisogno. Ma quell'idea era rimasta impressa nella mente di Gilles.

Théodore entrò silenziosamente nella stanza. «Qualche novità?», domandò a bassa voce.

«Nessuna», replicò Gilles.

Sospesa tra il sonno e il sogno, Louise correva per le strade acciottolate di Carcassonne dove, nell'estate del 1610, era rimasta con l'amata nonna Minou e il nonno Piet dopo l'assassinio del vecchio re. Louise aveva venticinque anni e Minou stava morendo.

Allora, non aveva capito l'intenzione di Minou di preparare la famiglia alla sua dipartita. Ora sì. Sapeva quanto fosse difficile vedere soffrire una persona amata, leggeva il dolore nel volto tirato di Gilles e negli occhi troppo luminosi di Théodore.

Louise era confortata dal pensiero che Minou la stesse aspettando dall'altra parte. Così come suo nonno e sua madre Marta. E Alis e Cornelia, che non vedeva da quando era salpata da Amsterdam nella primavera del 1622.

Ricordando le conversazioni tra lei e Minou nella piccola casa di Carcassonne con le rose selvatiche tutte intorno alla porta, Louise aveva cercato di fare lo stesso con Gilles e Théodore. Ma pensava che non sarebbe servito a niente. I loro cuori si stavano spezzando, come era successo al suo tanti anni prima.

Louise era orgogliosa della vita che aveva vissuto, una vita selvaggia ed eccezionale. Si era rifiutata di lasciarsi vincolare dai limiti che il mondo imponeva alle donne. Aveva amato, aveva lottato ed era sopravvissuta, aveva vissuto una bella vita. Non poteva esserci epitaffio migliore di questo. Se fosse stato possibile, avrebbe voluto che il suo corpo fosse consegnato al mare, perché le mancavano ancora il rollio delle onde sotto i piedi, i sobbalzi e l'inclinazione della nave, la solitudine del turno di guardia notturno e il cielo nero punteggiato da stelle d'argento, l'infinita, insidiosa, bellissima acqua in movimento.

Ma si sarebbe accontentata di essere sepolta in terra africana, là dove lei, Gilles e il loro figlio si erano fatti una vita. Nessun monumento, nessuna effigie con angeli piangenti. Solo una semplice lapide di legno infilzata nella terra che aveva imparato ad amare.

Gilles posò la mano sulla guancia di Louise, come aveva fatto tante altre volte, e capì subito che qualcosa era cambiato.

«Louise?», disse, con la voce che si levava come il vento d'autunno, chiamandola sempre più forte. «Louise, Louise…».

Nell'udirlo, Théodore corse al capezzale di Louise. Posò la mano sulla spalla della madre, poi abbassò la testa e iniziò a piangere.

«Va' in pace, amore mio», riuscì a dire Gilles. «Va' in pace».

Fuori, il sole di dicembre tramontò dietro le colline nel giorno più lungo dell'anno.

Seppellirono Louise la mattina seguente, come lei aveva desiderato, nel piccolo appezzamento di terra sopra la fattoria, ai piedi dei monti Olifantshoek. La calarono nella tomba, con il foulard rosso intorno alla testa e il pugnale d'argento in mano. Nessuno parlò; i due si limitarono a stare là, con la testa china davanti a una croce di legno:

LOUISE REYDON-JOUBERT
14 MAGGIO 1585-21 DICEMBRE 1655

Sotto la croce c'erano tre semplici parole che raccontavano tutto:

CAPITANA E COMANDANTE

Appesantirono la tomba con pietre per tenere lontani i predatori e, in primavera, un tappeto di fiori rosa e gialli spuntò nelle fessure tra le lastre. Théodore piantò degli alberelli intorno alla tomba, trasformandola così in un luogo di conforto, dove si recava a parlare con Louise quando si sentiva solo o preoccupato.

Quando Gilles morì, un decennio dopo, Théodore lo seppellì accanto alla donna che aveva amato: Louise e Gilles, riuniti nella morte come avevano desiderato. Con l'espansione della colonia, Théodore si avventurò fuori dalla fattoria per andare, di tanto in tanto, nella nuova città di Stellenbosch. Durante una di queste visite, acquistò un pezzo di granito. Alla luce di una candela di notte e al calore del sole di giorno, realizzò una nuova lapide per entrambi. Sotto il nome di Gilles e la data di nascita e morte, incise una singola parola nelle stesse lettere maiuscole:

AMATO

Franschhoek
Sabato, 1° marzo 1862

«State bene, signorina Lepard?».

Nella sua mente, Isabelle era tornata al cimitero, dove era stata ventiquattr'ore prima. Fu sorpresa di ritrovarsi sulla graziosa veranda della pensione con il volto preoccupato di John Turner che la scrutava dall'alto. Un fico rampicante avvolgeva i rami attorno alla grata in ferro battuto, e un filare di olivi selvatici separava la casa dalla strada. Sentiva il ronzio delle api e il dolce cinguettio degli uccelli tra gli alberi.

«Signorina?».

Isabelle sorrise, rompendo l'incantesimo. «Sto bene, John. Grazie».

«Vi serve qualcos'altro?»

«È stata una giornata intensa», rispose lei, incapace di trovare una risposta più adeguata. Poi aggiunse: «Non preoccupatevi. Sistemeremo le cose. Non vi verrà imputata alcuna colpa».

«Grazie, signorina», replicò lui, visibilmente sollevato. «Queste piccole città sono fatte così. Proteggono la loro gente».

«Il carattere di Andries Barenton era risaputo. Xavier e sua moglie deporranno in vostra difesa. Non avete nulla da temere». Il giovane teneva ancora il berretto in mano e si guardava i piedi. «C'è qualcos'altro?»

«Mi domandavo per quanto tempo rimarremo qui. Me l'ha chiesto la padrona di casa, e io ho detto che avrei chiesto».

Isabelle annuì. «Per favore, ditele che le sarei grata se mi concedesse le stanze per due notti, stasera e domani. Ci sono ancora alcune questioni in sospeso. Dopodiché, torneremo a Stellenbosch, dove sarete congedato».

«Tornerete a Città del Capo?»

«Tornerò a casa in Inghilterra, John». Toccò il diario in grembo, con gli occhi che le brillavano. «Devo scrivere un libro».

Capitolo ottantatré

Franschhoek
Lunedì, 3 marzo 1862

Isabelle attese fino a dopo il funerale prima di lasciare Franschhoek. Andries era stato sepolto in privato e senza alcuna cerimonia, nello stesso cimitero in cui riposavano Louise, Gilles e Théodore, i primi residenti di quella necropoli.

Congedarsi da Xavier, Maya e Magdalena la commosse. Tutti loro sapevano che era improbabile che si sarebbero incontrati di nuovo, ma Isabelle promise di parlare di La Justice a Città del Capo. Ora che la fattoria era passata a lui, Xavier aveva progetti ambiziosi per espandere i vigneti e portare prosperità a Franschhoek. Aveva recuperato il diario di Minou, con il testamento al suo interno, dal luogo in cui Andries lo aveva nascosto, in casa della madre. Durante la loro ultima serata insieme, dopo essere venuto a sapere dell'intenzione di Isabelle di scrivere la storia della loro famiglia e di istituire un archivio e una sala lettura dedicati alla famiglia Joubert, Xavier le aveva inoltre consegnato il diario di Louise scritto a Olifantshoek, affinché lo portasse con sé in Inghilterra.

«Preferirei che il diario stesse là, dove tutti lo possono vedere», spiegò Xavier. «E quanto saremo orgogliosi di vederlo là al posto d'onore, se mai verremo a visitare Londra!».

Stellenbosch
Mercoledì, 5 marzo

Isabelle si separò da John Turner a Stellenbosch. Di tutte le persone che aveva conosciuto durante il suo viaggio, si rese conto che lui sarebbe stato quella di cui avrebbe sentito di più la mancanza. Era stato una presenza costante e leale, e la sua prontezza di spirito, sia a Klein Bethlehem che al Joubertsgat, aveva salvato la vita a lei e alla figlia di Xavier e Maya.

«Vi auguro davvero il meglio, John», gli disse mentre l'uomo l'aiutava a portare i bagagli fuori dalla pensione della signora Müller.

«È stato un onore, signorina», rispose arrossendo.

Attese con Isabelle la vettura che l'avrebbe portata a Città del Capo, quindi rimase a guardare mentre lei agitava la mano, salutando il meraviglioso villaggio bianco in mezzo al mare di vigneti.

Città del Capo
Lunedì, 10 marzo

Di ritorno a Città del Capo, Isabelle scoprì che la tensione politica era ancora alle stelle. Si vociferava di disordini nel Transvaal, e di lamentele quotidiane riguardo al governatore, Sir Philip Wodehouse. C'erano numerosi soldati in strada, e la piazza d'armi brulicava di esercitazioni e manovre militari. Isabelle chiuse gli occhi a tutto ciò. Prenotò una stanza in un altro albergo in Buitengracht Street, rifiutando di rivolgersi di nuovo all'odioso direttore che l'aveva venduta ad Andries Barenton.

Come Suzanne prima di lei, Isabelle iniziò a scrivere la propria storia, registrando meticolosamente tutto ciò che era accaduto dal suo arrivo in Sudafrica. Recuperò obbligazioni ed effetti personali dalla Cape of Good Hope Bank, acquistò un biglietto di prima classe sulla prima nave a vapore in partenza a fine mese per Portsmouth da Port Natal, a Durban, via Città del Capo, e saldò i suoi debiti. La sera presto cenava nella sala da pranzo dell'albergo, per poi ritirarsi nel salotto per scrivere una serie di lettere ai suoi avvocati e al suo editore a Londra, nel caso in cui dovesse accaderle qualcosa durante il viaggio di ritorno. Compilò un elenco di possibili benefattori e iniziò a disegnare il progetto per il suo archivio e la sala lettura.

Alla fine, rimase soltanto un ultimo compito da svolgere.

Negli anni successivi al collasso della VOC e all'arrivo degli inglesi nella colonia, numerosi registri e archivi erano andati perduti. Il castello di Buona Speranza era caduto in rovina. Tuttavia, con una buona dose di perseveranza e l'aiuto di un segretario del consolato britannico,

Isabelle aveva scoperto che alcuni archivi della VOC provenienti dal castello erano stati recuperati ed erano conservati in un edificio amministrativo in Adderley Street.

La mattina di lunedì 10 marzo, Isabelle si presentò davanti all'anonimo edificio nel cuore commerciale della città. Suonò il campanello e venne invitata a entrare in un lungo corridoio. I suoi tacchi riecheggiavano rumorosi mentre seguiva il servo alla scrivania all'estremità dell'edificio deserto.

«Una visitatrice», annunciò, quindi si voltò e se ne andò.

Un impiegato pallido dal naso all'insù con una uniforme troppo grande per lui la guardò da sopra gli occhiali a pince-nez. «Posso aiutarvi?»

«Lo spero di cuore», rispose Isabelle in tono vivace.

I capelli biondi raccolti in uno chignon sulla nuca, indossava un cappello azzurro, una giacca a bottoni blu con una gonna a ruota, e stivaletti di vernice nera con i bottoni. Appariva in tutto e per tutto una dama vittoriana, ben lontana dalla donna che aveva cavalcato per il *veld* con il vento tra i capelli e un pugnale al fianco. «Sono una corrispondente di viaggio proveniente dall'Inghilterra. Scrivo per un periodico, "The Leisure Hour". Forse ne avete sentito parlare».

«No», replicò, senza prendersi il disturbo di nascondere la propria mancanza d'interesse.

«Vorrei aver pensato di portare qui una copia», ribatté Isabelle rifiutandosi di lasciarsi scoraggiare. «Sono qui per visitare gli archivi della VOC. Ho una lettera di autorizzazione da parte del consolato britannico». Tacque per un istante. «Vi prego di scusarmi per la richiesta. Comprendo la pressione con cui ciò peserà sul prezioso tempo a vostra disposizione. Vi assicuro che sarò silenziosa come un topolino e vi ruberò il minor tempo possibile».

«Siamo più occupati del solito», replicò l'impiegato, sebbene lui e lei sembrassero essere le uniche due persone presenti nell'edificio.

«Dev'essere estremamente difficile», ribatté Isabelle ironicamente. «E troppo spesso i poteri forti non comprendono il duro lavoro e lo sforzo che stanno dietro alla capacità di far funzionare senza problemi una struttura come questa». Si protese in avanti, come se temesse di essere udita da orecchie indiscrete. «Mi dispiace dire che è così anche a Londra».

Lo sguardo dell'impiegato si illuminò. «Esatto, esatto, vero? Be', francamente, direi che i nostri sistemi sono di gran lunga superiori a qualunque cosa potreste mai trovare in Inghilterra. Cercate qualcosa in particolare?».

Dieci minuti più tardi, Isabelle sedeva a un ampio tavolo in una stanza altrimenti vuota, quattro polverosi registri dinanzi a lei. Molte delle famiglie di rifugiati ugonotti si erano allargate diventando famiglie di spicco nella colonia, e i loro atti erano registrati. Tuttavia, altre persone che avevano incrociato la vita di Louise e Suzanne erano svanite nel nulla.

Isabelle aprì il primo registro e iniziò a cercare, scorrendo pazientemente con il pollice le colonne di nomi e date, fino a quando non trovò una delle informazioni che cercava. Adriaan e Judith van Dijk, il 14 giugno dell'anno 1689, avevano avuto una figlia: Florence Suzanne van Dijk.

Isabelle sentì le lacrime salirle agli occhi. Adriaan e Judith non avevano dimenticato la loro amica, cosa che, pensò, doveva aver fatto piacere a Suzanne. Era mai venuta a saperlo? Non aveva mai trovato alcun accenno alla bimba nei quaderni di Suzanne, ma non poté fare a meno di sperare che fossero riuscite a scambiarsi delle lettere, nonostante fossero separate da migliaia di chilometri. Isabelle scorse con lo sguardo il resto della colonna, e scoprì che la piccola Florence era stata la prima di quattro figlie e cinque figli nati dall'unione di Judith con il marito.

«Meglio lei che io», mormorò nella sala cavernosa, quindi mise da parte quel registro.

Il secondo obiettivo, lo sapeva, sarebbe stato difficile da conseguire. Forse impossibile. Lontano dalla colonia principale, in campagna, nascite e morti spesso non venivano registrate. La vita era dura, molti bambini non sopravvivevano alle condizioni ostili, e i loro nomi non venivano mai annotati. E quando le donne si sposavano, se anche la loro unione veniva documentata, venivano assorbite nelle famiglie dei mariti. Ma da quando Isabelle era stata nel cimitero di Franschhoek, a riflettere sulla linea di sangue dei Barenton, aveva rimuginato sull'identità della moglie o amante di Théodore. Che ci dovesse essere stato qualcuno non c'erano dubbi: Xavier e Andries, con il loro ciuffo bianco nelle chiome nere, ne erano la prova.

Dubitava che sarebbe riuscita a trovare Théodore nei registri, poiché aveva vissuto la maggior parte della sua vita fuori dalla giurisdizione della VOC. Ma aveva conosciuto Adriaan van Dijk e, di tanto in tanto, era venuto a Città del Capo. Qualcuno doveva averlo visto. Era così che Suzanne lo aveva rintracciato.

Isabelle non ebbe fortuna con il secondo registro. Tra i matrimoni tra dipendenti della VOC non c'erano nomi che lei conosceva. Lo stesso accadde con il terzo. Ormai stremata, le dita macchiate di nero per l'inchiostro sulle pagine polverose, si tirò vicino l'ultimo registro e iniziò a scorrere i nomi… «Sì», sussurrò trionfante. Era come aveva sospettato, come aveva sperato. L'atto di un matrimonio avvenuto il 3 di agosto 1690: una serva Khoi impiegata presso la famiglia van Dijk di Città del Capo aveva sposato uno scapolo residente nel comune di Stellenbosch.

Tia Nemen e Théodore Barenton: i fondatori di una nuova dinastia.

Epilogo

Dieci anni dopo

Londra

Bouverie Street, Londra
Giovedì, 19 settembre 1872

Erano le quattro meno un quarto del pomeriggio e Isabelle si stava godendo gli ultimi momenti di silenzio prima dell'arrivo degli ospiti. Era euforica, ma anche emozionata. Era il giorno che sognava da più di un decennio: l'inaugurazione ufficiale dell'archivio e della sala lettura della famiglia Joubert nonché la presentazione delle sue memorie.

Di solito, quando viaggiava o teneva conferenze, Isabelle optava per un abbigliamento piuttosto comodo anziché elegante. Quel giorno voleva che suo padre fosse orgoglioso di lei. Sebbene lui non fosse più lì a vedere ciò che la figlia aveva realizzato, Isabelle percepiva la sua presenza gentile nella stanza. Isabelle aveva un aspetto elegante e raffinato, da rispettabile signora vittoriana. Indossava un abito da giorno in seta verde con un corpetto aderente e la scollatura quadrata, maniche svasate ai polsi e due bottoni ricamati in cima alla *tournure*. In qualità di sostenitrice della riforma dell'abbigliamento femminile che chiedeva abiti in grado di offrire una maggiore libertà di movimento, Isabelle rifiutò nappe, frange e fiocchi, allora assai di moda. I suoi folti capelli biondi erano raccolti in uno chignon sulla nuca. Isabelle sorrise. La sua domestica aveva impiegato molte ore e sprecato innumerevoli forcine per fissarlo.

Le alte finestre della sala principale dell'archivio erano rivolte a ovest, quindi il sole del tardo pomeriggio proiettava ampi raggi obliqui, facendo danzare nell'aria i granelli di polvere. La stanza stessa sembrava brillare. Scaffali di legno lucidato si ergevano dal pavimento al soffitto su tre lati. Negli ultimi dieci anni, Isabelle aveva accumulato una notevole collezione di libri in diverse lingue sul Sudafrica, memorie e opere di storia naturale, oltre a diari di viaggio su Amsterdam e La Rochelle, la Linguadoca e i Pirenei. Vantava anche una ricca selezione di titoli contemporanei scritti da donne su storia, suffragio e istruzione. E anche libri sui suoi antenati ugonotti.

Al centro della stanza, erano collocate vetrinette in mogano, i cui vetri erano stati puliti quella mattina con succo di limone – o almeno così le aveva detto la sua archivista, Anna Peake – affinché gli oggetti esposti fossero ben visibili. Originaria di Manchester, Anna si era trasferita a Londra come una delle prime donne a essere ammessa all'Università di Londra. Figlia di un botanico, aveva contattato Isabelle dopo una conferenza a cui entrambe avevano assistito alla Royal Geographical Society. Era brillante ed efficiente, e Isabelle si sentiva fortunata ad averla al suo fianco.

Isabelle si aggirava lentamente per la stanza, godendosi lo spazio vuoto per l'ultima volta. Si soffermò davanti alle vetrine che custodivano gli oggetti più preziosi: il diario di Minou del XVI secolo era riposto su un pezzo di raso bianco, aperto alla prima pagina. Nella teca accanto era esposto il testamento che aveva quasi causato la morte di Isabelle a Franschhoek dieci anni prima. In un'altra vetrina, sotto le pile più alte in fondo alla stanza, era possibile ammirare il pugnale d'argento di Suzanne con il granato rosso, insieme a un biglietto che spiegava come fosse stato miracolosamente recuperato dal mare durante il naufragio della *Gouw*.

Una terza teca era dedicata a Louise, la regina pirata del XVII secolo. C'erano le mappe nautiche delle rotte percorse dalla *Old Moon* e una replica della nave stessa, creata da un giocattolaio olandese basandosi sulle descrizioni contenute nel diario di prigionia di Louise. Era tutto là, insieme al diario di Olifantshoek che Gilles aveva terminato. Isabelle aveva anche commissionato un ritratto ad acquerello del tribunale di Las Palmas de Gran Canaria, dove Louise era stata processata.

Ma, soprattutto, Isabelle adorava la vetrina lunga e stretta che accoglieva i visitatori al loro arrivo: un arazzo tessuto a mano raffigurante Minou, Piet e i loro due figli maggiori, salvato da Alis dal castello di Puivert; e l'albero genealogico della famiglia Joubert risalente ai primi anni del XVI secolo. Vi erano riportati tutti i cognomi: Joubert e Reydon, du Plessis e Barenton.

Isabelle si concesse un momento di rimpianto. Aveva quarant'anni e non aveva alcuna intenzione di sposarsi. Il suo nome sarebbe morto con lei. Poi pensò alla figlia di Xavier e Maya, Magdalena, e sorrise. Diversi rami della loro famiglia sarebbero cresciuti e caduti, ma lo spirito che li univa tutti non sarebbe mai andato perduto.

Anna entrò a grandi passi nella stanza.

«Il signor Macmillan è qui».

Isabelle avvertì un insolito fremito di nervosismo. «È tutto pronto?».

L'archivista annuì. «Il vino è stato servito, e ci sono bibite analcoliche per gli astemi». Anna tirò su col naso in segno di disapprovazione. «Sostenitori del Movimento per la temperanza e altre cose del genere».

Circa due settimane prima, era giunto un pacco da La Justice, un regalo di Xavier Barenton per porgere i migliori auguri da parte della famiglia in vista dell'inaugurazione dell'archivio. Isabelle si era commossa per quel gesto, tuttavia aveva assaggiato il vino con trepidazione, consapevole del fatto che il lungo viaggio da Franschhoek a Città del Capo, e da Città del Capo a Londra, avrebbe potuto deteriorarne il sapore. In realtà, lo aveva trovato delizioso, carico di quel sole africano, quindi aveva deciso di servirlo all'inaugurazione.

«Un altro gentiluomo della casa editrice ha allestito una scrivania nell'ingresso per chi desidera acquistare delle copie del vostro libro», aggiunse l'archivista. «Ho esposto anche gli opuscoli sull'archivio e gli ho suggerito di prendere in considerazione l'idea di allegarvi i moduli di donazione, nel caso ci fossero nuovi potenziali sostenitori».

Isabelle diede un'ultima occhiata intorno. «Allora siamo a posto».

«Oh, sì. Sarà meraviglioso», rispose Anna. «Devo far entrare il signor Macmillan?»

«Se non vi dispiace».

Pochi istanti dopo, Alexander Macmillan, con i baffi bianchi e gli occhi scintillanti, entrò frettolosamente nella stanza. Ancora nominalmente a capo della casa editrice che lui e suo fratello avevano fondato quasi trent'anni prima, stava gradualmente passando il controllo della fiorente attività ai figli e ai nipoti. Ma, in qualità di vecchio amico del defunto padre di Isabelle, si era interessato molto alla sua carriera di scrittrice e si era offerto senza esitazione di pubblicare le sue memorie di famiglia. Isabelle gli voleva molto bene.

«Isabelle, mia cara», disse, con l'accento scozzese in parte mitigato dagli anni trascorsi a Londra. «Che giornata, che giornata! Siete assolutamente affascinante, se posso permettermi. Vostro padre sarebbe orgoglioso di voi».

Lei gli porse la guancia per farsi baciare. «Grazie per essere venuto, Alexander».

«Non mi sarei perso questo evento per niente al mondo. Prevedete un pubblico numeroso?»

«Credo di sì, se tutti coloro che hanno accettato l'invito faranno un giro qui».

«Ma certo, mia cara. Abbiamo invitato alcuni dei nostri pezzi grossi, tra cui Lewis Carroll e Christina Rossetti, anche se *lei* ovviamente non potrà venire. La sua salute non è più quella di una volta. Ma il reverendo Kingsley è in città, quindi spero che trovi il tempo di onorarci della sua presenza. Abbiamo mandato l'invito a un paio di gentiluomini selezionati della stampa. E tutti i vostri sostenitori saranno qui, vero?»

«Sì, la maggior parte. La gente è stata molto generosa».

«Bene allora», esclamò lui raggiante, «sarà tutto fantastico». Guardò in direzione dell'ingresso. «Ora, che ne dite di un bicchiere di quel vino di famiglia di cui mi avete parlato?».

Un'ora dopo, la sala era piena di gente. Isabelle fu lieta di vedere che la maggior parte degli ospiti stringeva tra le mani una copia dell'opuscolo del museo e che parecchi avevano anche una copia del suo libro sotto il braccio. Non si aspettava che la storia della sua famiglia diventasse un best seller come le memorie della signora Seacole, ma sperava di incontrare l'interesse di un pubblico modesto.

Anna stava conducendo una visita guidata della sezione dedicata ai taccuini di Suzanne. Un gruppo di studenti maschi, forse suoi amici dell'università, stava guardando la teca che custodiva il pugnale di Suzanne.

«Certo, la signorina Lepard ha visitato di persona tutti questi luoghi», Isabelle la sentì dire. «I suoi ricordi si basano su esperienze dirette».

Isabelle lanciò un'occhiata all'orologio sulla parete sopra la porta, osservando le lancette muoversi inesorabilmente verso le cinque. Era l'ora prevista per l'inizio dei discorsi. Aveva in tasca una lista di tutte le persone che doveva ringraziare, tutti coloro che avevano investito nell'archivio o donato denaro. Solo quando tutto ciò fosse finito avrebbe potuto godersi la giornata.

Troppo nervosa per rimanere immobile, Isabelle continuava a passeggiare su e giù per la stanza. Fu lieta di riconoscere tra gli ospiti il direttore dell'ospedale francese La Providence, un ospizio ugonotto per rifugiati francesi indigenti che era entrato da poco in possesso di una nuova sede appositamente costruita a Hackney, nella zona est di Londra. Isabelle non aveva ancora trovato il tempo per visitare la struttura, ma aveva confermato l'impegno di suo padre effettuando una donazione agli ospizi ogni anno in memoria dei loro antenati ugonotti.

Notò che il suo ex direttore di «The Leisure Hour» stava parlando con uno dei suoi collaboratori, e fu lieta di vedere che Charles Kingsley, autore di *Bambini acquatici*, si era presentato ed era intento a conversare con il suo avvocato, Samuel Watson. Lo studio Watson and Sons aveva sede in Bouverie Street, e l'anziano signor Watson era amico di suo padre, nonostante la famiglia fosse anticonformista. Isabelle sorrise a Sam e fece un cenno di saluto a sua moglie, Lily, una giovane donna sicura di sé e riflessiva, di circa dieci anni più giovane di Samuel, che aveva dato alla luce il loro primo bambino, una femmina, l'anno precedente. Siccome vivevano in campagna, a Brixton, Isabelle fu sorpresa – e contenta – che Lily lo avesse accompagnato quel giorno. Era una persona che Isabelle avrebbe voluto conoscere meglio. Forse l'avrebbe invitata a prendere un tè quando tutto fosse finito.

Isabelle si sentì toccare il gomito.

«Il signor Macmillan vorrebbe sapere se siete pronta», domandò Anna.

«Come non mai».

Fece un respiro profondo, poi andò in fondo alla stanza, dove era stato allestito un piccolo palco. Alexander le rivolse un sorriso incoraggiante, poi salì sul podio tenendo in mano una copia del suo libro.

«Signore e signori, stimati ospiti», esclamò con voce tonante. «A nome della Macmillan and Company, è per me un immenso piacere darvi il benvenuto qui oggi. Siamo onorati di pubblicare il diario di viaggio della signorina Isabelle Lepard, *Le storie della famiglia Joubert*, e dare il nostro piccolo contributo oggi, qui riuniti a celebrare l'inaugurazione di questo magnifico archivio e sala lettura».

Mentre lui parlava, Isabelle osservava le espressioni sui volti degli ospiti nella sala: curiosità, orgoglio, interesse. Erano le donne e gli uomini che avevano creduto in lei, e a cui lei era profondamente grata.

«Signore e signori», concluse Macmillan, «vi presento la signorina Isabelle Lepard».

Isabelle sentì il silenzio calare nella sala: il leggero tintinnio di un bicchiere appoggiato; il fruscio di un opuscolo usato come ventaglio; qualcuno si schiarì la gola, un altro starnutì.

«Signore e signori...».

Isabelle abbassò lo sguardo sulla lista che aveva in mano. Sapeva quale discorso avrebbe dovuto fare, ma non le sembrò giusto. Ci sarebbe stato tempo a sufficienza per ringraziare tutti e rilasciare tutte le dichiarazioni ufficiali del caso. In quel momento, però, quello che voleva fare – quello che *doveva* fare – era spiegare perché aveva dedicato dieci anni della sua vita a quel progetto. Doveva spiegare perché era importante. Ripose la lista.

«Benvenuti, amici miei. Oggi è un giorno importante nella mia vita. Perché provengo da una stirpe di donne straordinarie. Donne leali, coraggiose e brillanti che si sono rifiutate di permettere che le loro vite fossero ostacolate o limitate dalla società in cui vivevano. La mia antenata Louise Reydon-Joubert, nei primi anni del XVII secolo, era la comandante di una nave, la *Old Moon*. Potremmo definirla una delle prime abolizioniste, dal momento che dava la caccia alle navi negriere nell'Oceano Atlantico».

Molti tra il pubblico applaudirono, compresa Lily Watson.

«Ripensando alla storia della mia famiglia», continuò Isabelle, «ho iniziato a chiedermi perché i nomi delle donne che ne fanno parte – Florence Joubert, Minou Joubert, Louise Reydon-Joubert, Alis Joubert, Cornelia van Raay, Suzanne Joubert, per citarne solo alcune – fossero stati dimenticati. Perché i loro nomi mancavano dai libri di storia. Perché i loro straordinari successi non venivano celebrati e lodati.

Voi direte che è impossibile rendere omaggio a tutti. Direte che, se il contributo di una persona è abbastanza grande, allora le sue gesta verranno ricordate. Ma ci sono molte e diverse ragioni per cui non è sempre così. Per gran parte della storia umana, le donne non hanno avuto accesso a carta e penna, archivi e biblioteche. È stata Minou Joubert, circa trecento anni fa, a scrivere dell'importanza che noi donne raccontiamo le nostre storie in prima persona, anziché permettere alle parole degli altri di rappresentarci. Aveva capito che, senza istruzione, senza i mezzi necessari per annotare le proprie esperienze, gran parte della vita delle sue figlie, delle sue nipoti – le storie di tante donne – sarebbe andata perduta. Perché la storia abbia un significato deve includere tutti noi, donne e uomini».

Anna si portò una mano alla bocca. «Udite, udite!».

Isabelle sorrise e mostrò una copia del suo libro. «Questa è la testimonianza di come le nostre storie vengono tramandate di generazione in generazione, a partire dagli albori delle guerre di religione che hanno funestato la Francia nel XVI secolo. Carcassonne, Puivert, Tolosa, le Isole Fortunate, il Capo di Buona Speranza: probabilmente, conoscete questi luoghi solo di nome. Ma io sono stata davanti alle tombe delle mie antenate e ho ricostruito le loro storie, una mappa delle ossa, se volete chiamarla così. Spero che, quando avrete letto il mio libro, le loro storie vi saranno familiari quanto le vostre. Naturalmente, è anche una storia di persecuzioni, di come i miei antenati ugonotti sono stati costretti ad abbandonare la terra che amavano, e di Paesi come la Gran Bretagna e l'Olanda che hanno offerto loro rifugio».

Isabelle fece una pausa per lasciare che le sue parole facessero presa sui presenti.

«Molti di voi mi conoscono fin da quando ero bambina. Mi avete sostenuta. Sapete che ho avuto la fortuna di essere cresciuta da un padre che ha voluto concedermi le stesse opportunità dei miei fratelli. Per molte ragazze non è così. E, anche ora, nel 1872, la maggior parte delle biblioteche ci è preclusa. Le istituzioni accademiche stanno iniziando adesso ad ammettere studentesse, anche se non a parità di condizioni. Per questo ho fondato l'archivio e la sala lettura della famiglia Joubert, per onorare le donne della mia famiglia, quelle del passato e quelle che verranno. Spero vivamente che diventi uno spazio d'incontro dove le studiose del presente e le autrici del futuro possano imparare, scambiarsi idee e scrivere». Guardò il gruppo di giovani studenti maschi in piedi accanto agli scaffali e sorrise. «Ma anche voi siete i benvenuti, signori, se volete camminare al nostro fianco».

Isabelle si fermò, sopraffatta dall'importanza del momento. «Questo è tutto ciò che voglio dire. Sono grata a Macmillan and Company per il sostegno al mio lavoro, e a tutti voi per la fiducia che avete riposto in me».

Mentre la sala prorompeva in un applauso entusiasta, con grida di gioia e acclamazioni guidate dai ragazzi e Anna, Alexander Macmillan tornò di corsa sul podio e alzò il bicchiere.

«Un brindisi, signore e signori», esclamò, gridando per far sentire la sua voce. «All'archivio e alla sala lettura della famiglia Joubert, e alla nostra cara signorina Lepard».

Qualcuno porse un bicchiere di vino a Isabelle.

Per un attimo, il rumore fu eccessivo, la moltitudine di volti, la mancanza d'aria. Ma poi, solo per un attimo, immaginò di vedere la sagoma di altre tre ospiti in piedi sulla soglia. Le sorridevano, circondate da un'aura bianca scintillante nel pomeriggio di settembre: Minou, Louise e Suzanne, le potenti donne di cui seguiva le orme.

Isabelle sollevò il bicchiere. «A tutti voi», sussurrò, «da parte di tutte noi. Grazie!».

Ringraziamenti

L'ispirazione per questa serie dedicata alla diaspora ugonotta mi è venuta in seguito a una visita al Franschhoek Book Festival nel 2012, quando sono rimasta affascinata dalla storia del gruppetto di rifugiati ugonotti che avevano navigato verso il Capo dopo la revoca dell'Editto di Nantes. Perciò, con grande soddisfazione e un pizzico di tristezza, concludo una serie i cui personaggi mi hanno tenuto compagnia per dodici anni, dai primi barlumi di un'idea fino alla stesura dell'ultima frase. Molte persone mi hanno supportato lungo il percorso, quindi i miei ringraziamenti vanno a: il mio agente e amico Mark Lucas, la Soho Agency e l'ILA, tra cui Nicki Kennedy, Jenny Robson, Benedict Clark, Alice Saunders, Niamh O'Grady, Sophie Laurimore e Helen Mumby; lo straordinario team di Mantle, in particolare la mia brillante editor Maria Rejt, e il team di Pan Macmillan, tra cui Lara Borlenghi, Joanna Prior, Christine Jones, Stuart Dwyer, James Annal per la splendida copertina, i meravigliosi addetti alle vendite, Sara Lloyd, Claire Evans, Lucy Hale, Jamie Forrest, Michael Davies, Jonathan Atkins, Cormac Kinsella, Poppy North, Becky Lloyd, Leanne Williams, Lucy Grainer, Christian Lewis, Nick Lee e la straordinaria editor, Marian Reid.

Sono fortunata a poter contare su tanti editori stranieri eccezionali.

Per questo libro, un ringraziamento speciale va a Terry Morris e alla Pan Macmillan Sudafrica, in particolare a Veronica Napier, la quale mi ha portato a Jan Joubertsgat. Inoltre, ringrazio i miei amici e sostenitori di lunga data della Meulenhoff-Boekerij, in particolare Maaike le Noble e Frederika van Traa, e i team di Sonatine, Newton Compton e Planeta. Sempre in Sudafrica, ringrazio di cuore Mark e Deirdre Simpson, che mi hanno fatto visitare Stellenbosch e mi hanno presentato tante persone brillanti. Un ringraziamento speciale va a Gawie Groenwald, la quale mi ha fornito spunti interessanti su storia, lingua, paesaggio e la storia ugonotta, e a Pietman Retief, per il favoloso tour e la sua straordinaria conoscenza storica: la nostra gita di lunedì è stata una delle giornate di ricerca più piacevoli della mia vita. Grazie anche ad Anna Rita van der Westhuizen per avermi mostrato la sua splendida fattoria a Wellington e per i suoi consigli su flora e fauna; a Duncan Brown, dell'Università del Capo Occidentale, per il suo utile lavoro di editing; a Daniel Malan Jacobs, archivista di Babylonstoren, per la splendida mattinata trascorsa negli archivi; a Elsa Vogts, museologa di Babylonstoren, per la meravigliosa visita a Soetmelksvlei; a tutto lo staff dell'Huguenot Memorial Museum di Franschhoek; e, nel Regno Unito, al professor Murdoch, presidente dell'Huguenot Museum di Rochester. Eventuali errori sono miei e solo miei.

A Carcassonne, *mille mercis* ai nostri vecchi amici Pierre Sanchez e Chantal Bilautou, e a Alain Pignon.

Ai miei amici e vicini, grazie: primi fra tutti, ma non per importanza, Jon Evans, Clare Parsons, Tony Langham, Anthony Horowitz, Jill Green, Saira Keevil, Lucinda Montefiore, Robert Dye, Syl Saller, Sylvia Horton, Sally Clay e Linda e Roger Heald. Un abbraccio alla leggendaria nonna Rosie, alla mia meravigliosa cugina, la dottoressa Philippa Towlson-Mulbregt (per le disgustose descrizioni della malaria!), alle mie favolose sorelle, Beth Huxley e Caroline Matthews, ai miei cognati Mark Huxley e Benjamin Graham (che ci aiuta nella quotidianità), e ai miei nipoti, tra cui Thea Huxley ed Ellen Huxley (per le partite a Scarabeo!), Rick Matthews, Lottie Ockleton e Bryony Dunk.

Infine, come sempre, non potrei fare nulla di tutto questo senza il mio amato Greg Mosse – il mio primo amore e primo lettore – la magnifica Martha Mosse e il brillante Felix Mosse, così come il meraviglioso Ollie Halladay e il gioioso Finn. Grazie a tutti per il vostro amore, il vostro supporto e la vostra attenzione. Non so esprimere a parole quanto sono orgogliosa di voi.

Indice

PARTE DUE

PARTE TRE

Kate Mosse

Guerra senza confini

Volume di 416 pagine € 5,90

Giugno 1572. Per dieci anni le violente guerre di religione hanno imperversato in tutta la Francia. Gli amici sono diventati nemici, innumerevoli vite sono state spezzate e il Paese è dilaniato. Ma adesso c'è in gioco una pace precaria: Caterina de' Medici e Giovanna d'Albret hanno negoziato un matrimonio reale, un'alleanza tra la corona cattolica ed Enrico, il re ugonotto della Navarra. Un'unione che potrebbe vedere la Francia finalmente riunita. Quando Minou Joubert riceve l'invito allo storico evento previsto a Parigi in agosto, non ha idea di quello che la aspetta. Anche il più antico nemico della sua famiglia, Vidal, è stato invitato al matrimonio. E presagi oscuri si intravedono all'orizzonte: quale sarà il vero prezzo da pagare per la pace che tutti auspicano? Nei giorni successivi al matrimonio, alla vigilia della festa di San Bartolomeo, eventi tumultuosi si abbatteranno sulla famiglia di Minou, dirottando con violenza i loro destini. Tra Parigi, Chartres e la città delle lacrime – Amsterdam, la grande città dei rifugiati – i Joubert dovranno lottare per restare insieme, sopravvivere e non essere spazzati via, travolti dalle maree della Storia.

NEWTON COMPTON EDITORI